第一部

敬的杉谷義人先生：

別數月，但與您在我的故鄉
景，歷歷如在眼前。您不顧年邁
國，到這偏僻落後的地方來与我
文學愛好者暢談文学，讓我們深受
二日上午，在縣招待所禮堂，您
題為《文学与生命》的講話，已经根據錄音整理成文
，我們想在縣文聯內部刊物《蛙鳴》
未能聽您演講的人，也能領略
從中得到教益。（當過五十
大…，我陪同您去拜

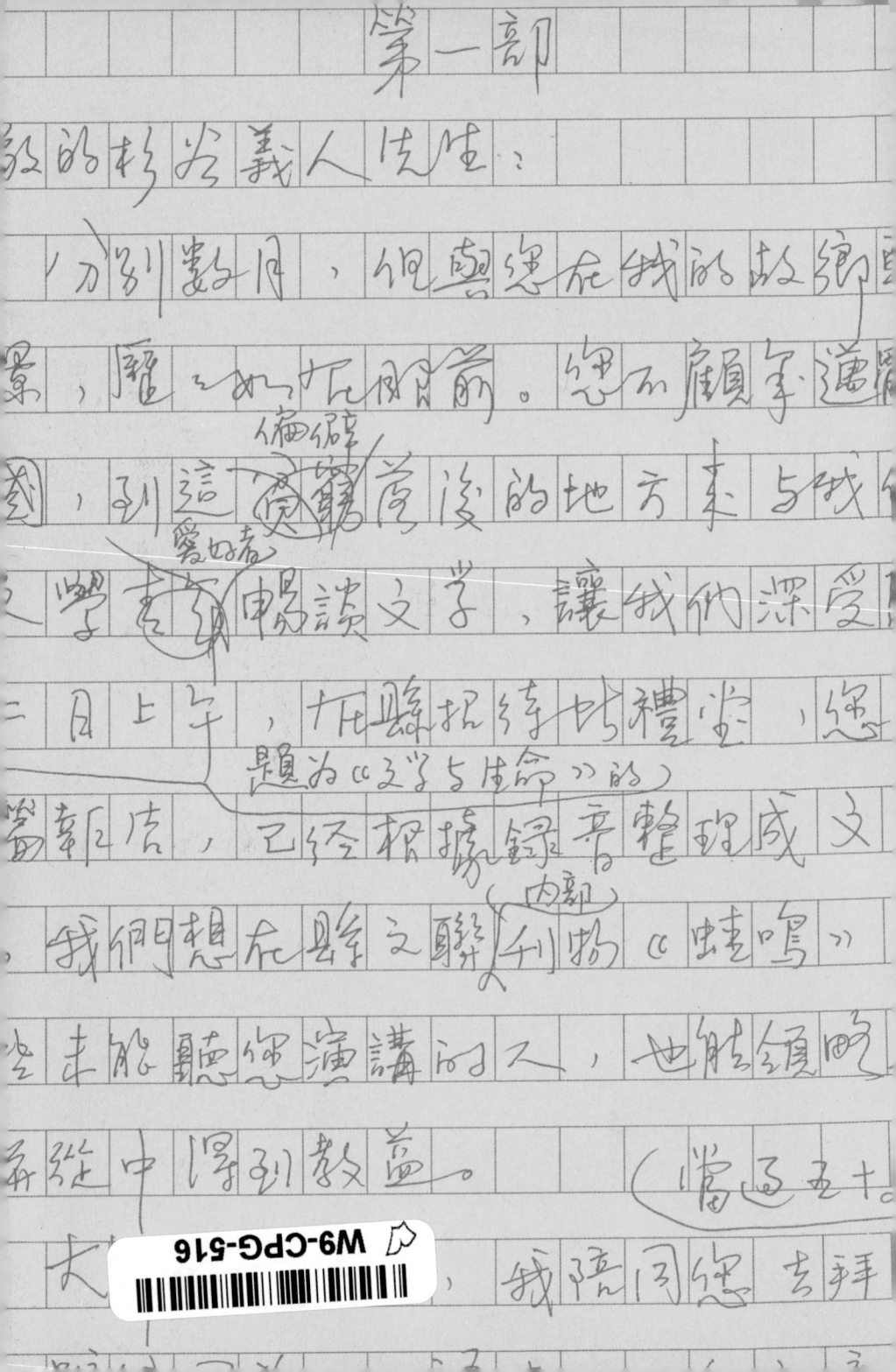

年輕時題材的小說。我不應當把他擅
長的事跡了解得遠比他要多，但我還
給他去寫吧。 先生，我想寫一部以
話劇。初二日晚上在我家炕頭上與
[illegible]法國薩特的話劇的介紹評價和
片，（眼光獨到）使我如醍醐灌頂
寫出像《蒼蠅》和《髒手》那樣的劇
家的目標奮進。我遵循著您的教
受著。像青蛙總坐蓮葉等待昆
中，想如下筆，像青蛙[illegible]捕蟲
青島機場，送您上飛機之前，[illegible]
用寫信的方式，把姑姑的故事通
姑姑的一生。雖然還沒寫完，但已
潤北潤"、"跌宕起伏"來描寫

景，歷歷如在眼前。您不顧年邁體
國，到這偏僻落後的地方來與我們
學愛好者暢談文學，讓我們深受啟
二日上午，在縣招待所禮堂，您
題為《文學與生命》的講話，已经根據錄音整理成文
我們想在縣文聯內部刊物《蛙鳴》上
未能聽您演講的人，也能領略您
從中得到教益。（當過五十多
大年初一上午，我陪同您去拜訪
。雖然因為她的語速太快和鄉音
完全聽明白她的話，但相信她
深刻的印象。您在初二日上午

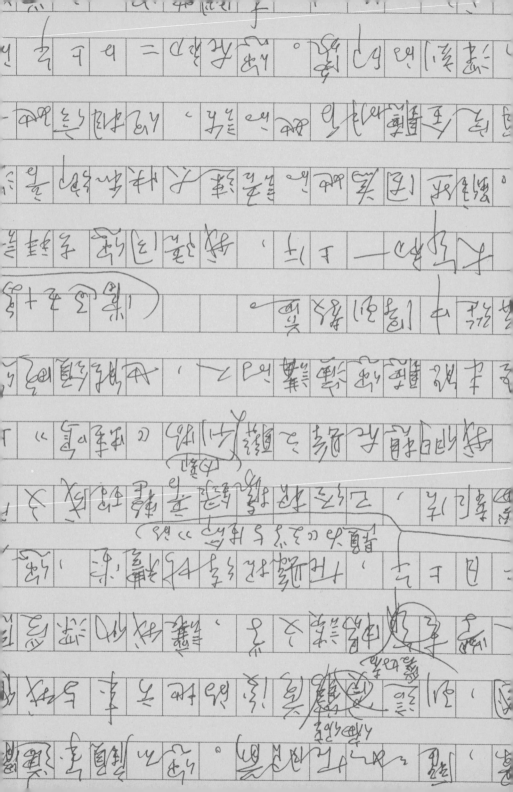

是您允許，我仍手寫稿，寫到哪
裡就寫多長吧。在電腦時代，用手
寫一種奢侈，當然也是一種樂趣。你
的字時，也能感受到一種古舊的氣
訴您，我父親來電話說：正月初七
家院子裡那株個樹形奇特而被您
的老梅，綻放了一樹繁盛的紅色花
人都引到我家來賞梅，我姑姑也七
那天下著毛茸茸的大雪，梅花的
花蕊，嗅之令人心醉。

您的學生 蝌蚪

二〇〇三年三月二十一日於北京

蛙。

每個孩子都是唯一的，都是不可替代的。
被罪感糾纏的靈魂，是不是永遠也得不到解脫呢？

莫言。

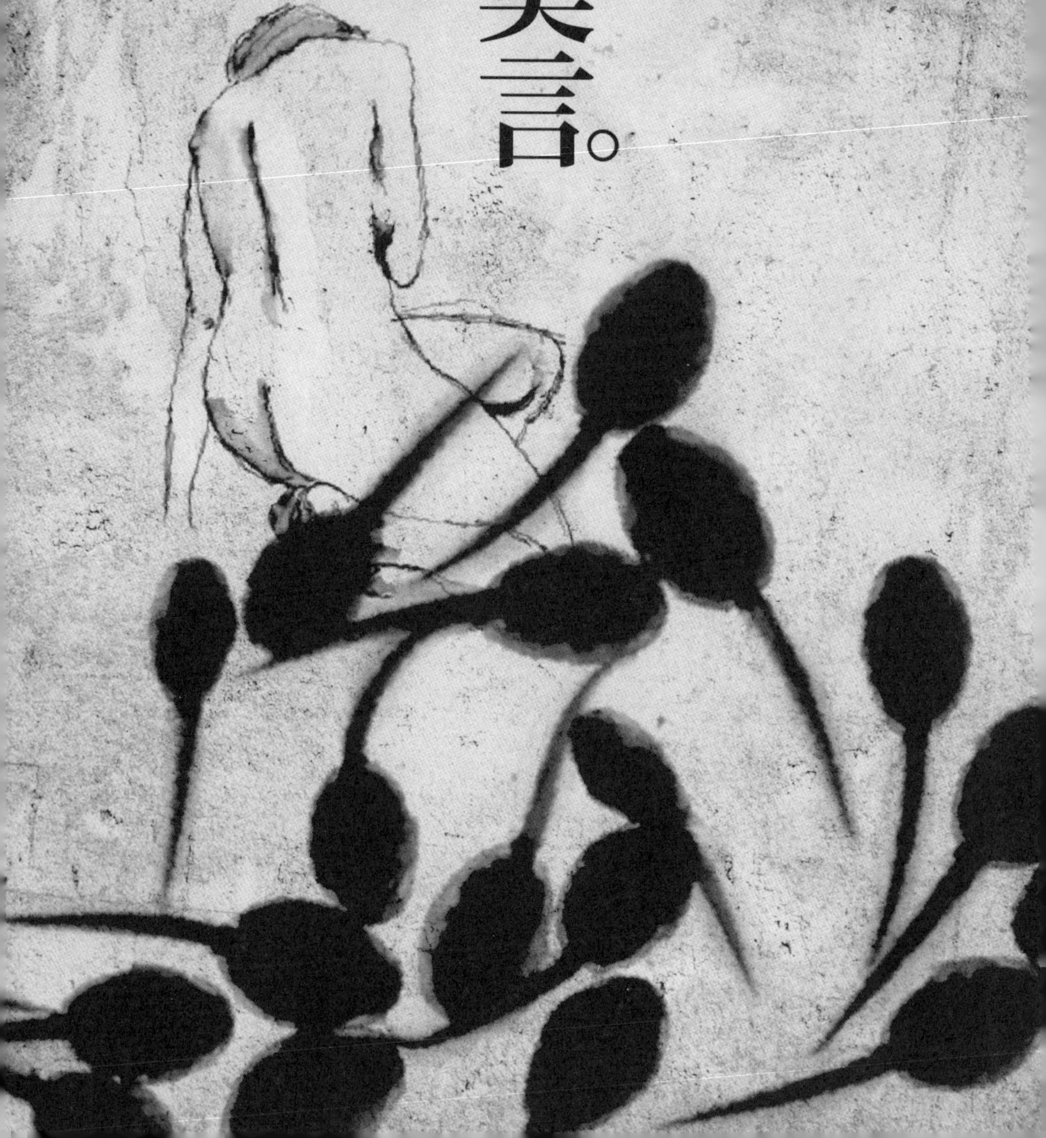

聽取蛙聲一片

莫言

題目是辛棄疾〈西江月．夜行黃沙道中〉的一句。這是我孩提時代就知曉的一句宋詞。知曉並且牢記不忘，就因爲這其中的「蛙聲一片」與我童年的記憶密切關聯。讀過我的小說的人，應該記得我曾經多次描寫過蛙聲，但並不一定知道我對青蛙的恐懼。人們有理由對毒蛇猛獸產生畏懼之心，但對有益於人並任人捕食的青蛙似乎沒理由害怕。但我確實怕極了青蛙。我一想到牠們那鼓凸的眼睛和潮濕的皮膚便感到不寒而慄。爲什麼怕？我不知道。這也許就是我以「蛙」來做這部小說題目的原因之一吧。

正如小說中所寫的一樣，我確有一個姑姑，是一位從業多年的婦科醫生。我們高密東北鄉數千名嬰兒，都是在她的幫助下來到人間。當然，也有爲數不少的嬰兒，在未見天日之前，夭折在她的手下。小說中的姑姑，與生活中的姑姑，自然有巨大的差別。眞實的姑姑，只是觸發我創作靈感的一個原型。她如今生活在鄉下，子孫滿堂，過著平安寧靜的生活。二〇〇二年春節時，我曾陪同日本作家大江健三郎先生去拜訪過她。當時我就對大江先生說，我要以姑姑爲原型寫一部長篇小說，大江先生很感興趣，並多次詢問過小說的進展情況。

二〇〇二年夏天我動筆寫這部小說，當時的題目叫《蝌蚪丸》。這題目的靈感得之於一九五八年的報紙上的一條新聞：男女行房前生呑十四隻蝌蚪便可避孕。稍有常識的人都會從這條新聞中讀出荒謬，但在當時，此法竟大爲盛行。這情形與幾十年後風靡大江南北的「打雞血」、「喝紅茶菌」十分相似。我沿著這條思路寫了足有十五萬字，但忽覺這寫法無意中又在重複荒誕誇張之舊套路，況且，所用的結構方法（以一個劇作者在劇場中觀看舞台上正在演出自己所寫話劇時的諸多回憶聯想爲經緯）也有過分刻意之嫌，因此，即將此稿放下，開始構思並創作《生死疲勞》。直到二〇〇七年，又重起爐灶，寫這部書，結構改爲書信體，並易題爲《蛙》。當然，我是不滿足於平鋪直敘地講述一個故事的，因此，小說的第五部分就成了一部可與正文部分相互補充的帶有某些靈幻色彩的話劇，希望讀者能從這兩種文體的轉換中理解我的良苦用心。

大陸的計畫生育，實行三十年來，的確減緩了人口增長的速度，但在執行這「基本國策」的過程中，確也發生了許多觸目驚心的事件，對此，西方媒體多有批評，但如果深入地瞭解眞實的情況，就恐怕很難做出一個斬釘截鐵的判斷。中國的問題非常複雜，中國的計畫生育問題尤其複雜，它涉及到了政治、經濟、人倫、道德等諸多方面，儘管不敢說搞明白了中國的計畫生育問題就等於搞明白了中國，但如果不搞明白中國的計畫生育問題，那就休要妄言自己明白了中國。

近年來，關於獨生子女政策是否繼續執行的問題，已有相當激烈的爭論。爭鳴文章的作者有很多都是有頭有臉的人物，發表這些爭鳴文章的，也都是主流媒體。互聯網上有關這問題的討論那更是鋪天蓋地。由此可見，對計畫生育政策的反思和研究，已經成爲一個萬眾關注的熱點問題。而隨著「改革開放」的深入，隨著集體經濟向私有經濟的轉化，隨著數億農民獲得了流動和就業的自由，計畫生育政策基本上名存實亡。農民們可以流動著生，偷著生，而富人和貪官們也以甘願被罰款和「包二奶」等方式，公然地、隨意地超計畫生育，滿足他們傳宗接代或繼承億萬家產的願望。大概只有那些工資微薄的小公務員，依然在遵守著「獨生子女」政策，他們一是不敢拿飯碗冒險，二是負擔不起在攀比中日益高升的教育費用，即便讓他們生二胎也不敢生。

我的《蛙》，通過描述姑姑的一生，既展示了幾十年來的鄉村生育史，又毫不避諱地揭露了當下中國生育問題上的混亂景象。直面社會敏感問題是我寫作以來的一貫堅持，因爲文學的精魂還是要關注人的問題，關注人的痛苦，人的命運。而敏感問題，總是能最集中地表現出人的本性。當然，寫敏感問題需要勇氣，需要技巧，但更需要的是一個作家的良心。

在當今的中國文學界，你如果不觸及社會敏感問題，會有人罵你「附炎趨勢」、「被官方包養」，如果寫了敏感問題，又會被這些人罵爲「向西方獻媚」。有段時間，我確曾小心翼翼，生怕招來這些永遠正確的好漢們的鞭撻，但近來漸漸明白，我即便一個字不寫，他們也不會放過我，因爲我的文學觸到了他們的痛處，因此我也就成了他們的敵人。

把那些視我爲敵的人甩到身後，快步前進，走自己的路。在良心的指引下，選擇能激發我創作靈感的素材；在我的小說美學的指導下，決定我小說的形式；在一種強烈的自我剖析的意識引導下，在揭示人物內心的同時也將自己的內心袒露給讀者。

寫完這部書後，有八個大字沉重地壓著我的心頭，那就是：他人有罪，我亦有罪。

二〇〇九年十一月二十二日

於北京平安里

目次

第一部

尊敬的杉谷義人先生：

分別近月，但與您在我的故鄉朝夕相處的情景，歷歷如在眼前。您不顧年邁體弱，跨海越國，到這落後、偏遠的地方來與我和我故鄉的文學愛好者暢談文學，讓我們深受感動。大年初二上午，在縣招待所禮堂，您爲我們做的題爲《文學與生命》的長篇報告，已經根據錄音整理成文字，如蒙允准，我們想在縣文聯的內部刊物《蛙鳴》上發表，使那天未能聽您演講的人們，也能領略您的語言風采並從中受到教益。

大年初一上午，我陪同您去拜訪了我的當了五十多年婦科醫生的姑姑。雖然因爲她的語速太快和鄉音濃重，使您沒有完全聽明白她說的話，但相信她一定給您留下了深刻的印象。您在初二上午的演講中多次以我姑姑爲例，來闡發您的文學觀念。您說您的腦海裡已經有了一個騎著自行車在結了冰的大河上疾馳的女醫生形象，一個背著藥箱、撐著雨傘、挽著褲腳、與成群結隊的青蛙搏鬥著前進的女醫生的形象，一個手托嬰兒、滿袖血污、朗聲大笑的女醫生形象，一個口叼香菸、愁容滿面、衣衫不整的女醫生形象……您說這些形象時而合爲一體，時而又各自分開，彷彿是一個人的一組雕像。您鼓勵我們縣的文學愛好者們能以我姑姑爲素材寫出感人的作品：小說、詩歌、戲劇。先生，創作的熱情被您鼓動起來了，很多人躍躍欲試。縣文化館一位文友，已經動筆寫作一部鄉村婦科醫生題材的小說。我不願與他撞車，儘管我對姑姑的事蹟瞭解得遠比他多，但我還是把小說讓給他寫。先生，我想寫一部以姑姑的一生爲素材的話劇。初二日晚上在我家炕頭上促膝傾談時，您對法國作家薩特的話劇的高度評價和細緻入微、眼光獨到的分析，使我如醍醐灌頂、茅塞頓開！我要寫，寫出像《蒼蠅》、《髒手》那樣的優秀劇本，向偉大劇作家的目標勇猛奮進。我遵循著您的教導：不著急，慢慢來，像青蛙穩坐蓮葉等待昆蟲那樣耐心；想好了下筆，像青蛙躍起捕蟲那樣迅疾。

在青島機場，送您上飛機之前，您對我說，希望我用寫信的方式，把姑姑的故事告訴您。姑姑的一生，雖然還沒結束，但已經可以用「波瀾壯闊」、「跌宕起伏」等大詞兒來形容了。她的故事太多，我不知道這封信要寫多長，那就請您原諒，請您允許，我信筆塗鴉，寫到哪裡算哪裡，能寫多長就寫多長吧。在電腦時代，用紙、筆寫信已經成爲一種奢侈，當然也是樂趣，但願您讀我的信時，也能感受到一種古舊的樂趣。

順便告訴您，我父親打電話告訴我：正月二十五日那天，我家院子裡那株因樹形奇特而被您喻爲「才華橫溢」的老梅，綻放了紅色的花朵。好多人都到我家去賞梅，我姑姑也去了。我父親說那天下著毛茸茸的大雪，梅花的香氣瀰漫在雪花中，嗅之令人頭腦清醒。

您的學生　蝌蚪

二〇〇二年三月二十一日　北京

一

先生，我們那地方，曾有一個古老的風氣，生下孩子，好以身體部位和人體器官命名。譬如陳鼻、趙眼、吳大腸、孫肩……這風氣因何而生，我沒有研究，大約是那種以爲「賤名者長生」的心理使然，抑或是母親認爲孩子是自己身上一塊肉的心理演變。這風氣如今已不流行，年輕的父母們，都不願意以那樣古怪的名字來稱謂自己的孩子。我們那地方的孩子，如今也大都擁有了與香港、台灣，甚至與日本、韓國的電視連續劇中人物一樣優雅而別緻的名字。那些曾以人體器官或身體部位命名的孩子，也大都改成雅名，當然也有沒改的，譬如陳耳，譬如陳眉。

陳耳和陳眉之父陳鼻是我的小學同學，也是我少年時的朋友。我們是一九六〇年秋季進入「大羊欄小學」的。那是飢餓的年代，留在我記憶中最深刻的事件，大都與吃有關。譬如我曾講過的吃煤的故事。許多人以爲是我胡亂編造，我以我姑姑的名義起誓：這不是胡編亂造，而是確鑿的事實。

那是一噸龍口煤礦生產的優質煤塊，亮晶晶的，斷面處能照清人影。我後來再也沒見過那麼亮的煤。村裡的車把式王腳，趕著馬車，把煤從縣城運回。王腳方頭、粗頸、口吃，講話時，目放精光，臉憋得通紅。他兒子王肝，女兒王膽，都是我的同學。王肝與王膽是一卵雙胎。王肝身體高大，但王膽卻是個永遠長不大的袖珍姑娘——說得難聽點吧，是個侏儒。大家都說，在娘肚子裡時，王肝把營養霸光了，所以王膽長得小。卸煤時正逢下午放學，大家都背著書包，圍看熱鬧。王腳用一柄大鐵鍬，從車上往下鏟煤。煤塊落在煤塊上，嘩嘩響。王腳脖子上有汗，解下腰間那塊藍布擦拭。擦汗時看到兒子王肝和女兒王膽，便大聲喝斥：回家割草去！王膽轉頭就跑——她跑起來身體搖搖擺擺，重心不穩，像個初學走路的嬰孩，很是可愛——王肝往後縮縮，但不走。王肝爲父親的職業感到榮耀。現在的小學生，即便父親是開飛機的，也體會不到王肝那時的榮耀。大馬車啊，轟轟隆隆，跑起來雙輪捲起塵土的大馬車啊。駕轅的是匹退役軍馬，曾在軍隊裡馱過砲彈，據說立過戰功，屁股上燙著烙印。拉長套的是匹脾氣暴躁的公騾，能飛蹄傷人，好張嘴咬人。這騾子雖然脾氣不好，但氣力驚人，速度極快。能夠駕馭這頭瘋騾的也只有王腳。村子裡有很多人羨慕這職業，但都望騾卻步。這騾子已經咬傷過兩個兒童：第一個是袁臉的兒子袁腮，第二個是王膽。馬車停在她家門前時，她到騾前去玩，被騾子咬著腦袋叼起來。我們都很敬畏王腳。他身高一米九，雙肩寬闊，力大如牛，二百斤重的石碌碡，雙手抓起，胳膊一挺，便舉過頭頂。尤其讓我們敬佩的，是他的神鞭。瘋騾咬破袁腮頭顱那次，他拉上車閘，雙腿叉開，站在車轅兩邊，揮舞鞭子，抽打瘋騾屁股。那眞是一鞭一道血痕，一鞭一聲脆響。瘋騾起初還尥蹶子，但一會兒工夫便渾身顫抖，前腿跪在地上，腦袋低垂，嘴巴啃著泥土，撅著屁股承揍。後來還是袁腮的爹袁臉說，老王，饒了牠吧！王腳才悻悻地甘休。袁臉是黨支部書記，村裡最大的官。他的話王腳不敢不聽。瘋騾把王膽咬傷後，我們都期待著再看一場好戲，但王腳一鞭也沒打。他從路邊石灰堆上抓起一把石灰，掩在王膽頭上，把她提回家去。他沒打騾子，卻抽了老婆一鞭，踢了王肝一腳。我們指指點點地議論著那頭棕色的瘋騾。牠瘦骨伶仃，眼睛上方有兩個深得可放進一枚雞卵的凹陷。牠的目光憂傷，似乎隨時都會放聲大哭。我們無法想像這樣一匹瘦騾子怎會爆發出那樣大的力量。當我們一邊議論一邊向那騾子靠近時，王腳便停止鏟煤，用凌厲的目光逼視我們，嚇得我們連連倒退。堆在學校伙房前的煤堆漸漸高起來，車上的煤漸漸少了。我們不約而同地抽鼻子，因爲我們嗅到了一種奇異的香味。彷彿是燃燒松香的味兒，又彷彿是燒烤土豆的味兒。我們的嗅覺把我們的目光吸引到那一堆亮晶晶的煤塊上。王腳攏馬驅騾，馬車離開校園。我們並沒像往常那樣，去追趕馬車，並冒著被鞭子抽頭的危險跳上去過癮。我們目不轉睛，慢慢地向煤堆移動。伙夫老王，挑著兩桶水，搖搖擺擺地走過來。他的女兒王仁美，也是我們的同學，後來成爲我的妻子。她是當時少有的沒用器官命名的孩子，因爲伙夫老王，是個有文化的人。他原本是公社畜牧站的站長，後因說話不當犯了錯誤，被開除公職遣返回鄉。老王狐疑地看著我們。他以爲我們要衝進伙房哄搶食物吧？所以他說，滾，小兔崽子們！這裡沒有你們吃的，回家吃你們娘的乳頭去吧。我們自然聽到了他的話，我們甚至也考慮了他的建議，但他的建議無疑於罵人。我們都是七八歲孩子，怎麼還可能吃奶？即便我們還吃奶，但我們的母親，都餓得半死，乳房緊貼在肋骨上，哪裡有奶可吃？但沒人去跟老王理論。我們站在煤堆前，低頭彎腰，像地質愛好者發現了奇異礦石；我們抽動鼻子，像從廢墟中尋找食物的狗。說到這裡，首先要感謝陳鼻，其次要感謝王膽。是陳鼻首先撿起一塊煤，放在鼻邊嗅，皺著眉，彷彿在思索什麼重大問題。他的鼻子又高又大，是我們取笑的對象。思索了一會，他將手中那塊煤，猛地砸在一塊大煤上。煤塊應聲而碎，那股香氣猛地散發出來。他揀起一小塊，王膽也揀起一小塊；他用舌頭舔舔，品咂著，眼睛轉著圈兒，看看我們；她也跟著學樣兒；舔煤，看我們。後來，他們倆互相看看，微微笑笑，不約而同地，小心翼翼地，用門牙啃下一點煤，咀嚼著，然後又咬下一塊，猛烈地咀嚼著。興奮的表情，在他們臉上洋溢。陳鼻的大鼻子發紅，上邊布滿汗珠。王膽的小鼻子發黑，上面沾滿煤灰。我們癡迷地聽著他們咀嚼煤塊時發出的聲音。我們驚訝地看到他們吞嚥。他們竟然把煤嚥下去了。他壓低聲音說：夥計們，好吃！她尖聲喊叫：哥呀，快來吃啊！他又抓起一塊煤，更猛地咀嚼起來。她用小手揀起一塊大煤，遞給王肝。我們學著他們的樣子，把煤塊砸碎，撿起來，用門牙先啃下一點，品嚐滋味，雖有些牙磣，但滋味不錯。陳鼻大公無私，舉起一塊煤告訴我們：夥計們，吃這樣的，這樣的好吃。他指著煤塊中那半透明的、淺黃色的，像琥珀一樣的東西說，這種帶松香的好吃。我們已經上過自然課，知道煤是許多世紀前，埋在地殼中的森林變成的。給我們上自然課的是我們的校長吳金榜。我們不相信校長的話，我們也不相信課本上的話。森林是綠色的，怎麼可能變成黑色的煤炭？我們以爲校長和課本都是在胡說八道。發現了煤塊中的松香，才明白校長沒有騙我們，課本也沒有騙我們。我們班三十五個學生，除了幾個女生不在，其餘都在。我們每人攥著一塊煤，咯咯崩崩地啃，咯咯嚓嚓地嚼，每個人的臉上，都帶著興奮的、神祕的表情。我們彷彿在進行一場即興表演，我們彷彿在玩一種古怪遊戲。肖下唇拿著一塊煤，翻來覆去地看，不吃，臉上帶著蔑視的神情。他不吃煤因爲他不餓，他不餓因爲他爹是公社糧庫保管員。伙夫老王驚呆了。他手上沾著麵粉跑出來。天哪，他手上沾著麵粉！當時在學校伙房就餐的除了我們的校長和我們的教導主任之外，還有兩個在鄉下駐點的公社幹部。老王驚呼：孩子們，你們幹什麼？你們……吃煤？煤也能吃？王膽用小小的手舉著一塊大煤，細聲細氣地說：大叔，太好吃了，給你一塊嚐嚐。老王搖著頭，道：王膽，你這小女孩，也跟著這幫野小子胡鬧。王膽咬了一口煤，說：眞的好吃嚜，大叔。這時已是傍晚，紅日西沉。那兩個在這裡搭伙就餐的公社幹部騎著車子來了。他們也被我們吸引住了。老王揮舞著扁擔轟趕我們。那個姓嚴的公社幹部——好像是個副主任——制止了老王。他的臉色很難看，揮了一下手，轉身鑽進了伙房。

第二天我們在課堂上一邊聽于老師講課一邊吃煤。我們滿嘴烏黑，嘴角上沾著煤末子。不但男生吃，那些頭天沒參加吃煤盛宴的女生在王膽的引導下也跟著吃。伙夫老王的女兒——我的第一任妻子——王仁美吃得最歡。現在想起來她大概患有牙周炎，因爲吃煤時她滿嘴都是血。于老師在黑板上寫了幾行字便回頭注視我們。她首先質問她的兒子、我們的同學李手：手，你們吃什麼？媽，我們吃煤。老師我們吃煤，您要不要嚐嚐？王膽在前排座位上舉煤大喊——她的大喊也像小貓叫喚——于老師走下講台，從王膽的手裡接過那塊煤，放在鼻子底下，既像看又像嗅。好久，她一言沒發，將煤還給王膽。于老師說：同學們，我們今天上第六課，《烏鴉和狐狸》。烏鴉得到一塊肉，非常得意，站在樹梢上。狐狸在樹下，對烏鴉說，烏鴉太太，您的歌聲太美妙了，您一歌唱，全世界的鳥兒都得閉嘴了。烏鴉被狐狸的馬屁拍昏了頭，一張嘴，哇，肉就落在狐狸口中了。于老師帶領我們誦讀課文。我們滿嘴烏黑，跟著朗讀。

我們于老師是有文化的人，竟然也入鄉隨俗地給她的兒子起名爲李手。李手後來以優異成績考入醫學院，畢業後到縣醫院當了外科大夫。陳鼻鍘草時鍘斷了四根手指，李手給他接活了三根。

二

陳鼻為什麼生了一隻與眾不同的大鼻子呢？這事兒大概只有他母親能說清楚。

陳鼻的父親陳額，字天庭，是我們村裡唯一擁有兩個老婆的人。陳額識字很多，解放前家有良田百畝，開著燒酒作坊，在哈爾濱還有買賣。他的大婆是本村人，為他生了四個女兒。解放前陳額跑了，解放後，大概是一九五一年，袁臉帶著兩個民兵，去東北把他押了回來。他逃亡時是單身一個，把大婆和女兒們撇在家裡，回來時卻帶著一個女人。那女人黃頭髮藍眼珠，看上去有三十出頭年紀，姓艾名蓮。艾蓮懷裡，抱著一條渾身生滿斑點的狗。因為這女人在解放前就跟陳額結了婚，所以他就合法地擁有了兩個老婆。村裡有幾個赤貧光棍漢，對陳額一人雙妻極為不滿，曾半是戲說半是認眞地要陳額讓出一個老婆給他們用。陳額咧著嘴，臉上的表情哭笑難分。陳額的兩個老婆起初住在一個院裡，後來因為打架，鬧得雞犬不寧，經袁臉同意，將小婆安置在學校旁邊的兩間廂房裡。學校的房子原來是陳額家的燒酒作坊，那兩間廂房也是他家的房產。陳額與兩個女人達成了協定，兩邊輪換著住。黃毛女人從哈爾濱抱回來那條狗，被村裡的土狗欺負死了。艾蓮挺著大肚子葬狗不久後，生了陳鼻，所以有人說陳鼻是那條斑點狗投胎轉世。他嗅覺靈敏，也許與此有關吧。那時候我姑姑已經去縣城學習了新法接生，成爲鄉裡的專職接生員。那是一九五三年。

一九五三年，村民們對新法接生還很抗拒，原因是那些「老娘婆」背後造謠。她們說新法接生出來的孩子會得風症。「老娘婆」爲什麼造謠？因爲一旦新法接生推廣開，就斷了她們的財路。她們接生一個孩子，可以在產婦家飽餐一頓並能得到兩條毛巾、十個雞蛋的酬勞。提起這些「老娘婆」，姑姑就恨得咬牙切齒。姑姑說不知道有多少嬰兒、產婦死在這些老妖婆的手裡。姑姑的描繪給我們留下恐怖的印象。那些「老娘婆」似乎都留著長長的指甲，眼睛裡閃爍著鬼火般的綠光，嘴巴裡噴著臭氣。姑姑說她們用擀麵杖擠壓產婦的肚子。她們還用破布堵住產婦的嘴巴，彷彿孩子會從嘴巴裡鑽出來一樣。姑姑說她們一點解剖學知識都沒有，根本不瞭解婦女的生理結構。姑姑說碰上難產她們就會把手伸進產道死拉硬拽，她們甚至把胎兒和子宮一起從產道裡拖出來。在很長一段時間裡，如果讓我選擇一批最可恨的人拉出去槍斃，我都會毫不猶豫地說：「老娘婆」。後來，我慢慢地明白了姑姑的偏激。那種野蠻的、愚昧的「老娘婆」肯定是存在的，但有經驗的、靠自身經驗體悟到了女性身體祕密的「老娘婆」也是肯定存在的。其實我奶奶就是一個「老娘婆」。我奶奶是一個主張無爲而治的「老娘婆」，她認爲瓜熟自落，她認爲一個好的「老娘婆」就是多給產婦鼓勵，等孩子生下來，用剪刀剪斷臍帶，敷上生石灰，包紮起來即可。但我奶奶是一個不受歡迎的「老娘婆」，人們都說她懶。人們似乎更喜歡那種手忙腳亂、裡外亂竄、大喊大叫、與產婦一樣汗流浹背的「老娘婆」。

我姑姑是我大爺爺的女兒。我大爺爺是八路軍的醫生。他先是學中醫的，參軍後，跟著諾爾曼·白求恩，學會了西醫。白求恩犧牲後，大爺爺心中難過，生了一場大病，眼見著不行了，說想家想娘了。組織上批准他回家養病。他回到老家時，我老奶奶還活著。他一進家門就聞到一股熬綠豆湯的香氣。老奶奶趕緊涮鍋點火熬綠豆湯，兒媳婦想幫忙，被她用枴棒撥拉到一邊。我大爺爺坐在門檻上，焦急地等待著。姑姑對我們說那時她已經記事了，讓她叫「大」她不叫，躲在娘背後偷著看。姑姑說從小就聽娘和奶奶嘮叨爹的事，終於見到了，卻覺得好陌生。姑姑說大爺爺坐在門檻上，臉色蠟黃，頭髮長長，蝨子在脖子上爬。穿著一件破棉襖，棉絮都露了出來。姑姑說她的奶奶也就是我們的老奶奶一邊燒火一邊流淚。綠豆湯熬出來了。大爺爺急不可耐，不顧湯熱燙嘴，捧著碗急喝。老奶奶叨叨著：兒啊，不用急，鍋裡還有呢！姑姑說大爺爺雙手哆嗦。喝了一碗，又添了一碗。喝完第二碗後他就不哆嗦了。汗水沿著他的鬢角流下來。眼珠漸漸地活泛了，臉上有了血色。姑姑說她聽到大爺爺肚子裡呼嚕呼嚕響，好像推磨一樣。一個時辰後，姑姑說大爺爺到廁所裡去，拉了個唏哩嘩啦，似乎連腸子都拉了出來。然後就慢慢地好起來，兩個月後就精神健旺生龍活虎了。

我對姑姑說，曾在《儒林外史》上看到過類似的故事。姑姑問我：《儒林外史》是什麼？我說是古典文學名著。姑姑瞪我一眼，說，連古典文學名著上都有，你還懷疑什麼?!

大爺爺病癒之後，就要回太行山找部隊。老奶奶說：兒啊，我沒幾天活頭了，給我送了終你再走。大奶奶自己不好說，就讓姑姑說。姑姑說，爹，俺娘說了，你要走也行，但要給俺留下個弟弟再走。

這時，八路軍膠東軍區的人找上門來，動員大爺爺加入。大爺爺是諾爾曼·白求恩的弟子，名氣很大。大爺爺說，我是晉察冀軍區的人。膠東軍區的人說，都是共產黨的人，在哪裡幹不一樣啊？我們這裡正缺您這樣的人，老萬，無論如何我們也要把您留下。許司令說了，用八人大轎抬不來，就用繩子給老子綑來，先兵後禮，老子擺大宴請他！就這樣，大爺爺留在了膠東，成了八路軍西海地下醫院的創始人。

這地下醫院眞在地下呢，地道連著房間、房間通向地道，有消毒室、治療間、手術室、休養室，這些遺跡至今保存完好，在萊州市于疃鎭祝家村，一個八十八歲的老太太，王秀蘭，當年跟大爺爺當過護士，她還健在。有好幾間休養室的出口通向水井。當年，一個年輕姑娘去井裡打水，水桶莫名其妙地被扯住了，低頭往裡一看，井壁側洞裡，一個年輕的八路軍傷患正對著她扮鬼臉呢。

大爺爺的高超醫術很快在膠東傳開。許司令肩胛縫裡那塊彈片就是他取出來的，黎政委愛人難產，也是大爺爺手術，保了母子平安。連平度城裡的日軍司令杉谷也知道爺爺的大名，他率兵下來掃蕩，坐騎大洋馬被地雷炸翻。他棄馬逃走。大爺爺爲這匹馬動了手術，治癒後，成了夏團長的坐騎。後來此馬戀舊，咬斷轠繩逃回平度城。杉谷見寶馬復歸，驚喜萬分，讓漢奸祕密探訪，得知八路軍在他眼皮底下建了一座醫院，醫院院長就是把死馬醫活的神醫萬六府。杉谷司令是學醫出身，惺惺相惜，總想把大爺爺招降過去。爲此杉谷從《三國演義》裡學了詭計，派人祕密潛入吾鄉，把我老奶奶、我大奶奶、我姑姑綁架到平度城中，扣做人質，然後派人送信給我大爺爺。

我大爺爺是意志堅定的共產黨人，看完杉谷的信，揉巴揉巴就扔了。醫院門政委將這信撿起來送到軍區。許司令和黎政委聯名寫信給杉谷，怒斥他是個小人。信中說如果他敢傷萬六府三位親人一根毫毛，膠東軍區將集合全部兵力攻打平度城。

姑姑說她與大奶奶老奶奶在平度城裡住了三個月，有吃有喝，沒受罪。姑姑說那杉谷司令是個白臉青年，戴一副白邊眼鏡，留著小八字鬍，文質彬彬，講一口流利中文。他稱老奶奶爲伯母，稱大奶奶爲嫂夫人，稱姑姑爲賢侄。姑姑說她對杉谷沒有壞印象。當然這是姑姑私下裡對我們自家人說的，對外她不這樣說。對外她說，她與大奶奶老奶奶受盡了日本人的嚴刑拷打，威逼利誘，但堅決不動搖。

先生，我大爺爺的故事三天三夜也說不完，咱們得空再聊。但大爺爺犧牲的事必須說說。姑姑說大爺爺是在地道裡爲傷患做手術時，被敵人的毒瓦斯熏死的。縣政協編的文史資料上也是這樣說的。但也有人私下裡說大爺爺腰裡纏著八顆手榴彈、騎著騾子，一人獨闖平度城，想以孤膽英雄的方式去營救妻子、女兒與老母，但不幸誤踩了趙家溝民兵的連環雷。傳播這消息的人姓肖名上唇，曾在西海醫院當過擔架員。此人陰陽怪氣，解放後在公社糧庫當保管員，曾因發明了一種特效滅鼠藥而名噪一時，名字中的「唇」字，見報時也改爲「純」字。後來被揭露，他的特效鼠藥的主要成分是國家已經嚴禁使用的劇毒農藥。此人與姑姑有仇，因此他的話不可信。他對我說，你大爺爺不聽組織命令，撇下醫院的傷病員，要個人英雄主義，行前為了壯膽，喝了兩斤地瓜燒酒，喝得醉三麻四，結果糊裡糊塗踩了自己人的地雷。肖上唇齜著焦黃的大牙，簡直是幸災樂禍地對我說：你大爺爺和那匹騾子都被炸碎了，是用兩隻筐子抬回來的。筐子裡有人胳膊，也有騾蹄子，後來就那麼爛七八糟地倒進了一個棺材。棺材倒是不錯，是從蘭村一個大戶人家強徵來的。我把他的話向姑姑轉述後，姑姑杏眼圓睜，銀牙頓挫地說：總有一天，我要親手劁了這個雜種！

姑姑堅定地對我說：孩子，你什麼都可以不相信，但一定要相信，你大爺爺是抗日英雄，革命烈士！英靈山上，有他的陵墓，烈士紀念館裡，展覽著他用過的手術刀和他穿過的皮鞋。那是雙英國皮鞋，是諾爾曼·白求恩大夫臨死前贈送給他的。

三

先生，匆匆忙忙講述大爺爺的故事，是爲了從容不迫地講述姑姑的故事。

姑姑生於西曆一九三七年六月十三日，農曆五月初五，乳名端陽，學名萬心。她的名字是大爺爺所起，既尊重了本地習俗，又顯得寓意深遠。大爺爺犧牲之後，老奶奶在平度城裡因病去世。膠東軍區通過內線大力營救，將大奶奶和姑姑救出牢籠。大奶奶和姑姑被接到解放區，姑姑在那裡念抗日小學，大奶奶在被服廠納鞋底子。解放後，像姑姑這樣的烈士後代，有許多機會可以遠走高飛，但大奶奶熱土難離，姑姑捨不得離開大奶奶。縣裡領導問姑姑想幹什麼，姑姑說要繼承父業，於是就進了專區衛生學校。姑姑從衛生學校畢業時才十六歲，在鎭衛生所行醫。縣衛生局開辦新法接生培訓班，派姑姑去學習。姑姑從此便與這項神聖的工作結下了不解之緣。從一九五三年四月初四接下第一個孩子，到去年春節，姑姑說她一共接生了一萬個孩子，與別人合作的，兩個算一個。這話她也親口對您說過。我估計，一萬個孩子，大概是誇張了些，但七八千個孩子總是有的。姑姑帶過七個徒弟，其中一個外號「小獅子」的，頭髮蓬鬆，塌鼻方口，臉上有粉刺，是姑姑的崇拜者，姑姑讓她去殺人，她立馬就會持刀前往，根本不問青紅皀白。

前面我們說過，一九五三年春天時，我們那兒的婦女對新法接生頗多牴觸。那些「老娘婆」又在私下裡造謠詆毀，姑姑那時雖然只有十七歲，但因爲從小經歷不凡，又加上一個黃金般璀璨的出身，已經成爲我們高密東北鄉影響巨大、眾人仰目而視的重要人物。當然，姑姑的容貌也是出類拔萃的。不說頭，不說臉，不說鼻子不說眼，就說牙。我們那地方是高氟區，老老少少，都齜著一嘴黑牙。姑姑小時在膠東解放區生活過很長時間，喝過山裡的清泉，並跟著八路軍學會了刷牙，也許就是這原因，她的牙齒沒受毒害。我姑姑擁有一口令我們、尤其是令姑娘們羨慕的白牙。

姑姑接生的第一個孩子是陳鼻。爲此姑姑曾表示過遺憾。她說她接生的第一個孩子本應該是革命的後代，沒想到卻接生了一個地主的狗崽子。但當時爲了打開局面，爲了革掉舊法接生的命，姑姑沒來得及考慮這個問題。

姑姑得到艾蓮即將生產的消息，騎著那時還很罕見的自行車，背著藥箱子，飛一般竄回來。從鄉衛生所到我們村十里路，姑姑只用了十分鐘。當時村支書袁臉的老婆正在膠河邊洗衣裳，她親眼看到姑姑從那座狹窄的小石橋上飛馳而過。一條正在小橋上玩耍的狗驚慌失措，一頭栽到河裡。

姑姑手提藥箱衝進艾蓮居住的那兩間廂房時，村裡的「老娘婆」田桂花已經在那裡了。這是個尖嘴縮腮的老女人，當時已經六十多歲，現在早已化爲泥土，阿彌陀佛！田桂花屬積極干預一派，姑姑進門後，看到她正騎跨在艾蓮身上，賣力地擠壓艾蓮高高隆起的腹部。這老婆子患有慢性氣管炎，她咻咻地喘息聲與產婦殺豬般的嚎叫聲混雜在一起，製造出一種英勇悲壯的氛圍。地主陳額，跪在牆角，腦袋像磕頭蟲般一下一下地碰撞著牆壁，嘴裡念叨著一些含混不清的話語。

我多次去過陳鼻的家，熟知他家的結構。那是兩間朝西開門的廂房，房檐低矮，房間狹小。一進門就是鍋灶，鍋灶後是一堵二尺高的間壁牆，牆後就是土炕。姑姑一進門就可看到炕上的情景。姑姑看到了炕上的情景就感到怒不可遏，用她自己的話說叫做「火冒三丈」。她扔下藥箱，一個箭步衝上去，左手抓住那老婆子的左臂，右手抓住老婆子的右肩，用力往右後方一別，就把老婆子甩在了炕下。老婆子頭碰在尿罐上，尿流滿地，屋子裡瀰漫著臊氣。老婆子頭破了，流出了暗黑的血。其實她的傷也沒有多重，但她尖聲嚎叫，十分誇張。一般人聽到這樣的哭聲就會嚇暈，但姑姑不怕，姑姑是見過大世面的人。

姑姑站在炕前，戴上橡膠手套，嚴肅地對艾蓮說：你不要哭，也不要嚎，因為哭嚎無濟於事。你如果想活，就聽我的命令，我讓你怎麼著，你就怎麼著。艾蓮被姑姑震住了，她當然知道姑姑的光榮出身和傳奇經歷。姑姑說：你是高齡產婦，胎位不正。人家的孩子，都是先出頭，你這孩子，先伸出一隻手，腦袋窩在裡邊。姑姑後來多次開陳鼻的玩笑，說他頭還沒出來就先把手伸出去，似乎要向這個世界討要什麼。陳鼻總是回答：討飯吃唄！

姑姑雖是初次接生，但她頭腦冷靜。遇事不慌，五分的技藝，能發揮出十分的水準。姑姑是天才的婦產科醫生，她幹這行兒腦子裡有靈感，手上有感覺。見過她接生的女人或被她接生過的女人，都佩服得五體投地。我母親生前多次對我們說：你姑姑的手跟別人不一樣。常人手有時涼，有時熱，有時發僵，有時流汗，但你姑姑的手五冬六夏都一樣，是軟的，涼的，不是那種鬆垮的軟，是那種……怎麼說呢……有文化的哥哥說：是不是像綿裡藏針、柔中帶剛？母親道：正是。她的手那涼也不是像冰塊一樣的涼，是那種……有文化的哥哥又替母親補充：是內熱外涼，像絲綢一樣的，寶玉樣的涼。母親道：正是正是，只要她的手在病人身上一摸，十分病就去了七分。姑姑差不多被鄉裡的女人們神化了。

艾蓮是個幸運的女人，當然她首先是個聰明的女人。姑姑的手在她肚皮上一摸，她就感受到了一種力量。她後來逢人便說姑姑有大將風度。與姑姑相比，那個趴在尿罐邊嚎哭的女人簡直是個小丑。在姑姑的科學態度和威嚴風度的感召和震撼下，產婦艾蓮看到了光明，產生了勇氣，那撕肝裂肺的痛疼似乎也減輕了許多。她停止了哭泣，聽著姑姑命令，配合著姑姑的動作，把這個大鼻子嬰兒生了出來。

陳鼻剛出生時沒有呼吸，姑姑將他倒提起來，拍打他的後背前胸，終於使他發出了貓叫般的哭聲。姑姑說：這個小傢伙，鼻子怎麼這麼大呢？像個美國佬一樣呢！姑姑這時心中充滿了喜悅，就像一個工匠完成了自己的第一件作品。產婦疲憊的臉上綻開了燦爛的笑容。姑姑是個階級觀念很強的人，但她將嬰兒從產道中拖出來那一刻會忘記階級和階級鬥爭，她體會到的喜悅是一種純潔、純粹的人的感情。

聽說小老婆娩出的是個男嬰，陳額從牆角爬起來。他手足無措，在灶台狹窄的空間轉著圈兒。兩行蜂蜜般的淚水，從他枯乾的眼窩裡流出來。他心裡的狂喜無法用語言形容。許多話他想說但不敢出口，什麼香火啦，宗族啦，對他這種人，說出口就是罪過。

姑姑對陳額說，這孩子生了這麼個大鼻子，乾脆就叫陳鼻吧！

姑姑是一句戲言，但那陳額，竟如領了聖旨一般，點頭哈腰地說：感謝心姑賜名！感謝心姑賜名。陳鼻好，就叫陳鼻！

姑姑在陳額的千恩萬謝中，在艾蓮的婆娑淚珠中，收拾好藥箱，準備回去。姑姑看到，田桂花背靠著牆壁，面對著破尿罐，坐在那裡，彷彿睡著了一樣。姑姑不知道她何時改成了這樣的姿態，也記不清她那種令人毛骨悚然的嚎哭是何時停止的。姑姑說還以爲她死了呢，但看到她的眼睛在幽暗中像貓眼一樣放出綠光後，才知道她活著。姑姑的心中湧起憤怒的波濤。姑姑問：你怎麼還不走?!那老婆子竟然說：這活兒我幹了一半，你幹了一半；按說我只要一條毛巾，五個雞蛋，但你把我的頭打破了，看在你娘的面子上，我不去政府控告你了，但你必須把你那條毛巾給我包紮傷口，把你那五個雞蛋給我補養身體。姑姑這才想起，這些「老娘婆」是要跟產婦家索要財物的，她心中充滿了厭惡。可恥啊，太可恥了！姑姑咬著牙根說：什麼這活兒你幹了一半？如果讓你全幹完，現在炕上就是兩具屍體！你這個老妖婆子，你以爲女人的陰道像老母雞的屁股一樣，用力一擠，雞蛋就會蹦出來？你這是接生嗎？不，你這是殺人！你還想去告我？姑姑飛起一腳踢中了老婆子的下巴。你還要毛巾、雞蛋！姑姑又是一腳，踢在老婆子屁股上，然後，一手拎著藥箱，一手揪著老婆子腦後的髮髻，拖拖拉拉，到了院子裡。陳額跟出來勸和，姑姑怒斥：滾回去！照顧你老婆去！

姑姑說這是她平生第一次打人。姑姑說想不到我這麼會打人。姑姑對準老太婆的屁股又踢了一腳。老太婆翻了一個滾，爬起來，坐在地上雙手拍打著地面，呼天搶地：救命啊！打死人了……我被萬六府的強盜女兒打死了……

正是傍晚時分，夕陽、晚霞、微風，村裡人多半捧著大碗站在街邊吃飯，聽到這邊喧鬧，便小跑著匯聚過來。村支書袁臉和大隊長呂牙也來了。田桂花是呂牙的遠房嬸子，沾親三分向，呂牙就說：萬心，你一個年輕姑娘，打一個老人，不感到臊得慌嗎？

姑姑對我們說：他呂牙什麼東西？打得他老婆滿地爬的畜牲，竟敢教訓我？

姑姑說：什麼老人？老妖怪，害人精！你問問她自己，她幹了些什麼事？

多少人死在你的手裡，老娘手裡有槍，立馬兒就崩了你！姑姑伸出右手食指，指著老太太的頭。姑姑當時是個十七歲的大姑娘，竟然自稱「老娘」，把很多人逗笑了。

呂牙還想為田桂花爭理，支書袁臉道：萬醫生沒錯，對這種拿著人命開玩笑的巫婆，就該嚴加懲治！田桂花，別耍死狗了，打你算輕的，應該送你進監獄！從今後，家裡有生孩子的，都去找萬醫生！田桂花，你要再敢給人接生，就把你的狗爪子剁了去！

姑姑說，袁臉這人，雖說沒文化，但能看清潮流，能主持公道，是個好幹部。

四

先生，姑姑接生的第二個孩子是我。

我娘臨盆時，奶奶按照她的老規矩，洗手更衣，點了三炷香，插在祖先牌位前，磕了三個頭，然後把家裡的男人都轟了出去。我娘不是初產，在我前頭有兩個哥哥，一個姊姊。奶奶對我娘說：你是輕車熟路了，自個兒慢慢生吧。我娘對我奶奶說：娘，我感到很不好，這一次，跟以前不一樣。奶奶不以爲然，說，有什麼不一樣的？難道你還能生出個麒麟？

我娘的感覺是正確的。我哥哥姊姊們，都是頭先鑽出來，我呢，先伸出了一條腿。

看著我那條小腿，奶奶其實是嚇呆了。因爲鄉間有俚語曰：先出腿，討債鬼。什麼叫討債鬼呢？就是說，這個家庭前世欠了別人的債，那債主就轉生爲小孩來投胎，讓那產婦飽受苦難，他或者與產婦一起死去，或者等長到一定年齡死去，給這個家庭帶來巨大的物質損失和精神痛苦。但奶奶還是僞裝鎮靜，說：這孩子，是個跑腿的，長大了給官聽差。奶奶說：不要怕，我有辦法。奶奶到院子裡拿了一個銅盆，提在手裡，站在炕前，用擀麵棍子敲打著，像敲鑼一樣，發出「鐺鐺」的響聲。奶奶一邊敲一邊吆喝：出來吧——出來吧——你的老爺差你去送雞毛信，再不出來就要挨打了——

我娘感覺到了事情的嚴重性，她用掃炕條帚敲打著窗戶，招呼正在院子裡聽動靜的我姊姊：嫚啊，快去叫你姑姑！

我姊姊非常聰明，她跑到村辦公室讓袁臉搖通了鄉衛生所的電話。那台古老的搖把子電話機現在被我收藏。因爲它救了我的命。

那天是六月初六，膠河裡發了一場小洪水。橋面被淹沒，但根據橋石激起的浪花，大概可以判斷出橋面所在。在河邊釣魚的閒人杜脖子親眼看到我姑姑從對面河堤上飛車而下，自行車輪濺起的浪花有一米多高。水流湍急，如果我姑姑被沖到河裡，先生，那就沒有我了。

姑姑水淋淋地衝進家門。

我娘說姑姑一進門，她就像吃了一顆定心丸。我娘說姑姑一進門就把奶奶搡到一邊，嘲諷道：嬸子，你敲鑼打鼓，他怎麼敢出來？奶奶強詞奪理地說：小孩子都喜歡看熱鬧，聽到敲鑼打鼓還能不出來看？姑姑後來說，她扯著我的腿，像拔蘿蔔一樣把我拔了出來。我知道這是玩笑。姑姑把陳鼻和我接生出來之後，陳鼻的母親和我的母親，成了姑姑的義務宣傳員。她們到處現身說法，袁臉的老婆和閒人杜脖子也逢人便說姑姑的飛車絕技，於是姑姑名聲大震，那些「老娘婆」，很快就無人問津，成了歷史陳跡。

一九五三年至一九五七年，是國家生產發展，經濟繁榮的好時期，我們那地方也是風調雨順，連年豐收。人們吃得飽、穿得暖，心情愉快，婦女們爭先恐後地懷孕、生產。那幾年可把姑姑忙壞了。高密東北鄉十八個村莊裡，每條街道、每條胡同裡都留下了她的自行車轍，大多數人家的院子裡，都留下了她的腳印。

一九五三年四月四日至一九五七年十二月三十一日，姑姑共接生一千六百一十二次，接下嬰兒一千六百四十五名，其中死亡嬰兒六名，但這六名死嬰，五個是死胎，一個是先天性疾病，這成績相當輝煌，接近完美。

一九五五年二月十七日，姑姑加入中國共產黨。那天，也是她接生第一千個嬰兒的日子。這個嬰兒，就是我們的師弟李手。

姑姑說你們的于老師是最瀟灑的產婦。姑姑說她在下邊緊著忙活，于老師還在那裡舉著一本課本備課呢。

姑姑到了晚年，經常懷念那段日子。那是中國的黃金時代，也是姑姑的黃金時代。記不清有多少次了，姑姑雙眼發亮，心馳神往地說：那時候，我是活菩薩，我是送子娘娘，我身上散發著百花的香氣，成群的蜜蜂跟著我飛，成群的蝴蝶跟著我飛。現在，現在他媽的蒼蠅跟著我飛……

我的名字也是姑姑起的：學名萬足，乳名小跑。

對不起，先生，我對您解釋一下：萬足是我的原名，蝌蚪是我的筆名。

五

姑姑早就到了談婚論嫁的年齡。但她是拿工資，吃商品糧的公職人員，又有著那樣光榮的家庭出身，鄉村裡的小伙子，沒有人敢動這個念頭。那時我已經五歲，經常聽到大奶奶過來跟我奶奶議論姑姑的婚事。大奶奶憂心忡忡地說：她嬸子，你說，心都二十二歲了，與她同年出生的，都抱上兩個娃了，可她，怎麼連個上門提親的都沒有呢？我奶奶說：嫂子，你急什麼？像心這樣的，沒準兒要嫁進宮裡做皇后呢！到那時，你就成了皇帝的老丈母娘，我們也就成了皇親國戚，鐵定了要跟著沾光呢！大奶奶說：胡囉囉！皇帝早被革命了，現在是人民共和國了，是主席當家。我奶奶說：既然是主席當家，那咱就把心嫁給主席。大奶奶惱怒地說：你這人，身子進了新時代，腦子還留在解放前。我奶奶說：我跟你不一樣，我這輩子沒離開過咱這和平村，你去過解放區，進過平度城。大奶奶說：你別跟我提平度城，提起平度城我就頭皮麻！我是被日本鬼子抓走的，是去受罪，不是去享福！——兩個老妯娌，說著說著就吵了起來。但頭天大奶奶氣哄哄地走了，似乎是永世也不跟我奶奶見面的樣子，第二天，她又來了。每當看到她們倆在一起議論姑姑的婚事時，我母親就偷偷地笑。

記得有一天傍晚，我們家的母牛生小牛，不知道那母牛是以我母親爲榜樣或是那小牛以我爲榜樣，竟然也是先生出一條腿，便卡住了。那老母牛憋得哞哞地叫，看樣子非常痛苦。我爺爺我父親他們都焦急萬分，搓手、跺腳、轉圈子，無計可施。牛可是農民的命根子啊，何況這牛是生產隊放在我們家代養的，眞要死了，那可了不得。母親悄悄地對我姊姊說：嫚，我聽到你姑姑回來了。沒等母親說完，我姊姊就跑了。父親白了母親一眼，說你瞎胡鬧，她是給人接生的！我母親說：人畜是一理。

我姑姑跟著我姊姊來啦。

我姑姑一進門就發脾氣，說你們想把我累死嗎？給人接生就夠我忙的了，你們還要我接牛！母親笑著說：妹妹，誰讓你是咱自家人呢？不找你找誰呢？人家都說你是菩薩轉世，菩薩普渡眾生，拯救萬物，牛雖畜類，也是性命，你能見死不救嗎！

姑姑說，嫂子，幸虧你不識字，要是識上兩籮筐字，和平村裡如何能盛得下你！母親說，即便我識上八籮筐字，也比不上妹妹一根腳趾頭。

姑姑的臉上雖然還是怒沖沖的神情，但顯然已經消了氣。此時天色已暗，母親點起家裡所有的燈，剔大了燈草，都端到牛棚裡。

那母牛一見到姑姑，兩條前腿一屈，跪下了。姑姑見母牛下跪，眼淚嘩地流了下來。我們的眼淚也都跟著流了下來。

姑姑檢查了牛的身體，半是同情半是戲謔地說：又是一個先出腿的。

姑姑把我們轟到院子裡，怕我們看了受刺激。我們聽到姑姑大聲下令，我們想像著母親、父親在姑姑指揮下幫母牛生產的情景。那晚是農曆的十五，月上東南時分，天地一片皎潔的時候，姑姑喊：好，生下來了！

我們歡呼著衝進磨坊，看到母牛身後，多了一個渾身黏液的小傢伙。父親興奮地說：好，是頭小母牛！

姑姑氣哄哄地說：真是奇怪，女人生了女孩，男人就耷拉臉；牛生了小母牛，男人就咧嘴樂！

父親說：小母牛長大了可以繁殖小牛啊！

姑姑說：人呢？小女孩長大了不也可以生小孩兒嗎？

父親說：那可不一樣。

姑姑說：有什麼不一樣！

父親見姑姑急了，不再與她爭辯。

母牛掉過頭，舔舐著小牛身上的黏液。牠的舌頭上彷彿有靈丹妙藥，舔到哪裡，哪裡就獲得了力量。大家都感慨萬端地看著這情景。我偷眼看到，姑姑的口半張著，眼神很慈愛，彷彿那老牛的舌頭舔到了她身上，或者她的舌頭舔到小牛身上。等母牛的舌頭差不多舔遍小牛身體時，小牛抖抖顫顫地站了起來。

我們張羅著找臉盆，倒水，找肥皂，拿毛巾，讓姑姑洗手。

奶奶坐在灶前，拉著風箱燒火，母親站在炕前擀麵條。

姑姑洗完手，說：餓死我了！今晚我要在你們家吃飯。

母親說：這不就是你的家嗎？

奶奶說：是啊，才不在一個鍋裡摸勺子幾年呢。

這時，大奶奶在我家院牆外，呼喚姑姑回去吃飯。姑姑說，我不能白給他們家幹活兒，我要在這裡吃。大奶奶說：你嬸子過日子急，你吃她一碗麵，她會記一輩子的。我奶奶提著燒火棍跑到牆根，說：你要是饞了呢，就過來吃一碗，要不就滾回去。大奶奶道：我才不吃你的東西呢。

麵條煮好後，母親盛了滿滿一大碗，讓姊姊給大奶奶送過去。多年之後，我才知道，姊姊跑得急，摔了個狗搶屎，那碗麵條潑了，碗也碎了。爲了不讓姊姊回來挨罵，大奶奶從自家碗櫥裡找了一個碗讓姊姊端回來。

姑姑是個極其健談的人，我們都願意聽她說話。吃完麵條後，她背靠著牆壁，側坐在我家炕沿上，打開了她的話匣子。她踩著百家門子，見識過各種各樣人，聽過許許多多的逸聞趣事，轉述時又毫不吝惜地添油加醋，這就使她的談話像評書一樣引人入勝。八十年代初，當我們從電視裡看到劉蘭芳的評書連播時，母親就說：這不分明就是你姑姑嗎？她要不當醫生，說評書也是一張好嘴！

那晚上的談話，還是從她在平度城裡與日軍司令杉谷鬥智鬥勇開始。那時我才七歲，姑姑看我一眼，說，跟跑跑差不多大，就跟著你們的大奶奶和你們的老奶奶去了平度城。到了那裡就被關在一間黑屋子裡，門口有兩條大狼狗看著。那些大狼狗平日裡吃的都是人肉，見了小孩子就伸舌頭。你大奶奶和你老奶奶整夜地哭，我不哭，倒頭就睡，一覺睡到大天明。在黑屋子裡關了不知道幾天幾夜，把我們挪到一個獨立小院裡，院子裡有一棵紫丁香，那個香啊，熏得我頭暈。來了一個穿長袍帶禮帽的鄉紳，說是杉谷司令要請我們赴宴。你老奶奶和你大奶奶只知道哭，不敢去。那鄉紳對我說：小姑娘，勸勸你奶奶和母親，讓她們別怕，杉谷司令沒有害你們的意思，只是想跟萬六府先生交個朋友。我就說：奶奶，娘，別哭了，哭管什麼用？哭能哭出翅膀來嗎？哭能哭倒萬里長城嗎？那鄉紳拍著手說：說得好！小姑娘太有見識了，長大了肯定是非凡人物。在我的勸說下你們老奶奶和你們大奶奶不哭了。我們跟著那鄉紳上了一輛黑騾拉的轎車，不知拐了多少彎。進入一個高門大院，門口站著雙崗，左邊是黃皮子，右邊是日本兵。那大院很深，從大門進去，一個院子套著一個院子，彷彿永遠走不到頭。最後進入一個大花廳，門窗隔扇都是雕花的，太師椅子都是檀木的。那杉谷司令穿著和服，手裡握著一把摺扇，不緊不慢地搖著，一看就是個文化人。說了一些之乎者也的話就招呼我們上席，一張大圓桌上，擺滿了山珍海味。你們老奶奶和大奶奶不敢動筷子，我可不管那一套，吃這個狗日的！用筷子不得勁，索性用上了「皮笊籬」，大把抓著往嘴裡塞。杉谷端著酒杯，笑咪咪地看著我吃。吃飽了，雙手放在桌布上一擦，我的睏勁兒就上來了。我聽到杉谷問我：小姑娘，讓你父親到這裡來好不好？我睜開眼，說：不好。杉谷問：爲什麼不好？我說：我父親是八路，你是日本，八路打日本，你不怕我父親來打你嗎？

說到此處，姑姑捋起袖子看了一下手錶。那時候全高密縣裡不超過十塊手錶，我姑姑竟然戴上了手錶。哇！我大哥一聲驚呼，我們家只有他見過手錶。他當時在縣一中上學，他們的從蘇聯留學回來教俄文的老師戴著一塊手錶。我大哥哇完之後就喊：手錶！我與姊姊也跟著喊：手錶！

姑姑裝出不以爲然的樣子把衣袖放下，說：不就是塊手錶嗎？咋呼什麼？她故意的輕描淡寫更加重了我們的興趣。先是大哥試試探探地說：姑姑，我只是遠距離地看過我們紀老師的錶……您能不能讓我看看……我們跟著大哥說：姑姑，讓我們看看吧！

姑姑笑著說：你們這些小傢伙，眞是淘人，一塊破錶，有什麼好看的！她雖然這樣說，但還是把錶摘下來，遞給我大哥。

母親在一旁大聲提醒：小心！

我大哥小心翼翼地接過錶，先捧在手心裡看，然後放到耳邊聽。大哥看完了，轉給姊姊看，姊姊看完了，轉給二哥看。二哥只看了一眼，沒來得及放在耳邊聽響就被大哥搶了回去，還到姑姑手裡。我有些氣急敗壞，哭起來。

母親罵我。

姑姑說：小跑，長大了跑遠點，還愁沒錶戴？

就他那樣，還戴錶？趕明兒我用墨水在他手腕上畫一個吧。我大哥說。

人不可貌相，海水不可斗量，別看跑跑長得醜，長大了沒準會有大出息呢！姑姑說。

姊姊說：他要有大出息，圈裡那頭豬也能變成老虎！

大哥問：姑姑，這是哪國產的？什麼牌子？

姑姑說：瑞士英納格。

哇！我大哥驚呼。我二哥和姊姊也跟著哇。

我怒沖沖地說：癩蛤蟆！

母親問：妹妹，這東西值多少錢？

姑姑說：不知道，朋友送的。

什麼朋友肯送這麼貴重的東西？母親打量著姑姑，說：是不是他們姑夫啊？

姑姑站起來，說：快十二點啦，該睡覺了。

母親說：謝天謝地，妹妹到底名花有主了。

你可別出去胡囉囉啊，八字還沒一撇呢！姑姑轉臉叮囑我們：你們也不要出去胡說，否則我剝了你們的皮。

第二天早晨，我大哥可能因爲頭天夜裡沒讓我看姑姑的手錶心感內疚，他用鋼筆在我腕上畫了一塊錶。畫得非常逼眞，非常漂亮。我非常愛護這塊「錶」，洗手避水，遇雨藏手，顏色淡了借大哥的鋼筆描，讓它在我手腕上保存了三月之久。

六

送姑姑英納格手錶的人，是一個空軍飛行員。那個年代的空軍飛行員啊！聽到這個消息後，哥哥姊姊像青蛙一樣哇哇叫，我在地上翻筋斗。

這不僅是我們家的大喜事，也是我們鄉的大喜事。大家都認爲，姑姑與飛行員，是絕配。學校伙房裡的王師傅，參加過抗美援朝，他說飛行員是用黃金打造的。金子還能造人？我狐疑地問他，當著還在吃飯的老師和公社幹部們的面，他說，萬小跑，你眞是個傻瓜，我的意思是說，國家培養一個飛行員，要花巨額的費用，其價值相當於七十公斤的黃金。我把王師傅的話回家向母親學說，母親說：天哪！將來你姑夫來家做客，我們該用什麼招待他呢？

在那些日子，有關飛行員的種種神話，在我們小孩子口中流傳。陳鼻說他媽媽在哈爾濱時見過蘇聯的飛行員，都穿著麂皮夾克，高筒麂皮靴子，鑲著金牙，帶著金錶，吃列巴香腸，喝啤酒。糧庫保管員肖上唇的兒子肖下唇（後來改名爲肖夏春）則說，中國的飛行員吃得比蘇聯飛行員還要好。——他爲我們開列了中國飛行員的食譜——好像他是給飛行員做飯的——早晨，兩個雞蛋，一碗牛奶，四根油條，兩個饅頭，一塊醬豆腐；中午，一碗紅燒肉，一條黃花魚，兩個大餑餑；晚上，一隻燒雞，兩個豬肉包子，兩個羊肉包子，一碗小米粥。每頓飯後還有水果，隨便吃，香蕉、蘋果、梨、葡萄……吃不了可以往家拿。飛行員的皮夾克都有兩個大口袋，爲什麼？爲了裝水果設計的……他們關於飛行員生活的描繪，讓我們一個勁地嚥口水。我們每個人都夢想著長大後能當上飛行員，過上那神仙般的日子。

空軍要到縣第一中學招飛，我大哥興沖沖地報了名。我爺爺是給地主扛長活出身，雇農，後來給解放軍抬過擔架，參加過孟良崮戰役，張靈甫的屍體就是他們從山上抬到山下的。我姥姥家也是貧農，還有我大爺爺是革命烈士，我們的家庭出身和社會關係，是超標準的好。我大哥是他們中學的運動健將，擲鐵餅的。有一天他回家吃了一隻肥羊尾巴，回校後有勁無處使，撈起一個鐵餅，用力一撇，那鐵餅呼嘯著越過學校的圍牆，飛到莊稼地裡。正好有農民趕著牛在那耘地，鐵餅不偏不倚恰好落在牛角上，把根牛角齊齊地斬斷。——也就是說，我大哥出身好，學習好，身體好，又有個準姑夫是飛行員，因此，大家都認爲，即便空軍從我們縣只選一個飛行員，那也是我大哥無疑。但後來我大哥卻落了選，原因是我大哥腿上有一個幼時生癤子留下的疤。我們學校的炊事員老王說：身上有疤，那是絕對不行的。飛行員到了高空，身上的疤就會在高壓下炸裂。別說是身上有疤了，即便是兩個鼻孔不一般大也不行的。

總之，自從我姑姑與那個飛行員建立了戀愛關係後，我們便對與空軍有關的事格外敏感。我現在已經是五十多歲的人了，還是很虛榮，很好炫，中張一百元的彩票就恨不得找個大喇叭對著全城廣播。你想想，上小學時的我，有了一個當飛行員的準姑夫，會是個什麼德行。

我們那兒往南五十里是膠州機場，往西六十里是高密機場。膠州機場的飛機又大又笨，黑乎乎的，聽大人們說是轟炸機。高密機場的飛機是那種抿翅膀的、銀灰色，能在高空拉煙、翻筋斗的。我大哥說那是「殲-5」，是仿蘇聯「米格-17」的，是真正的戰鬥機，在朝鮮戰場上把美國飛機打得屁滾尿流的就是這種飛機。我們那準姑夫自然是飛這種戰鬥機的。那時候戰爭氣氛很濃，高密機場的飛機幾乎每天都升空訓練。它們一抿翅膀飛到了我們東北鄉上空，在我們頭上擺開了戰場。一會兒來三架，一會兒來六架。一會兒一架咬著另一架的尾巴轉圈。一會兒猛一頭扎下來，機頭快要觸到我們村頭那棵大楊樹了又猛地拉起來，鷂子鑽天般地竄上去。有一天，空中突然傳來一聲巨響——我姑姑說，她有一次給一個高齡產婦接生，那產婦緊張痙攣，正要準備動刀子時，忽聽到外邊一聲爆響，那產婦大吃一驚，分散了注意力，痙攣消逝，一使勁，就把孩子生下來了——把家家戶戶的窗戶紙都震破了。我們驚呆了，愣了片刻後，老師帶著我們跑出教室，仰頭觀看。我們看到湛藍的天空中，有一架飛機，尾巴上拖著一個圓筒狀的東西在前頭飛，後邊跟著幾架飛機追。圍繞著那個圓筒狀的東西，先是炸開了一團團白煙，然後就有隆隆的砲聲傳到我們耳朵。但打砲的聲音，遠遠沒有適才那一聲巨響猛烈，那一聲巨響，是我這輩子聽到過的第二大的響兒，連能把大柳樹劈成兩半的落地雷都沒那麼響。就好像那些飛行員故意不把那個拖靶打掉似的，那一簇簇砲彈炸裂後的白煙，只是繞著那靶子，一直到那拖靶從我們視野裡消失，也沒擊中。陳鼻摸摸給他帶來了「小老毛子」外號的鼻子，鄙夷地說：中國飛行員的技術太差了。如果換上蘇聯的飛行員，一砲就把那靶子揍下來了！——我知道陳鼻這樣說是出於對我的嫉妒，他生在我們村長在我們村，連條蘇聯狗都沒見著，如何知道蘇聯飛行員比中國飛行員技術好呢？

當時，我們這些偏僻鄉野的孩子，尚不知道中蘇關係正在惡化。陳鼻拿蘇聯飛行員來貶我軍飛行員，雖然讓人們尤其是讓我感到很不愉快，但誰也沒往別處想。數年後，文化大革命開始，我們正讀小學五年級，我們的同學肖下唇，把這件往事揭露出來，不但讓陳鼻吃了苦頭，更讓陳鼻的爹娘，飽受了皮肉之苦後又賠上了性命。從他家搜出的一本蘇聯小說《眞正的人》，是描寫一個失去雙腳後又重上藍天的空軍英雄的。按說這是一本貨眞價實的革命勵志小說，竟也成了陳鼻的母親艾蓮是蘇修飛行員的姘頭、而陳鼻則是艾蓮與蘇修飛行員留下的雜種的罪證。

高密機場的「殲-5」戰鬥機白天操練，膠州機場的飛機也不甘寂寞——它們夜間出航。幾乎是每晚九點左右——也就是縣裡的有線廣播即將結束的時候——機場的探照燈便突然打開了。粗大的光柱照射到我們村莊上空時儘管已經渙散，但還是讓我們無比的震驚。我總是不合時宜地說一些蠢話：要是我有這樣一支手電筒就好了！——愚蠢！我二哥聽到我這樣說就會罵我，同時用屈起的手指在我頭頂爆鑿一下。當然是因爲我們那個準姑夫的緣故，我二哥也成了半個航空專家，他能熟練地背誦出志願軍空軍英雄的名字，並能準確地講述他們的英雄事蹟。也是他，在一次需要我幫他從頭上抓蝨子之前，告訴我震破了窗戶紙的那聲巨響名叫「音爆」，是超音速飛機在突破音速時發出的聲音。何爲超音速啊？——就是比聲音飛得還要快！你這笨蛋！——膠州機場的飛機演練，除了那探照燈光迷人之外，其餘均無可觀。也有人說那不是演練，而是爲迷途飛機引路的。那幾根巨大的光柱掃來掃去，有時交叉，有時並行，有時會有一隻鳥突然出現在光柱裡，驚慌失措地亂飛，彷彿一隻掉到了瓶子裡的蒼蠅。總是在探照燈亮起幾分鐘後，空中便響起飛機的轟鳴。一會兒，我們就看到，一個黑乎乎的，用頭、尾、雙翅的燈光勾勒出了大概輪廓的大傢伙，出現在光柱裡。它彷彿是沿著那些光柱滑了下去，回到了它的窩。飛機是有窩的，就像雞有窩一樣。

七

在一九六〇年下半年，也就是我們吃煤塊之後不久，曾傳出了姑姑即將與那個飛行員結婚的消息。爲了陪嫁品的問題，大奶奶過牆來與我母親商量，最後決定把牆外那棵百年樹齡的大楸樹砍倒，讓鄉裡手藝最好的范木匠製作成家具。我確實看到父親陪著范木匠來丈量過那棵樹，那棵樹因爲面臨著殺伐被嚇得枝條顫抖，葉子嘩嘩，彷彿哭泣。

但這事兒後來就沒了消息，姑姑也好久沒有回來了。我跑到大奶奶家去探聽消息，大奶奶用枴棒毫不客氣地將我打出來。我猛地發現，大奶奶老得像那些傳說中的「老娘婆」一樣了。

下那年的第一場雪的早晨，太陽非常紅。我們穿著草鞋上學時，感覺到了腳冷和手冷。我們在操場上奔跑喊叫，藉以取暖。突然，空中傳來令人驚懼的轟鳴聲。我們仰臉張著嘴巴，看到有一個龐然大物——暗紅色的——拖著黑色的濃煙——睜著兩隻紅色的大眼——齜著白森森的巨齒——渾身哆嗦著——對著我們撲過來。飛機，媽呀，飛機！難道它要在我們操場上降落嗎？

我們從來沒有這麼近距離地看過飛機，飛機翅膀搧起的風把地上的雞毛和枯葉捲揚起來，如果它能降落在操場上該有多好啊，我們可以近前觀看，我們可以伸手摸摸它，我們如果好運氣，很可能被允許鑽到它的肚子裡去玩玩呢，我們沒準兒可以請那飛行員給我們講幾個戰鬥故事。他很可能是我準姑夫的戰友，不，我準姑夫的「殲-5」比這個黑傢伙漂亮多了，因此我準姑夫不可能與開這種笨傢伙的人是戰友。但，怎麼說呢，能開上這種飛機，也夠神氣了是不？把這麼沉重的一塊鋼鐵開到天上去的人，哪個會不是英雄呢？——我是沒看到飛行員的臉的，但事後很多同學都信誓旦旦地說，他們透過飛機頭上的玻璃，看到了飛行員的臉——那架我以爲肯定要降落在我們身邊的飛機似乎很不情願地抬起了頭，猛地往右一拐，肚皮擦著我們村東頭那棵大楊樹的梢兒，扎到村東遼闊的麥田裡去了。我們聽到一聲巨響。這巨響比上次聽到的「音爆」要粗大渾厚許多。我們感到腳下的地皮都抖起來，耳朵裡嗡嗡地響著，眼睛裡出現許多金星星。緊接著便有一股濃煙夾著暗紅的火柱沖天而起，陽光一下子變成了紫紅色，隨即我們便嗅到了嗆得人不能呼吸的怪味兒。

不知過了多久我們才醒過神來。我們往村頭跑。跑到村頭大路上，我們感到熱浪灼人。那飛機已炸得四分五裂，有一隻翅膀斜插在地上，好像一個巨大的火把。麥田裡烈火熊熊，有燒焦皮革的氣味。這時又猛然地一聲巨響，有經驗的老王師傅高聲吼叫：趴下！

我們趴下，在老王師傅帶領下往回爬。快爬，飛機翅膀下有炸彈！

事後我們知道，那飛機翅膀下本可以掛四枚炸彈，那天只掛了兩枚，如果四枚全掛，我們就全被報銷了。

就在飛機失事第三天，父親與村裡的男人們推著小車去機場送飛機殘骸和飛行員遺體，剛剛回來的時候，我大哥氣喘吁吁跑進家門。這個運動健將是從縣一中一口氣跑回來的。五十里路，差不多一個馬拉松。他一衝進院子，只說了兩個字：姑姑……便一頭栽到地上，口吐白沫，白眼珠翻上來，昏了。

家裡人都圍上去救他，有的掐人中，有的捏虎口，有的拍胸膛。

你姑姑怎麼啦？

姑姑怎麼啦？

終於，他醒了，嘴一癟，哇地哭起來。

母親從水缸裡舀來半瓢涼水，往他嘴裡灌了一些，剩下的潑在他臉上。

快說，你姑姑怎麼啦？

我姑姑那個飛行員……駕飛機叛逃了……

母親手中的水瓢掉在地上，跌成了好幾片。

逃到哪裡去了？我父親問。

還能去哪裡？我大哥用袖子擦擦臉上的水，咬牙切齒地說：台灣！這個叛徒，這個敗類，飛到台灣投靠蔣介石去了！

你姑姑呢？母親問。

被縣公安局帶走了。大哥說。

這時，母親的眼淚奪眶而出。她吩咐我們，千萬別讓你們大奶奶知道，也別出去胡囉囉。

我大哥說：還用得著我們囉囉嗎？全縣都知道了。

母親從屋裡搬出一個大南瓜，遞給我姊姊，說：走，跟我去看你大奶奶去。

一會兒工夫，姊姊氣喘吁吁地跑回來，一進院就喊：奶奶，俺娘讓你快去，俺大奶奶不中了。

八

四十年之後，我大哥的小兒子象群被「招飛」，雖然世事變化，滄海桑田，許多當年神聖得要掉腦袋的事物，如今都成爲笑談；許多當年令萬人仰目的職業，如今也都成了下九流，但「招飛」依然是一種令家族興奮、鄰里羨慕的大喜事。爲此，已從教育局長位上退休的我大哥特地回村設宴，招待親戚朋友，以示慶賀。

晚宴擺在我二哥家院子裡，從屋子裡扯出一根電線，拴上一個大燈泡，白光灼灼，照耀如同白日。兩張飯桌拼接起來，桌子周圍，擠上了二十幾把椅子，我們肩膀挨著肩膀坐在一起。菜是從飯館訂的，山珍海味，雞鴨魚肉，層層疊疊，五顏六色，五味雜陳。我大嫂撇著煙台腔說：沒什麼好吃的，大家隨便吃點。我爹說：可別這麼說，想想六〇年吧，那時，毛主席都撈不到這些東西吃。我那招了飛的小侄子說：爺爺，別翻老皇曆了。

酒過三巡，父親又說：咱們家，到底出了一個開飛機的。當年，你爸爸去驗飛行員，只因腿上有一個疤沒驗上，現在，象群終於圓了我們家一個夢。

象群撇著嘴說：飛行員也沒什麼了不起的，眞有本事的，該去當大官，做大款！

怎麼能這麼說呢？父親端起一杯酒，咕咚乾了，把酒杯往桌子上一墩，說，飛行員，是人中龍鳳，當年你姑奶奶找那個男的，王小倜，站著像一棵青松，坐著如一口銅鐘，走起路來虎虎生風……那小子，如果不是一時糊塗飛去了台灣，現在，空軍司令沒準就是他了……

還有這種事？象群驚訝地問，姑奶奶的丈夫不是捏泥娃娃的嗎？怎麼又出來一個飛行員？

我大哥說：都是陳年舊事，別提了。

象群說：不行，我得問問姑奶奶去，王小倜，駕機飛往台灣？太刺激了！

大哥憂心忡忡地說：你可別去尋求刺激，人要愛國，當兵的更要愛國，當飛行員的尤其要愛國。人，可以偷，可以搶，可以殺人放火……我的意思是說，千萬別當叛徒，叛徒遺臭萬年，沒有好下場的……

看把你嚇的，象群不屑地說，台灣是祖國的一部分嘛，飛過去看看也不錯。

你可別！大嫂說，你要有這樣的念頭還是不去當這飛行員了，待會我就給武裝部劉部長打電話。

別緊張，媽，我侄子說，我會那麼傻嗎？我怎麼會只圖自己高興，不管你們呢？再說，現在國共一家親了，我飛過去人家也得把我送回來呢。

這才是我們老萬家的門風，大哥道，那王小倜是一個混蛋，是一個不負責任的小人，他毀了你姑奶奶一生！

誰在說我？一聲響亮，姑姑排闥直入，強烈的燈光刺得她瞇著眼睛。她轉過身，戴上一副小墨鏡，有幾分酷，幾分滑稽。用得著這麼大的燈泡嗎？就像你們老奶奶說過的，摸黑吃飯，也吃不到鼻孔裡。電是煤發的，煤是人挖的，挖煤不容易，地下三千尺，如同活地獄，貪官污吏黑窯主，窯工性命賤如土。每塊煤上都沾著鮮血！姑姑右手扦腰，左手拇指、小指、無名指蜷曲，食指和中指併攏挺直，伸向前方，身著七十年代大流行的「的確良」軍幹服，衣袖高挽，身體胖大，白髮蒼蒼，像一個「文革」後期的縣社幹部。我心中百感交集，我們的猶如出水芙蓉般的姑姑，竟成了這副模樣。

在確定是否請姑姑參加晚宴時，大哥和大嫂頗感躊躇，與父親商量，父親思忖片刻，說：還是算了吧，她現在……反正她也不在本村住……以後再說吧……

姑姑的出現，讓大家都感到尷尬。一時都站起來，愣著。

怎麼，我闖蕩了一輩子，回到娘家，連個坐位都沒有嗎？姑姑尖刻地說。

大家立即反應過來，紛紛讓座，一片凌亂。

大哥大嫂忙不迭地解釋：第一個想請的就是您老人家，咱老萬家的第一把交椅，永遠是您坐的。

呸！姑姑一屁股坐在父親身旁的座位上，提著大哥的名道：大口，你爹活著，還輪不到我坐第一把交椅；你爹死了，也輪不到我坐第一把交椅！嫁出去的女兒，潑出去的水，你說是不是，大哥？

你可不是一般的女兒，你是我們家族的大功臣，父親指點著座上的人，說，這些小輩的，哪個不是你接生的？

好漢不提當年勇了，姑姑道，想當年……還提當年幹什麼?!喝酒！怎麼，沒有我的酒杯？我可是帶著酒來的！姑姑從肥大的衣兜裡摸出一瓶茅台，猛地往桌上一墩，道：五十年的茅台，是亭蘭市一個官兒送的，他的那個比他小了二十八歲的二奶，一門心思想生個男孩，說是我這裡有將女胎轉換成男胎的祕方，非要我給她轉換！我說那都是江湖郎中騙人的，她不信，眼淚汪汪的，死活不走，就差下跪了，說那個大奶生了兩個女孩，如果她能生個男孩，就能把男人搶過來。那男人，重男輕女，封建意識嚴重，按說當了那麼大的官覺悟能高點，啊呸！姑姑憤憤地說，反正這些人的錢，都不是從正路上來的，不宰他們我宰誰去?!我給她配了幾味藥，抓了九服，什麼當歸、山藥、熟地、甘草，都是一毛錢一大把的，統共值不了三十元錢，每服收她一百，她高興得屁顛屁顛地爬上一輛紅色小車，一溜煙躥了。今天下午，那當官的與他二奶，抱著大胖兒子，提著好菸好酒，答謝來了。說是幸虧吃了我的靈丹妙藥，要不怎能生出這麼好一個兒子！哈哈，姑姑朗聲大笑著，抓起我大哥恭恭敬敬送到她面前的酒杯，一飲而盡，拍打著大腿說：我真是太樂了。你們說說，這些當官的，按說也都是有點文化的人，怎麼這樣蠢呢？胎兒的性別，怎麼能轉換呢？我如果有這神通，早就得了諾貝爾醫學獎了是不是？——給我斟酒啊！姑姑頓著空酒杯說，這瓶茅台不開了，留著給大哥喝。——我父親忙道：別別別，我這肚腸，喝這樣的酒白糟蹋了。姑姑把茅台酒塞到我父親手裡，說：我給你，你就喝。我父親摸索著酒瓶上的緞帶，小心翼翼地問：這樣一瓶酒，要多少錢？我大嫂道：少說也要八千吧！聽說最近又漲價了。——天老爺，我爹說，這哪裡是酒，就是龍涎鳳血，也值不了這麼多錢啊！麥子八毛錢一斤，一瓶酒，值一萬斤麥子？辛辛苦苦幹一年，我也掙不到半瓶酒啊。我爹把酒推給姑姑，說，你還是帶回去吧，這樣的酒我不喝，喝了會折壽。我姑姑說：我給你的你就喝。又不是我花錢買的。不喝白不喝，就像當年去平度城吃日本鬼子的宴席，不吃白不吃，吃了也白吃，白吃你還不吃？我爹說，理是這麼個理，可一想，這麼點點辣水，憑什麼值那麼多錢？我姑姑說：大哥，你這就不明白了。我告訴你，喝這酒的，沒有一個是自己掏錢的，自己掏錢的，只能喝這種——姑姑端起酒杯，又是一飲而盡——你八十多歲的人了，放開喝還能喝幾年？姑姑拍拍胸脯，豪邁地說：當著這些小輩的面，老妹妹我放個狂言：從今之後，我供給你茅台酒喝！咱怕什麼？過去咱前怕狼，後怕虎，愈是怕，愈是鬼來嚇，——斟酒啊！你們沒眼力勁呢？是心疼酒？——哪能呢，姑姑，您放開了喝——嗨，放開喝也喝不了多少了，姑姑感傷地說，想當年，我與人民公社那幫雜種拚酒，他們一群大老爺們想出我的洋相，結果全被我灌得麻了爪子，鑽到桌子底下學狗叫！——來，小年輕們，乾！——姑姑，您吃點菜。——吃什麼菜，當年你們大爺爺就著一棵蔥喝了半鑼高粱酒，眞正的喝家，哪有吃餚的？你們呀，純粹是一群餚客！大哥，姑姑喝熱了，解開胸前的釦子，拍著父親的肩頭說，我叫你喝，你就喝，咱們這一輩的，就剩下咱們倆了，不吃點喝點，省著幹什麼？錢不花就是一張紙，花了才是錢。咱有手藝，咱還怕沒錢？無論你什麼官什麼員，都要生病，生了病就要找咱看。何況，姑姑哈哈大笑著，說，咱還有轉變胎兒性別的絕技，把一個女胎變成男胎，這麼複雜的技術，咱跟他們要一萬他們也捨得拿出來。——不過，要是吃了你的轉胎藥又生了女孩怎麼辦？父親憂心忡忡地問。這你就不懂了，姑姑道，中醫是什麼？中醫都是半個算命先生，算命先生的話，繞來繞去都是把算命的人繞進去，哪有把自己繞進去的呢？

趁著姑姑點火抽菸的空兒，我小侄子象群抓緊時間問：姑奶奶，您能不能講講那個飛行員的事？沒準兒哪天我心血來潮飛到台灣去看看他呢！

胡說！我大哥道。

放肆！我大嫂說。

姑姑很老練地抽著菸，一縷縷煙霧在她蓬鬆的髮間繚繞著。

現在回想起來呢，姑姑喝乾杯中酒，說，是他毀了我，也是他救了我！

姑姑將手中的菸用力嘬了幾口，然後，用中指，將那菸頭用力一彈。菸頭劃出一道暗紅色的弧線，飛到遠處的葡萄架上。好了，姑姑說，喝多了，罷宴，回家。她站起來，龐大的身體顯得笨拙，搖搖晃晃地向大門走去。我們慌忙跟上去攙她。她說：你們以為我眞喝醉了？沒那回事，姑姑我是千杯不醉。在大門外，我們看到姑夫郝大手，那個不久前被封為「民間工藝美術大師」的泥塑藝人，正靜悄悄地站在那裡等候著。

九

先生，第二天，我侄子騎著摩托車，從縣城裡專程回來，讓我父親帶他去姑奶奶家，探聽王小倜的事。我父親爲難地說：還是別去了，她也是奔七十歲的人了，這輩子不容易，那些陳年往事，抖擻起來傷心。再說，當著你姑爺爺的面，她也不好說。

我說，象群，爺爺說得有道理，既然你對這事這麼感興趣，我就把我知道的，全都告訴你，其實，你只要上網搜搜，就可以大概地瞭解這事的來龍去脈。

因爲我一直準備以姑姑爲素材寫一部小說——現在自然是改寫話劇了——這王小倜自然是重要人物。爲這本書我已經準備了二十年。我利用各種關係，採訪了許多當事人。我專程去過王小倜工作過的三個機場，去過王小倜的浙江老家，採訪過王小倜一個中隊的戰友，採訪過王小倜的中隊長和副大隊長，我還登上過王小倜駕駛的那種「殲-5」飛機，我還採訪過當時的縣公安局反特科科長，採訪過當時的縣衛生局保衛科長。應該說，我知道的比誰都多，但唯一遺憾的，是我沒有見過王小倜的面，而你爸爸，曾得到了姑奶奶的允許，預先潛伏到電影院裡，親眼看到了王小倜與姑奶奶手拉著手走進來，王小倜的座位與你爸爸緊靠著。他後來對我們描繪過王小倜：

身高一米七五，也許一米七六，白淨面皮，瘦長臉，眼睛不大但很有精神。牙齒整齊、潔白、閃閃發光。

你爸爸說那晚上放映的是部蘇聯片子，根據奧斯特洛夫斯基同名小說《鋼鐵是怎樣煉成》改編的同名電影。你爸爸說他起初還偷眼觀察王小倜與你姑奶奶的舉動，但很快就被銀幕上的革命與愛情吸引住了。那時候許多中國的學生與蘇聯的學生通信，與你爸爸通信的那個蘇聯姑娘，恰好也叫冬妮婭，所以你爸爸沉浸在電影中忘記使命是十分必然的。當然你爸爸也不是一無所獲，他在電影開場前看到了王小倜的模樣，在換片的間隙裡（那時電影院還是單機放映），嗅到了從王小倜嘴巴噴出來的糖果味兒，當然他也聽到了嗅到了身前身後的人嗑瓜子吃花生的聲音和氣味。那時候的電影院裡可吃東西，有殼的無殼的都可以吃，腳下踩著一層厚厚的糖果紙、花生、瓜子皮兒。電影散場後，在電影院門口的燈光下，當王小倜推過自行車要送你姑奶奶去衛生局的宿舍時（那時你姑奶奶被臨時借調到衛生局工作），你姑奶奶笑著說：王小倜，我給你介紹個人！你爸爸躲在電影院大門口的廊柱陰影裡不敢露頭。王小倜四下張望，誰？人在哪裡呢？萬口，過來呀！你爸爸這才從柱子後邊畏畏縮縮地走過來。他的個頭那時已經與王小倜差不多高，但身體瘦長，像根竹竿，關於將鐵餅擲出校園砸斷牛角的事多半是他自我吹噓。他頭髮蓬亂，像個鵲巢。——我侄子，萬口，你姑奶奶介紹道。噢哈，王小倜用力在你爸爸肩膀拍了一巴掌，說，原來是個坐探啊！萬口，這名字起得真好！王小倜伸出一隻手，說：小伙子，來，認識認識，王小倜！你爸爸有些受寵若驚地伸出兩隻手，握住王小倜的手，使勁地搖晃著。

你爸爸說，後來，他去機場找王小倜玩過，還跟著他吃過一次空勤灶，油焖大蝦，辣子雞丁，雞蛋炒黃花菜，大米乾飯，隨便吃。你爸爸的描繪，讓我們羨慕極了，當然我也感到榮耀。不僅僅因爲王小倜，也因爲你爸爸，他是我的大哥，而我的大哥是吃過空勤灶的啊！

王小倜還送給你爸爸一隻口琴，雲雀牌的，相當高級。你爸爸說王小倜是個多才多藝的人，他籃球打得不錯，三步上籃、反手投球的動作相當瀟灑。除了會吹口琴，還會拉手風琴，鋼筆字寫得十分秀麗，而且，還有繪畫的才能。你爸爸說他的牆上用圖釘釘著一張鉛筆素描，畫的就是你姑奶奶的形象。至於王小倜的家庭出身，那更是無可挑剔。他的父親是高級幹部，母親是大學教授。這樣的人，爲什麼會飛往台灣，成了萬人唾罵的叛徒呢？

據王小倜的中隊長說，王小倜之所以叛逃，是因爲偷聽敵台廣播。他有一台半導體短波收音機，可以聽到台灣的廣播。國民黨電台裡有一個聲音嬌媚、富有磁性的播音員，外號「夜空玫瑰」，殺傷力極強，估計王小倜就是因爲迷上了她的聲音而叛逃。難道我姑姑還不夠優秀嗎？已經老態龍鍾的中隊長說：你姑姑，當然不錯，家庭出身好，模樣端正，又是黨員，按當時的審美觀，那實在是太優秀了，我們都從心眼裡羨慕王小倜呢。但你姑姑太革命太正派了，對王小倜這種中了資產階級流毒的人來說，那就不太夠味了。後來，保衛部門分析了王小倜的日記，他在日記中給你姑姑起了一個外號：紅色木頭！當然，中隊長說，也幸虧了他這本日記，才讓你姑姑得到了解脫，否則，她就是跳進黃河也洗不清楚了。

先生，我對侄子說，不僅你姑奶奶差點毀在他手裡，連你爸爸也被公安部門傳訊過多次，那只口琴，也做爲王小倜拉攏腐蝕青年的罪證被沒收。他在日記裡，說：紅色木頭把她的傻瓜侄子介紹給我，這也是根紅色木頭，而且還有個奇怪的名字：萬口。如果沒有王小倜這本日記，你爸爸也要跟著倒楣。

也許，是王小倜故意那樣寫的，我小侄子說。

你姑奶奶後來有這種想法。王小倜爲了保護她故意留下了這本日記。所以昨天晚上她說：這個人毀了她，也救了她。

先生，我小侄子更關心的，顯然是王小倜叛逃的過程。他對王小倜高超的駕駛技術深爲欽佩。他說讓「殲-5」在距離海面五米的高度以每小時八百公里的速度飛行，哪怕有一絲一毫的差錯，就會一頭扎進大海。這傢伙，可謂藝高人膽大！他的確是技術尖子，全天候飛行員。在他出事之前，他每次在我們村子上空演練時，都會做出一些令人讚爲觀止的動作。當時，我們說他駕機俯衝到我們村東頭的西瓜地裡，伸手摘了一個西瓜，一抖翅膀又鑽上了雲端。

他到了那邊，是不是眞的得到了五千兩黃金獎賞？小侄子問我。

也許是眞的吧？我說，但即便是萬兩黃金，也不値得。我說象群賢侄你可別羨慕這個，金錢、美女都是過眼雲煙，只有祖國、榮譽、家庭，才是最寶貴的。小侄子說：三叔，你們怎麼這麼逗啊？現在都什麼朝代了，還給我說這些。

十

一九六一年春天，姑姑從王小倜事件中解脫出來，重回公社衛生院婦產科工作。但那兩年，公社四十多個村莊，沒有一個嬰兒出生。原因嗎，自然是飢餓。因爲飢餓，女人們沒了例假；因爲飢餓，男人們成了太監。公社衛生院的婦科，只有姑姑和一個姓黃的中年女醫生。那姓黃的女醫生是名牌醫學院畢業，但因爲家庭出身不好，自己又是右派，所以被貶到了鄉下。姑姑每次提起她，氣就不打一處來。姑姑說她脾氣古怪，要不就是一整天不說一句話，要不就是尖酸刻薄、滔滔不絕，對著一個痰盂，也能發表長篇大論。

大奶奶去世之後，姑姑很少回來。但每逢家裡有點好吃的，母親總是讓姊姊去送給姑姑。有一次，父親在田野裡撿到了半隻野兔，估計是老鷹吃剩下的。母親從地裡挖來半筐野菜，和兔肉一起煮了。母親盛了一碗兔肉，用包袱包了，讓姊姊去送，姊姊不願去。我自告奮勇。母親說，你去可以，但你不要在路上偷吃，另外你走路要看腳下，不要把碗給我砸了。

從我們村子到公社衛生院有十里路。起初我一路小跑，想在兔肉未涼前趕到。但跑了一會兒，便雙腿發沉，肚子裡隆隆的響，渾身冒冷汗、頭暈眼花。我餓了，早晨喝下的兩碗野菜粥已經消化完了。而此時，兔肉的香氣透過包袱散發出來。有兩個我在辯論，打架，一個我說：吃一塊，就一塊；另一個我說：不行，要做一個誠實的孩子，要聽母親的話。有好幾次我的手已經要解開包袱的結了，但母親的眼神突現在我腦海裡。從我們村通往衛生院公路兩側，栽種著一排排桑樹，桑葉早已被飢民採光，我折下一根枝條，咀嚼著，苦澀難以下嚥。但這時我看到桑樹幹上有一隻剛剛從殼中蛻出來的蟬，嫩黃的顏色，翅膀還沒乾。我大喜，扔下枝條，將那蟬捂在手裡，想也沒想就塞進嘴裡。蟬是我們的美味佳餚，高級補品，但需要燒熟後吃。我生吃活蟬，省了火，省了時間。活蟬的味道鮮美，而且，我相信，營養也比燒熟的蟬豐富。我一邊走一邊搜索著路邊的樹幹，但我再也沒找到蟬，卻撿到了一張印刷精美的彩色傳單：那傳單上，有一個容光煥發的青年男子，抱著一個貌若天仙的女人。下邊的文字說明：共匪飛行員王小倜棄暗投明，被授予國軍少校軍銜，獎賞黃金五千兩，並與著名歌星陶莉莉小姐結爲神仙伴侶。我忘記了飢餓，一種莫名的激動，使我很想大聲喊叫。我在學校裡時，聽說過國民黨利用氣球往這邊空飄反動傳單的事，但沒想到被我撿到了，沒想到這反動傳單竟是如此的精美，而且，我承認，照片上那女的，的確比姑姑迷人。

我跑進衛生院婦產科時，姑姑正和那個姓黃的女人吵架。那女人戴著一副黑邊眼鏡，鷹鉤鼻子，薄嘴唇，一張嘴就露出青紫的牙床。——後來姑姑曾多次提醒我們，寧願打光棍，也不討說話露牙床的女人做老婆。——那女人的目光陰沉，讓我的後背陣陣發涼。我聽到那女人說：你算什麼東西，竟敢指派我？老娘在醫學院學習時，你還穿開襠褲吧！

姑姑毫不客氣地回敬她：是的，我知道你黃秋雅是資本家的大小姐，我也知道你是醫學院的校花，你是舉著小旗歡迎過日本鬼子進城吧？你大概還陪著日本軍官跳過貼面舞吧？就在你陪著日本兵跳舞時，老娘正在平度城裡與日軍司令鬥智鬥勇！

那女人冷笑道：誰見過了？誰見過了？誰見過你與日軍司令鬥智鬥勇了？

姑姑說：歷史俱在，山河做證。

千不該萬不該，我不該在這個時刻，將手中那張花花綠綠的傳單遞到姑姑手裡。

你跑來幹什麼？姑姑沒好氣地問我，這是什麼玩意兒？

反動傳單，國民黨的反動傳單！我因興奮而嗓音顫抖地說。

姑姑起初是隨意地瞄了一眼，但我看到她的身體猛地一震，彷彿被電打了一下子。她的眼睛瞪大了，臉色也隨之變得煞白。她像扔掉一條蛇，不，像扔掉一隻青蛙似地將那張傳單扔掉了。

等到姑姑猛省，想去撿那張傳單時，已經晚了。

黃秋雅撿起傳單，掃了一眼，抬頭看看姑姑，又掃了一眼傳單，那雙隱藏在厚厚的鏡片背後的眼睛裡，突然迸發出磷火似的綠光。接著，她便發出了一聲冷笑。姑姑縱身上前，去搶奪傳單，但黃秋雅一轉身就避開了。姑姑伸手抓住了黃秋雅背後的衣服，高聲喊叫：還給我！

黃秋雅往前一掙，嗤啦一聲，褂子破了，露出了白得像青蛙肚皮一樣的脊背。

還給我！

黃轉過身，攥著傳單的手藏在背後，渾身顫抖著，一步步往門口挪動。同時，她陰沉而得意地說：還給你？哼！你這個狗特務！叛徒的女人！叛徒玩膩了的爛貨！你也怕了？你不賣你的「烈士遺孤」的臭味了吧？

姑姑發瘋般地向黃秋雅撲去。

黃秋雅跑到走廊上，尖聲吼叫著：抓特務啊！抓特務啊！

姑姑追上去，伸手揪住了黃秋雅的頭髮。黃秋雅脖子往後仰著，攥著傳單的手拚命往前伸，嘴裡發出更加淒厲的喊叫。那時候的公社衛生院只有兩排房屋，前排門診，後排辦公。所有的人都聞聲而出。姑姑已經把黃秋雅按倒在走廊裡，騎在她腰上，拚命地搶奪傳單。

院長跑來了。這是個禿頭頂的中年人，雙眼細長，眼下垂著兩個囊袋，嘴裡鑲著白得過分的假牙。他喊叫著：住手！你們這是幹什麼？

姑姑似乎沒聽到院長的呵斥，以更加猛烈的動作，掰著黃秋雅的手。黃秋雅的嘴裡發出的聲音已經不是尖叫而是哭嚎。

萬心，住手！院長氣急敗壞地對著圍觀者吼叫著：你們都瞎眼了嗎？快把她們分開！

上來幾個男醫生，費了很大的力氣，把姑姑從黃秋雅的身上拖開。

上來幾個女醫生，把黃秋雅從地上架起來。

黃秋雅的眼鏡掉了，牙縫裡流著血，深陷的眼窩裡流出混濁的淚水。但她的手依然死死地攥著那張傳單。她嚎哭著：院長，您要給我做主啊……

姑姑衣衫凌亂，臉色慘白，腮上有兩道流血的溝槽，顯然是被黃秋雅的指甲剮的。

萬心，到底是怎麼回事？院長問。

姑姑慘澹一笑，兩行淚水湧出來。她把手中的幾片傳單碎屑扔在地上。一言不發，搖搖晃晃地走進婦產科。

這時，黃秋雅像立了大功、受了大苦的英雄一樣，將手中那張揉成一團的傳單，交到院長手裡。她跪在地上，摸索自己的眼鏡。

她把斷了一條腿的眼鏡架到鼻梁上，用手扶著。看到姑姑扔在地上的傳單碎屑，急忙膝行上前，搶到手裡，如獲至寶，爬起來。

這是什麼玩意兒？院長一邊抻展著傳單，一邊問。

反動傳單，黃秋雅獻寶般地將傳單碎屑遞給院長，說，這裡還有，是那個叛逃台灣的王小倜發給萬心的傳單！

周圍的醫生護士們發出一陣驚歎。

院長眼睛老花，將傳單移到很遠的地方，費力地調整著視線。醫生護士們一窩蜂般圍上來。看什麼？有什麼好看的？都回去上班！院長將傳單收好，訓斥完眾人，又說：黃醫生，你跟我來一下。

黃秋雅隨著院長進了辦公室，醫生護士們三三兩兩地小心議論著。

這時，從婦產科裡傳出姑姑的嚎啕大哭聲。我意識到自己闖了大禍，畏畏縮縮地蹭進門，看到姑姑坐在椅子上，頭伏在桌子上，一邊哭一邊用拳頭捶打桌面。

姑姑，我說，俺娘讓我給您送兔子肉來了。

姑姑不理我，只是哭。

姑姑，我哭著說，您別哭了，您吃點兔子肉吧……

我將手提的包袱，放在桌子，解開，將那碗兔子肉端到姑姑腦袋旁邊。

姑姑一掄胳膊，將碗撥到地上，跌得粉碎。

滾！滾！滾！姑姑抬起頭，大聲吼叫著：你這個混蛋！你給我滾！

十一

事後才知道，我闖下的禍有多大。

我逃出醫院之後，姑姑切開了左腕上的動脈，用右手食指蘸著血，寫下了血書：我恨王小倜！我生是黨的人，死是黨的鬼！

當那黃秋雅得意洋洋地回到辦公室時，鮮血已經流到門口。她尖叫一聲就癱倒在地。

姑姑被救活，但受到了留黨察看的處分。處分她的理由並不是懷疑她與王小倜真有關係，而是她以自殺的方式向黨示威。

十二

一九六二年秋季，高密東北鄉三萬畝地瓜獲得了空前的大豐收。跟我們鬧了三年彆扭、幾乎是顆粒無收的土地，又恢復了它寬厚仁慈、慷慨奉獻的本性。那年的地瓜，平均畝產超過了萬斤。回想起收穫地瓜時的情景，我就感到莫名的激動。每顆地瓜秧子下邊，都是果實纍纍。我們村最大的一個地瓜，重達三十八斤。縣委書記楊林抱著這個大地瓜照了一張照片，刊登在《大眾日報》的頭版頭條。

地瓜是好東西，地瓜真是好東西。那年的地瓜不僅產量高，而且含澱粉量高，一煮就開沙，有栗子的味道，口感好，營養豐富。高密東北鄉家家戶戶院子裡都堆著地瓜，家家戶戶的牆壁上都拉起了鐵絲，鐵絲上掛滿了切成片的地瓜。我們吃飽了，我們終於吃飽了，吃草根樹皮的日子終於結束了，餓死人的歲月一去不復返了。我們的腿很快就不浮腫了，我們的肚皮厚了，肚子小了。我們的皮下漸漸積累起了脂肪，我們的眼神不再暗淡無光了，我們走路時腿不再痠麻了，我們的身體在快速地生長。於此同時，那些吃飽了地瓜的女人們的乳房又漸漸大起來，她們的例假也漸漸地恢復了正常。那些男人們的腰桿又直了起來，嘴上又長出了鬍鬚，性欲也漸漸恢復。在飽食地瓜兩個月後，村子裡的年輕女人幾乎都懷了孕。一九六三年初冬，高密東北鄉迎來了建國之後的第一個生育高潮，這一年，僅我們公社，五十二個村莊，就降生了二八六八名嬰兒。這一批小孩，被姑姑命名爲「地瓜小孩」。衛生院長是個心地善良的好人。姑姑自殺未遂回家休養時，他曾來我們家探望過。他是我奶奶的娘家堂侄，是我們家的瓜蔓親戚。他批評我姑姑糊塗。他希望我姑姑放下思想包袱，好好工作。他說黨和人民的眼睛是亮的。絕不會冤枉一個好人，也絕不會放過一個壞人。他要我姑姑一定要相信組織，用實際行動證明自己的清白，爭取盡快恢復黨籍。他悄悄地對我姑姑說：你和黃秋雅是不一樣的。這個人本質很壞，而你根紅苗正，雖然走了幾步彎路，但只要努力，前途還是光明的。

院長的話讓姑姑又一次放聲大哭。

院長的話也讓我放聲大哭。

姑姑從血泊中站立起來，以火一樣熱情投入了工作。那時，雖然各村都有了經過培訓的接生員，但還是有許多婦女願意到衛生院生產。姑姑捐棄前嫌，與黃秋雅密切合作，既當醫生又當護士，有時連續幾天幾夜不闔眼，從鬼門關口，搶救了許多婦嬰的生命。在五個多月的時間裡，她們接生了八百八十個嬰兒，包括十八台剖腹產手術。在當時，剖腹產還是相當複雜的手術，一個只有兩個人的小小公社衛生院婦科，竟敢幹這樣的大活，一時引起轟動。連姑姑這種心高氣傲的人，也不得不欽佩黃秋雅的精湛醫術。姑姑後來之所以能成爲高密東北鄉土洋結合的婦嬰名醫，還眞要感謝她的這個冤家對頭。

黃秋雅是個老姑娘，她這一輩子，大概連戀愛都沒談過。她脾氣古怪，是可以原諒的。進入晚年之後的姑姑，曾經多次對我們講述她的老對頭的事。黃秋雅這個上海資本家的千金小姐，名牌大學畢業生，被貶到我們高密東北鄉，眞是「落時的鳳凰不如雞」！誰是雞？姑姑自我解嘲地說，我就是那隻雞，跟鳳凰掐架的雞，她後來可眞是被我揍怕了，見了我就渾身篩糠，像一條吞了煙油子的四腳蛇。姑姑感慨地說，那時所有的人都瘋了，想想眞如一場噩夢，姑姑說，黃秋雅是個偉大的婦科醫生，即便是上午被打得頭破血流，下午上了手術台，她還是聚精會神，鎭定自若，哪怕窗外搭台子唱大戲，也影響不了她。姑姑說，她那雙手眞是巧啊，她能在女人肚皮上繡花……每當說到這裡，姑姑就大笑，笑著笑著，眼淚就會奪眶而出。

十三

姑姑的婚事，已經成了我們家族的一塊心病，不但上了年紀的長輩憂心，連我這種十幾歲的野孩子也很操心。但沒人敢在姑姑面前提這事，一提，她就翻臉。

一九六六年春天，清明節那日上午，姑姑帶著她的徒弟——我們當時只知道她的外號叫「小獅子」——一個年約十八、滿臉粉刺、蒜頭鼻子、雙眼間距很寬、頭髮蓬鬆、個頭不高、身材相當豐滿的姑娘，來村裡爲育齡婦女普查身體。工作完畢後，姑姑帶著小獅子回家吃飯。

抃餅、煮雞蛋、羊角蔥、豆瓣醬。

我們早就吃過了，看著姑姑和小獅子吃。

小獅子很害羞的樣子，低著眼不敢看人，顆顆粉刺，如同紅豆。

母親似乎很喜歡這個姑娘，問短問長，看看就要問到婚姻上了。姑姑說：嫂子，你別嘮叨了，想讓人家給你做兒媳婦嗎？

哪裡啊，母親說，咱莊戶人家，哪裡敢高攀呢？「小獅子」姑娘可是吃國庫糧的，你這些侄子們，哪個能配得上她？

「小獅子」頭更低了，飯也吃不下去了。

這時，我的同學王肝和陳鼻跑來。王肝只顧往屋裡看，一腳把地上的雞食缽子踩得粉碎。

我母親罵道：你這個熊孩子，走路怎麼不長眼呢？

王肝手摸著脖子，嘿嘿地傻笑。

王肝，你妹妹怎麼樣？姑姑問，長高了點沒有？

還那樣……王肝說。

回去告訴你爹，姑姑嚥下一口餅，掏手帕抹抹嘴，說，無論如何，你娘不能再生了，再生她的子宮就拖到地上了。

別對他們說這些婦道的事。母親說。

怕什麼？姑姑道，就是要讓他們知道，女人有多麼不容易！這村裡的婦女，一半患有子宮下垂，一半患有炎症。王肝他娘的子宮脫出陰道，像個爛梨，可王腿還想要個兒子！哪天我要碰到他……還有陳鼻，你娘也有病……

母親打斷姑姑的話，呵斥我：滾，跟你的狐朋狗友出去玩，別在這裡討嫌！

走到胡同裡，王肝說：小跑，你要請我們吃炒花生！

爲什麼要我請你們吃炒花生？

因爲我們有祕密要告訴你。陳鼻說。

什麼祕密？

你先請我們吃花生。

我沒有錢。

你怎麼沒有錢？陳鼻道，你從國營農場的機耕隊那裡偷了一塊廢銅，賣了一塊二毛錢，當我們不知道？

不是偷的，我急忙辯白，是他們扔掉不要的。

就算不是偷的，但賣了一塊二毛錢是眞的吧？快請客吧！王肝指指打穀場邊那架鍬𨫼。很多人圍在那裡，鍬𨫼嘎啦嘎啦響著。那裡有個老頭兒在賣炒花生。

等我把三毛錢的花生平均分配完畢後，王肝嚴肅地說：小跑，你姑姑要嫁給縣委書記做塡房夫人了！

胡說！我說。

你姑姑成了縣委書記的夫人，你們家就要跟著沾光了，陳鼻說，你大哥，你二哥，你姊姊，還有你，很快就會調到城裡去，安排工作，吃國庫糧，上大學，當幹部，到那時候，你可不要忘記我們啊！

那個「小獅子」，可眞美麗啊！王肝突然冒出了一句。

十四

那茬「地瓜小孩」出生時，家長去公社落戶口，可以領到一丈六尺五寸布票、兩斤豆油。生了雙胞胎的可以獲得加倍的獎勵。家長們看著那些金黃色的豆油，撚著散發出油墨香氣的布票，一個個眼睛潮濕，心懷感激。還是新社會好啊！生了孩子還給東西，我母親說：國家缺人呢，國家等著用人呢，國家珍貴人呢。

人民群眾心懷感激的同時，都暗暗地下了決心，一定要多生孩子，報答國家的恩情。公社糧庫保管員肖上唇的老婆——也就是我同學肖下唇的母親——已經給肖下唇生了三個妹妹，最小的那個還沒斷奶，肚子又鼓了起來。我放牛回來時，經常看到肖上唇騎著一輛破自行車從小橋上經過。他身體胖大，自行車不堪重負，發出吱吱扭扭的聲音。經常有村裡人開他的玩笑：老肖，多大年紀了？一夜也不能空？他就笑著回答：不能空，爲國家造人嘛，必須不辭勞苦！

一九六五年底，急劇增長的人口，讓上頭感到了壓力。新中國成立後的第一個計畫生育高潮掀了起來。政府提出口號：一個不少，兩個正好，三個多了。縣電影隊下來放電影時，也在正片之前加演幻燈片普及計畫生育知識。當銀幕上出現那些男女生殖器的誇張圖形時，黑暗中的觀眾發出一陣陣怪叫和狂笑。我們這些半大孩子跟著瞎起鬨，很多年輕男女的手悄悄地握在了一起。這樣的避孕宣傳簡直就像催生的春藥，縣劇團組織了十幾個小分隊，深入到各村演出一齣小戲《半邊天》，批判重男輕女思想。

此時姑姑已是公社衛生院婦產科主任，並兼任公社計畫生育領導小組副組長，組長是公社黨委書記秦山，他基本不管事，掛名而已，我姑姑實際上是我們公社計畫生育工作的領導者、組織者，同時也是實施者。

姑姑那時身體略有發胖，那口令人羨慕的白牙也因無暇刷洗而發黃。她的聲音嘶啞，有了幾分男人嗓，我們經常能在高音喇叭裡聽到她的講話。

姑姑的講話大多是以這樣幾句話開場：敲鑼賣糖，各幹一行。幹什麼吆喝什麼。三句話不離本行。我今天要講的就是計畫生育……

那段時間裡，姑姑的群眾威信有所下降，連我們村那些深得了她的恩惠的女人們也開始說她的壞話。

儘管姑姑不遺餘力地狠抓計畫生育，但收效甚微，老鄉們根本不接茬。縣劇團到我們村演出，當那女主角在台上高唱：時代不同了——男女都一樣——時，王肝的爹王腳在台下高聲叫罵：放屁！都一樣？誰敢說都一樣?!——台下群眾群起響應，胡吵鬧，亂嚷叫。磚頭瓦片，齊齊地扔到台上。演員抱頭鼠竄。王腳那天喝了半斤白酒，仗著酒勁兒，野性發作，分開眾人，跳上舞台，前仰後合，指手畫腳，發表演說：你們管天管地，還能管著老百姓生孩子？有本事你們找根麻繩把女人的家什都縫上吧。台下觀眾哄堂大笑。王腳更來了狗精神，從舞台上撿起一塊瓦片，瞄準那盞掛在幕前橫杆上、放射出耀眼光芒的汽燈，猛地投上去。汽燈應聲熄滅，台上台下一團漆黑。——為此王腳被拘留半個月，放出來後，他依然不服，氣洶洶地逢人便說：有本事把老子的雞巴割了去！

前些年，姑姑回家，前呼後擁；如今，姑姑偶爾回家，人們冷冷地避著她。我母親勸道：他姑姑，計畫生育這事兒，是你自己琢磨出來的呢，還是上頭讓幹的？

什麼叫「自己琢磨出來的」？姑姑氣憤地說，這是黨的號召，毛主席的指示，國家的政策。毛主席說：人類應該控制自己，做到有計畫的增長。

我母親搖搖頭，說：自古到今，生孩子都是天經地義的事。大漢朝時，皇帝下詔，民間女子，滿十三歲必須結婚，如果不結婚，就拿女子的父兄是問。如果女人不生孩子，國家到哪裡去徵兵？天天宣傳美國要來打我們，天天吆喝著解放台灣，女人都不讓生孩子了，兵丁從哪裡來？沒了兵丁，誰去抵抗美國侵略？誰去解放台灣？

嫂子，你這些陳詞濫調，就別給我囉嗦了。姑姑說，毛主席總比你高明吧？毛主席說：人口非控制不可！無組織無紀律，這樣下去，我看人類是要提前毀掉的。

毛主席說：人多力量大，人多好辦事，人是活寶，有人有世界！我母親說，毛主席還說：不讓老天下雨是不對的，不讓女人養孩子也是不對的。

我姑姑哭笑不得地說：嫂子，你這是偽造毛主席語錄，矯傳聖旨，在過去是要砍頭的。我們也沒說不讓大家生孩子，只是讓大家少生，有計畫地生。

人一輩子生幾個孩子，都是命中注定的。我母親說，這還用得著你們計畫？我看你們是瞎子點燈——白費蠟。

姑姑們的努力，也確如母親所言，是白費財力，還落下罵名。剛開始時她們將免費的避孕套發給各村的婦女主任，讓她們分發給育齡婦女，並要求她們的丈夫戴上套子行事。但這些避孕套要麼被扔進豬圈，要麼被當成氣球吹起來，並塗上顏色，成了孩子們的玩具。姑姑她們也曾挨家挨戶發送女用避孕藥，但婦女們都嫌副作用太大而抗拒服用。即便當場逼著她們吞下去，但一轉身，她們就用手指或筷子探喉，將那藥片吐出來。於是，結紮男子輸精管的技術便應運而生。

那時候，村裡盛傳，男紮技術是我姑姑與黃秋雅共同發明的。也有人說，黃秋雅的貢獻是理論構想，我姑姑的貢獻在臨床實踐。肖下唇煞有介事地對我們說：她們倆，都是沒結過婚的變態女人，看到別人夫妻雙雙她們心中嫉恨，所以發明了絕戶計。肖下唇說我姑姑和黃秋雅先是在小公豬身上做實驗，又在公猴子身上做實驗，最後，她們在十個死囚犯身上做實驗，試驗成功後，那十個死囚被改判爲無期徒刑。當然，很快我們就知道，肖下唇是胡說八道。

那些日子裡，廣播喇叭裡經常傳出姑姑的叫喊：各大隊幹部請注意，各大隊幹部請注意：根據公社計畫生育領導小組第八次會議精神，凡是老婆生過三個孩子及超過三個孩子的男人，都要到公社衛生院實行結紮手術。手術後，補助二十元營養費，休息一週，工分照記……

聽到廣播的男人們，聚在一起發牢騷：媽的，有劁豬的，有閹牛的，有騸騾子騸馬的，哪裡見過騙人的？我們也不想進皇宮當太監，騙我們幹什麼？當村裡的計生幹部對他們解釋結紮只是把——他們瞪著眼反駁道：你們現在說得好聽，只怕一上了床子，麻藥一打，恐怕不止是我們的蛋子，連我們的雞巴也要被她們割了去！到了那時候，我們就只能像老娘們一樣蹲著撒尿了。

非常有利於婦女、手術簡便、後遺症很少的男紮手術，遇到了重重障礙。姑姑她們在衛生院掃榻以待，但沒有一個人來。縣計畫生育指揮部每天電話催報數字，對姑姑的工作極爲不滿。公社黨委爲此專門召開會議，做出了兩項決議：一是男子結紮要從公社領導開始，然後推廣到一般幹部和普通職工。村裡則由大隊幹部帶頭，然後推廣到一般群眾。二是要對那些抗拒男紮、製造和傳播謠言的人實行無產階級專政，對那些符合結紮條件但拒不結紮的，先由大隊停止勞動權，如果還不服從，就扣掉口糧。幹部抗拒，撤銷職務；職工抗拒，開除公職；黨員抗拒，開除黨籍。

公社黨委書記秦山親自發表廣播講話。他說計畫生育是關係到國計民生的大事，社直各部門、各大隊必須高度重視，符合男紮條件的幹部、黨員要帶頭先紮，給群眾做好表率。秦山突然變化了腔調，用聊家常的口吻說，同志們，譬如說我吧，老婆已經因病做了子宮切除手術，但爲了打消群眾對男紮的恐懼，我決定，明天上午就去衛生院結紮。

秦書記在講話中，還要求共青團、婦聯、學校積極配合，大力宣傳，掀起一個轟轟烈烈的「男紮」高潮。就像歷次運動一樣，我們學校最有文才的薛老師編出了快板詩，我們用最快的速度背熟，然後四個一組，每人手持一個用紙殼或鐵皮捲成的喇叭筒子，爬到房頂上，樹梢上，大聲喊叫：社員同志不要慌，社員同志不要忙。男紮手術很簡單，絕對不是騸牛羊。小小刀口半寸長，十五分鐘下病床。不出血，不流汗，當天就能把活幹……

在那個不平凡的春天裡，姑姑說全公社共做了六百四十八例男紮手術，由她親自操刀的只有三百一十例。姑姑說，事實上，只要把道理講透、把政策訂好、領導帶了頭、層層抓落實，群眾還是通情達理的。她做了那麼多例手術，絕大多數人是在村幹部和單位領導帶領下走來的，真正調皮搗蛋的，動用了一點強制措施的，只有兩例。一例是我們村的車把式王腳，一例是糧庫保管員肖上唇。

王腳仗著家庭出身好，既反動又囂張。他從拘留所被放出來後就放出狂話，誰敢逼他去結紮，他就跟誰白刀子進紅刀子出。我的朋友王肝，因爲迷戀我姑姑的助手小獅子，在感情上往姑姑這邊傾斜。他親自動員父親去結紮，結果挨了兩巴掌。王肝逃出家門，王腳手持大鞭追趕。追到村頭池塘，父子倆隔水大罵。王腳：你這狗日的，竟敢動員你爹結紮！王肝：你說我是狗日的，我就是狗日的。王腳一想，罵兒子等於罵自己，便繞塘追趕。爺兒倆團團旋轉，彷彿推磨。圍觀者甚多，添油加醋，煽風點火，引起一陣陣笑聲。

王肝從家裡偷出一把鋒利的馬刀，交給村支書袁臉，說這是他爹準備的兇器。王肝說我爹說誰敢讓他去結紮他就用這把刀劈了誰。袁臉不敢怠慢，拿著刀去了公社，向黨委書記秦山和我姑姑彙報。秦山憤怒地拍了桌子，說：反了他了！破壞計畫生育就是反革命！姑姑說：不把王腳解決了，局面就難以打開。袁臉稱是，說村裡那些該當結紮的男人們都在看著王腳呢。秦書記說：

抓這個反面典型。

公社公安員老寧腰掛匣槍，前來助陣，村支書袁臉率領婦女主任、民兵連長、四個民兵，衝進王腳的家。

王腳的老婆抱著一個吃奶的女孩，正在樹蔭下編草辮，見來者洶洶，扔下手中活，坐在地上，嚎啕大哭。

王肝站在房檐下，一聲不吭。

王膽坐在堂屋門檻上，拿著一個小鏡子，照她那張小巧而秀麗的臉。

王腳，袁臉喊，出來吧，不要敬酒不吃吃罰酒。公社寧公安都來了，你逃過了今天，也逃不過明天。男子漢大丈夫，不如索性爽利些。

婦女主任對王腳女人說：方蓮花，別嚎了。讓你男人出來吧。

屋子裡沒有動靜。袁臉看看寧公安。寧公安一揮手，四個民兵提著繩子衝進屋子。

這時，站在房檐下的王肝對著寧公安施了一個眼色，並對著牆角豬圈那兒呶了呶。

寧公安雖然一條腿短一條腿長，但行動非常敏捷。他幾個箭步竄到豬圈門口，掏出匣槍，厲聲喝道：王腳，出來！

王腳頂著一腦袋蜘蛛網鑽出來。四個民兵提著繩子圍過來。

王腳抹一把臉上的汗水，怒沖沖地說：寧瘸子，你咋呼什麼？你拿著塊破鐵老子就怕你不成？

沒讓你怕，老寧道，乖乖地跟我走，啥事也沒有。

不乖乖地怎麼著？難道你還敢開槍？王腳用手指點著褲襠，說，有本事往這裡打，老子寧願被你用槍子兒打掉也不願被那幾個老娘們用刀子割去。

婦女主任說：王腳，你別胡攪蠻纏了，男紮，就是把那根管兒紮上……

該把你那個家什縫上！王腳指點著婦女主任的褲襠，粗野地罵道。

寧公安晃晃手中的槍，下令：上，綑起來。

我看你們誰敢?!王腳回身抄起一張鐵鍬，平端著，雙眼發綠，說，誰上我就鏟掉誰的頭！

這時，袖珍女孩王膽，拿著她那面小鏡子站起來。那時她已經十三歲，身高只有七十釐米。她的身體雖然矮小，但長得十分勻稱，彷彿一個來自小人國的小美人。她用小鏡子將一束強烈的陽光反射到王腳臉上。她的嘴裡同時發出一陣細弱的、天真無邪的笑聲。

趁著王腳眼睛被強光照射、不能視物的當口，四個民兵一擁而上，奪下他手中的鐵鍬並反剪了他的雙臂。

正當民兵試圖用繩子綑綁他的雙臂時，他突然放聲大哭起來。他的哭聲沉痛，令趴在他家院牆上、圍在他家大門口看熱鬧的人們也跟著心中難過。民兵們手提繩子，一時不知所措。

袁臉說：王腳，你還算個男子漢嗎？這麼點小手術就把你嚇成這樣！老子已經帶頭做了，什麼都不影響，你若不信，就讓你老婆問我老婆去！

爺們，別說了，王腳哭著說，我跟你們去就是了。

姑姑說，肖上唇這雜種，是社直機關的反面典型，他仗著自己給八路軍地下醫院抬過擔架那點事兒，死磨硬抗。但當公社黨委研究決定要開除他的公職將他下放回村務農時，他自己騎著輛破自行車跑到衛生院來了。姑姑說，他指名要我給他做手術。他是個色鬼，流氓，滿嘴下流話。他上手術台前還追著小獅子問：姑娘，我弄不明白，俗言道「精滿自流」，可你們把輸精管給我紮起來，我那些精液怎麼辦？會不會把我的肚子脹破？

小獅子滿臉通紅地望著我。我說：備皮！

給他備皮時他竟然勃起了。小獅子沒見過這種陣勢，扔下刀子躲到一邊。我說：你思想健康點！他無賴地說：我思想很健康，它自己要硬，我有什麼辦法？——好吧，姑姑說她拿起一柄橡皮錘，對準了，漫不經心地敲了一下，那東西頓時就萎了。

姑姑說，我對天發誓，王腳和肖上唇的手術，我做得非常認眞，非常成功，但手術之後，王腳一直彎著腰，說我把他的神經給捅壞了；肖上唇，不斷地來醫院鬧事，還多次到縣裡上訪，說我把他性功能破壞了……這兩個傢伙，姑姑說，王腳有可能是心理問題，那肖上唇，純粹是胡攪蠻纏。「文化大革命」中他當紅衛兵頭頭那陣子，不知道糟蹋了多少姑娘。如果沒結紮，他還有所忌憚，怕給人搞大了肚子不好收場，結紮後，他眞是無所顧忌了啊！

十五

批鬥縣委書記楊林的大會，因爲參加人數太多，無地可容，時任公社革命委員會主任的肖上唇別出心裁地將會場安排在膠河北岸滯洪區內。正是隆冬季節，水面上結著厚冰，一眼望去，一片琉璃世界。我是村子裡最早知道要在這裡開大會的人。因爲我經常蹺課到這裡來玩耍。那天，我正在滯洪閘橋洞裡鑿冰窟窿釣魚，聽到頭上有人在大聲說話。我聽出說話者是肖上唇。這個人的嗓音，我從一萬個人裡也能一下聽出來。我聽到他說：媽的，好一派北國風光！批判大會就在這裡舉行，主席台就搭建在這滯洪閘上。

這裡原本是一片窪地，後來，爲了保證下游安全，在膠河堤壩上修建了滯洪閘，每當夏秋季節膠河行洪時，就開閘放水，使這片窪地，成了一個湖泊。當時，我們東北鄉人對此極爲不滿，因爲那些窪地，儘管低窪也是地，種不了別的，種高粱還是可以的。但國家要辦的事情，小民豈能違抗。我曾多次蹺課，跑到這裡來，看滔滔的洪水從十二個洩洪孔洞裡奔湧而出。洪水過後，滯洪區一片汪洋，成了一個方圓十幾里的湖泊。湖中魚蝦蕃多，捕魚的人成群結隊，賣魚的也漸漸多了。先是在滯洪閘上擺攤，滯洪閘上擺不開，便移到了滯洪區東岸，在岸邊那一排柳樹下，依次展開。熱鬧時有二里多長。集市原先是設在公社駐地的，自從這裡起了魚市後，集市就慢慢地遷到這裡來了。賣菜的來了，賣雞蛋的來了，賣炒花生的也來了。連附著在集市上那些小偷小摸、流氓乞丐也跟著來了。公社組織武裝民兵，前來驅趕過幾次。民兵一到，紛紛逃竄。民兵一走，又試試探探地聚集起來。於是就這樣半合法半非法地存在下來。我特喜歡看魚。我看鯉魚鰱魚鯽魚鯰魚黑魚鱔魚，螃蟹泥鰍蛤蜊之類的也順便看一看。我在這裡看到過一條最大的魚，有一百多斤，白白的肚皮，看上去像個懷孕的女人。那個賣魚的老漢守著大魚，畏畏縮縮的，好像守著一個神靈。我跟那些眼觀六路、耳聽八方的魚販子混得很熟。他們為什麼要眼觀六路、耳聽八方呢？因為公社稅務所的收稅員經常來沒收他們的魚。有一些公社的閒雜人員，也冒充稅務人員，前來巧取豪奪。那條一百多斤重的大魚，就差點讓兩個身穿藍制服、嘴裡叼著香菸、手提著黑皮包的傢伙沒收了去。如果不是賣魚老漢的女兒匆匆趕來大哭大鬧，如果不是秦河揭穿了這兩個人的眞實身分，那條大魚眞就被他們抬走了。

秦河就是那個留著大分頭、穿著藍華達呢學生制服、口袋裡插著一枝博士牌鋼筆、一枝新華牌雙色圓珠筆、模樣彷彿「五四」時期大學生的乞討者。他面色蒼白，神色悒鬱，眼睛裡濕潤潤的，彷彿隨時都會潸然淚下。他口才極好，滿口普通話，講出話來句句都似話劇台詞——我後來之所以寫話劇，跟他的影響有關——他總是端著一個碩大的白搪瓷缸子，上邊用紅漆塗有五角星和一個「獎」字。他站在那些賣魚蝦的人面前，充滿感情地說：同志，我是一個喪失了勞動能力的人，您也許會說，瞧你這麼年輕，哪像個喪失勞動能力的人？同志，我要告訴您，您看到的只是我的外表，其實，我有嚴重的心臟病。我的心被人用刀子戳傷過，只要一幹活，心上的疤痕就會崩裂，那樣我就會七竅流血而死。同志，您就送給我一條魚吧，我不敢奢望要一條大的，我要一條小的，一條最小的小魚……他總是能要到魚，或是蝦，要到之後，他就跑到水邊，用一把小刀收拾了，然後找一避風地方，撿來柴禾，支起兩塊磚頭，將瓷缸子放在上邊，點起火來燉……我經常站在他身後看他燉魚，鮮美的氣味從他的瓷缸子裡散發出來，使我饞涎欲滴，我從心底裡羨慕他的生活……

秦河是公社黨委書記秦山的親弟弟，曾經是縣第一中學才華橫溢的學生。公社書記的弟弟在集市上乞討，其中必有複雜的原因，有人說他是我姑姑的瘋狂愛慕者，受到過嚴重刺激，用他哥哥的手槍，自殺未遂。傷好後即成了這個樣子。剛開始時還有人嘲笑他，但自從他幫助老漢保住了那條大魚後，賣魚的人都對他另眼相看。我感到這個人很有吸引力。我想瞭解他。我一看到他那雙濕漉漉的眼睛就對他產生同情。有一天傍晚，魚市散後，他一個人迎著夕陽、拖著長長的影子往西走。我悄悄地尾隨著他。我想知道這個人的祕密。他發現我的跟蹤後，停下身，對著我深深地鞠了一躬，說：親愛的朋友，請您不要這樣吧。我模仿著他的腔調說：親愛的朋友，我沒有怎麼樣啊。他可憐巴巴地說：我的意思是請您不要跟在我身後。我說：你走路，我也走路，我沒有跟在你身後啊。他搖搖頭，低聲嘟噥著：朋友，請可憐可憐我這個不幸的人吧。他回身往前走。我依然跟著他。他抬腿往前跑去。他的步幅很大，腿抬得很高，輕飄飄的，身體搖擺不定，彷彿是用紙殼剪成的。我只用五分力氣就跟在了他身後。他停下來，咻咻地喘息著，面色如金紙，眼淚汪汪地說：朋友……求您放了我吧……我是一個廢人，一個受過重傷的人……

我被他打動了，停住腳步，不再追隨他。我看著他的背影，聽著從他的喉嚨裡發出的低沉的嗚咽之聲。其實我沒有惡意，我只是想知道他的生活，譬如，他夜裡睡在什麼地方？

那時我雙腿細長，腳很大，十幾歲的孩子竟要穿四十碼的大鞋，我母親爲此常常發愁。我們學校教體育的陳老師，原是省田徑隊的運動員，眞正的運動健將，右派。他像買騾馬的人一樣，捏過我的腿腳，認爲我是塊好料，便重點培養我。他教我抬腿，邁步，調整呼吸，安排體力。我在全縣的中、小學生運動會上，取得過少年組三千米第三名的好成績。所以我經常蹺課跑到魚市上觀光，就成了半公開的事。

那次追隨之後，我與秦河成了朋友，每次見面，他都會向我點頭致意。他比我大十幾歲，有點忘年交的意味。集市上除他之外，還有兩個乞丐，一個名叫高門，寬肩大手，看上去力大無窮的樣子；一個名叫魯花花，本是個黃病漢子，但不知道爲什麼起了這樣一個女性化的名字。有一天，這兩個叫化子，一個手持柳木棍子，一個攢著一隻破鞋子，聯手打秦河，打得很凶，秦河不還手，只是頻頻地說：

好哥哥們，你們打死我，我要感謝你們。但你們不要吃青蛙……青蛙是人類的朋友，是不能吃的……青蛙體內有寄生蟲……吃青蛙的人會變成白癡……

我看到，在柳樹下，有一堆篝火，青煙裊裊，火堆裡有一些燒得半熟的青蛙，火堆旁邊，有一些蛙皮蛙骨，散發著腥氣，讓人噁心。於是我明白，秦河是爲了制止他們燒青蛙吃而挨打。看著秦河挨打，我眼睛裡盈滿淚水。飢餓年代，吃青蛙的人甚多。我們家族對吃青蛙的人非常反感。我相信我們家族的人寧願餓死也不會吃青蛙。從這個意義上，秦河是我的同志。我從火堆裡撿起一根燃燒的木柴，捅了一下高門的屁股，又戳了一下魯花花的脖子，然後我沿著水邊跑，他們跟在我後邊追。我跟他們保持著一定的距離，逗引著他們。當他們停腳不追時，我就罵他們，或者撿起碎磚爛瓦投擲他們。

那天，全公社四十八個村子裡的人，一撥撥的，有扛著紅旗的，有敲打著鑼鼓家什的，有的從路上來，有的從河道裡走，都押著自己村子的壞人，往滯洪區匯聚。匯聚到這裡開大會、批鬥我們縣頭號走資派楊林，公社機關、社直各部門、各村的壞人都來陪鬥。我們走河道，踩著溜滑的冰。有人還踩著自製的滑冰板兒。對我有知遇之恩的體育陳老師頭戴一紙糊高帽，赤腳穿一雙破草鞋，嬉皮笑臉地跟在同樣是頭戴高帽卻愁眉苦臉的校長身後。肖上唇的兒子肖下唇手持一根標槍在後邊押著他們。肖上唇當了公社革委會主任，他兒子肖下唇當了我們學校的紅衛兵大隊長。他腳上穿著的那雙白色回力球鞋是從陳老師腳上剝下來的。那隻能發出雙響的發令槍，令我眼熱的寶貝，本是公家的物品，此時卻別在肖下唇腰裡。他不時地掏出發令槍，裝上火藥，對空鳴放。叭叭，槍聲與白色的硝煙並起，空氣中瀰漫著很好聞的硝磺味兒。

革命初起時，我也想參加紅衛兵，但肖下唇不要我。他說我是右派陳老師培養的黑尖子，他還說我大爺爺是漢奸，是假烈士，我姑姑是國民黨特務、叛徒的未婚妻、走資派的姘頭。為了報復他，我撿來一塊狗屎，用樹葉包好，藏在手裡。走到他面前，我故意說：肖下唇，你舌頭怎麼成了黑的了？肖下唇不知是計，立即張大口。我把那塊狗屎塞到他嘴裡，轉身就跑。他追不上我。學校裡的人，除了陳老師，沒人能追上我。

看著他穿著陳老師的鞋子、手持標槍、腰掛發令槍，那副小人得志、耀武揚威的樣子，我心懷嫉恨，決定整他。我知道他最怕蛇，但此時已是深秋季節，無處尋得，便從河邊桑樹下，找到半截爛繩子，團弄團弄，藏在身後，悄悄靠近他，將那爛繩子，往他脖子上一繞，同時大喊：毒蛇！

肖下唇一聲怪叫，扔掉梭標，急忙去撕擄脖上的繩子。當他看清掉在他眼前的只是一截爛繩時，才慢慢地回過神來。

他撿起梭標，咬牙切齒地說：萬小跑，你這個反革命！

殺——！肖下唇端著梭標，對著我刺過來。

我跑。

他追。

冰上奔跑使我難以盡展長技。我感到背後有涼氣逼人，生怕被那梭標捅穿身體。我知道這小子用砂輪將梭標打磨得鋒利無比，我也知道這傢伙心黑手毒，自從手持利器之後，殺心更重。他經常無端地刺樹，刺用穀草綑紮成的人形靶子，前不久還刺死了一頭正在與母豬交配的公豬。我邊跑邊回頭觀看，看到他頭髮直豎，兩隻眼瞪得溜溜圓，只要被他追上，我的小命多半要報銷。

我跑，我繞著人跑，鑽著人縫跑。跌倒後，連滾帶爬，幾乎被肖下唇手中梭標刺中。梭標刺到冰上，冰屑飛起。他也跌倒了。我爬起來繼續跑。他爬起來繼續追。不時地撞到人身上，女人，男人。——這熊孩子，撞什麼呢！——啊！——救命啊——殺人啦——一支正敲著鑼鼓行進的隊伍被我衝撞得亂了鼓點——幾個頭戴高帽的壞人將帽子掉在了地上——我從陳鼻的爹陳額、陳鼻的娘艾蓮——從袁腮的爹袁臉——他也成了「走資派」——身邊繞過去——我從王腳身邊衝過去。我看到了母親的臉，聽到了母親的驚呼——我看到了我的好朋友王肝——我聽到身後一聲悶響，接著是肖下唇的一聲慘叫——事後我知道，是王肝悄悄地伸出一條腿，使了一絆兒，讓肖下唇前撲，嘴啃冰面，嘴唇磕破，門牙未磕掉算他幸運。肖下唇爬起來試圖報復王肝，但王腳把他震懾住了。王腳說：肖下唇你個小雜種，你要敢動王肝一指頭我就挖出你的眼珠兒！我們家是三代雇農，王腳說，別人怕你，老子不怕你！

會場上已是人山人海。滯洪閘上，用木板和葦席搭建起一個很氣派的舞台。那年頭公社裡專門養著一撥人，搭建舞台，或者宣傳欄，技術熟練，身手不凡。舞台上插著幾十桿紅旗，掛著紅布白字橫幅，台角的兩根高桿上綁著四個巨大的喇叭，我們到達那裡時喇叭裡正播放著〈語錄歌〉：馬克思主義的道理，千頭萬緒，歸根結柢，就是一句話，造反有理——造反有理——

熱鬧，實在是太熱鬧了。我在人群中，拚命往前擠，想擠到靠舞台最近的地方。那些被我衝撞的人，毫不客氣地用腳踹我，用拳頭擂我，用胳膊肘子頂我。費了半天力氣，衣裳溻透，身上青一塊紫一塊，不但沒擠到前排，反而被擠出圈外。我聽到冰面發出「叭嘎叭嘎」的聲響，心中產生不祥的預感。這時，大喇叭裡傳出一個公鴨嗓子男人的吼叫：批鬥大會馬上開始——請貧下中農們安靜——前排的坐下來——坐下來——

我轉到滯洪閘西側，那裡有三間儲放備用閘板的倉房。我從房後，腳蹬磚縫，手把房檐，一個鷂子翻身，翻了上去。我匍匐瓦壟，悄悄爬上去，爬到屋脊，探頭出去，成千上萬的群眾，數不盡的紅旗，盡收眼底，湖面上的冰耀眼。舞台西側，幾十個人蹲在地上，都垂著頭。我知道這些就是待會要上台陪鬥的本公社的牛鬼蛇神們。肖上唇對著麥克風大聲吼叫。這個落魄的糧庫保管員，做夢也沒想到還有一步官運。「文革」一開始，他就領頭造反，成立「風暴造反兵團」，自任司令。

他身上穿著洗得發白、打了深色補丁的舊軍裝，胳膊上戴著紅色袖標。頭髮稀疏、禿頭頂在太陽下閃爍光芒。他學著那些我們在電影裡看到過的大人物講話：拖著長腔，一隻手扠腰，一隻手揮舞著，做著各種各樣的姿式。他的聲音被高音喇叭放大到震耳欲聾的程度。群眾的喧鬧聲猶如拍打岩石的浪潮。肯定是有人在會場上搗亂，此處剛剛安寧，彼處又轟然而起。我有點擔心母親和村裡那些老人們的安全。我搜索著她們。但冰反射陽光，耀花了我的眼。寒風從後邊吹透我的破棉襖，我感到很冷。

肖上唇一揮手，十幾個手持長木桿子、臂戴「糾察」袖標的精壯漢子從舞台後湧出，跳下去，進入喧鬧的人群，揮舞長桿，進行鎮壓。長木桿子的頂端綁著紅色布條，揮舞起來如同火炬。有個年輕人頭頂被打，憤憤不平，抓住木桿，與糾察隊員理論，被當胸捅了一拳。「糾察隊員」鐵面無私，下手無情，桿子到處，人們紛紛低伏。大喇叭裡傳來肖上唇聲嘶力竭的吼叫：都坐下！坐下！把搗亂的壞人揪出來——！那個挨了一拳的青年被糾察隊員揪著頭髮拖出了人群……人群終於安靜了，有的蹲著，有的坐著，無人敢站起來。糾察隊員們端著長桿，分布均勻地立在人群中，就像稻田裡的稻草人。

把「牛鬼蛇神」拉上台來！肖上唇一聲令下，那些嚴陣以待的糾察隊員們，兩人挾持一個，將那些「牛鬼蛇神」，腳不點地地，擁到了台上。

我看到了姑姑。

姑姑不馴服。糾察隊員將她的頭按低，但剛一鬆手，她便猛地抬起來。她的反抗招致了更為猛烈的壓制。最後，她被打趴在台上。一個糾察隊員，用一隻腳踩著她的背。有人跳上台，帶頭喊口號，但台下應聲寥寥。喊口號的人很沒趣，灰溜溜地下去了。這時，尖厲的哭叫聲，從人群中爆發。是我母親的哭聲：苦命的妹妹啊……你們這些喪盡天良的畜牲啊……

肖上唇下令，把「牛鬼蛇神」押下去，只留我姑姑在台上。那個糾察隊員還用一隻腳踏著她的背，擺出一副英勇無畏的姿勢——這是對當時流行口號的一種圖解——把階級敵人打翻在地，再踏上一隻腳——姑姑一動不動，我擔心她已經死了。台下我母親的哭聲也沒有了，我擔心她也死了。

那些被押下台的「牛鬼蛇神」都集中在大楊樹下，有幾個手持步槍的糾察隊員看守著他們。他們席地而坐，低垂著頭，彷彿一組泥塑。黃秋雅背靠牆根坐著，頭後仰貼牆。她被剃了一個陰陽頭，醜陋而恐怖。我曾聽說過，運動初起時，姑姑是衛生系統「白求恩戰鬥隊」的發起人之一。她十分狂熱，對曾經保護過她的老院長毫不客氣，對這黃秋雅，那更是殘酷無情。我明白，姑姑其實是想以這種方式來保護自己，就像一個走夜路的人，之所以高聲歌唱，實因爲心中懼怕。老院長是厚道人，無法忍受淩辱而投井自殺。黃秋雅卻在姑姑的對立面的鼓動或是脅迫下，揭發了姑姑與叛徒王小倜祕密聯絡的罪證。黃秋雅說萬心夜裡說夢話時常常高叫「王小倜」，她還說有一天晚上她值夜班，回宿舍找東西，發現萬心不在。她心中納悶，一個單身女人，深更半夜跑到哪裡去了呢？她說她正在納悶時，就看到從膠河岸邊那片柳林裡，升起了三顆紅色的信號彈，接著她還聽到了高空中傳來轟轟的飛機聲。她說過了一會兒，一個人影悄悄地潛入宿舍，從身影上看，正是萬心。她說她立即把這情況向院長做了彙報，但這個走資派與萬心是一夥的，他把這件事壓住了。她說萬心無疑是國民黨的特務。她揭發的這件事已經足可以要了我姑姑的命，但她隨即又揭發了第二件，她說我姑姑多次去縣城與走資派楊林姘居，並且還懷了孕，流產手術是她親自做的。群眾中蘊藏著豐富的創造力，也蘊藏著邪惡的想像力。黃秋雅揭發我姑姑的兩大罪狀，極大地滿足了人們的心理需要，再加上我姑姑的拒不認罪，動輒反抗，更使每一次批鬥大會有聲有色，成了我們東北鄉的邪惡節日。

我在黃秋雅的上方，看著她那顆怪頭，心中有恨，有同情，還有迷茫、恐懼與憂傷。我從房上揭下一片瓦，瞄著黃秋雅的陰陽頭。只要我一鬆手，瓦就會砸在她的頭上。但我猶豫了好久，最終沒有這樣做。——多年後我曾把這事告訴姑姑，姑姑說，多虧你沒鬆手，否則我的罪又要加重一分——進入晚年後，姑姑一直認爲自己有罪，不但有罪，而且罪大惡極，不可救贖。我以爲姑姑責己太過，那個時代，換上任何一個人，也未必能比她做得更好。姑姑哀傷地說，你不懂……

楊林被架上舞台後，那隻踏著我姑姑脊背的腳移開了。他們把我姑姑拖起來，與楊林並排著，低頭彎腰雙臂後伸，像王小倜駕駛的那種「殲-5」飛機。我看著楊林那顆光溜溜的大腦袋。這個人，半年前還像神一樣高不可攀啊，我們的心裡，還盼望著姑姑能與他喜結良緣，儘管他比姑姑大了二十多歲，儘管姑姑嫁給他是頂替他死去老婆的位置，可他是縣委書記，是每月工資一百多元的高級幹部，是下鄉坐著草綠色吉普車，身後跟隨著祕書、警衛員的大人物啊！多年之後，姑姑也說，其實我只與他見過一面，儘管我不喜歡他那個像懷孕八個月的大肚子，儘管我討厭他那滿嘴的大蒜味兒——其實他也是個土包子——但我心裡還是願意嫁給他的。爲了你們，爲了這個家族，我也會嫁給他。姑姑說，當她去縣城與楊林見面後，第二天，公社書記秦山便來衛生院視察。在院長陪同下他來到婦產科，滿臉的媚笑，滿口的諛詞，活脫脫一個奴才。姑姑說，此前的秦山，是那樣的趾高氣揚，盛氣凌人，一轉眼換上這樣一副嘴臉，讓姑姑感慨萬千。爲了這些勢利小人，我也要嫁給他，姑姑說，如果不是「文化大革命」……

上來一個矮小敦實的女紅衛兵，手提兩隻破鞋子，一隻掛在楊林脖子上，一隻掛在姑姑脖子上。姑姑後來說，反革命，特務，這些罪名都可以忍受，但絕對不能忍受「破鞋」的稱號。這是無中生有，奇恥大辱！姑姑立即把脖子上的破鞋摘下來，用力撇出去。那隻破鞋，竟像長了眼似地，落在黃秋雅面前。

女紅衛兵蹦了一個高，揪住姑姑的頭髮，使勁往下拉。姑姑昂著頭，與那女孩僵持。姑姑，您低頭吧，您如果再不低頭，只怕您的頭髮連同頭皮都會被揪下來啊！那胖女孩少說也有一百斤重，她雙手揪著您的頭髮，已經懸空吊在您身上了。姑姑猛然一甩頭，像一匹擺動鬃毛的烈馬——那女孩手裡攥著兩綹頭髮，跌落在台子上。姑姑的頭上滲出鮮血——姑姑的頭上至今還留有兩個銅錢大小的疤痕——血流到姑姑額頭上，流到姑姑耳朵上。她的身體挺立不彎。台下一片肅靜，一匹拉車的毛驢，仰著脖子，發出高亢的叫聲。沒聽到母親的哭叫聲，我心裡一片灰白。

這時，那黃秋雅拾起眼前的破鞋，小跑著，上了舞台。我估計她不知道台上發生了什麼，如果她知道了，絕對不會這樣做。她一到前台就愣了。她扔下破鞋，嘴裡嘟噥著什麼，一步步往後退。肖上唇大步上台，厲聲喊叫：萬心，你太囂張了！他揮舞手臂，親自領呼口號，想以此調動氣氛，打破僵局，但台下無人響應。那胖女孩扔掉手中的頭髮，彷彿扔掉了兩條蛇，嚎啕大哭著，跌跌撞撞地跑下台去。

站住！肖上唇喝令正倒退著下台的黃秋雅，指著地上的破鞋，說，你，你來給她掛上！

鮮血沿著姑姑的耳朵流到脖子上，穿過眉毛流進眼睛。姑姑抬手抹了一把臉。

黃秋雅撿起破鞋，戰戰兢兢地走到姑姑面前。她抬頭看了一眼姑姑的臉，怪叫一聲，口吐白沫，往後便倒。

上來幾個紅衛兵像拖死狗一樣把她拖下台。

肖上唇抓住楊林的衣領往上提，使他的腰直起來。

楊林雙臂下垂，雙腿彎曲，渾身鬆軟，只要肖上唇一鬆手，他就會癱在台上。

萬心頑抗到底，死路一條！肖上唇道，她不交代，你來交代，坦白從寬，抗拒從嚴！你說，你們倆通過姦沒有？

楊林不吱聲。

肖上唇一揮手，上來一個大漢，左右開弓，搧了楊林十幾個耳光。響聲清脆，沖上樹梢。有幾顆白色的東西迸落在台上。我猜想那是牙齒。楊林身體搖晃，眼見著要跌倒，大漢抓著他的衣領，不容他倒。

說，通過沒有?!

通過……

通過幾次？

一次……

老實交代！

兩次……

你不老實！

三次……四次……十次……許多次……記不清了……

姑姑發出令人毛骨悚然的尖叫，像隻撲食的母獅一樣，猛撲到楊林身上。楊林癱在台上，姑姑死命地抓著他的臉……幾個虎背熊腰的糾察隊員，費了很大勁，才把姑姑從楊林身上拖開。

這時，只聽到湖面上發出一陣怪響，冰層塌裂，許多人，落到冰水中。

第二部

敬愛的杉谷義人先生：

您能花費那麼多寶貴的時間，耐著性子讀完我那封斷斷續續寫了二個月、爲了省錢做爲包裹寄出的長信，並且給了我那麼多的鼓勵和肯定，使我感動而歉疚。

讓我感慨萬端的是，我在信中提到的那位日本侵華戰爭期間在平度城駐守的日軍指揮官杉谷，竟是您的父親。爲此您代表已經過世的父親向我的姑姑、我的家族以及我故鄉人民謝罪，您正視歷史的態度、敢於承擔的精神，使我們深深地受到了感動。按說，您也是戰爭的受害者。您信中提到，戰爭期間您與母親所過的提心吊膽的生活以及在戰爭之後所過的飢寒交迫的生活。其實，您的父親也是戰爭的受害者，如果沒有戰爭，如您所說，他將是一位前途遠大的外科醫生，戰爭改變了他的命運，改變了他的性格，使他由一個救人的人變爲一個殺人的人。

我將您的信讀給我的姑姑、我的父親和我們這裡許多經歷過那場戰爭的人聽了。聽罷信後他們都眼含淚水感歎不已。您父親駐守平度城時，您才是一個四、五歲的少年，您父親在平度城犯下的罪行，沒有理由讓您承擔，但是您承擔了，您勇敢地把父輩的罪惡扛在自己的肩上，並願意以自己的努力來贖父輩的罪，您的這種擔當精神雖然讓我們感到心疼，但我們知道這種精神非常可貴，當今這個世界最欠缺的就是這種精神，如果人人都能清醒地反省歷史、反省自我，人類就可以避免許許多多的愚蠢行爲。

我姑姑、我父親和我的鄉親們，都熱烈地歡迎您再到高密東北鄉做客。我姑姑說她要陪您去平度城參觀訪問。我姑姑還悄悄地對我說，她對令尊沒有什麼壞印象。侵華日軍軍官中，確有許多如中國電影中所表現的那種窮凶極惡、粗暴野蠻者，但也有如令尊那種文質彬彬、禮貌待人的。我姑姑對令尊的評價是：一個壞人群裡的不太壞的人。

我六月初回到高密，已經住了一個多月，其間，做了一些社會調查，爲寫作那部以姑姑爲素材的話劇做準備。同時，我應您的要求，繼續以寫信的方式，將姑姑的故事告訴您，遵您之囑，我也盡量多地把我本人所經歷過的一些事情，順便寫到了信裡。

我姑姑、我父親讓我代他們向您及您的家人問好！

高密東北鄉人歡迎您！

蝌蚪

二〇〇三年七月於高密

一

先生，一九七九年七月七日，是我結婚的日子。新娘王仁美是我小學同學。王仁美與我一樣，也有兩條仙鶴般的長腿。我看到她那兩條長腿心就怦怦亂跳。十八歲的時候，我去挑水，與她相逢井台。她的桶掉到井裡，正轉圈發急。我跪在井台上，幫她撈桶。那天我的運氣很好，一下子就把她的桶撈上來了。她讚歎道：嘿，小跑，你真是個撈桶專家！她那時在小學當代課老師，教體育。她個子很高，脖子細長，腦袋較小，腦後梳著兩根小辮。王仁美，我結結巴巴地說，我想告訴你一件事。她說什麼事啊？我說：王膽跟陳鼻好了，你知道嗎？她愣了一會，突然哈哈大笑起來。她笑著說：小跑，你純粹是胡說，王膽，那麼個小人兒，陳鼻，大洋馬似的，他們兩個，怎麼好？然後她又像想到了什麼似的，滿臉通紅，笑彎了腰。我鄭重其事地說：我不騙你，騙你我就是狗！我親眼看到了。你看到什麼了？王仁美問。我低聲說：我跟你說了你可別告訴別人啊——昨天晚上，我從記工屋裡出來，路過打穀場邊那個麥秸垛時，聽到垛後有人哼唧。我悄悄走近，側耳一聽，原來是陳鼻和王膽在說親密話呢。我聽到王膽說：陳鼻哥哥你放心，我雖然個頭小，但身上什麼都不缺，我一定為你生個大兒子——王仁美又彎腰大笑起來——我說：你還聽不聽了？她說：聽啊，快說，後來呢？後來他們幹什麼了？我說：後來他們好像親嘴了——胡說，王仁美道：怎麼親？我說：難道我還騙你不成？怎麼親？當然有辦法親！陳鼻將王膽抱在懷裡，像抱著個小孩子一樣，想怎麼親就怎麼親唄！王仁美臉又紅了，她說：小跑，你是個大流氓！陳鼻也是大流氓！我說：王仁美，連陳鼻和王膽都談戀愛了，咱倆能不能交朋友？她愣了一下，突然笑了，問，為什麼要跟我交朋友？我說：你有兩條長腿，我也有兩條長腿。我姑姑說，如果咱倆結婚，生個小孩肯定也有兩條長腿。咱們可以把咱們長腿的孩子培養成世界冠軍。王仁美笑著說：你姑姑太好玩了！你姑姑不但負責結紮，還負責說媒！——王仁美挑著水桶走了。她大步流星，扁擔顫悠悠，兩隻水桶上下跳動，好像要飛起來似的。後來我當兵離開了家鄉。幾年後，聽說她與肖下唇訂了婚。肖下唇在農業中學代課，教語文。他寫了一篇散文〈煤的讚歌〉，發表在《大眾日報》副刊上，在我們東北鄉引起很大轟動。聽到這些消息我很感慨。我們這些吃過煤的沒寫出〈煤的讚歌〉，肖下唇沒吃煤卻寫出了〈煤的讚歌〉，看來王仁美的選擇是完全正確的。

肖下唇考上大學後，肖上唇在大街上放了三掛一千頭的鞭炮，並花錢請了電影隊，在小學操場上掛起銀幕，連放三晚電影。氣焰囂張，不可一世。

那時，我剛參加「對越自衛還擊戰」回來，立了一個三等功，被提拔成正排職軍官。來說媒的很多。姑姑說：小跑，我給你介紹個好姑娘，保你滿意。母親問：是誰？姑姑說：我徒弟小獅子啊！母親說：那個嫚有三十多歲了吧？姑姑說：正三十。母親說：小跑才二十六啊。姑姑說：大點好，大點知道疼人。我說：小獅子是挺好，但王肝迷她十幾年了，我不能奪朋友所愛。姑姑說：王肝？他是癩蛤蟆想吃天鵝肉！小獅子嫁給誰也不會嫁給他！他爹每逢集日就弓著腰、拄著棍子到醫院鬧事，敗壞我的名譽，這都多少年了？他從我這裡榨取的「營養費」少說也有八百元了。母親說：這個王腳，是有點裝。姑姑怒道：豈止是有點裝，完全是裝。從我這裡榨了錢，就跑到集上去吃燒肉喝燒酒，喝醉了，腰桿子挺得筆直，滿集亂竄。你說我這輩子怎麼淨碰上這麼些無賴？還有肖上唇那個雜種，「文化大革命」時，差點把我整死，現在竟像老太爺似的，搖著芭蕉扇在家享清福。聽說他兒子考上了大學？老話說「善有善報，惡有惡報」，可現在呢？好人無好報，壞蛋享清福！母親說：報應還是有的，只是沒到時候。姑姑說：還要到什麼時候？我的頭都白了！

姑姑走後，母親感歎道：你姑姑這一輩子也眞是不順。我問：聽說楊林後來又來找過姑姑？母親說：聽你姑姑說，那人是又來過。聽說已經當了地區的專員，坐著轎車來的。他向你姑姑道了歉，說願意娶她，彌補「文革」中的過失。你姑姑一口回絕了。

正當我們爲姑姑的事感歎唏噓時，王仁美一步闖了進來。她對我母親說：大嬸，聽說小跑在打破天地說媳婦，您看我怎麼樣？閨女，你不是有主了嗎？我母親問。我跟他拉倒了。考上大學就休妻，這不陳世美嗎？母親忿忿地說。大嬸，不是他休我，是我休了他。王仁美說，考上個大學，有什麼了不起？又放鞭炮，又放電影，太張狂了。還是小跑好，提了軍官，還是不哼不哈。

一回鄉就下地幹活。閨女，俺家跑兒配不上你啊。母親說。大嬸，這事你說了不算，得問小跑。

小跑，我給你當老婆，生世界冠軍，你要不要？要！我盯著她的腿說。

二

婚禮早晨，陰氣森森。烏雲密布，雷聲滾滾。雷聲過後，大雨傾盆。

母親念叨：這個袁腮，說是爲你挑了個黃道吉日，看看，都快水漫金山了。

上午十點多鐘，王仁美在她的兩個堂妹陪同下，冒著大雨來到我家。她們都穿著雨衣，好像要到河堤上去防汛。院子裡用塑膠薄膜支起一個棚子，裡邊臨時盤了一個灶，我蹲在灶前，拉著風箱燒開水。堂弟五官出語無狀，說：「自衛反擊戰」的英雄，新娘子都進門了，你怎麼還蹲在這裡燒水？我說：那你來替我燒。他說：大娘安排我放鞭炮呢。大雨天放鞭炮，這可是個技術活兒。母親站在門口喊：五官，別耍嘴了，快放。五官從懷裡摸出一掛早就用塑膠紙蒙好的鞭炮，點著引信，不用杆子挑，用手拎著，在大雨當中，擎著一把傘，側著身子放。硝煙在雨中散不開，團團包圍著他。看熱鬧的孩子，一個個都像落湯雞似的，拍著巴掌，跺著腳喊：五官五官，滿頭青煙——這些熊孩子，都吆喝些什麼詞兒！我母親說。

按說新娘子進院後，應該一言不發，穿過堂屋，進入洞房，騙腿上炕，號稱「坐床」。但王仁美一進院就站在那兒，看著五官表演。硝煙把五官熏得滿臉烏黑，像剛從鍋灶裡鑽出來似的。

王仁美哈哈大笑。她那兩位充當伴娘的妹妹悄悄地扯她的袖子，她不理不睬。她穿了一雙高跟塑膠鞋，個子顯得更高，好像一棵樹。五官上下打量著她說：嫂子，要想跟你親個嘴，必須踏著梯子！——五官，你給我閉嘴！我母親大喊！王仁美說：五官，你這個傻瓜！連王膽和陳鼻親嘴都不用踏梯子呢——聽到新娘竟然站在院子裡與小叔子調笑，嬸子大娘們一個個交頭接耳。我提著煤鏟子從棚子裡鑽出來。孩子們拍手跺腳：英雄出來了！英雄出來了！

我穿著新軍裝，戴著三等功獎章，滿臉煤灰，手提煤鏟，不倫不類。王人美笑彎了腰。我心中亂糟糟，哭笑不得。這個王仁美，好像神經出了一點問題。母親大喊：快把她弄到屋裡來啊！我連諷帶刺地說：夫人，請入洞房吧！王仁美說：屋子裡憋悶，外邊涼快。孩子們拍手跺腳：噯！噯！噯！我回屋端出一瓢糖果，跑到大門口，往胡同裡一撒。孩子們一窩蜂撲出去，在泥水中爭搶。我攥住王人美的手腕子，把她往屋裡拖。房門太矮，碰了她的額頭，咕咚一聲響，她大喊：哎呦，俺的娘唻，碰破俺的頭了！嬸子大娘們笑得前仰後合。

屋子很小，進來這麼多人，簡直連腚都調不開。她們三個脫下雨衣，水淋淋的，無處懸掛，只好掛在門框上。地面本來就潮濕，每個人的腳上都帶進來泥巴，水，攪拌調和，一塌糊塗。房子小，炕長不足兩米，炕頭上摞著王仁美娘家送來的四條新被子，兩條新褥子，兩條毛毯，兩個枕頭，幾乎頂著紙天棚。王仁美屁股一沾炕席就叫：哎呦俺的個親娘，這哪裡是炕，分明是個火鏊子嘛！

我娘火了，用枴棍搗著地面說：就是火鏊子，你也給我坐上去，我看看能不能把你那個腚燙熟了！

王仁美又是一陣大笑，低聲對我說：小跑，你娘還怪幽默呢！我的腚眞要燙熟了，怎麼生世界冠軍呢？

我幾乎要氣暈了，但良辰吉日又不便發作，伸手試試炕席，確實燙。因爲家裡客人多，七大姑八大姨本家的嬸子大娘都要來吃飯，所以堂屋裡那兩個鍋灶一直在燒火，蒸饅頭炒菜煮麵條，把炕席都快烤糊了。我從那摞被褥上拖下一條被子，摺疊成方形，摁在牆角，說：夫人，請上去坐！王仁美嗤嗤地笑，說：小跑，你眞逗，一口一個夫人叫著，你還是按咱這地方的習慣，叫我媳婦，或是像從前一樣，叫我仁美。我無話可說，娶回來這樣一個癡巴老婆我還能說什麼？她根本聽不出來，我叫她夫人，是在諷刺她，是在發洩我對她的不滿。好吧，媳婦，仁美，請上炕。我在她那兩個堂妹的說明下，脫下她的鞋子，剝下那兩隻濕漉漉的尼龍襪子，把她掀到炕上去。她一上炕就站起來，腦袋頂著紙天棚。在如此狹窄低矮的地方，她顯得更高了，那兩條鶴腿，幾乎沒有腿肚子。她的腳也不小，幾乎與我的腳媲美。她就這麼赤著兩隻腳，在那不足兩平方米的小炕上轉圈。本來伴娘也應該陪新娘坐床，但一個王仁美就滿了炕，她那兩個堂妹只好一個站在牆角，一個坐在炕沿上。好像爲了顯示個頭似的，她踮起腳尖，讓頭頂頂著紙天棚。這似乎是個好玩的遊戲，她踮著腳在炕上轉圈，跳躍，腦袋頂得紙天棚「嘭嘭」響。母親手扶著門框，探頭進來，說：媳婦，你把炕蹦塌了，今夜在哪裡睡覺呢？她嘻嘻一笑，說：炕塌了，就在地上睡。

傍晚時，姑姑過來吃飯。一進大門就喊：姑奶奶駕到！怎麼連個迎接的都沒有？

我們慌忙跑出來迎接。母親說：下這麼大的雨，還以爲你不來了呢。

她擎著一把油紙傘，挽著褲腿子，赤著腳，鞋子在胳肢窩裡夾著。

別說是下雨，下刀子我也要來啊！姑姑說，我侄子是英雄，英雄結婚，我能不來嗎？

我說，姑姑，我算什麼英雄？我是伙頭軍，做飯的，連個敵人的影子都沒見著呢。

伙頭軍也很重要，人是鐵，飯是鋼，當兵的吃不飽飯，怎能衝鋒陷陣呢？姑姑說，快弄點飯我吃，吃了飯我還要趕回去，河裡漲水了，待會淹沒了橋，我就回不去了。

回不去就在家裡歇兩天，母親說，好久沒聽你拉呱了，今晚上聽你好好拉拉。

姑姑說，那可不行，明天縣政協開會呢。

跑兒，你知道嗎？母親說，你姑姑升官了，政協裡當上常委啦。

這算什麼官？姑姑說，臭杞擺碟——湊樣數呢。

姑姑進了西屋，眾親屬一片忙亂。坐在炕上的，弓著腰往炕下擠，想給姑姑讓位。姑姑說：都坐在原地兒別動，我吃口飯就走。

母親吩咐我姊姊趕快給姑姑端飯。姑姑掀起鍋蓋，抓出一個餑餑。餑餑燙手，顛來倒去，嘴裡發出「噝噝」的聲音。將餑餑掰開，夾上幾筷子粉蒸肉，捏合後，咬了一大口，嗚嗚嚕嚕地說，就這樣，別端碟子端碗的了，這樣吃才香，我自打幹上了這一行就沒正兒八經地坐著吃過幾頓飯。

一邊吃著，一邊說，讓我看看你們的洞房。

王仁美嫌炕熱，坐在窗台上，借著窗外的光，看一本小人書，一邊看一邊笑。

姑姑來了！我說。

王仁美一個蹦兒就跳到了炕下，抓著姑姑一隻手，說：姑姑，我有事找您，您就來了。

找我啥事？姑姑問。

王仁美壓低了嗓門，說：聽說您那兒有一種藥，吃了能生雙胞胎？

姑姑臉一拉，道：你聽誰說的？

王膽說的。

純屬造謠！——姑姑被餑餑嗆了，咳著，憋得滿臉通紅，我姊姊遞過半碗水來，姑姑喝了，拍打了幾下胸口，嚴肅地說，別說沒有這種藥，即便有，誰敢拿出來給人吃？

王膽說陳家莊有人吃了您給配的藥，生了龍鳳胎！王仁美說。

姑姑把手中的半個饅頭往我姊姊手裡一塞說：氣死我了！王膽，這個小妖精，我費了天大的勁兒才把她肚裡那個孩子掏出來，她竟喪良心造我的謠言。等我見到她把她那張×嘴給豁了。

姑姑您千萬別生氣，我說著，悄悄地踢了一下王仁美的小腿，低聲道：閉嘴！

王仁美誇張地大叫：哎呦親娘唻，你把我的腿踢斷了！

我母親生氣地說：斷不了的狗腿！

婆婆，王仁美大叫：您說得不對！俺二叔家那條大黃狗的腿就被肖上唇用「鐵貓」給夾斷了。

肖上唇退休還鄉後，專幹殘害生靈的勾當。他弄了一枝鳥槍，滿世界打鳥，什麼鳥兒都打，連被村民視爲吉祥鳥兒的喜鵲也不放過。弄了一張眼兒細密的絕戶網，轉著圈兒捕魚，連一寸長的小魚苗兒也不放過。他還弄了一隻「鐵貓」——威力巨大的鐵夾子——，埋在樹林子裡，野墳地裡，夾獾，夾黃鼠狼。王仁美二叔家的狗就是誤踩了「鐵貓」被夾斷了腿。

姑姑一聽到肖上唇的名字，臉色就變了，咬著牙根說：這個壞種，早就該天打五雷轟，可他一直活得好好的，每日裡吃香的喝辣的，身體健壯得像頭公牛，可見連老天爺也懼怕惡棍！

姑姑，王仁美說，天老爺怕他，我不怕他，您有仇，我替您報！

姑姑樂了，大笑，笑罷，說：侄媳婦，我對你說實話，剛開始，我侄兒說要娶你，我不同意，但聽說是你主動把肖上唇的兒子休了，我就同意了。我說好，這個孩子有骨氣。大學生有什麼了不起？將來咱老萬家的孩子，不但要上大學，而且要上名牌大學，北大，清華，劍橋，牛津。不但要讀本科，還要讀碩士，博士！當教授，當科學家。對了，還要當世界冠軍！

王仁美道：姑姑，那您就該把那種生雙胞胎的藥給我配了，我給咱老萬家多生一個好後代，把肖上唇氣死！

天哪！都說你少個心眼兒，哪裡少？繞了半天我被你繞到圈裡了！姑姑嚴肅地說，你們年輕人，要聽黨的話，跟黨走，不要想歪門邪道。計畫生育是基本國策，是頭等大事。書記掛帥，全黨動手。典型引路，加強科研。提高技術，措施落實。群眾運動，持之以恆。一對夫妻一個孩，是鐵打的政策，五十年不動搖。人口不控制，中國就完了。小跑，你是共產黨員，革命軍人，一定要起模範帶頭作用。

姑姑，你悄悄把藥給我，我一口吞了，鬼都不知道。王仁美說。

你這孩子，看來眞是缺個心眼兒。姑姑道，我跟你再說一遍，根本就沒有這種藥！即便有，我也不能給你！姑姑是共產黨員，政協常委，計畫生育領導小組副組長，怎麼能帶頭犯法？我告訴你們，姑姑儘管受過一些委屈，但一顆紅心，永不變色。姑姑生是黨的人，死是黨的鬼。黨指向哪裡，我就衝向哪裡！小跑，你媳婦缺心眼，分不清灰熱火熱，你可要認清形勢，不能犯糊塗。現在有人給姑姑起了個外號叫「活閻王」，姑姑感到很榮光！對那些計畫內生育的，姑姑焚香沐浴為她接生；對那些超計畫懷孕的——姑姑對著虛空猛劈一掌——絕不讓一個漏網！

三

兩年後的臘月二十三，辭灶日，女兒出生。堂弟五官，開著一輛手扶拖拉機，把我們從公社衛生院拉回來。臨行時姑姑對我說：我已經給你媳婦放了避孕環。王仁美把蒙住腦袋的圍巾掀起，惱怒地質問姑姑：沒經我同意爲什麼放環？姑姑把她的圍巾放下來，說：侄媳婦，蓋好了，別受了風。生完孩子後放環，是計生委的死命令。你要是嫁給一個農民，第一胎生了女孩，八年後，可以取環生第二胎，但你嫁給我侄子，他是軍官，軍隊的規定比地方還嚴，超生後一擼到底，回家種地，所以，你這輩子，甭想再生了。當軍官太太，就得付出點代價。

王仁美嗚嗚地哭起來。

我抱著用大衣包裹得嚴嚴實實的孩子，跳上拖拉機，對五官說：開車！

拖拉機噴吐著黑煙，在凹凸不平的鄉路上奔馳。王仁美躺在車廂裡，身上蒙著一床被子，車廂顛簸得很厲害，將她的哭聲顛得曲裡拐彎。憑什麼不經俺同意……就給俺放環……憑什麼生一胎就不讓生了……憑什麼……

我不耐煩地說：別哭了！這是國家政策！她哭得更凶了，從被子裡伸出頭——臉色蒼白，嘴唇烏青，頭髮上沾著幾根麥秸草——什麼國家政策，都是你姑姑的土政策。人家膠縣就沒這麼嚴，你姑姑就想立功升官，怪不得人家都罵她……

閉嘴，我說，有什麼話回家說去，一路哭嚎，也不怕被人笑話！

她猛地掀開被子坐起來，瞪著大眼問我：誰笑話我？誰敢笑話我？

路上不斷有騎自行車的人從我們身邊過去。北風遒勁，遍地白霜，紅日初升，人嘴裡噴出的團團熱氣立即便在眉毛和睫毛上結成霜花。看著王仁美灰白乾裂的嘴唇、亂蓬蓬的頭髮、直直的眼神，我心中頗覺不忍，便好言撫慰：好啦，沒人笑話你，快躺下蓋好，月子裡落下病可不是鬧著玩的。

我不怕！我是泰山頂上一青松，抗嚴寒鬥風雪胸有朝陽！

我苦笑一聲，說：知道你能，你是英雄！你不是還想生二胎嗎？把身體搞壞了怎麼生？

她的眼睛裡突然放出了光彩，興奮地說：你答應生二胎了？這可是你說的！五官，你聽到了沒有？你作證！

好！我作證！五官在前邊甕聲甕氣地說。

她順從地躺下，扯過被子蒙上頭，從被子裡傳出她的話：小跑，你可別說話不算數，你要說話不算數，我就跟你拚了。

拖拉機到達村頭小橋時，橋上有兩個人，吵吵嚷嚷的，擋住了我們的去路。吵架的人，一個是我的小學同學袁腮，一個是村裡的泥塑藝人郝大手。

郝大手抓著袁腮的手腕子。

袁腮一邊掙扎一邊嚎叫：你放手！放手！

但任憑他怎麼掙扎也無濟於事。

五官跳下車，走上前去，說：爺們，這是怎麼啦？大清早的，在這裡較上勁兒啦？

袁腮道：正好，五官，你來評評理。他推著小車在前邊走，我騎著自行車從後面過。本來他是靠左邊，我從右邊正好騎過去。但當我騎到他身後時，他卻猛一調腚，拐到右邊來了。幸虧我反應快，雙手一撒車把，蹦到橋上，要不連人帶車子一塊下去了。這天寒地凍的，摔不死也要摔殘。可郝大叔反賴我把他的小車撞到了橋下。

郝大手也不反駁，只是攥著袁腮的手腕子不放。

我抱著女兒，從車廂裡跳下來。腳一著地，奇痛鑽心。那天早晨，可真是冷啊。

我一瘸一拐地走上橋面。看到橋上有一堆花花綠綠的泥娃娃。有的破碎，有的完整。橋東側河底冰面上，躺著一輛破自行車，有一面黃色的小旗在車旁蜷曲著。我知道這面旗上繡著「小半仙」三字。這人從小即神神道道，長大後果然不凡，他既能用磁鐵從牛胃中取出鐵釘，又能給豬狗去勢，而且還精通麻衣相術，風水堪輿，易經八卦，有人戲稱他「小半仙」，他順著杆兒爬，裁布縫了一面杏黃旗，將「小半仙」三字繡上，綁在自行車後貨架上，騎起來獵獵作響。到集上插旗擺攤，竟然生意興隆。

橋西邊的冰面上，歪斜著一輛獨輪車。兩根車把，有一根斷了。車梁兩邊的柳條簍子破了，幾十個泥娃娃散落冰上，大多數破成碎片，只有幾個，看上去好像還完整無損。郝大手是脾氣古怪的人，也是令人敬畏的人。他有兩隻又大又巧的手。他手裡捏著一團泥，眼睛盯著你，一會兒工夫就能把你活靈活現地捏出來。即便是「文化大革命」期間，他也沒有停止捏泥孩。他爺爺就是捏泥孩的。他父親也捏。傳到他這輩，捏得更好了。他是靠捏泥孩、賣泥孩掙飯吃的人。但也不完全是這樣，他完全可以捏一些泥狗、泥猴、泥老虎等工藝簡單、銷路廣闊的玩意兒，孩子們願意玩這個。泥塑藝人做的其實都是孩子買賣，孩子喜歡，大人才會掏錢買。但郝大手只捏泥娃娃。他家裡有五間正房，四間廂房，院子裡還搭了一個寬敞的大棚子。他的屋子裡、棚子裡擺滿了泥娃娃，有粉了面、開了眉眼的成品，有等待上色的半成品。他的炕上，只留出了他躺的地方，其餘的地方密密麻麻地排列著泥娃娃。他已經四十多歲了，有一張通紅的大臉，花白的頭髮，腦後梳著小辮。落腮鬍鬚也是花白的。我們鄰縣也有做泥娃娃的，但他們的泥娃娃是用模子磕出來的，所有的娃娃都是一個模樣。他的泥娃娃是用手捏出來的，他的泥娃娃，一個一模樣，絕不重複。都說，高密東北鄉所有的娃娃，都被他捏過。都說，高密東北鄉每個人都能在他的泥娃娃裡找到小時候的自己。都說，他不到鍋裡沒米時是不會趕集賣泥娃娃的。他賣泥娃娃時眼裡含著淚，就像他賣的是親生的孩子。這麼多泥娃娃被砸碎了，他心裡一定很痛苦。他捏著袁腮的手腕子不放是有道理的。

我抱著女兒走到他們面前。我當兵當久了，穿上便服就感到渾身不自在，所以即便去醫院陪王仁美生孩子時也穿著軍裝。一個抱著初生嬰兒的年輕軍官是很有力量的。我說：大叔，你放了袁腮吧，他肯定不是故意的。

是是是，大叔，我眞的不是故意的。袁腮帶著哭腔說，您就饒了我吧。您的車把斷了，簍子破了，我找人給你修；您的孩子跌碎了，我賠您錢。

看在我的面子上，我說，也看在這個女孩的面子上，也看在我媳婦的面子上，你放開他，讓我們開車過去。

王仁美從車廂裡探出身子，高聲喊叫：郝大叔，您幫我捏兩個娃娃，男的，要一模一樣的。

鄉裡人都說，買郝大手一個娃娃，用紅繩拴著脖子，放在炕頭上供奉著，生出來的孩子就跟泥娃娃一個模樣。但郝大手的泥娃娃是不允許挑選的。鄰縣那些賣泥娃娃的，是將泥娃娃擺在地上，一大片，任人選。郝大手的娃娃是放在車簍裡，簍上蓋著小被子，你去買他的娃娃，他先端詳你，然後伸手從簍子裡往外摸，摸出哪一個，就是哪一個。有人嫌他摸出的娃娃不漂亮，他絕不給你更換，他的嘴角上，帶著幾分悲苦的笑容。他不說話，但你彷彿聽到他在對你說：還有嫌自己孩子醜的父母嗎？於是，你再仔細端詳他遞給你的孩子，漸漸地就順眼了。那孩子，漸漸地就活了，有了生命似的。他從不跟你講價錢。你不給他錢他也不會跟你要。你給他多少錢他也不會對你說個謝字。慢慢地大家認爲，買他的泥娃娃，就如同從他那裡預訂了一個眞孩子。愈說愈神。說他賣給你的泥娃娃，如果是個女的，你回去必定生女的。他賣給你的是男的，你回去必定生男的。如果他摸出兩個孩子給你，你回去就生雙胞胎。這是神祕的約定，說破了也就不靈了。我媳婦王仁美這種人不可理喻，只有她，才這麼吆吆喝喝地，跟他要兩個男孩。——我們得知郝大手賣娃娃的神祕傳說時，王仁美已經懷了孕。這事只有在沒懷孕前才靈驗。

郝大手眞給我面子啊。他鬆開了袁腮。袁腮揉著腕子，哭喪著臉：我今天眞是倒楣，一出大門就看到一條母狗對著我撒尿，果然應了驗。

郝大手彎下腰，把那些破碎的泥娃娃撿起來，放在衣襟裡兜著。他站在橋邊，爲我們讓開道路。他的鬍鬚上結著霜花，臉上表情肅穆。

生了個什麼？袁腮問我。

女孩。

沒關係，下一個是兒子。

沒有下一個了。

不用愁，袁腮眨著眼睛，詭祕地說，到時候哥們幫你想辦法。

四

狗年正月初一，是我女兒出生第九日。按照鄉俗，這是隆重慶典，親戚朋友都來。頭天就把五官、袁腮找來，讓他們幫助借桌椅板凳，茶壺茶碗，杯盤碟筷。粗略算了一下，男女賓客，將近五十人。東西兩廂房，各擺兩桌，招待男賓；母親炕上擺一桌，招待女賓。我自己列出一個菜譜，每桌八涼碟、八熱盤，最後一盆湯。袁腮看罷，笑道：兄弟，你這一套不行。你請的是一群農民，各個都是麻袋肚子。這點東西，剛夠塡牙縫的。你聽我的，別弄這麼多樣數，只管大塊肉、大碗酒地往上招呼，莊戶人赴宴，好的就是這個。你弄得那麼精緻，一人一筷子就沒了，沒得吃，乾候著？那可就丟了大醜了。我承認袁腮說得有道理。讓五官去集上，扛回五十斤豬肉，肥瘦參半。提回十隻燒雞，是那種又肥又大的肉食雞。我自己去賣豆腐的王環家訂了四十斤豆腐，讓袁腮去買了十顆大白菜，十斤粉條，二十斤白酒。王仁美娘家送來二百個雞蛋。王人美的爹也就是我岳父，過來看了我備下的東西，滿意地說：賢婿，這就對了！你們家一向小氣，被人嗤笑，這次你要改改門風，大方點，讓他們一個個捧著肚子回去，幹大事的人，就得有大氣魄！

客人到了將近一半時，突然發現忘了買菸。忙打發五官去供銷社購買。陳鼻和王膽帶著孩子進來。五官指指陳鼻手提的禮物，喜道：不用買了。

陳鼻近年來發了財，成了村子裡有名的萬元戶。他先是跑深圳，從那邊躉來電子手錶，賣給那些好趕時髦的青年。後來又跑濟南，從一個菸廠熟人那裡，以批發價躉來香菸，讓王膽去集市上零售。

我在集市上，看到過王膽賣菸的情景。她胸前掛著一個設計巧妙、闔起爲箱、展開爲案的賣菸器，裡邊擺著香菸。她身穿著一件剪裁合體的藍花布小棉襖，身後背著一個用棉斗篷裹得只露著鼻眼的胖大嬰兒。不論是知道她的人，還是不知道她的人，都會對她投以關注的目光。當地人都知道她是菸販陳鼻的妻子，是背後那個胖大嬰兒的母親，外地人會以爲：這個背著妹妹賣香菸的小姑娘，眞可憐，眞好看。買她香菸的人，基本上都是同情她的人。

陳鼻穿著一件硬邦邦的豬皮夾克，裡邊套著一件粗線高領毛衣。他臉色赤紅，下巴刮得烏青，高大的鼻子，深陷的眼窩，灰眼珠，頭髮捲曲。

五官說：大款來了。

什麼大款，陳鼻說，小商販一個！

袁腮道：塔瓦里希，中國話說得很好嘛！

陳鼻揚揚手中的紙包，道：我拍死你！

是菸吧？袁腮道，客人們正嚷著要菸抽呢。

陳鼻將手中紙包投向袁腮。袁腮接住，揭開，露出四條「大雞」牌香菸。

果然是做大買賣的，出手大方。袁腮道。

袁腮你這張嘴呦，王瞻細聲細氣地說，死人也能讓你說得跳迪斯可。

哎呦，嫂子，失敬，袁腮道，今日怎麼沒讓陳鼻抱在懷裡呢？

我豁了你的嘴！王瞻揮動著一隻小手，氣哄哄地說。

媽媽，抱抱……原本是跟在王瞻身後，長得已跟王瞻差不多高的陳耳轉到前邊來哼唧著。

陳耳！我彎下腰去，把她抱起來，說，讓叔叔抱抱。

陳耳哇的一聲哭了。陳鼻把陳耳接過去，拍打著她的屁股，說：耳耳，別哭，你不是要來看解放軍叔叔嗎？

陳耳伸出手，找王瞻。

這孩子，認生。陳鼻將孩子遞給王瞻，說，剛才還哭著鬧著要來看解放軍叔叔呢。

這時，王仁美敲打著窗櫺喊：王瞻！王瞻！快來呀！

王瞻抱著陳耳，像小狗叼著個大玩具，有幾分滑稽，又有幾分莊嚴。她的小腿緊挪著，像卡通片中的小動物在奔跑。

這小姑娘，太美麗了！我說，簡直像個洋娃娃！

蘇聯人下的種，哪能不美麗！袁腮擠眉弄眼地說：鼻哥，你可真夠忍心的，聽說一宿也不讓嫂子閒著？

陳鼻道：閉嘴吧！

袁腮道：愛護著點用啊，你還得用她生兒子呢！

陳鼻踢了袁腮一腳，道：我不是讓你閉嘴嗎?!

袁腮笑著說：好，好，閉嘴，不過眞是羨慕你們，結婚這麼多年了，還是天天抱著親啊，啃啊，可見這自由戀愛的和包辦婚姻就是不一樣……

陳鼻道：各家有各家的難處，你知道個屁！

我拍拍陳鼻微微腆起的肚子，道：將軍肚都出來了。

生活好了嘛！陳鼻說，做夢也沒想到這輩子還能過上這樣的日子。

這要感謝華主席。袁腮道。

我看得感謝毛主席，陳鼻道，他老人家要不是主動死了，一切還是照舊呢。

這時，又有客人到來，大家都站在院子裡，聽我們說話。原本已在廂房裡坐定的客人見外邊熱鬧，也都走了出來。

我舅家小表弟金修擠到陳鼻身邊，仰著臉說：陳大哥，我們村，都把您傳神了。

陳鼻摸出一盒菸，扔給我小表弟一枝，自己點上一枝，將雙手往皮夾克斜兜裡一插，很有派頭地說：說說看，傳我什麼啦？

都說你只帶了十塊錢，就坐飛機去了深圳。小表弟搔搔脖子說，說你跟在一個蘇聯代表團後邊，大模大樣的，那些小姐們以爲你是代表團成員，一個勁兒地給你鞠躬，你就對她們說，哈拉少，哈拉少……說你到了深圳，跟著蘇聯代表團住進了豪華酒店，大吃大喝了三天，白得了一大堆禮物，然後你將禮物拿到大街上賣了，換成二十塊電子錶，回來賣了，有了本錢，就這樣倒騰了幾次，您就發了。

陳鼻摸摸自己的大鼻子，說：說，接著往下編啊！

小表弟道：說你去了濟南，在大街上閒逛，遇到一個老頭，在大街上哭。你上去問：大爺哭什麼？老頭說，出去轉圈，找不到回家的路了。你把老頭送回家。老頭的兒子是濟南捲菸廠的供銷科長，看到你這人心好，就與你拜了把兄弟，這樣，你就能按批發價買到香菸。

陳鼻哈哈大笑，笑罷，說：小兄弟，這不是編小說嗎？我實話對你說，飛機，我確實坐過那麼幾次，但都是花錢買了票。濟南菸廠，也確實認識幾個朋友，但他們賣給我的菸，也就是比市價便宜那麼一點兒，一盒能賺三分錢吧。

不管怎麼說，您是大能人，小表弟由衷地說。俺爹讓我拜您爲師呢。

眞正的大能人在這裡呢，陳鼻指指袁腮，說：這人，上知天文，下知地理，五百年前的事他全知道，五百年後的事他知道一半。你應該拜他爲師。

袁大哥也了不起，小表弟說，袁大哥在我們夏莊集上擺攤算卦，號稱半仙。我大娘家的老母雞丟了，袁大哥掐指一算，說，鴨走水沿，雞走草邊，草窩裡去找吧。果不其然就在草窩裡找到了。

陳鼻道：他豈止是會算卦？他會的本事多了去了。他隨便教你一手，就夠你吃喝一輩子。

五官道：磕頭拜師！

不敢不敢。我幹這些事，都是上不了台盤的，下九流的營生。你應該學你表哥，去當兵，當軍官，或者考大學，上大學。這樣你才能走上光明大道，成為上等之人，袁腮指指自己的鼻子，又指指陳鼻的鼻子，說，包括他，幹的都不是堂堂正正的事業。我們是沒有辦法了才幹這個，你年紀輕輕的，不要跟我們學。

小表弟固執地說，你們這才叫真本事呢，當兵，考大學，都算不上真本事。

陳鼻道：好，小兄弟，你有自己的想法，很好，到時候咱們一起幹！

我問五官：王肝怎麼沒來？

五官說：他呀，肯定是跑到衛生院站崗去了。

這兄弟真是鬼迷心竅，陳鼻道，三匹馬也拉不回轉。

他家的宅子不對，袁腮神祕地說，大門口的位置不對，廁所的位置也不對。十幾年前我就對你岳父說過，必須立即改門口，挪廁所，否則必出神經病！你岳父以為我咒他，提著鞭子要抽我。怎麼著？應驗了吧？他自己拄著棍子，彎著腰，得空就往衛生院跑，去耍死狗，裝無賴，不是神經病是什麼？王肝更好，地道一個農民，卻長了一個小資產階級的腦袋，被那滿臉粉刺的小獅子迷得魂不附體，基本上也是神經病。

我說：好了，各位親朋，不聽袁腮胡咧咧，入席，入席吧。

袁腮道：咱們公社大院的風水也不好，從古到今，衙門口，朝南開，可咱們公社，大門口朝北開，正對著大門口的，就是屠宰組，整天白刀子進紅刀子出，血肉模糊，煞氣太重。我去公社反應，他們說我搞封建迷信，差點將我扣起來。現在怎麼著？老書記秦山得了偏癱，他弟弟秦河，是老牌的神經病。新來了一個邱書記，帶著十幾個人去南方考察，出了車禍，死的死，傷的傷，幾乎全軍覆沒。風水是大事，不怕你硬，再硬你也硬不過皇上吧？皇上也得講風水……入席！我說著，同時拍了袁腮一把，道：大師，風水很重要，吃飯喝酒也很重要。

公社大門口要是不改，接下來還得出神經病，還得出大事。袁腮道，不信咱就走著瞧！

五

王肝單戀小獅子，做出了許多古怪的事，成爲人們茶餘飯後的談資，成爲人們恥笑的對象。但我從不恥笑他，我心中充滿對他的同情和敬重。我認爲他是一個既生不逢時又生不逢地的天才，一個用情專一、如果機緣湊巧足可以譜寫出傳唱千古的愛情詩篇的情種。

當我們尚在孩提、對男女情事還處於懵懂狀態時，王肝就情竇初開，愛上了小獅子。我記得多年前他那句感歎：小獅子眞美麗啊！客觀地講，小獅子實在不美麗，甚至連好看都算不上。我姑姑曾試圖把她介紹給我，我以她是王肝的夢中情人爲藉口婉拒。實際上我是看不上她。但她在王肝眼裡是天下第一美人，說文雅點，這叫情人眼裡出西施；說粗俗點，這叫王八瞅綠豆，看對眼了。

王肝將第一封寫給小獅子的情書投進郵箱之後，心情非常激動，將我拉到河堤上，對我暢敘情懷。那是一九七〇年夏天，我們剛從農業中學畢業。河裡洪水滔滔，水面上漂浮著莊稼秸稈，動物屍體，有一隻孤獨的海鷗默默地飛行著。河邊的穩水中，王仁美的父親坐在那兒釣魚。我們的師弟李手蹲在一邊觀看。

要不要告訴李手？

他是小孩子，不懂。

我們爬上了生在河堤半腰上那棵老柳樹，並排坐在一根伸向河面的樹杈上。樹枝下垂到水中，在水面上激起一道道瞬息萬變的波紋。

什麼事？快說。

你先發誓，替我保守祕密。

好，我發誓：如果我洩漏了王肝的祕密，就讓我掉到河裡淹死。

我今天……我終於將寄給她的信投進了郵筒……王肝臉色蒼白，嘴唇顫抖著說。

給誰的信呀？這麼莊嚴，是寫給毛主席的麼？

你想到哪裡去了！王肝道：毛主席與我有什麼關係？是寫給她的，她！

她是誰呀，我著急地問。

你發過誓了，永不洩漏我的祕密——

——永不洩漏。

遠在天邊，近在眼前。

別賣關子了。

她，她啊……王肝雙眼放射著奇異的光芒，心馳神往地說：她就是我的小獅子……

你給她寫信幹什麼？要娶她做老婆嗎？

功利，太功利了！王肝動情地說：獅子，我最親愛的小獅子，我願意用我年輕的生命全力以赴地熱愛著的小獅子……我的親人，最親的人，請你原諒我，我已經在你的名字上吻了一百遍……

我感到身上一陣陣發冷，胳膊上爆出了一層雞皮疙瘩。王肝顯然是在背誦他的信，雙手摟著樹幹，臉貼在粗糙的樹皮上，眼睛裡閃爍著淚花。

……自從我在小跑家第一次見到你之後，我就被你迷住了。從那一刻起，直到現在，直至永遠，我這顆心，就全部屬於你了。你如果想吃我的心，我就會毫不猶豫地扒給你……我迷戀你緋紅的臉膛、生動的鼻頭、嬌嫩的雙唇、蓬鬆的頭髮、亮晶晶的眼睛，迷戀你的聲音，你的氣味，你的笑容。你一笑，我就感到頭暈目眩，恨不得跪在地上，抱住你的雙腿，仰望你的笑臉……

王師傅將魚竿猛地往後一掄，亮晶晶的釣線彈出一串串水珠，在陽光中閃爍，宛若珍珠。釣鉤上掛著一隻茶碗口大小、淺黃色的小鱉，猛地砸在河堤上。那隻小鱉大概被摔暈了，仰面朝天，露出白色的肚腹，蹬崴著四隻小爪，既可憐又可愛。

李手歡呼著：鱉！

小獅子，我最親愛的人，我是一個農民的兒子，出身低賤，而你是婦科醫生，吃商品糧，咱倆的社會地位相差懸殊，你對我，也許根本不屑一顧，也許讀罷我的信後，會從你那可愛的小嘴裡發出一聲冷笑，然後把我的信撕成碎片；你或許，收到我的信後連看都不看就扔進垃圾簍裡，但我還是要告訴你，親愛的，最最親愛的，只要你接受了我的愛，我就如同猛虎插上了翅膀，駿馬配上了雕鞍，我就會獲得無窮無盡的力量，就像打了一針小公雞的血，精神抖擻，意氣風發，麵包會有的，牛奶會有的，我相信在你的鼓勵下，我會改變自己的社會地位，成爲一個吃商品糧的人，與你站在一起……

哎，你們倆在樹上幹什麼？朗讀小說嗎？李手發現了我們，大聲問。

……如果你不答應我，最親愛的，我不會退卻，不會放棄，我會默默地追隨著你，你走到哪裡，我就跟到哪裡，我會跪在地上親吻你的腳印，我會站在你窗前，注視著室內的燈光，從它亮起，到它熄滅，我要把自己變成一根蠟燭，爲你燃燒，直至燃盡。最親愛的，如果我爲你吐血而死，你如果能開恩，到我墳頭前看一眼，我就心滿意足了。如果你能爲我流出一滴眼淚，我就死而無憾，你的眼淚，最親愛的，就是讓我起死回生的靈丹妙藥……

我胳膊上的雞皮疙瘩消失了。我的心，漸漸被他的癡情朗誦所感動。想不到他竟會愛上小獅子而且愛得如癡如醉，想不到他竟然有這麼好的文采，竟然能把一封情書寫得如泣如訴。也就是在那一刻，我感到青春的大門對著我隆隆敞開了，王肝是我的引路人。雖然那時我不懂愛情，但愛情的燦爛光華，吸引著我奮不顧身地撲上前去，猶如投向烈火的飛蛾。

你這樣愛她，她也一定會愛你的，我說。

眞的嗎？他緊緊地抓住我的手，眼睛閃爍著光芒，說，她眞的會愛我嗎？

會的，一定會的，我用力回握著他的手說，如果實在不行，我替你找我姑姑去說媒，她最聽我姑姑的話。

不要，千萬不要，他說，我不希望借助任何人的力量。強扭的瓜不甜。我要用我堅持不懈的努力，贏得她的心。

李手仰著臉問我們：你們倆在上邊搞什麼鬼名堂？

王師傅抓起一把泥，對著我們投上來：別吵吵！把魚都給我嚇跑了！

從河的下游，駛上來一艘漆成紅藍雙色的鐵皮機動船。船上的機器發出急促的「波波」聲響，讓人感到一種莫名的焦灼和恐慌。河水湍急，船逆流而上，行進遲緩。船頭激起很大的白浪花，兩道田塍般的細浪，從船體兩側分開，然後又漸漸闔攏。河面上浮動著淡藍色的煙霧，一股燃燒柴油的氣味，擴散至我們唇邊。十幾隻灰色的海鷗跟隨著小船盤旋飛翔。

這是公社計畫生育小組的專用船，也是姑姑的專用船，當然，小獅子也在船上。爲了防止汛期石橋淹沒、兩岸交通隔斷時發生違規懷孕以及其他料想不到的問題，爲了保持我們公社不發生一起超計畫生育，爲了這面計生戰線上鮮豔的旗幟，縣裡特意爲姑姑配備了這艘船。船上有一個小小的艙，艙裡有兩排覆著人造皮革的座位，船尾裝著一台十二馬力的柴油機，船頭安裝著兩個高音喇叭。喇叭裡播放著一首歌頌毛主席的歌曲。那是一首湖南民歌，旋律優美，悅耳動聽。船頭拐了一個彎，向我們村子靠近。音樂聲突然停止。片刻寂靜，機器聲愈加刺耳。突然，響起了姑姑嘶啞的聲音：偉大領袖毛主席教導我們：人類要控制自己，做到有計畫的增長……

從姑姑的船在我們視線裡出現那一刻開始，王肝便不言語了。我看到他的身體在顫抖。他半張著嘴，濕漉漉的眼睛緊盯著船。越過中流的瞬間，船體傾斜，王肝嘴裡發出驚呼，身體緊張，彷彿隨時要跳下河去。船在上流緩水中掉過頭，輕快地向我們駛過來。柴油機的鳴叫聲平穩而均勻。姑姑來了。小獅子來了。

駕駛機動船的是那個我們都熟悉的人——秦河。「文革」後期，他哥恢復了公社書記職務。有一個在集市上乞討的弟弟，不管他的乞討方式是如何高雅，也讓書記臉上無光。據說兄弟倆進行了談判，秦河提出了一個古怪的要求：安排我到公社衛生院婦科工作。——你是個男人，如何到婦科工作？——有很多婦科醫生都是男人——你不懂醫術——我為什麼要懂醫術？——就這樣，他成了這艘計畫生育工作船的專職駕駛員。在日後的漫長歲月裡，這個人一直跟隨著姑姑，有船可開的日子裡他開船，無船可開的日子裡，他坐在船上發呆。

他的頭髮依然中分著，像那些電影裡常見的「五四」青年。盛夏的天氣，他依然穿著那身厚華達呢的藍色學生制服，口袋裡依然插著兩枝筆——一枝鋼筆一枝雙色圓珠筆——他的臉色似乎比我上次見時黑了一些。他手握方向盤，讓船體慢慢地向河邊靠近，向這棵歪脖子老柳樹靠近。柴油機轉速減緩，高音喇叭裡放出的聲音更加高亢，震動得我們的耳膜嗡嗡作響。

在歪脖子柳樹西側，有一個根據公社指示、專為停泊計生船而搭建的臨時碼頭。四根粗大的木頭立在水中，木頭上用鐵絲綁著橫木，橫木上敷著木板。秦河用繩子固定好船隻，站在船頭上。機器聲停止，喇叭聲停止。我們重新聽到了河水的喧嘩與海鷗的尖叫。

第一個從船艙中鑽出的是姑姑。船體搖擺，她的身體搖晃，秦河伸出一隻手，想去扶持她，但被她撥開了。姑姑縱身一跳，上了木碼頭。她的身體雖已發福，但行動依然矯健。我看到姑姑額頭上有一圈繃帶，發出刺目的白光。

第二個從艙中鑽出來的就是小獅子。她身體矮胖，背著一個巨大的藥箱，顯得身體更矮。她雖然比姑姑年輕許多但動作比姑姑笨拙。就是她讓王肝摟著樹幹、臉色蒼白，眼睛裡盈滿淚水。

第三個從船艙裡鑽出來的是黃秋雅。幾年不見，她的腰已佝僂，腦袋前探，雙腿彎曲，動作遲緩。她站在船上，身體搖晃著，雙手揮舞著，彷彿隨時都會跌倒。看樣子她也要上岸，但她的腿難以完成從船頭到木碼頭的一跨。秦河冷冷地看著，不施援手。她彎腰，伸出兩隻手，像大猩猩一樣，抓住木碼頭的邊緣。這時，姑姑粗聲粗氣地說，老黃，你在船上待著吧。姑姑沒有回頭，繼續發布命令：好好看著她，別讓她跑了。

姑姑的命令顯然是對秦河和黃秋雅二人而發，因爲我看到秦河立即彎腰往艙中探看。這時，我聽到了從船艙中傳出一個女人低低的抽泣。

姑姑上了岸，大步流星，沿著河堤東去。小獅子一溜小跑，方能跟上姑姑的步伐。我看到了姑姑額頭的血染紅了繃帶，她臉上肌肉僵硬，目光犀利，面部的表情堅毅，也似乎是凶狠。當然，王肝看不到我姑姑，他的目光追隨著小獅子。他嘴角哆嗦不止，口裡念念有詞。我有點可憐他，但更多的是感動，那時我遠不能理解，一個男人，愛上一個女人，竟然會神魂顛倒成那般模樣。

事後我們知道，姑姑的頭，是在那個解放前出過很多土匪、民風凶悍的東風村，被一個已經生了三個女孩、妻子又懷了四胎的男人用棍子打破的。此人姓張名拳，生著兩隻牛眼，家庭出身好，是村子裡無人敢惹的強漢。東風村所有育齡婦女，生過二胎的，如果有男孩，大都已結紮，如果二胎都是女孩的，姑姑說她們充分考慮到了農村的實際情況，不強行結紮，但必須戴環。生過三胎的，即便三胎全是女孩，也必須結紮。全公社五十多個村莊，只有這張拳的老婆，既不結紮，也不放環，而且還懷了孕。姑姑她們冒著大雨，駕船至東風村時，就是要把這張拳之妻，動員到衛生院做人工流產手術。姑姑的船還在途中時，公社黨委書記秦山就打電話給東風村的支部書記張金牙，下達了死命令，讓他動員一切力量，可以動用一切手段，把張拳妻弄到公社流產。姑姑說那張拳手持一根帶刺的槐木棍子，把守門戶，兩眼通紅，瘋狂叫囂。張金牙和村裡的民兵遠遠地圍著，但無人敢近前。那三個女孩，都跪在門口，用彷彿事先編好的詞兒，一把鼻涕一把淚水，齊聲哭喊著：好心的大爺大叔、大娘大嬸子、大哥大姊姊們——饒了俺娘吧——俺娘有嚴重的風濕性心臟病——一做人流——非死不可——俺娘一死，俺們就成了沒娘的孩子啦——姑姑說，張拳導演的苦肉計效果很好，圍觀的女人們，有許多流了眼淚。當然也有許多不服氣的。那些生了二胎就被放環的、那些生了三胎就被結紮的，都爲張拳家懷了四胎而忿忿不平。姑姑說，一碗水必須端平，如果讓張拳家的第四胎生出來，我會被那些老娘們活剝了皮！如果讓張拳家得逞，紅旗落地事小，計畫生育工作無法進行是大事。姑姑說，所以我，一揮手，帶著小獅子和黃秋雅對著張拳走過去。小獅子這孩子，有膽有識，對我忠誠，衝上前去，要替我擋棍子，被我撥拉到身後。黃秋雅，資產階級知識分子，搞點技術還可以，眞到了刺刀見紅的關口，骨頭都嚇酥了。姑姑對著張拳，大踏步前進。他罵我的話，那可是太難聽了，姑姑說，對你們重複，髒了你們的耳朵，也髒了我的嘴。當時我心硬如鐵，將個人的安危置之度外。張拳，隨你罵吧，婊子，母狗，殺人魔王，這些侮辱性的稱號，我照單全收，但是，你老婆必須跟我走。去哪裡？公社衛生院。

姑姑直視著張拳那張猙獰的臉，一步步逼近。那三個女孩哭叫著撲上來，嘴裡都是髒話，兩個小的，每人抱住姑姑一條腿；那個大的，用腦袋碰撞姑姑的肚子。姑姑掙扎著，但那三個女孩像水蛭一樣附在她的身上。姑姑感到膝蓋一陣刺痛，知道是被那女孩咬了。肚子又被撞了一頭，姑姑朝後跌倒，仰面朝天。小獅子抓住大女孩的脖子，把她甩到一邊去，但那女孩隨即撲到她身上，依然是用腦袋撞她的肚子。小獅子腰帶上的鐵環扣碰到女孩的鼻子，鼻子破了，流血，女孩把臉一抹，恐怖與悲壯並生。張拳加倍瘋狂，衝上來要對小獅子下狠手，姑姑一躍而起，縱身上前，插在小獅子與張拳之間，姑姑的額頭，替小獅子承受了一棍。姑姑再次跌倒。小獅子大喊：你們都是死人嗎？張金牙帶著民兵一擁而上，將張拳按倒在地，反剪了雙臂。那三個女孩還想反動，也被村裡的婦女幹部一一按住。小獅子和黃秋雅打開藥箱爲姑姑包紮。一圈繃帶，又一圈繃帶。血從繃帶裡滲出。又一圈繃帶。姑姑頭暈耳鳴，眼冒金星星，視物皆血紅。所有的人臉都像公雞冠子一樣，連樹都是紅的，像一團團扭曲向上的火焰。秦河聞訊從河邊過來。一看姑姑受傷，他頓時成了木頭人，片刻，哇的一聲，噴出一口鮮血。眾人上前扶持，他分撥開，醉漢似的，搖晃著上前，撿起那根沾著姑姑血的棍子，朝向張拳的腦袋掄去！——住手！姑姑大喊！姑姑掙扎著站起來，喝斥秦河，你不在河邊看護船隻，跑到這裡來幹什麼?!添亂！秦河滿臉尷尬，丟下棍子，往河邊走去。

姑姑推開扶持她的小獅子，走到張拳面前——這時，秦河放聲大哭，一步步往河邊走——姑姑連頭都沒回，目光直逼張拳。張拳嘴裡還是嘈嘈地罵，但目光裡已顯出怯懦。姑姑對擰著他的胳膊的民兵說：放開他！民兵有些猶豫，姑姑又重複了一遍：放開他！

把棍子給他！姑姑說。

一位民兵拖過棍子，扔到張拳面前。

姑姑冷笑著說：撿起棍子來！

張拳嘟噥著：誰要敢絕我張拳的後，我就跟誰拚命！

好！姑姑說，算你有種！姑姑指著自己的頭，說，往這裡打！打呀！姑姑往前跳了兩步，高聲叫道，我萬心，今天也豁出這條命了！想當年，小日本用刺刀逼著我，姑奶奶都沒怕，今天還怕你不成？

張金牙上前，搡了張拳一把，道：還不給萬主任道歉！

我不用他道歉！姑姑說，計畫生育是國家大事，人口不控制，糧食不夠吃，衣服不夠穿，教育搞不好，人口品質難提高，國家難富強。我萬心爲國家的計畫生育事業，獻出這條命，也是值得的。

小獅子道：張金牙，你趕快去打電話，讓公安局派人來！

張金牙踢了張拳一腳，道：跪下，給萬主任賠罪！

不必！姑姑說，張拳，就憑你打我這一棍，可以判你三年！但我不跟你一般見識，願意放你一馬。現在，擺在你面前有兩條路，一條是，讓你老婆乖乖地跟我們走，去衛生院，做人流，我親自上台給她做，保她安全；一條是，送你去公安局，按罪論處；你老婆願意跟我去最好，不願意去——姑姑指指張金牙和眾民兵——你們負責把她弄去！

張拳蹲在地上，雙手抱著頭，嗚嗚地哭著說：我張拳，三代單傳，到了我這一代，難道非絕了不可？老天爺，你睜睜眼吧……

這時，張拳的老婆哭著從院子裡出來。她頭上頂著亂草，顯然是在草垛裡躲藏過。她說：萬主任，開恩吧，饒了他吧，俺跟你走……

姑姑和小獅子，沿著我們村後河堤向東，應該是去大隊部找幹部瞭解情況吧，但就在她們走下河堤，進入通向大隊部那條胡同時，船艙裡那個女人——張拳的老婆——鑽出來，縱身跳入河中。秦河跟著跳下去，但他不識水性，跳下去立即沉了底，好不容易冒出頭，接著又沉下去。黃秋雅尖聲高叫：救命啊……救命……

我們在樹上，看到姑姑與小獅子從胡同裡折返回來，跑上河堤。

王肝從樹上縱身一躍，動作瀟灑，如魚入水。我們在河邊長大，學會走路的同時就學會了游泳。這棵歪脖子柳樹，好像是專爲我們練習跳水而生。我希望小獅子看見了王肝那瀟灑一跳。我緊隨著王肝躍進水中。李手也從河邊跳下水。我們應該先去救那孕婦，但那孕婦不見蹤影。秦河這可憐蟲就在我們面前，他身體翻騰著，宛如一根滾油鍋裡的油條。王師傅大聲提醒我們：抓他的頭髮！避開他的手！

王肝游到他的身後，伸手抓住了他的大分頭。他的頭髮眞好啊，王肝事後對我說，像馬鬃一樣。

王肝的水性，是我們當中最好的，他可以雙手舉著衣服橫渡河流，到對岸後衣服上不沾一個水點。在夢中情人面前展露泳技，這是個多麼難得的機會啊！我和李手一左一右護衛著他，直到他將秦河拖到水邊。

姑姑和小獅子跑到。

姑姑惱怒地問：這個呆子，跳下去想幹什麼？

秦河趴在河邊，哇哇地往河裡吐水。

黃秋雅哭著說：是張拳的老婆跳了河，他跳下去救。

姑姑臉色大變，目光投向河面：她在哪裡？她在哪裡？

跳下去就沒了影子……黃秋雅道。

我不是讓你好好看著她嗎？姑姑跳上船，懊惱地說，你簡直是個死人！你要負責任！開船，開船！

小獅子手忙腳亂地發動機器，但怎麼也打不著火。

姑姑大叫：秦河！趕快來發動機器！

秦河抖抖顫顫地站起來，彎著腰，噴出一腔水，又撲地跪倒。

小跑，王肝！你們快幫著救人啊！姑姑大喊著，我重賞你們。

我們把目光投向水面，仔細搜索著。

河面寬闊，濁流滾滾。水面上漂浮著大團的泡沫和亂草。這時，李手指著在河邊緩流中慢慢向前漂動的一塊西瓜皮，說：看那裡。

那西瓜皮順水漂流，但不時脫離水面，露出女人的脖頸和亂髮。

姑姑一屁股坐在船舷中，長舒了一口氣，然後哈哈大笑起來。

我們正準備躍入水中救人，姑姑大喊：別急！

姑姑問小獅子：你會鳧水嗎？

小獅子搖頭。

看來要做一個稱職的計畫生育工作者，不僅要學會挨打，還要學會鳧水。姑姑笑指著那塊沉浮的西瓜皮，道：你看看，她鳧得多好啊，她把當年游擊隊員對付日本鬼子的辦法都用上了啊！

秦河弓著腰爬上船。他渾身滴水，大分頭如一團亂草。臉色灰白，嘴唇烏青。

姑姑下令：開船。

秦河用搖把子搖著了柴油機。他可能頭暈，身體不穩，乾嘔幾聲，吐出一攤泡沫。

我們幫他解開拴在碼頭上的繩子。姑姑說：你們上船！

我可以想像王肝的激動，坐在船舷上，他的身體緊挨著小獅子。我看到他的雙手放在膝蓋上，十根手指神經質地顫動著。隔著那件因濕而貼在身上的汗衫，我清楚地看到他的心臟在跳動，好像一隻被關在籠中的野兔，碰撞著柵欄。他的身體僵硬，一絲兒也不敢動。那個胖姑娘小獅子，渾然不覺，只顧盯著那塊漂浮在前方的西瓜皮。

秦河將船頭往外一別，船沿著近堤的緩流前行，機器聲平緩。李手站在他身邊，觀察著他的動作，好像一個學徒。

姑姑說：慢慢地開，對，再慢點。

船頭距離那塊西瓜皮大約五米時。柴油機油門降到了再小就要熄火的程度。這時我們已清楚地看到了西瓜皮遮掩下的那孕婦的頭顱。

眞是好水性，姑姑說，懷孕五個月了還能游得這樣好。

姑姑命令小獅子進艙去放廣播。小獅子應聲立起，彎腰鑽進船艙。王肝的身側似乎出現了一片無邊的虛空，他臉上的神情是那樣痛苦與失落。他在想什麼呢？他那封才華橫溢的情書，小獅子是否收到了呢？

正在我胡思亂想時，船頭上的高音喇叭突然響起來。儘管我知道喇叭要響，但聽到這聲音還是被嚇了一跳。——偉大領袖毛主席教導我們：人口非控制不可——喇叭一響，那孕婦便掀開了西瓜皮，從渾水中露出頭來。她驚恐地扭頭回望，然後猛地潛入水中。——姑姑微笑著，示意秦河把船速再放慢點。姑姑低聲道：我倒要看看，這東風村的女人，水性到底好到什麼程度！——小獅子從船艙裡鑽出來，擠到船頭，焦急地張望著——眞是天隨人願啊，她豐滿的身體又和王肝靠在了一起。我甚至都有點嫉妒王肝了。他瘦猴般的身體，緊貼著小獅子。那麼胖的、那麼瓷實的肉啊！我猜測著王肝的感受，他一定能感受到她身上的柔軟和溫熱，一定能……想到這裡時，我的心撲通撲通地跳。我為自己的骯髒念頭感到無比的羞恥。慌忙把視線從他們身體上移開，把手插進褲兜，狠狠地擰著自己的大腿。

露頭了！露頭了！小獅子大叫著。

那孕婦在離船頭五十米遠處露出了水面。她回頭望望，身體浮出水面，雙臂搏水，速度極快，順流而下。

姑姑對秦河做了一個手勢。柴油機轟鳴，船速加快，逼近孕婦。

姑姑從褲兜裡摸出一盒擠得癟癟的菸，剝開，抽出一枝，叼在嘴上。又摸出一個打火機，扳動齒輪，吡嚓吡嚓地打火，終於打著。姑姑瞇縫著眼睛，噴吐著煙霧。河上起了風，濁浪追逐前湧。我就不信，你還能游過一艘十二馬力的機動船。高音喇叭又放出歌頌毛主席的湖南民歌——瀏陽河，拐過了九道彎，九十里水路到湘江——姑姑將菸頭扔到水裡，一隻海鷗俯衝下來，叼起那菸頭，騰空而去。

高音喇叭啞了，唱片到頭了。小獅子轉頭看姑姑。姑姑說不用了。姑姑大喊：耿秀蓮，你能一直游到東海嗎？

那女人不回答，依然在奮力揮臂，但速度明顯放慢。

我希望你放明白點，姑姑說，乖乖地上船，跟我們去把手術做了。

頑抗是死路一條！小獅子氣洶洶地說，你即便能游到東海，我們也能跟到你東海！

那女人大聲哭泣起來。她揮臂擊水的動作更慢。一下比一下慢。

沒勁了吧？小獅子笑著說：有本事你游啊，魚狗扎猛子啊，青蛙打撲通啊……

此時，那女人的身體已在漸漸下沉，而且，空氣中似乎散發著一股血腥味兒。姑姑探身觀察著水面，大喊一聲：不好！

快，超過她！姑姑命令秦河，接著命令我們跳下去，托住她！

王肝飛身入水，我與李手緊跟著。

秦河將船頭斜了一下，從那女人身側駛過去。

我和王肝靠近那女人。我伸手提住她的左臂，她的右臂就像章魚的長腿一樣掄過來，將我摁入水中。我喊叫著，猛地嗆了一口水。是王肝揪住了她的頭髮，猛力往上提，是李手抓住她的肩膀，用力往上提，才使我露出水面。我眼前一陣昏黃，劇烈地咳嗽著。船在我們前面，秦河將油門減小。我的肩膀撞在了船上，那女人的身體也撞在了船上。姑姑她們從船舷邊伸出手，有的扯住那女人的頭髮，有的拽著她的胳膊，我們在下邊托著她的屁股托著她的腿，一陣亂七八糟吆喝，幾股子合力，終於將那女人弄到了船上。

我們都看到了那女人腿上的血。

你們不用上船了，自己游上岸吧，姑姑對我們說罷，急火火地命令秦河，快，掉轉船頭，快，快！

儘管姑姑她們使用了最好的藥，做了最大的努力，但耿秀蓮還是死了。

六

部隊領導向我出示了一份加急電報，說我的妻子王仁美懷了第二胎。領導嚴肅地告訴我，你是黨員，幹部，既然已經領了獨生子女證，每月還領取獨生子女補助費，爲什麼又讓妻子懷了第二胎？我茫然無措。領導命令我：立即回去，堅決做掉！

我的突然出現，讓家裡人吃了一驚。兩歲的女兒躲在奶奶背後，畏懼地看著我。

怎麼冷不丁地就回來了呢？母親心事重重地問我。

出差，順便路過。

燕燕，這是你爸爸啊，快叫爸爸。母親把女兒往前推，說：這孩子，你不回來，天天念叨著找爸爸，爸爸眞回來了，倒怕了。

我伸出手，握著她的胳膊，試圖抱她，她「哇」的一聲哭了。

母親長歎一聲，道：天天擔驚受怕，藏著掖著，這不，還是透了氣了。

到底怎麼回事？我惱火地問，她不是一直戴著環嗎？

這事兒，母親說，她顯了形後才告訴我。頭著你回來探親，她就去找袁腮把環取出來了。

袁腮這個雜種！我恨恨地罵著，他不知道這是犯法嗎？

你可千萬別去告人家，母親道，是仁美央求了人家許多次，後來又託了王瞻去說情，他才給取的。

太危險了，我說，袁腮是個劁豬閹狗的，竟敢給人取環，萬一弄出點事兒來怎麼辦？

好多人找他取呢，母親壓低了聲音說，聽你媳婦說，他技術好得很，用一根鐵鉤子，幾下就鉤出來了。

眞是不要臉！我說。

你別多心，母親看看我的臉色道，是王瞻陪著她一起去的，取環時袁腮戴著口罩、墨鏡、橡膠手套，那鐵鉤子先用酒精擦了，又用火燎了，保證無毒。你媳婦說，根本不用脫褲子，只把褲襠剪一個洞就行。

我不是那個意思。

跑兒啊，母親憂傷地說，你大哥二哥都有兒子，唯你沒有，這是娘的一塊心病，我看，就讓她生了吧。

我也願意讓她生，但誰能保證就是個男孩呢？

我看像個男孩，母親說，我問燕燕：燕燕，你娘肚子裡是個弟弟還是妹妹？燕燕說，弟弟！小兒語，靈驗著呢。再說了，就是再生個女孩，燕燕長大後也有個依靠，一個女孩，萬一有個三長兩短，怎麼辦？我這麼大年紀了，兩眼一閉，啥都不知道了。我這是替你想呢！

娘啊，我說，部隊有紀律，要是生了二胎，我就要被開除黨籍，撤銷職務，回家種地。我奮鬥了這麼多年才離開莊戶地，爲了多生一個孩子，把一切都拋棄，這值得嗎？

母親道：黨籍、職務能比一個孩子珍貴？有人有世界，沒有後人，即便你當的官再大，大到毛主席老大你老二，又有什麼意思？

毛主席早去世了。我說。

我還不知道毛主席早去世了？母親說，我是打個比方呢。

這時，大門聲響。燕燕高叫著：娘，俺爸爸回來了。

我看著女兒挪動著小腿，跌跌撞撞地向王仁美奔去。我看到王仁美身穿著我當兵前穿過的那件灰夾克，肚子已經腆出。她臂彎挎著一個紅布包袱，裡邊露出花花綠綠的布頭。她彎腰抱起女兒，誇張地笑著說：哎呦小跑，你怎麼回來了呢？

我怎麼就不能回來呢？我沒好氣地說，你幹的好事！

她的布滿蝴蝶瘢的臉變白了，轉瞬又漲得通紅，大聲道：我做什麼啦？我白天下地勞動，晚上回家帶孩子，沒幹一丁點兒對不起你的事！

你還敢狡辯！我說，你爲什麼瞞著我去找袁腮？你爲什麼不告訴我？

叛徒，內奸！王仁美放下孩子，氣哄哄地走進屋裡，小凳子絆了她一下，她一腳將小凳子踢飛，罵道，是哪個喪了天良的告訴你的？

女兒在院子裡大哭著。

母親坐在灶邊垂淚。

你不要吵，也不要罵，我說，乖乖地跟我去衛生院做了，啥事也沒有。

你休想，王仁美把一面鏡子摔在地上，大聲喊叫著，孩子是我的，在我的肚子裡，誰敢動他一根毫毛，我就吊死在誰家門檻上！

跑兒啊，咱不當那個黨員啦，也不當那個幹部啦，回家種地，不也挺好嗎？現在也不是人民公社時期了，現在分田單幹了，糧食多得吃不完，人也自由了，我看你就回來吧……

不行，堅決不行！

王仁美在屋子裡翻箱倒櫃，噼哩啪啦地響。

這不是我一個人的事，我說，涉及到我們單位的榮譽。

王仁美提著一個大包袱走出來。我攔住她，說：到哪裡去？

你甭管！

我拉住她的包袱，不放她走。她從懷裡摸出一把剪刀，對著自己的肚子，眼睛通紅，尖利地叫著：你放開！

跑兒！母親尖叫著。

我自然清楚王仁美的脾氣。

你走吧，我說，但你逃脫了今天，逃脫不了明天，無論如何，必須做掉！

她提著包袱，急匆匆地走了。女兒張著雙手追她，跌倒在地。她不管不顧。

我跑出去，把女兒抱起來。女兒在我懷裡打著挺兒，哭喊著找娘。我一時百感交集，眼淚奪眶而出。

母親拄著枴杖，顫顫巍巍地走出來，說：兒啊，讓她生了吧……要不，這日子就沒法過了……

七

晚上，女兒哭叫著找娘，怎麼哄都不行。母親說，去她姥姥家看看吧。我抱著她去岳父家敲門。岳父隔著門縫說：萬小跑，我女兒嫁到你家，就是你家的人，你跑到這裡找什麼人？要是我女兒出了事，我跟你沒完。

我去找陳鼻，大門上掛著鎖，院子裡一團漆黑。我去找王肝，敲了半天門，一條小狗在大門內發瘋般地叫。燈亮，門開，王腳拖著一根棍子站在當門，怒沖沖地問：找誰？

大叔，是我啊。

我知道是你，找誰?!

王肝呢？

死了！王腳說著，猛地關上了大門。

王肝當然沒死。我想起，上次探親時聽母親嘮叨過，他被王腳趕出了家門，現在到處打溜兒，偶爾在村裡露一下面，也不知住在哪兒。

女兒哭累了，在我懷裡睡著了。我抱著她在大街上徜徉。心中鬱悶，無以排解。兩年前，村子裡終於通了電，現在，在村委會後邊那根高懸著兩個高音喇叭的水泥桿上，又掛上了一盞路燈。電燈下擺著一張藍色絨面的檯球桌，幾個年輕人，圍在那裡，大呼小叫地玩著。有一個五歲左右的男孩在離檯球桌不遠處的方凳上，手裡擺弄著一個能發出簡單音符的玩具電子琴。我從他的臉型上，判斷出他是袁腮的兒子。

對面就是袁腮家新修建的寬敞大門。猶豫了片刻我決定去看看袁腮。一想到他爲王仁美取環的情景我心裡就感到很彆扭。如果他是正兒八經的醫生，那我無話可說，可他……媽的！

我的到來讓他吃驚不小。他原本一個人坐在炕上自飲自酌。小炕桌上擺著一碟子花生米，一碟子罐頭鳳尾魚，一大盤炒雞蛋。他赤著腳從炕上跳下來，非要讓我上炕與他對飲。他吩咐他的老婆加菜。他老婆也是我們的小學同學，臉上有一些淺白麻子，外號麻花兒。

小日子過得很滋潤嘛！我坐在炕前凳子上說。麻花兒把我女兒接過去，說放到炕上去睡得踏實。我稍微推辭，便把女兒給了她。

麻花兒刷鍋點火，說要煎一條帶魚給我們下酒。我制止，但油已在鍋裡滋啦啦地響，香味兒也擴散開來。

袁腮非要我脫鞋上炕，我以稍坐即走脫鞋麻煩爲由拒絕。他力邀，無奈，只好側身坐在炕沿上。

他給我倒了一杯酒，放在我的面前。夥計，你可是貴客，他說，當到什麼級別了？營長還是團長？

屁，我說，小小連職。我抓起酒杯，一飲而盡，說，就是這也幹不長了，馬上就該回來種地了！

什麼話？他自己也乾了一杯，說，你是我們這撥同學裡最有前途的，肖下唇和李手儘管都上了大學——肖上唇那老雜毛天天在大街上吹牛，說他兒子分配進了國務院——但他們都比不上你。肖下唇腮寬額窄，雙耳尖聳，一副典型的衙役相；李手眉清目秀，但不擔大福；你，鶴腿猿臂，鳳眼龍睛，如果不是右眼下這顆淚痣，你是帝王之相。如果用鐳射把這痣燒掉，雖然不能出將入相，弄個師長旅長的幹幹是沒有問題的。

住嘴吧，我說，你到集上唬別人倒也罷了，在我面前說這些幹什麼？

這是命相之學，老祖宗傳下來的大學問，袁腮道。

少給我扯淡，我說：我今天是來找你算帳的，你他媽的把我害苦了。

什麼事？袁腮問，我沒做對不起你的事啊！

誰讓你偷偷給王仁美取了環？我壓低聲音說，現在可好，有人發電報告到部隊，部隊命令我回來給王仁美做人流，不做就撤我的職，開除我的黨籍。現在，王仁美也跑了，你說我怎麼辦？

這是哪裡的話？袁腮翻著白眼，攤開雙手道，我什麼時候給王仁美取環啦？我是個算命先生，排八字，推陰陽，測凶吉，看風水，這是我的專長。我一個大老爺們，給老娘們去取環？呸，你說的不嫌晦氣，我聽著都覺晦氣。

別裝了，我說，誰不知袁半仙是大能人？看風水算命是你的專業，劁豬閹狗外帶給女人取環是你的副業。我不會去告你，但我要罵你。你給王仁美取環，怎麼著也要跟我通個氣啊！

冤枉，真是天大的冤枉！袁腮道，你去把王仁美叫來，我與她當面對證。

她跑沒影了，我到哪裡去找她？再說，她能承認嗎？她能出賣你嗎？

小跑，你這混蛋，袁腮道，你現在不是一般百姓，你是軍官，說話要負責任的。你一口咬定我給你老婆取了環？誰來作證？你這是毀壞我的名譽，惹急了我要去告你。

好了，我說，歸根結柢，這事不能怨你。我來找你，是想讓你幫我出出主意，情況就是這麼個情況，你說我該怎麼辦？

袁腮閉上眼，掐著手指，口中念念有詞。然後猛一睜眼，道：賢弟，大喜！

喜從何來？

尊夫人所懷胎兒，係前朝一個大名鼎鼎的貴人轉世，因涉天機，不能洩漏貴人姓名，但我送你四句話，牢記莫忘：此兒生來骨骼清，才高八斗學業成，名登金榜平常事，紫袍玉帶顯威榮！

你就編吧——我嘴上這樣說，心裡卻感到一種莫名其妙的欣慰。是啊，假如真能生出這樣一個兒子……

袁腮顯然是看穿了我的心理，他似笑非笑地說：老兄，這是天意，不可違背啊！

我搖搖頭，道：可只要讓王仁美生了，我就完了。

有一句老話，叫做「天無絕人之路」。

快說。

你給部隊拍個電報，說王仁美並沒懷孕，是仇家誣告。這就是你給我的錦囊妙計？我冷笑道，紙裡能包住火嗎？孩子生出來，要不要落戶口？要不要上學？

老兄，你想那麼遠幹什麼？生出來就是勝利，咱這邊管得嚴，外縣，「黑孩子」多著呢，反正現在是單幹，糧食有的是，先養著，有沒有戶口，都是中華人民共和國公民，我不信國家能取消了這些孩子的中國籍？

可一旦敗露，我的前途不就完了嗎？

那就沒有辦法了，袁腮道，甘蔗沒有兩頭甜。

媽的，這個臭娘們，眞是欠揍！我喝乾杯中酒，撤身下炕，恨恨地說，我這輩子倒楣就倒在這娘們身上。

老兄，千萬別這麼說，我給你們推算了，王仁美是幫夫命，你的成功，全靠她的幫襯。

幫夫命？我冷笑道，毀夫命還差不多。

往最壞裡想，袁腮道，讓王仁美把這兒子生出來，你削職爲民，回家種地，又有什麼大不了的？二十年之後，你兒子飛黃騰達，你當老太爺，享清福，不是一樣嗎？

如果她事前與我商量，那就罷了，我說，但她用這種方式對付我，我嚥不下這口氣。

小跑，袁腮道，不管怎麼說，王仁美肚裡懷的是你的種，是刮是留，是你自己的事。

是的，這的確是我自己的事，我說，老兄，我也要提醒你，沒有不透風的牆，你自己小心點兒！

我從麻花兒手中接過沉睡的女兒，走出袁家的大門。我回頭向麻花兒告別的時候，她悄悄地對我說：兄弟，讓她生了吧，躲出去生，我幫你聯繫個地方。

這時，一輛吉普車停在袁家門外，從車上跳下兩個員警，虎虎地闖進大門。麻花兒伸手阻攔，員警推開她，飛撲入室。室內傳來噼哩啪啦的聲響和袁腮的大聲喊叫。幾分鐘之後，袁腮趿拉著鞋子，雙手被銬，在兩個員警的挾持下，從堂屋裡走出來。

你們憑什麼抓我？憑什麼？袁腮歪著頭質問員警。

別吵了，一位員警道，爲什麼抓你，難道你自己還不知道嗎？

袁腮對我說：小跑，你要去保我啊！我沒幹任何犯法的事。

這時，從車內又跳下一個胖大的婦人。

姑姑?!

姑姑摘下口罩，冷冷地對我說：你明天到衛生院去找我！

八

姑姑，要不就讓她生了吧，我沮喪地說，黨籍我不要了，職務我也不要了……

姑姑猛拍桌子，震得我面前水杯中的水濺了出來。

你太沒出息了！小跑！姑姑說，這不是你一個人的事！我們公社，連續三年沒有一例超計畫生育，難道你要給我們破例？

可她尋死覓活，我爲難地說，眞要弄出點事來可怎麼辦？

姑姑冷冷地說：你知道我們的土政策是怎麼規定的嗎？——喝毒藥不奪瓶！想上吊給根繩！

這也太野蠻了！

我們願意野蠻嗎？在你們部隊，用不著這樣野蠻；在城市裡，用不著這樣野蠻；在外國，更用不著野蠻——那些洋女人們，只想自己玩耍享受，國家鼓勵著獎賞著都不生——可我們是中國的農村，面對著的是農民，苦口婆心講道理，講政策，鞋底跑穿了，嘴唇磨薄了，哪個聽你的？你說怎麼辦？人口不控制不行，國家的命令不執行不行，上級的指標不完成不行，你說我們怎麼辦？搞計畫生育的人，白天被人戳著脊梁骨罵，晚上走夜路被人砸黑磚頭，連五歲的小孩，都用錐子扎我的腿——姑姑一撩褲腳，露出腿肚子上一個紫色的疤痕——看到了吧？這是不久前被東風村一個斜眼小雜種扎的！你還記得張拳老婆那事吧？——我點點頭，回憶著十幾年前在滔滔大河上發生的往事——明明是她自己跳了河，是我們把她從河中撈上來。可張拳，包括那村裡的人，都說是我們把那耿秀蓮推到河中淹死的，他們還聯名寫信，按了血手印，一直告到國務院，上邊追查下來，無奈何，只好讓黃秋雅當了替死鬼——姑姑點上一枝菸，狠狠地抽著，煙霧籠罩著她悲苦的臉。姑姑真是老了，嘴角上兩道豎紋直達下巴，眼下垂著淚袋，目光混濁——為了搶救耿秀蓮，我們費了九牛二虎之力，我還為她抽了五百CC鮮血。她有先天性心臟病。沒有辦法，賠了張拳一千元錢，那時的一千元，可不是個小數目。張拳拿了錢還不依不饒，用地板車拉著他老婆的屍體，帶著三個披麻帶孝的女兒，跑到縣委大院裡去鬧。正好被下來視察計畫生育工作的省裡領導遇上。公安局開著一輛破吉普車，把我和黃秋雅、小獅子帶到了縣招待所。那些員警板著臉，粗言惡語，連推帶搡，完全把我們當成了罪犯。縣裡領導跟我談話，我脖子一擰，說，我不跟你談，我要跟省領導談。我闖進了那領導的房間。他正坐在沙發上看報紙。我一看，這不是楊林嘛！當了副省長，保養得細皮嫩肉。我氣不打一處來，話像機關槍開火，嘟嘟嘟嘟。你們在上邊下一個指示，我們在下邊就要跑斷腿，磨破嘴。你們要我們講文明，講政策，做通群眾的思想工作……你們是站著說話不腰痛，不生孩子不知道×痛！你們自己下來試試。我們出力、賣命，挨罵、挨打，皮開肉綻，頭破血流，發生一點事故，領導不但不為我們撐腰，反而站在那些刁民潑婦一邊！你們寒了我們的心！——姑姑有些自豪地道——別人見了當官的不敢說話，老娘可不管那一套！我是愈見了當官的口才愈好——也不是我口才好，是我肚子裡積攢的苦水太多了。我一邊說，一邊哭，一邊把頭上的傷疤指給他看。張拳一棍打破了我的頭，算不算犯法？我們跳到河裡救她，我為她獻血五百CC，算不算仁至義盡？——姑姑道，我放聲大哭，說，你們把我送到勞改隊吧，把我關到監獄裡去吧，反正我不幹了。——那楊林被我說得眼淚汪汪，站起來給我倒水，到衛生間給我擰熱毛巾，說：基層的工作的確難幹，毛主席說，「嚴重的問題是教育農民」，小萬同志，你受委屈了，我瞭解你，縣裡的領導也瞭解你，我們對你的評價很高。他過來靠著我坐下，問我，小萬同志，願不願跟我去省裡工作？——我當然明白他的意思，但我一想到他在批鬥大會上的胡言亂語，我的心就涼了——我堅決地說：不，我不去，這裡的工作離不開我。他遺憾地搖搖頭，說：那就到縣醫院工作吧！我說：不，我哪裡也不去——姑姑道，也許，我真應該跟他走，一拍屁股走了，眼不見，心不煩，誰願意生誰就敞開屁股生吧，生他二十億，三十億，天塌下來有高個子頂著。我操這些心幹什麼？姑姑這輩子，吃虧就吃在太聽話了，太革命了，太忠心了，太認真了。

您現在覺悟也不晚，我說。

呸！姑姑怒道：你這是什麼話？什麼「覺悟」！姑姑是當著你，自家人，說兩句氣話，發幾句牢騷。姑姑是忠心耿耿的共產黨員，「文化大革命」時受了那麼多罪都沒有動搖，何況現在！計畫生育不搞不行，如果放開了生，一年就是三千萬，十年就是三個億，再過五十年，地球都要被中國人給壓偏啦。所以，必須不惜一切代價把出生率降低，這也是中國人為全人類做貢獻！

姑姑，我說，大道理我明白，可眼下的問題是，王仁美跑了……跑了和尚跑不了廟！姑姑說，她能跑到哪裡去？她就在你岳父家藏著！

王仁美有點二桿子，把她逼急了，我眞怕她出事……

這你放心，姑姑胸有成竹地說，我跟這幫老娘們打了幾十年的交道了。摸透了她們的脾性，像你媳婦這種咋咋呼呼，動不動就要尋死覓活的，反倒沒有事，放心，她捨不得死！倒是那種蔫兒咕唧的，不言不語的，沒準眞能上吊跳井喝毒藥。我搞計畫生育十幾年了，那些自殺的女人，都是爲了別的事。這點你儘管放心。

那您說怎麼辦？我爲難地說，天生不能像綑豬一樣硬把她綑到醫院裡去吧？

實在不行，就得來硬的。尤其是對你媳婦，姑姑說，誰讓你是我侄子呢？如果我放了她，怎麼能服眾？我一張口人家會用這事堵我的嘴。

事到如今，也只好聽您的了。我說，要不要部隊來人配合一下？

我已經給你們單位發了電報。

第一封電報也是您發的嗎？

是我。姑姑說。

您既然早知道王仁美懷孕，爲什麼不早做處理？

我去縣裡開了兩個月會，回來才知道的。姑姑怒道，袁腮這個雜種，淨給我添麻煩，幸虧有人舉報，要不，接下來麻煩更大。

會判他的刑嗎？

依著我應該斃了他！姑姑憤怒地說。

他大概不光給王仁美一個人取了環。

情況我們全部掌握了，你媳婦，王家屯王七的老婆，孫家莊子小金牛的老婆，還有陳鼻的老婆王膽，她的月分最大。外縣的還有十幾個，那我們就管不了啦。先拿你媳婦開刀，然後一個個收拾，誰也別想逃脫。

如果他們外逃呢？

姑姑冷笑道：孫悟空本事再大，也逃不出如來佛的掌心！

我說：姑姑，我是軍官，王仁美該流，但王膽和陳鼻都是農民，他們第一胎是女孩，按政策可生第二胎。王膽那樣子，懷上個孩子也不容易……

姑姑打斷我的話，嘲諷道：自家的事還沒解決完，反倒幫別人家講起情來了！按政策他們是可以生二胎，但要等第一個孩子八歲之後，他們家陳耳才幾歲？

不就是早生幾年嗎？我說。

你說得輕巧！早生幾年，如果都早生幾年呢？這個例子可是不能開，一開就亂了套了。姑姑嚴肅地說，別管人家了，想想自己的事吧。

九

姑姑帶領著一個陣容龐大的計畫生育特別工作隊，開進了我們村莊。姑姑是隊長，公社武裝部副部長是副隊長。隊員有小獅子，還有六個身強力壯的民兵。工作隊有一台安裝了高音喇叭的麵包車，還有一台馬力巨大的鏈軌拖拉機。

在工作隊沒有進村之前，我又一次敲響了岳父家的大門。這次岳父開恩放我進去。

您也是在部隊幹過的人，我對岳父說，軍令如山倒，硬抗是不行的。

岳父抽著菸，悶了好久，說：既然知道不讓生，為什麼還要讓她懷上？這麼大月分了，怎麼流？出了人命怎麼辦？我可就這麼一個閨女！

這事兒根本不怨我，我辯解著。

不怨你怨誰？

如果要怨，就怨袁腮那雜種，我說，公安局已經把他抓走了。

反正我女兒要是有個三長兩短，我就豁出這條老命跟你拚了。

我姑姑說沒事的，我說，她說七個月的她們都做過。

你姑姑不是人，是妖魔！岳母跳出來說，這些年來，她糟蹋了多少性命啊？她的雙手上沾滿了鮮血，她死後要被閻王爺千刀萬剮！

你說這些幹什麼？岳父道，這是男人的事。

怎麼會是男人的事？岳母尖聲嚷叫著，明明要把俺閨女往鬼門關上推，還說是男人的事。

我說：娘，我不跟您吵，您讓仁美出來，我有話跟她說。

你到哪裡找仁美？岳母道，她是你們家的媳婦，在你們家住著。莫不是你把她害了？我還要找你要人呢！

仁美，你聽著，我大聲喊叫，我昨天去跟姑姑商量了，我說我黨籍不要了，職務也不要了，回家來種地，讓你把孩子生下來。但姑姑說，那也不行。袁腮的事，已經驚動了省裡，縣裡給姑姑下了死命令，你們這幾個非法懷孕的，必須全部做掉……

就不做！這是什麼社會！岳母端起一盆髒水對著我潑來，罵著，讓你姑那個臊貨來吧，我跟她拚個魚死網破！她自己不能生，看著別人生就生氣，嫉妒。

我帶著滿身髒水，狼狽而退。

工作隊的車，停在我岳父家門前。村裡人凡是能走路的幾乎全都來了。連得了風癱、口眼歪斜的肖上唇，也拄著枴棍來啦。大喇叭裡，傳出慷慨激昂的聲音：計畫生育是頭等大事，事關國家前途、民族未來……建設四個現代化的強國，必須千方百計控制人口，提高人口品質……那些非法懷孕的人，不要心存僥倖，妄圖蒙混過關……人民群眾的眼睛是雪亮的，哪怕你藏在地洞裡，藏在密林中，也休想逃脫……那些圍攻、毆打計畫生育工作人員者，將以現行反革命論處……那些以種種手段破壞計畫生育者，必將受到黨紀國法的嚴厲懲處……

姑姑在前，公社人武部副部長和小獅子在她身後衛護。我岳父家大門緊閉，大門上的對聯寫著：江山千古秀，祖國萬年春。姑姑回頭對眾多圍觀者道：不搞計畫生育，江山要變色，祖國要垮台！哪裡去找千古秀?!哪裡去找萬年春?!姑姑拍著門環，用她那特有的嘶啞嗓子喊叫：王仁美，你躲在豬圈旁邊的地瓜窖子裡，以爲我不知道嗎？你的事已經驚動了縣委，驚動了軍隊，你是一個壞典型。現在，擺在你面前的只有兩條道路，一條是乖乖地爬出來，跟我去衛生院做引產手術，考慮到你懷孕月分較大，爲了你的安全，我們也可以陪你到縣醫院，讓最好的大夫爲你做；另一條呢，那就是你頑抗到底，我們用拖拉機，先把你娘家四鄰的房子拉倒，然後再把你娘家的房子拉倒。鄰居家的一切損失，均由你爹負擔。即便這樣，你還是要做人流，對別人，我也許客氣點，對你，我們就不客氣啦！王仁美你聽清楚了嗎？王金山、吳秀枝你們聽清楚了嗎？——姑姑提著我岳父岳母的名字喊。

大門內長時間鴉雀無聲，然後是一隻未成年的小公雞尖聲啼鳴。接著是我岳母哭著叫罵：萬心，你這個黑了心肝、沒了人味的魔鬼……你不得好死……你死後要上刀山，下油鍋，剝皮挖眼點天燈……

姑姑冷笑著，對著人武部副部長說：開始吧！

人武部副部長指揮著民兵，拖著長長的、粗大的鋼絲繩，先把我岳父家東鄰大門口的一棵老槐樹攔腰拴住。肖上唇拄著棍子，從人群中蹦出來，嘴裡發出嗚嗚嚕嚕的叫聲……這是……俺家的樹……他試圖用手中的棍子去打我姑姑，但一掄起棍子，身體就失去平衡——姑姑冷冷地說：原來這是你家的樹？對不起了，怨你沒有結著好鄰居！

你們是土匪……你們是國民黨的連環保甲……

國民黨罵我們是「共匪」，姑姑冷笑著說，你罵我們是土匪，可見你連國民黨都不如。

我要去告你們……我兒子在國務院工作……

告去吧，告得越高越好！

肖上唇扔掉枴棍，雙手摟著那棵槐樹，哭著說……你們不能拔我的樹……袁腮說過……這棵樹連著我家的命脈……這棵樹旺，我家的日子就旺……

姑姑笑道：袁腮也沒算算，他啥時候被公安局捉走？

你們除非先把我殺了……肖上唇哭喊著。

肖上唇！姑姑聲色俱厲地說，你「文化大革命」時打人整人時那股子凶勁兒哪裡去了？怎麼像個老娘們似的哭哭啼啼！

……我知道……你這是假公濟私……報復我……你侄媳婦偷生懷孕……憑什麼拔我的樹……

不但要拔你的樹，姑姑說，拔完了樹就拉倒你家的大門樓，然後再拉倒你家的大瓦房，你在這裡哭也沒用，你應該去找王金山！——姑姑從小獅子手中接過一個擴音喇叭，對著人群喊：王金山家的左鄰右舍都聽著！根據公社計畫生育委員會的特殊規定，王金山藏匿非法懷孕女兒，頑抗政府，辱罵工作人員，現決定先推倒他家四鄰的房屋，你們的所有損失，概有王金山家承擔。如果你們不想房屋被毀，就請立即勸說王金山，讓他把女兒交出來。

我岳父家的鄰居們吵成一鍋粥。

姑姑對人武部副部長說：執行！

鏈軌拖拉機機器轟鳴，震動得腳底下的土地都在顫動。

鋼鐵的龐然大物隆隆前行，鋼絲繩一點點被抽緊，發出嗡嗡的聲響。那棵大槐樹的枝葉也在索索地抖動。

肖上唇連滾帶爬地衝到我岳父家大門前，發瘋般的敲著大門：王金山，我操你祖宗！你禍害四鄰，不得好死！

情急之中，他含混不清的口齒竟然變得清楚起來。

我岳父家大門緊閉，院子裡只有我岳母撕肝裂肺般的哭嚎。

姑姑對著人武部副部長，舉起右手，猛地劈下去！

加大馬力！人武部副部長對拖拉機手吼著。

鏈軌拖拉機發出一陣震動耳鼓的轟鳴，鋼絲繩繃成一條直線，嗡嗡地響，繃緊，繃得更緊，繩扣殺進了大槐樹的皮，滲出汁液，拖拉機緩慢前行，一寸一寸地前行，車頭上方的鐵皮煙筒裡，噴吐出圈圈套疊的藍色煙圈。拖拉機手一邊開車一邊回頭觀望，他穿著一件洗得乾乾淨淨的藍帆布工作服，脖子上繫著一條潔白的毛巾，頭上歪戴著一頂鴨舌帽，上牙咬著下唇，唇上生著黑色的小鬍子，是個很精幹的小夥子……大樹傾斜了，發出咯咯吱吱的聲音，很痛苦的聲音。鋼絲繩已經深深地煞進樹幹，剝去了一塊樹皮，露出了裡邊白色的纖維。

王金山你他媽的出來啊……肖上唇用拳頭擂門，用膝蓋頂門，用頭撞門，我岳父家鴉雀無聲，連我岳母的哭嚎聲都沒了。

大樹傾斜了。更傾斜了，繁茂的樹冠嘩啦啦響著觸到了地面。

肖上唇跌跌撞撞，到了樹邊：我的樹啊……我家的命運樹啊……

大樹的根活動了，地面裂開了紋。

肖上唇掙扎著回到我岳父家大門前：王金山，你這個王八蛋！我們老鄰居，幾十年處得不錯啊，還差點成了親家啊，你就這樣毀我啊……

大樹的根從地下露出來，淺黃色的根，像大蟒蛇……拖出來了，嘎嘎吱吱地響，有的樹根折斷了，越拖越長，好多條大蟒蛇一樣的樹根……樹冠撲在地上，像一把巨大的掃帚，逆著行進，細小的樹枝頻頻折斷，地下升起一些塵土。眾人搐動鼻孔，嗅到了新鮮泥土的氣味和樹汁的氣味……

王金山，我他媽的撞死在你家門前了……肖上唇一頭撞在我岳父家大門上，沒有響聲，不是沒發出聲響而是聲響被拖拉機的轟鳴淹沒了。

那棵大槐樹被拖離了肖家大門口幾十米遠，地面上留下一個大坑，坑裡有許多根被拽斷的樹根。十幾個孩子在那兒尋找蟬的幼蟲。

我姑姑用電動喇叭廣播：下一步就拖倒肖家的大門樓！幾個人把肖上唇抬到一邊，在那兒掐他的人中，揉他的胸口。

王金山家的左鄰右舍請注意——姑姑平靜地說——回家去把你們的值錢東西收拾一下吧，拖倒肖上唇的房子就拖你們的。我知道這沒有道理，但小道理要服從大道理，什麼是大道理？計畫生育，把人口控制住就是大道理。我不怕做惡人，總是要有人做惡人。我知道你們咒我死後下地獄！共產黨人不信這個，徹底的唯物主義者是無所畏懼的！即便是眞有地獄我也不怕！我不下地獄，誰下地獄！——解開鋼絲繩，把肖家的大門樓套住！

我岳父家的左鄰右舍們，一窩蜂擁到他家大門前，拳打腳踢那門，扔破磚爛瓦到院裡。有一個還拖來幾捆玉米秸子，豎在他家房檐下，高叫：王金山，你不出來就點火燒房子啦！

大門終於開了，開門的不是我岳父也不是我岳母，而是我老婆。她頭髮凌亂，滿身泥土，左腳上有鞋，右腳赤裸，顯然是剛從地窖裡爬上來。

姑姑，我去做還不行嗎？我老婆走到姑姑面前說。

我就知道我侄媳婦是深明大義之人！姑姑笑著說。

姑姑，我眞佩服你！我老婆說，你要是個男人，能指揮千軍萬馬！

你也是，姑姑說，就衝著你當年果斷地與肖家解除了婚約，我就看出來你是個大女人。

仁美，我說，委屈你了。

小跑，讓我看看你的手。

我把手送到她面前，不知道她要搞什麼名堂。

她抓住我的手，在我的腕子上狠狠地咬了一口。

我沒有掙脫。

腕子上留下了兩排深深的牙印，滲出了黑色的血。

她「呸呸」地吐著唾沫，狠狠地說：你讓我流血，我也讓你流點血。

我把另一隻腕子遞過去。

她推開，說：不咬了！一股狗腥氣！

甦醒過來的肖上唇像個女人一樣拍打著地面嚎叫著：王仁美，萬小跑，你們要賠我的樹……賠我的樹啊……

呸！賠你個屁！我老婆說：你兒子摸過我的奶子，親過我的嘴！這棵樹，等於他賠了我的青春損失費！

嗷！嗷！嗷！一群半大孩子爲我老婆的精采話語拍掌喊叫。

仁美！我氣急敗壞地喊叫。

你吵吵什麼？我老婆鑽進了我姑姑的車，探出頭對我說：隔著衣服摸的！

十

我們單位計畫生育委員會的楊主任來了。楊主任是一個軍隊高級領導人的女兒，正師職。我早知她的大名，但是第一次見她。

公社領導宴請她，她提出讓我與王仁美也參加宴會。

我姑姑找出一雙自己的皮鞋給王仁美穿上。

宴會在公社機關食堂一個雅間裡舉行。

小跑，我還是不去了吧，見這麼大的官，我怕。王仁美說，再說，這也不是什麼光彩的事，鬧得天翻地覆的。

姑姑笑道：怕什麼？再大的官也是一個鼻子兩隻眼。

入席之後，楊主任讓我和王仁美坐在她的兩側。她握著王仁美的手，親切地說：小王同志，我代表部隊謝謝你啊！

王仁美感動地說：首長，我犯了錯誤，給您添麻煩了。

我生怕王仁美說出什麼不得體的話，見她如此彬彬有禮，心中一塊石頭落了地。

我這侄媳婦啊，覺悟很高，她不慎懷孕，主動來找我做人流，但因身體條件不允許，一直拖到現在。

小萬，我要批評你呢，楊主任說，你們這些男同志，就是粗心大意，僥倖心理！

我連連點頭稱是。

公社書記端著酒站起來，說：感謝楊主任百忙中來我們這裡視察指導！

我對你們這個地方很熟悉，楊主任說，我父親在這裡打過游擊，膠河戰役時，他的指揮部就設在這個村，所以我來到這裡感到很親切。

我們眞是太高興了，公社書記說，請楊主任回去給老首長帶個口信，我們盼望著他老人家能來視察。

我姑姑也端著酒站起來，說：楊主任，我也敬您一杯！

公社書記說：萬主任是烈士女兒，很小時就跟著父親參加革命。

姑姑說：楊主任，咱們倆還有點緣分呢。我父親是八路軍西海醫院院長，是白求恩的學生，給楊副司令治過腿傷呢！

是嗎？楊主任興奮地站起來，說，老爺子最近正在寫回憶錄，裡邊提到了一位萬六府醫生。

正是家父。姑姑說，父親犧牲後，我跟著母親在膠東解放區住過兩年，與一個叫楊心的女孩一起玩耍——

楊主任一把抓住姑姑的手，激動得熱淚盈眶，說：萬心，你眞是萬心嗎？

萬心楊心，兩顆紅心——姑姑問，這是仲主任說的吧？是仲主任說的，楊主任擦了一把溢出眼眶的淚水，說，我經常夢到你哩，想不到在這裡見到了。

姑姑說：我道是一見面就覺得眼熟呢！

公社書記說：來，爲祝賀楊主任與萬主任久別重逢乾一杯！

姑姑給我使了一個眼色，我會意，拉著王仁美走到楊主任面前，說：楊主任，眞對不起，爲了我這點事，讓您專門跑一趟。

對不起楊主任，王仁美鞠了一躬，說：這事不怨小跑，都是我的錯兒。我事先把避孕套用針扎了一個眼兒，騙了他……

楊主任一愣，接著大笑起來。

我滿臉發燒，捅了王仁美一下，說：別瞎說了。

楊主任握著王仁美的手，上下打量著她，說：小王同志，我喜歡你這種爽直性格。你的性格跟你姑姑有點像呢！

我哪裡能跟姑姑相比？王仁美說，姑姑是共產黨的忠實走狗，黨指向哪裡，她就咬向哪裡……

別瞎說了！

我哪裡瞎說了，王仁美道，這不是明擺著的事嗎？黨讓姑姑爬刀山，姑姑就去爬刀山；黨讓姑姑去跳火海，姑姑就去跳火海……

好啦，好啦，姑姑道，別說我了，我做的還很不夠，還得繼續努力呢。

小王同志，楊主任說，咱們女人，哪有不愛孩子的？一個兩個三個，生十個不嫌多呢。黨和國家也愛孩子，你看看毛主席，周總理，見了孩子，都是喜笑顏開，那種愛是發自內心的。咱們搞革命為了什麼？歸根到柢是為了讓孩子們過上幸福生活。孩子是國家的未來，國家的寶貝！但眼下咱們遇到了問題，如果不搞計畫生育，孩子們很可能要沒飯吃，沒衣穿，沒學上，所以，計畫生育就是要以小不人道換取大人道。你忍受一點痛苦，做出一點犧牲，也就是為國家做了貢獻！

楊主任，我聽您的，王仁美道，我今晚就去做。——她轉頭又對姑姑說——姑姑，您順便把我的子宮也割掉算了！

楊主任一愣，接著笑起來。

眾人跟著笑。

萬小跑啊，楊主任指點著我說，你這個媳婦太可愛啦！太有意思了——但子宮是不能割的，還要好好保護呢！您說對不對啊，萬主任？

我這侄媳婦是個幹將。姑姑道，等她手術後，恢復了身體，我準備調她到計畫生育工作隊！吳書記，我先提前跟你打個招呼。

沒問題，公社書記說，我們要把最優秀的人調到計畫生育工作隊！王仁美同志可以現身說法，會產生非常積極的效果。

萬小跑，楊主任問我，你現在是什麼職務？

正連職文體幹事。

正連幾年啦？

三年半。

那很快就可以提副營了嘛，楊主任道，提了副營後，小王同志就可以隨軍進京。

我女兒能一起去嗎？王仁美小心翼翼地問。

那當然了！楊主任說。

不過我聽說隨軍進京很難，要等指標……

你回去後好好工作吧，楊主任道，這事我來安排。

我太高興啦！王仁美手舞足蹈地說：我女兒可以到北京去上學了。我女兒也成了北京人啦！

楊主任又打量了一遍王仁美，對姑姑說：手術前準備得充分一點，一定要保證安全。

您放心！姑姑說。

十一

進手術室之前，王仁美突然抓過我的手，看看我腕子上的牙痕，滿懷歉意地說：

小跑，我眞不該咬你……

沒事。

還痛嗎？

痛什麼呀，我說，跟蚊子叮一口差不多。

要不你咬我一口？

行啦，我說，你怎麼像個小孩子一樣呢？

小跑，她抓著我的手說，燕燕呢？

在家裡，爺爺奶奶看著呢。

她有吃的嗎？

有，我買了兩袋奶粉，兩斤蛋奶餅乾，還買了一盒肉鬆，一盒藕粉。你放心吧。

燕燕還是像你，單眼皮，我可是雙眼皮。

是啊，要像你就好了，你比我漂亮。

人家都說，女孩像爸爸的多，男孩像媽媽的多。

也許是吧。

我這次懷的是個男孩，我知道的，我不騙你……

時代不同了，男女都一樣嘛，我故作輕鬆地說，過兩年你們隨了軍，去了北京，我們給女兒找最好的學校，好好培養，讓她成爲傑出人物。一個好女兒，勝過十個賴兒子呢！

小跑……

又怎麼啦？

肖下唇摸我那把，眞的是隔著衣服呢！

你怎麼這麼逗呢？我笑著說，我早忘了。

隔著厚厚的棉襖，棉襖裡還有毛衣，毛衣裡還有襯衣，襯衣裡——

還有乳罩，對嗎？

那天我的乳罩洗了，沒戴，襯衣裡有一件汗衫。

好啦，別說傻話了。

他親我那一口，是他搞突然襲擊。

行啦，親口就親口唄！談戀愛嘛。

我沒讓他白親。他親了我一口，我對著他的小肚子踢了一腳，他捂著肚子就蹲下了。

老天爺，肖下唇這個倒楣蛋兒。我笑著說，那後來我親你時，你怎麼不踢我呢？

他嘴裡有股子臭味兒，你嘴裡有股甜味兒。

你說明你生來就該是我的老婆。

小跑我眞的挺感謝你的。

你謝我什麼？

我也不知道。

別情話綿綿啦，有話待會兒再說。姑姑從手術室裡探出頭，對王仁美招招手，說：進來吧。

小跑……她抓住我的手。

別怕，我說，姑姑說了，這是個小手術。

回家後你要燉隻老母雞給我吃。

好，燉兩隻！

王仁美在走進手術室前，回頭望了我一眼。她上身還穿著我那件灰色破夾克，有一個釦子掉了，殘留著一根線頭。穿一條藍褲子，褲腿上沾著黃泥巴，腳上穿著姑姑那雙棕色的舊皮鞋。

我鼻子一陣酸，心中空空蕩蕩。坐在走廊裡那條落滿塵土的長椅上，聽到手術室裡傳出金屬碰撞的聲音。我想像著那些器械的形狀，似乎看到了它們刺眼的光芒，似乎感覺到了它們冰涼的溫度。衛生院的後院裡，穿過來孩子的歡笑聲。我站起來，透過玻璃看到，有一個約有三四歲的男孩，手裡舉著兩個吹成氣球的避孕套。男孩在前邊跑，兩個與他年齡相仿的女孩在後邊追趕……

姑姑從手術室裡跳出來，氣急敗壞地問我：

你是什麼血型？

A型。

她呢？

誰？

還能是誰?!姑姑惱怒地問：你老婆！

大概是O型……不，我也不知道……

混蛋！

她怎麼啦？我看著姑姑白大褂上的鮮血，腦子裡一片空白。

姑姑回到手術室，門關上。我把臉貼到門縫上，但什麼也看不著。我沒聽到王仁美的聲音，只聽到小獅子大聲喊叫。她在打電話，給縣醫院，叫急救車。

我用力推門，門開了。我看到王仁美……我看到姑姑挽著袖子，小獅子用一個粗大的針管從姑姑胳膊上抽血……我看到王仁美的臉像一張白紙……仁美……你要挺住啊……一個護士把我推出來。我說，你讓我進去，你他媽的讓我進去……幾個穿著白大褂的人從走廊裡跑過來……一個中年男醫生，身上散發著一股子香菸與消毒水的混合味兒，把我拉到長椅上坐下。他遞給我一枝菸，幫我點燃。他安慰我：別急，縣醫院的救護車馬上就到。你姑姑抽了自己的六百ＣＣ給她輸上了……應該不會有大事……

救護車鳴著響笛來了。那笛聲像一條條蛇，鑽入我的體內。穿白大褂提藥箱的人。穿白大褂戴眼鏡脖子上掛著聽診器的人。穿白大褂的男人。穿白大褂的女人。抬著摺疊式擔架的穿白大褂的男人。他們有的進入了手術室，有的站在走廊裡。他們動作很敏捷，但臉上的神色很平靜。沒有人注意我，連看我一眼的人都沒有。我感到口腔裡有股血腥味兒……

……那些白大褂們懶洋洋地從手術室裡走出來。他們一個跟著一個鑽進了救護車，最後把那副擔架也拖了進去。

我撞開手術室的門。我看到，一塊白布單子蒙住了王仁美，她的身體，她的臉。姑姑滿身是血，頹然地坐在一把摺疊椅子上。小獅子等人，呆若木雞。我耳朵裡寂靜無聲，然後似有兩隻小蜜蜂在裡邊嗡嗡。

姑姑……我說……您不是說沒有事嗎？

姑姑抬起頭，鼻皺眼擠，面相醜陋而恐怖，猛然打了一個響亮的噴嚏。

十二

嫂子，大哥，姑姑站在院子裡，麻木地說，我是來請罪的。

王仁美的骨灰盒擺在堂屋正中一張方桌上。方桌上放著一隻盛滿了麥子的白碗，碗裡插著三炷香。香煙繚繞。我身穿軍裝，臂帶黑紗，抱著女兒，坐在桌旁。女兒身披重孝，不時地仰起臉問我：

爸爸，盒裡是什麼東西？

我無言以對，淚水流進亂蓬蓬的鬍鬚裡。

爸爸，俺娘呢？俺娘哪裡去了？

你娘到北京去了……我說，過幾天，我們就去北京找她……

爺爺奶奶也去嗎？

去，都去。

父親和母親在院子裡割鋸，分解一塊柳木板。木板斜綁在一條長凳上，父親站著，母親坐著，一上一下，一來一往，鋸子發出「嗤啦嗤啦」的聲響，鋸末子在陽光中飛散。

我知道父母分解木板是要為王仁美做一口棺材。儘管我們那兒已經實行火葬，但公家並無設立安放骨灰盒的場所，人們還是要把骨灰埋葬，並堆起一個墳頭。家境好的會做一口棺材，將骨灰倒上，把骨灰盒砸碎；家境不好的，就直接將骨灰盒埋了。

我看到姑姑垂首而立。我看到父親和母親悲愁的臉，看到他們機械重複的動作。我看到與姑姑同來的公社書記、小獅子，還有三個公社幹部，他們將一些花花綠綠的點心匣子堆放在井台邊。點心匣子旁邊還有一個濕漉漉的蒲包，散發著鹹腥的氣味，我知道那是一包鹹魚。

想不到發生了這樣的事，公社書記說，縣醫院專家小組前來鑑定了，萬主任她們完全是按操作程序辦事，沒發生任何失誤，搶救措施也正確得當，萬醫生還抽了自己六百CC鮮血為她輸上，對此，我們感到非常遺憾，非常沉痛……

你不長眼嗎？父親突然暴怒了，他訓斥著母親，不是有墨線嗎？鋸口走偏了半寸，你還看不到，你還能幹點什麼？

母親爬起來，嚎啕大哭著進屋去了。

父親扔下鋸子，弓著腰走到水甕邊，抄起水瓢，仰脖子灌水。涼水沿著他的下巴、脖子流到他的胸膛上，與那些金黃色的鋸末子混合在一起。喝完水，父親走回去，一個人操起鋸子，猛烈地割起來。

公社書記和幾個幹部進了堂屋，對著王仁美的骨灰盒，深深地鞠了三躬。

一個幹部將一個牛皮紙信封放在鍋台上。

書記說：萬足同志，我們知道，無論多少錢也無法彌補這個不幸事件帶給你們家的巨大損失，這五千元錢，聊表我們一點心意。

一個祕書模樣的人說：公家出了三千，剩下兩千，是吳書記與幾位公社領導出的。

拿走，我說，請拿走，我們不需要。

你的心情我們理解，書記沉痛地說，死去的不能復活，活著的還要繼續革命。書記說，楊主任從北京打來電話，一是表達她對小王的哀悼，二是對死者家屬表示慰問，三是讓我轉告你，你的假期延長半個月，把死者後事料理完，把家事安排好再回去。

謝謝，我說，你們可以走啦。

書記等人，又對著骨灰盒鞠了一躬，然後彎著腰走出房門。

我看著他們的腿，看著他們或肥或瘦的臀部，眼淚又一次流了出來。

一個女人的嚎哭聲和一個男人的叫罵聲從胡同裡傳來，我知道岳父岳母來了。

岳父手持一桿翻場挑草用的木杈，大罵著：你們這些雜種，你們賠我的女兒！

岳母揮舞著雙臂，挪動著小腳，好像要撲向我姑姑，但自己先跌倒了。她坐在地上，雙手拍打著地面嚎哭：我那可憐的閨女啊……你怎麼就這樣走了啊……你走了，撇下我們可怎麼活啊……

公社書記向前，說：大爺大娘，我們正要到你們家去，這是個不幸事件，我們的心情也非常難過……

岳父用杈桿搗著地面，狂躁地叫著：萬小跑，你這個混蛋，你給我出來！

我抱著女兒走到岳父面前。女兒緊緊地摟著我的脖子，將臉藏在我的腮旁。

爹……我站在他的面前，說：您打我吧……

岳父高高地舉起木杈，但他的手在空中僵住了。我看著他花白的鬍鬚上點點滴滴的淚水，雙腿一軟，跪在地上。

好好的一個大活人……岳父扔下木杈，呵呵呵地哭著，蹲在地上，說：好生生的一個大活人，就這樣讓你們給禍害了……你們造孽啊……你們不怕天譴嗎……

姑姑走上前，站在我岳父岳母之間，垂著頭說：王家哥嫂，這事不能怪跑兒，怪我。——姑姑仰起臉來——怪我責任心不強，沒來及時普查育齡婦女節育環放置情況，怪我沒有想到袁腮這壞種掌握了取環技術，怪我沒把仁美送到縣醫院去做手術。現在——姑姑看著公社書記——我聽候上級處理。

結論已經有了嘛，書記道，大爺大娘，我們回去就研究你們兩位的撫恤問題，但萬醫生沒有錯，這是個偶然事件，是你女兒的特殊體質決定的，即便送到縣醫院去做，結果也是這樣的。另外——書記對著湧進院裡來的人和胡同裡的人高聲宣布：計畫生育是根本國策，絕不能因爲發生了一起偶然事件就改變政策。那些非法懷孕的人，還是要自動地去做人流；那些妄圖非法懷孕的人，那些破壞計畫生育的，都將受到嚴厲的懲罰！

我也毀了你吧——我岳母一聲瘋叫，從懷裡摸出一把剪刀，捅到了我姑姑大腿上。

姑姑伸手捂住了傷口。血從她的指縫裡嘩嘩地流出來。

幾個公社幹部撲上去，把我岳母按倒在地，將剪刀從她手中奪出來。

小獅子跪在姑姑身旁，打開藥箱，掏出繃帶，緊緊地紮住傷口。

公社書記說：快去打電話，叫救護車！

不必！姑姑說，王家嫂子，我爲你女兒抽了六百ＣＣ，現在，你又捅了我一剪子，咱們血債用血還清了。

姑姑一活動，血從繃帶裡滲出來。

公社書記怒吼著：老太婆，你太不像話了！萬主任要有個三長兩短，你要負法律責任！

我岳母見我姑姑滿腿的血，大概是有點怕了，手拍著土地，又哭嚎起來。

不用怕，王家嫂子，姑姑說，即便我得破傷風死了，也不用你負責。姑姑說，我要感謝你呢，你這一剪刀，讓我放下了包袱，堅定了信念。——姑姑對著看熱鬧的人說——請你們給陳鼻和王膽通風報信，讓他們主動到衛生院來找我，否則——姑姑揮動著血手說——她就是鑽到死人墳墓裡，我也要把她掏出來！

第三部

親愛的杉谷義人先生：

今天是元旦，新年第一天。從昨天傍晚就開始下雪，現在還在下。室外已是白雪皚皚，大街上傳來玩雪的孩子們的歡笑聲。我家樓前的楊樹上，有兩隻喜鵲在叫，喳喳的叫聲裡，彷彿充滿了驚喜。

讀罷您的回信，我的心情很沉重，因爲想不到我的信會讓您嚴重失眠，身體受到摧殘。您來信中對我的慰問讓我感動。您說讀到王仁美去世時流了眼淚，我寫到她去世時也是熱淚盈眶。我不抱怨姑姑，我覺得她沒有錯，儘管她老人家近年來經常懺悔，說自己手上沾著鮮血。但那是歷史，歷史是只看結果而忽略手段的，就像人們只看到中國的萬里長城、埃及的金字塔等許多偉大建築，而看不到這些建築下面的累累白骨。在過去的二十多年裡，中國人用一種極端的方式終於控制了人口暴增的局面。實事求是地說，這不僅僅是爲了中國自身的發展，也是爲全人類做出貢獻。畢竟，我們都生活在這個小小的星球上。地球上的資源就這麼一點點，耗費了不可再生，從這點來說，西方人對中國計畫生育的批評，是有失公允的。

近兩年來，我故鄉的發展變化很大。新來的書記是個不到四十歲的年輕人，留美博士，有氣魄，雄心勃勃。據說要在高密東北鄉膠河兩岸大開發。許多龐大的工程機械已經隆隆開進。用不了幾年這裡就會發生巨大變化，你上次來看到的風景可能會蕩然無存。這種即將到來的變化，到底是好事還是壞事，我無法做出判斷。

隨信將有關我姑姑材料的第三部分——我已經不好意思說是信了——寄給您。我當然會繼續往下寫，您的讚賞是我寫作的動力。

我們再次盛邀您在方便的時候到這裡來做客——也許，我們應該像接待老朋友一樣毫不客套地接待您。

另外，我與太太即將退休，退休之後，我們想回故鄉居住。在北京，我們始終感到自己是異鄉人。最近，在人民劇場附近，被兩個據說是「發小在北京胡同裡長大的」女人無端地罵了兩個小時，更堅定了我們回故鄉定居的決心。那裡的人，也許不會像大城市的人這樣欺負人；那裡，也許距離文學更近。

蝌蚪

二〇〇四年元旦於北京

一

辦完王仁美的後事，安頓好家人，我匆匆趕回部隊。一個月後，又一封電報到來：母亡速歸。我拿著電報去向領導請假時，同時速交了一份請求轉業的報告。

將母親安葬後那天晚上，月光皎潔，院子裡一片銀輝。女兒睡在梨樹下一張草蓆上，父親揮著扇子，替她驅趕蚊蟲。蟈蟈在扁豆架上響亮地鳴叫，河裡傳來流水的聲音。

還是找個人吧，父親長歎一聲，道，家裡沒個女人，就不像個家了。

我已向上級交了轉業報告，我說，等回來再說吧。

本來過得好好的日子，一轉眼就成了這個樣子。父親歎息著說，也不知道該怨誰。

其實也不能怨姑姑，我說，她也沒做錯什麼。

我也沒有怨她，父親說，這是命。

沒有像姑姑這樣一批忠心耿耿的人，我說，國家的各項政策還眞落實不了。

理是這麼個理兒，父親說，可爲什麼偏偏是她呢？看她被人家用刀子戳得血流滿地的樣子，我也心疼，畢竟是親堂妹妹。

這就沒有辦法了。我說

二

聽父親說，姑姑被我岳母戳了一剪刀，傷口發炎，高燒不退。就是這樣，她還帶著人前來搜捕王膽。搜捕這詞兒不太恰當，但其實也就是搜捕了。

王膽家的大門緊鎖，雞犬無聲。姑姑令人砸開鐵鎖，衝入院內。你姑姑肯定是事先就得到了密報，父親說。她一瘸一拐地走進王家堂屋，揭開鍋蓋，見鍋裡有半鍋粥，伸手一試，尚有餘溫。你姑姑便發出一陣冷笑，然後大喊：陳鼻，王膽，你們是自己出來呢？還是讓我像掏耗子一樣把你們從洞裡掏出來呢？屋子裡鴉雀無聲。姑姑指指牆角那個櫃子。櫃子裡盛著幾件舊衣服。你姑姑讓人把舊衣服撿出來，顯出櫃底。姑姑抄起一個擀麵棍，對著櫃底猛搗，咚咚幾下子，顯出一個洞口。你姑姑說：「游擊隊」的英雄們，出來吧。難道還要往裡灌水？

第一個鑽出來的，是王膽的女兒陳耳。那小姑娘臉上抹得灰一道白一道的，像個廟裡的小鬼。她不但沒哭，反而齜著牙「咯咯」地笑。接著爬出來的是陳鼻，他一臉落腮鬍鬚，一頭捲髮，穿一件破背心，露著胸膛上的黃毛，那樣子很狼狽。陳鼻爬出來後，那麼個大個子，對著你姑姑，「噗通」下了跪，磕頭連連，碰得地皮「咚咚」響。父親說，陳鼻的哭喊聲，把整個村莊都震動了。

姑姑，我的親姑姑，看在我是您接生的第一個孩子的分上，看在王膽是個半截子人的分上，您就高抬貴手，放我們一馬吧……姑姑，俺家世世代代念您的大恩大德……

父親說，聽在場的人說，你姑姑眼裡淌著淚說：陳鼻啊陳鼻，這不是我的事，如果是我的事，那怎麼都好說——你要我的手，我也能砍給你！

姑姑，您開恩吧……

陳鼻的女兒陳耳機靈，也學著她爹的樣子跪下了，連連磕頭，嘴裡念著：開恩吧……開恩吧……

這時候，父親說，院子裡那些看熱鬧的人中，五官油腔滑調地唱起了電影《地道戰》的插曲——地道戰，嘿地道戰，埋伏下雄兵千百萬……千里大平原展開了地道戰，鬼子要頑抗就讓他完蛋——

你姑姑抹一把臉，臉色陡變：行啦，陳鼻，快讓王膽上來！

陳鼻膝行上前，抱住你姑姑的腿。陳耳學他的樣子，抱住了你姑姑另一條腿。

這時五官又在院子裡唱：千里大平原展開了地道戰……侵略者他敢來……打他個人仰馬翻……全民結紮，全民避孕……

你姑姑想脫身，但被陳鼻和陳耳死死纏住。

你姑姑悟到了什麼，命令手下人：下洞！

一個民兵用嘴叼著手電筒下了地洞。

又一個民兵跟著下去。

聲音從洞裡傳上來：洞裡沒人！

你姑姑急火攻心，身子一歪，暈了過去。

陳鼻眞是有詭計啊，父親說，他家房後不是有片菜園子嗎？菜園子裡有口水井，水井上有架轆轤，地洞的出口在井裡。這麼大的工程，也不知他是怎麼完成的，那麼多的土，也不知他弄到哪裡去了。利用陳鼻和陳耳纏住你姑姑的機會，王膽爬到出口，拽著轆轤繩子爬了上來。眞也難爲了她，父親說，那麼個小人兒，挺著個大肚子，竟然能拽著繩子從深井裡爬上來。

你姑姑被人扶到井口，氣得跺著腳大叫：我怎麼這麼笨呢？我怎麼這麼笨呢？當年我父親在西海醫院就領著人挖過這樣的地洞！

你姑姑昏了過去，被人抬走，住進醫院。你姑姑感染了白求恩當年感染過的那種病毒，差點送了命。她對共產黨忠心耿耿，共產黨也對她不薄，爲搶救她，聽說把最貴重的藥都用上了啊！

你姑姑住了半個月院，傷沒好利索就從院裡跑出來，她有心事啊，她說不把王膽肚子裡的孩子做掉她飯吃不下，覺睡不著。責任心強到了這種程度，你說她還是個人嗎？成了神了，成了魔啦！父親感歎地說。

陳鼻和陳耳，一直在公社關著。有人說吊打拷問，那是造謠。村裡幹部去看過他們，說只是在一間屋裡關著。屋裡子有床有鋪，還有一把暖壺兩個杯子；吃飯喝水都有人送。說吃的跟公社幹部一樣，白麵饅頭，小米稀飯，頓頓有菜。說爺兒倆個都白了，胖了。當然，不是讓他們白吃，要收他們的錢。陳鼻做生意發了財，有錢。公社與銀行說好了，把陳鼻的所有存款提了出來，有三萬八千元呢！你姑姑住院那些日子，公社派工作組進村，開社員大會，宣布了一個政策：全村的人，凡是能走路的，都去找王膽。每天每人發五元錢補助，就從陳鼻那三萬八千多元裡扣。村裡人，有不去的，覺得這是不義之財；但不去不行，誰不去就扣誰五元錢；這一下子，齊打夥的，全出去了。全村七百多號人呢，第一天就出去三百多，晚上回來就發「補助」，一下子支出一千八百多。公社還說了，發現王膽並把王膽弄回來的，獎賞兩百元；提供有價值線索的，獎賞一百元。這一下子，整個村子像瘋了一樣啊，有拍巴掌稱快的，有暗中難受的。父親說，我知道有那麼幾個人是真想得那兩百元或一百元賞錢的，但大多數人，並不真心去找，在村外的莊稼裡轉幾圈，吆喝一陣：王膽，出來吧！再不出來你家的錢就被分光了！——吆喝一陣之後，便鑽到自家地裡幹活去了。晚上當然要去領錢，不去領錢就要罰款呢。

沒找到嗎？我問。

到哪裡去找？父親道，估計是遠走高飛啦。

她那樣一個小人兒，一步只能挪兩坂，何況還拖著個大肚子，她能跑多遠？我說，估計還是在村裡匿著。——我低聲道，沒準還在她娘家藏著呢。

這還用你提醒？父親道，公社裡那些人賊精賊精的，恨不得將王腳家挖地三尺，連炕都給掀了，怕王膽在炕洞裡藏在呢。我估計村子裡沒人敢擔這個責任，藏匿不報，罰款三千呢。

會不會一時想不開？河裡井裡的，沒去看看？

父親道：你低估了這個小女子啦！她的心眼子，全村的人加起來也不如她多；她的心勁兒，比七尺高的男兒還要高。

確實是這樣，我回憶著王膽那生動美麗的小臉蛋兒，和那臉蛋上時而狡黠時而倔強的神情，擔憂地說，她懷孕快七個月了吧？

所以你姑姑急啊！父親說，你姑姑說啦，不出「鍋門」，就是一塊肉，該刮就刮，該流就流；一出「鍋門」，那就是個人，哪怕是缺胳膊少腿也是個人，是人就受國家法律保護。

我的腦海裡又浮現出王膽的形象：身高七十釐米，挺著一個碩大的肚子，昂著精緻的小腦袋，挪動著兩條細細的小短腿，胳膊彎挎著一個大包袱，在布滿荊棘的荒嶺野路上，跌跌撞撞地奔跑著，一邊奔跑，還一邊回頭張望，被絆跌倒，爬起來，繼續跑……或者，坐在一個大木盆裡，以農家攪拌大醬的木板做槳，氣喘吁吁地搖著，在滔滔大河上漂流著……

三

母親葬後三日，按舊俗是「圓墳」的日子。親朋好友們都來了。我們在墳前燒化了紙馬紙人，還有一台紙糊的電視機。距離母親的墳墓十米，就是王仁美的墳墓。她的墳上，已經長出青翠的野草。按照一個本家長輩的吩咐，我左手握著一把大米，右手握著一把穀子，繞著母親的墳墓轉圈——左轉三圈後右轉三圈——一邊轉圈一邊將手中的米、穀一點點撒向墳頭，心中默默念叨著：一把新米一把穀，打發故人去享福——女兒跟在我的身後，用小手向墳頭拋灑穀米。

姑姑從百忙中來了，小獅子背著藥箱，跟在她的身後。姑姑的腿還有點瘸。幾個月不見，她似乎更老了。她在我母親墳前下跪，然後放聲大哭。我們從來沒見到過姑姑這樣哭過，心中感到頗爲震撼。小獅子肅立一側，眼睛裡也噙著淚水。幾個女人，上前勸慰姑姑，並拉著胳膊，將她拽起來，但她們剛一鬆手，姑姑又撲跪在地，哭聲更爲洶湧。那些本來已經停止哭泣的女人，受到姑姑感染，又都跪到墳前，拖著長腔，呼天嚎地起來。

我彎腰去拉姑姑，小獅子在一旁低聲說：讓她哭吧，她憋得太久了。

我看著小獅子，看著她關切的神情，心中感到一陣溫暖。

姑姑終於哭夠了，自己爬起來，擦乾眼淚，對我說：小跑，楊主任與我通電話了，說你想轉業？

是的，我說，我已遞上了轉業報告。

楊主任讓我勸你，還是不要轉，姑姑說，她已跟你們幹部部門說好了，調你到計生辦工作，當她的部下，提前晉升副營職。——她很賞識你。

這已經沒有意義了，我說，我寧願去掏大糞，也不會去幹計畫生育工作。

這就是你的不對了，姑姑說，計畫生育也是黨的事業，是重要工作。

您給楊主任打電話吧，說我感謝她的關照，我說，我還是回來好。家裡撇下老的小的，這日子怎麼過？

你先別把話說死，姑姑道，認眞考慮一下。姑姑說，能不離開軍隊，最好不要離開。地方工作難幹。你看看楊心，看看我，都搞計畫生育工作，可她細皮嫩肉，悠哉游哉，我呢？上竄下跳，血一把淚一把，成了什麼模樣？

四

我承認，我是個名利之徒。我嘴裡說想轉業，但聽說可以提前晉職，聽說楊主任賞識我，心裡已開始動搖。回到家與父親說起此事，父親也反對我轉業。父親說，當年，你大爺爺對楊司令有恩，治好了他的腿，還治好了他夫人的病。現在他是那麼大的官，跟他攀上關係，你的前途能差得了嗎？我嘴上反駁父親的說法，其實心裡也是這麼想的。我們是俗人，小小老百姓，有攀龍附鳳的想法，也是可以原諒的吧。所以，當姑姑又來找我談話時，我的態度就變了。所以，當姑姑提出要我與小獅子結婚，我雖然依然拿著王肝癡戀小獅子十幾年說事，但心裡的防堤，已經開始崩潰。

姑姑說，我沒有孩子，在我的心裡，一直把小獅子當成親女兒。她人品端正，心地善良，對我忠心耿耿，我怎麼可能把她嫁給王肝？

姑姑，我說，您肯定知道，從一九七〇年王肝寫給小獅子第一封情書，到現在已經整整十二年。十二年裡，他一共寫了五百多封信，這是他親口對我說的。而且，他爲了表示對小獅子的愛，不惜出賣了自己的妹妹。當然，他也出賣了袁腮，他也出賣了王仁美，要不，你們怎麼能知道袁腮非法取環，你們又怎麼知道王仁美和王膽計畫外懷孕？

實話對你說，姑姑道，他那些肉麻的信，小獅子一封也沒看到，全被我給扣下了——我跟郵局馬局長說好了，這個人的信，直接送給我。

但他對你們的工作，還是立了功的，我說，從他爹結紮開始，他就幫著你們，這次，他又大義滅親，連自己的親妹妹都舉報了。

這樣的人更不能嫁，姑姑憤怒地說，爲了一個女人，竟然出賣朋友，出賣妹妹，你說這樣的人能靠得住嗎？

可他畢竟幫了你們的忙！

那是兩碼事！姑姑語重心長地說，小跑，你記住，人哪，什麼都可以當，就是不能當叛徒，無論有多麼冠冕堂皇的理由也不能當叛徒。古今中外，叛徒都沒有好下場。——包括那王小倜，儘管他得了五千兩黃金，但我敢打賭他最終不得好死。你今天爲了五千兩黃金投奔國民黨，明天有個什麼黨給你一萬兩黃金是不是又要叛變？所以啊，王肝向我們提供的情報愈多，我心裡愈鄙視他，他在我心裡，已經成了一堆臭狗屎。

但是，我說，姑姑，要是你不扣壓王肝的信呢？小獅子是不是有可能被打動，甚至早就與他結婚？

不可能，姑姑說，絕對不可能。小獅子心氣很高。這些年來也並不是只有王肝迷她，迷她的人，起碼有一打，有的是幹部，有的是工人，但小獅子一個也看不中。

我搖搖頭，表示懷疑，我說，她長得實在是有點……

呸！姑姑道，你是什麼眼光?!有好多女人，乍一閃現，很是漂亮，但仔細一端詳，處處都是毛病。小獅子呢？小獅子乍一看的確不怎麼好看，但她耐看，她是愈看愈好看。你大概沒認眞地端詳過她吧？姑姑這輩子，天天和女人打交道，最清楚什麼樣的女人珍貴。你還記得吧？你剛提幹那會兒，我就要把她介紹給你，但你和王仁美好了，我滿心裡不同意，但新社會婚姻自由，我一個當姑姑的，也只能順情說好話。現在，王仁美騰出地方來了——當然我內心裡不希望她死，我希望她長命百歲——這就是天意，天意注定，你跟小獅子有這段夫妻緣分。

姑姑，我說，不管怎麼說，王肝是我發小的朋友，他跟小獅子的事，大人小孩都知道，我要跟小獅子結了婚，眾人的唾沫能把我淹死！

這又是你犯糊塗了，姑姑道，他愛小獅子，那是他剃頭挑子一頭熱，小獅子並沒說要跟他好。小獅子嫁給你，那叫做「良禽擇木而棲」。再說了，愛情這事兒，跟哥們兒義氣無關，這事兒絕對自私。小獅子如果是匹馬，王肝看上了，你當然可以讓給他，但小獅子是個人，你愛上了，搶也要搶過來。你在外邊闖蕩了這麼多年，看過那麼多外國電影，腦子怎麼還這樣死板呢？

即便我同意了，我說，可小獅子……

姑姑打斷我的話，說：這你就放心吧，她跟我這麼多年，她心裡想的什麼，我是一清二楚。我跟你說句到家的實話吧，她愛的就是你，王仁美如果不走，她會獨身一輩子。

姑姑，你讓我考慮幾天吧，我說，王仁美墳頭上的土還沒乾呢。

考慮什麼？姑姑說，夜長夢多！王仁美如果在天有靈，也會拍雙手贊同。爲什麼？因爲小獅子心好，她的女兒，能遇上這樣的後娘，也是造化！而且，姑姑說，根據政策規定，你和小獅子可以要孩子，我希望你們能生雙胞胎。跑兒，你可是因禍得福啊！

五

與小獅子的婚期確定。

一切都在姑姑的操持下進行。我感到自己像一根漂浮在水面上的朽木，推我一把，便往前躍一躍。

去公社進行結婚登記時，是我與小獅子第二次單獨相處。

第一次單獨相處的地點，是姑姑與小獅子的宿舍。都是星期六的上午。姑姑把我們推到屋裡，便帶上門出去了。屋子裡有兩張床。兩張床中間，安了一張三抽桌子。桌子上堆放著落滿灰塵的報紙和幾本婦科書籍。窗外是十幾棵粗壯的葵花。葵花開了，有蜜蜂在上邊採花粉。她給我倒了一杯水，便坐在自己床沿上。我坐在姑姑的床沿上。屋子裡有一股香皂的味兒。臉盆架上有一個紅燈牌臉盆，臉盆裡有半盆浮著肥皂泡沫的水。姑姑的床凌亂不堪，被子沒疊。

姑姑是一心撲到工作上啊。

是的。

我覺得像做夢一樣。

我也是。

你知道王肝的事嗎?他給你寫過五百多封信。

聽姑姑說過。

對此你有什麼想法?

沒有想法。

我是再婚,還拖著一個女兒,你不嫌棄嗎?

不。

要不要跟家裡人商量一下?

我沒有家。

……我用自行車馱著她去公社機關。道路上剛鋪了一層破磚爛瓦,自行車蹦蹦跳跳,很難掌握。她坐在車後座上,肩膀靠著我的脊背。我感受到了她的分量。有的人好馱,有的人難馱。王仁美好馱,小獅子難馱。我奮力蹬車。鏈條斷了。心裡咯噔一聲:不祥之兆!難道我跟她也到不了白頭?斷鏈條落在地上像條死蛇。我提著鏈條,茫然四顧。道路兩邊是玉米田,有幾個婦女,在噴灑殺蟲粉。噴粉器「嗡嗡」響,好像防空警報。那些婦女披著塑膠布,戴著口罩,蒙著頭巾。這是殘酷的勞動,但一團團煙霧從碧綠的玉米田中騰起使這殘酷勞動有了幾分詩意——好像騰雲駕霧。我想起了王仁美。王仁美膽大,連蛇都敢捉。她提著蛇的尾巴,就像我提著自行車鏈條一樣。王仁美也幹過噴灑藥粉的活兒,她與肖下唇解除婚約後不久即被學校辭退。她的頭髮裡有濃烈的藥粉味兒。她笑著說不用洗，這樣不招蝨子不招蚊蠅。她洗頭時我提著壺從後邊給她澆水，她低著頭吃吃地笑。我問她笑什麼，她笑得連臉盆都弄翻了。想起王仁美我心中充滿歉疚。我側目看一眼小獅子。她特意穿了一件嶄新的紅格子短袖翻領襯衫。手腕上戴一塊閃閃發光的電子錶。她眞是豐滿啊！她臉上抹過珍珠霜之類的東西，香氣撲鼻。她臉上的粉刺似乎少了些。

離公社機關還有三里路，只好推著車走了。

在公社屠宰組的大門外，我們遇上了陳鼻。陳鼻背著陳耳。

陳鼻一見我們，陡然變了臉色。他的目光使我無地自容。他背著孩子轉過身，顯然不想理我。

陳鼻！我還是叫了他。

哎呦，我還以爲是哪來的大人物呢！陳鼻語帶芒刺地說。他恨恨地瞪了一眼小獅子。把你放出來了？

孩子病了，發燒。陳鼻說，其實我也不想出來，有吃有喝的，在裡邊待一輩子才好呢。

小獅子關切地上前，伸手去摸陳耳的額頭。

陳鼻轉身躲開她。

趕快去醫院吊瓶，小獅子說，起碼三十九度。

你們那是醫院嗎？陳鼻悻悻地說，你們那是屠場！

我知道你恨我們，小獅子說，但我們也沒有辦法。

你們怎麼沒辦法?!陳鼻道，你們的辦法多著呢。

陳鼻，我說，別拿孩子賭氣。走，我陪你一起去。

謝謝，夥計，陳鼻冷笑道，別耽誤了你們的好事。

陳鼻……我怎麼跟你說呢？

你啥都別跟我說，陳鼻道，我原以爲你是個人，現在才明白你不是。

隨你怎麼說吧，我把幾張紙幣塞進他的衣兜，說，趕快帶孩子去醫院。

陳鼻騰出一隻手，摸出錢，扔在地上，道：你的錢上有血腥氣。

他背著孩子昂然而去。

我愣愣地盯著他的背影，看著他一步步遠去。我彎腰撿起錢，裝進衣兜。

他對你們成見很深，我看一眼小獅子，說。

這要怨他自己，小獅子不平地說，我們的滿腹苦水對誰訴？

辦理結婚登記手續，按說還需要有部隊的介紹信，但民政助理魯麻子笑嘻嘻地說，不需要了，你姑姑跟我打過招呼了。萬小跑，我兒子也在你們那個部隊當兵，前年去的，這孩子很聰明，學啥會啥，你可要關照著點啊！

往登記簿上按手印時，我猶豫了片刻。因爲我想起了跟王仁美前來登記時的情景。也是這本登記簿，也是這間辦公室，也是這個魯麻子。當時，我按了一個鮮紅的食指印，王仁美驚喜地說：呦，是個斗紋呢！——魯麻子看看我，又看看小獅子，皮笑肉不笑地說道：萬足，你小子豔福不淺啊，把我們公社的頭號大美女娶走了！——他指點著登記簿說：按指印啊！還猶豫什麼？

魯麻子的話聽起來很像譏諷——基本上就是譏諷——媽的，隨他去吧。好，按，不猶豫！我想，人生一世，許多事，都是命中注定的。逆水撐船不如順水推舟，再說，事情到了這種地步，我如果不按，豈不是又把人家小獅子坑了？——我已經害了一個女人，不能再害第二個了。

六

那時候，我以爲，姑姑只顧忙著操辦我與小獅子的婚事，已經把王膽忘記了。那時候，我以爲，姑姑動了慈悲之心，以爲我操辦婚事爲由，故意地拖延時間，好讓王膽的孩子出生。但後來我才知道，姑姑對她從事的事業的忠誠，已經到達瘋狂的程度。她不但有勇，而且有謀，一切都在她的掌控之中。不應懷疑姑姑撮合我與小獅子婚姻的誠意，她的確認爲我們倆是般配的一對兒，但她大張旗鼓地爲我們辦婚禮，她放陳鼻父女出來，她宣布全村人不必再去尋找王膽，實際上都是在釋放和平煙霧，藉以麻痹王膽和藏匿了王膽人家的警惕。姑姑行施的是一箭雙鵰之計，姑姑期待著這樣的結局：她的如同女兒的愛徒嫁給她的侄兒，終於有了一個歸宿，而同時，王膽也被「抓捕歸案」，腹中那個非法的孽子，也在沒出「鍋門」之前被消滅。——用這樣的語言來描繪姑姑的工作，確實有些不妥，但我實在找不到更準確的語言了。

在婚禮前一天的上午，按舊俗，我到母親墳前燒「喜錢」，這大概是以此方式通知母親的亡靈，並邀她前來參加我的婚禮。點燃紙錢後，忽地起了一陣小旋風，捲揚著紙灰，在墳前盤旋。我當然知道這是一種可以解釋的物理現象，但心中還是感到無比的驚悚。我腦海裡浮現著母親顫顫巍巍的形象，耳畔回響著母親機智、樸實、寓意深長的語言，眼淚不禁奪眶而出。如果母親還能說話，她對我的這一次婚姻，會做出何種評價呢？

那股小旋風，在母親墳前盤旋一會兒，忽然轉了方向，轉向王仁美野草青翠的墳頭。此時，黃鸝鳥在桃樹枝頭一聲長叫，聲音淒厲，猶如撕肝裂膽。無邊的桃園，桃子已熟。母親和王仁美的墳頭，在我們自家桃園裡。我摘下兩個紅了尖的大桃，一個供在母親墳前，捧著另一個，穿過幾棵桃樹，來到王仁美墳前。臨來前，父親曾對我說：燒紙的時候，別忘了給她的墳前燒一些。——我還沒來得及啊，我心中默念著，王仁美，我很抱歉，但我不會忘記你，不會忘記你種種的好處。我相信小獅子是個善良的人，她一定會對燕燕好的，如果她對燕燕不好，那我絕不會與她過下去。——我在她的墳前點燃了紙錢，並爬上墳頭，爲她的墳壓上了一張新紙。然後把桃子供上。王仁美，我念叨著，儘管我知道你心中不悅，但我是誠意邀請你，伴隨著母親，回家來，參加我的婚禮，我將在堂屋的供桌上，擺上四個新蒸的饅頭，並供上多樣菜蔬，還有那種你初嘗以爲藥、吃後上癮的酒心巧克力，死者爲大，尙饗！

上墳歸來，小徑兩邊野草沒膝，路邊溝渠裡汪著雨水。兩邊的桃園，往南延展到墨水河邊，往北延展到膠河邊。桃林中，有果農正在採摘，遠處的寬路上，有幾輛三輪拖拉機在奔跑。

王肝像從地下冒出來似的，站在我面前，擋住了我的去路。他穿著一套半新的軍裝——我一看就想起這是我去年送給他的——新理了一個小平頭，鬍子刮得乾乾淨淨。人依然瘦，但顯得精神爽朗，一掃往常那種邋遢頹唐之態。他的精神狀態讓我稍感安慰，但心中還是忐忑不安。

王肝……我說，其實……

王肝擺擺手，笑著，露出土黃色的牙齒，說：小跑，不必解釋，我理解，我明白，我祝福你們。

老兄……我心中五味雜陳，伸出手，試圖與他相握。

他退後一步，說：我現在如夢方醒。所謂愛情，其實就是一場大病。我的病就要好了。

太好了，我說，其實，小獅子跟你並不合適，只要你振作起來，依然能幹出一番大事，那時，會有更優秀的姑娘供你挑選。

我已經是廢人了，王肝道，我是來向你道歉的。你沒發現王仁美墳前有燒化的紙灰嗎？那是我燒的。因爲我的出賣，才使袁腮鋃鐺入獄，才使王仁美母子雙亡，我是殺人兇手。

這絕對不能怪你！我說。

我也試圖以堂皇的理由安慰自己，什麼「舉報非法懷孕是公民的職責」啦，什麼「爲了祖國可以大義滅親」啦，但這些理由都不能使我安寧，我沒有那麼高的覺悟，我是爲了自己的私欲，爲了討小獅子的歡心。爲此，我得了失眠症，剛剛一閉眼就會看到王仁美舉著兩隻血手要挖我的心……我只怕沒有幾天活頭了……

王肝，你思慮太多了，我說，你並沒做錯什麼，你不要迷信，人死如灰飛煙滅——即便人死後有靈，仁美也不會追著你不放，她是個心地單純的好人。

她的確是個好人，王肝道，正因爲她是個好人我良心才更加不安。小跑，不必同情我，更不必原諒我。我今天在這裡等你，是想求你一件事……

請講，老兄。

請你告訴小獅子，讓她轉告你姑姑，那天，王膽從井裡爬上來，直接跑到了我家。她畢竟是我的親妹妹，她一個小人兒挺著個大肚子叫我救她的命，還有她腹中孩子的命，我即便是鐵石心腸，也要被打動。我把她裝進一隻糞簍裡，上邊蓋上一層麥草，又蓋上一條麻袋。我把糞簍綁在自行車後座架上，騎著自行車出了村。在村頭遇到秦河的盤查，他是你姑姑安排的暗哨——你姑姑眞是生錯了時代，入錯了行當，她應該去指揮軍隊與敵人打仗！碰上什麼人我都不願意碰到秦河，因爲他是你姑姑的走狗，就像我爲了小獅子可以出賣任何人一樣，爲了你姑姑，他也可以出賣任何人。他攔住了我的去向。我們倆多次在醫院門前相遇，但我從沒與他說過一句話，但我知道他在心中是把我當成朋友的，我們是同病相憐。他在供銷社飯店前遭到高門、魯花花的攻擊時，我曾幫助過他。「高、魯、秦、王」——秦是秦河，王是王肝——高密東北鄉的四大傻子對壘街頭，觀者如堵，如看猴戲。老兄，你不知道，一個人並沒傻但得到了傻子的稱號時，其實是獲得了巨大的自由！——我跳下自行車，直視著秦河。

——你一定是去趕集賣豬。

——是的，賣豬。

——其實我什麼都沒看到。

他放了我一馬。兩個傻子，心心相印。

請你告訴小獅子吧，我馱著妹妹，去了膠州，在那兒，我把她送上開往煙台的長途汽車，讓她從煙台買船票去大連，從大連再轉乘火車去哈爾濱。你知道，陳鼻的母親是哈爾濱人，他在那邊有親戚。王膽身上帶了足夠的錢，你們知道她的聰明，知道陳鼻的精明，他們，早就準備好了。這事情已經過去了十三天，王膽早已到達她該到的地方。你姑姑手大也捂不過天來。她在我們公社的地盤上可以爲所欲爲，但到了外地就不行了。王膽已經懷孕七個多月，等你姑姑找到她時，她的孩子已經出世了。因此，就讓你姑姑死了這條心吧。

既然如此，那何必還要告訴她們呢？我問。

這是我拯救自己的一種方式，王肝說，這也是我求你做的唯一一件事。

好吧，我說。

七

我確實是個意志軟弱的男人。

原本我想，與小獅子的新婚之夜，我應該面對紅燭，獨坐至天明，以示我對王仁美的歉疚與懷念之情，但僅僅坐到十二點時，便與小獅子抱在了一起。

我與王仁美結婚那天下大雨，與小獅子結婚這天下暴雨。一道道的閃電，刺目的藍白之光，然後是震耳的雷聲與傾盆大雨。四面八方都是響亮的水聲，挾帶著濃重土腥和腐爛水果氣味的濕風從窗欞灌進洞房。紅燭將殘，抖抖顫顫，終於熄滅。我感到恐懼。一道持續數秒的閃電猛烈抖動著，在這瞬間我看到小獅子閃閃發光的眼睛。她的臉在閃電下宛若黃金。然後是一聲近得彷彿就在院裡發生的雷聲，還有刺鼻的焦糊味兒。小獅子一聲驚叫，我與她抱在了一起。

我原本以爲小獅子是塊木頭，但沒想到她是一個木瓜。一個飽滿充盈，輕輕一碰即會淌出汁液的木瓜。她有木瓜的質地木瓜的濃香。拿新人比較故人是很不君子的行爲，我克制著自己的無聊聯想，但心不由己。當我的肉體與小獅子結合在一起後，心也同時貼近了。

我無恥地說：獅子，我覺得跟你比跟王仁美更像夫妻。

她用手堵住我的嘴，說：有些話是不能說出口的。

王肝讓我告訴你們，十三天前，他已經將王膽送往膠州，坐上長途汽車去了煙台，然後又從煙台去了東北。

小獅子折身坐起來，又一道閃電照亮了她。那張激情洋溢的臉變得嚴肅冷峻。她抱著我又躺倒了。她在我耳邊說：他在撒謊，王膽根本就不可能走遠。

那你們……，我問，是想放她一馬嗎？

這個我說了不算，要看姑姑的意思。

姑姑是不是有這個想法呢？

不可能，她說，姑姑如有這種想法，那她就不是姑姑了。

那你們爲什麼按兵不動？你們難道不知道她已經懷孕七個多月了？

姑姑沒有按兵不動，她說，姑姑安排了好幾個眼線在暗中調查。

你們查到了嗎？

這個嗎……她猶豫了片刻，將臉貼到我胸前，說，對你沒有什麼可隱瞞的，她就藏在燕燕的姥姥家，就藏在王仁美藏過的那個地洞裡。

那你們打算怎麼辦？

我聽姑姑的。

姑姑打算怎麼辦？

是不是還想用老辦法？

姑姑不會那麼笨。

那怎麼辦？

姑姑已經讓人跟陳鼻談過，告訴他我們已知道王膽藏匿在王家，並讓他去通知王家，如不交出人來，明天就開鏈軌車來，把王家的房子和王家四鄰的房子全部拉倒。

燕燕姥爺是個倔人，他要眞拗上勁兒，你們難道眞要把人家的房子拉倒？

姑姑的本意並不是讓王家放人，而是讓陳鼻把王膽主動帶走。姑姑對陳鼻承諾了，只要帶著王膽去做掉孩子，他的財產全部返還。三萬八千元呢，相信他不會不動心。

我長歎一聲道：你們爲什麼非要趕盡殺絕呢？弄死一個王仁美難道還不夠嗎？

王仁美是咎由自取。小獅子冷冷地說。

我感到她的身體也突然變冷了。

八

陰雨連綿，道路斷絕，河水暴漲，外省前來購買吾鄉所產大蜜桃的車輛，一輛也沒有到來。家家戶戶都有採摘下來的桃子。有的裝在簍子裡，摞得小山一般，上面蒙著塑膠布遮擋雨水。有的就散亂地堆在院子裡，任憑雨水抽打浸泡。水蜜桃不耐儲藏，往年裡，收購桃子的大卡車，直接開到桃林邊上，摘下來隨即過磅裝車，那些不畏辛勞的司機，連夜奔馳，第二天凌晨即可將桃子運往千里之外的城市。今年，老天爺彷彿要對連續發了幾年桃運的人們進行懲罰，從桃子成熟開始，幾乎沒有一個完整的晴天，大雨中雨小雨交替進行，即便不摘桃子，在樹上也要爛掉。摘下來，也許還有一線生機：天一放晴，車一進來，裝車就走。但這天，根本看不出放晴的預兆。

我家只種了三十棵桃樹，因爲父親年老，疏於管理，產量不高，但也摘了將近六千斤。我家果籠少，只裝了十六籠，放在廂房裡，剩下來的，蒙上一塊塑膠布，堆在院子裡。父親不時冒雨出去，揭開塑膠布，撿起桃子觀看。每當他揭開塑膠布時，我們就會嗅到一股爛桃子的味道。

我與小獅子新婚，女兒由父親帶著。父親冒雨到院子裡去，女兒也跟著跑出去。她舉著一把小傘，傘上印著許多動物。

女兒對我們很冷淡，但保持著足夠的客氣。小獅子給她糖，她將雙手藏在背後不接，口中卻說：謝謝阿姨。

我說：叫媽媽。

女兒瞪著眼睛，驚訝地看著我。

小獅子說：不用叫，啥都不用叫。人家都叫我小獅子呢——她指指花傘上那個小獅子——你就叫我大獅子吧。

你會吃小孩子嗎？女兒問。

我不吃小孩子，小獅子說，我是專門保護小孩子的呀。

父親用斗笠裝進來一堆爛了半邊的桃子，用一把生鏽的刀子削著，一邊削一邊歎氣。

要吃就吃好的吧，我說。

這可都是錢啊！父親說，這天，一點也不體恤老百姓啦。

爹——小獅子剛剛改口，叫得有點彆扭，聽著也感到彆扭——政府不會不管的，他們一定在積極想辦法。

政府就知道計畫生育，別的事哪有心管！父親不無怨尤地說。

正在這時，村委會的高音喇叭響了。父親生怕聽不清楚，慌忙跑到院子裡，側耳聆聽。

喇叭裡播放通知，說公社已經與青島、煙台等城市聯繫好，他們已派出車隊，集中在五十里外吳家橋渡口那邊，設攤收購高密東北鄉的桃子。公社號召百姓，水陸並進，將桃子運到吳家橋去，價格雖然比往年便宜了一半，但總比爛成泥好。

廣播甫畢，村子裡就沸騰起來。我知道沸騰了的不僅僅是我們村，而是高密東北鄉的所有村莊。

我們這裡雖有大河，但船的數量很少，原先每個生產隊裡有幾條小木船，但包產到戶後，這些船都不知去向。

人民群眾中蘊藏著無窮的創造力，此話一點不假。父親跑到廂房，從房梁上拿下四個葫蘆，然後又扛出四根木料，提出繩索，在院子裡紮製木筏。我脫了外衣，只穿著褲頭背心，幫父親幹活。小獅子撐著傘，爲我遮雨。女兒撐著她的小傘，在院子裡跑來跑去。我示意小獅子爲父親撐傘避雨，但父親說不用。父親肩上披著一塊塑膠布，光著頭，雨水與汗水混合，在他的臉上流。像我父親這種老農民，勞動時全神貫注，下手準確而有力，一點多餘的動作都沒有。筏子很快就紮製好了。

當我們把筏子抬出去時，河堤上已經熱鬧非凡。那些消逝了的木船，突然都出現了。與木船同時下了水的，還有幾十個木筏，綁在木筏上的，有葫蘆，有充足了氣的馬車內胎，還有白色的泡沫塑料。不知誰家，還弄出了一個大木盆。船隻、木筏，都用繩索固定在河堤的柳樹上。每條胡同裡，都有扛著桃簍的人，匆匆地走來。

那些家裡養騾子與驢子的人，已經把裝滿桃子的馱簍裝在牲口背上。幾十匹大牲口，在河堤上排成一列。

有一位泗水過來的公社幹部，身穿雨衣，挽著褲管，手提著涼鞋，站在河堤上大聲吆喝著。

我看到在我家木筏前邊，有一個綁紮得近乎華麗的木筏。四根粗大的杉木，用牛皮繩綑綁成「井」字形。中間的空隙用鐮柄粗的圓木編排起來，筏子的下邊，綁著四個紅色的充足氣的馬車內胎。雖然筏子上已裝上十幾筐桃子，但筏子吃力很淺，可見這四個輪胎浮力強大。筏子的四角和中間，還綁上了五根立木，立木上撐著淺藍色的塑膠薄膜，可以遮陽，當然也可避雨。這樣的筏子，絕不是半天工夫能製造出來的。

王腳披著簑衣，戴著斗笠，蹲在筏子前頭，彷彿一個垂釣的漁翁。

我家的木筏上只裝了六簍桃子，吃水已經很深。父親堅持要再裝上兩簍。我說：再裝兩簍可以，但您就不要去了，我一人撐去。

父親可能考慮到我與小獅子是結婚第二日，非要自己去，我說：爹，別爭了，您看看滿河堤的人，哪有您這個歲數還下河撐筏的？

父親說：那你小心。

我說：放心吧，我幹別的不行，鳧水還行。

萬一有大風浪，就把桃子掀到水裡。父親說。

放心吧，我說。

我對著牽著女兒站在河堤上的小獅子揮了揮手。

小獅子也對著我揮揮手。

父親把拴在樹上的纜繩解下來，拋給我。

我接住纜繩，挽好，操起長杆，戳住河堤，用力一撐，沉重的筏子緩緩向前移動。

小心啊！

千萬小心啊！

我掌控著木筏，沿著離河堤較近的地方，慢慢向前漂流。

岸上的騾子和驢與我們並行。沉重的馱簍使牲口們步履沉重。幾家講究的戶主，在牲口脖上繫了銅鈴，發出叮叮噹噹的聲響。岸上的老人和孩子們跟著牲口隊走一段，到達村頭後，便都立住了腳。

大河在村頭，拐了一個急彎。船和筏子，在這裡進入激流。一直在我的前邊撐著木筏的王腳，沒有隨流而下，而是將筏子撐到河流拐彎處的穩水中。那邊的河堤上，生長著枝繁葉茂的灌木，有許多蟬，在枝條上鳴叫。從看到王腳家的豪華木筏那一刻起，我就預感到將有事情發生。果然，王腳將筏上的桃簍掀到水中，簍子在水上漂浮，顯然裡邊沒裝桃子。他將木筏撐入灌木叢中，我看到，高大的陳鼻，抱著大肚子王膽，跳上木筏。在他的後邊，王肝抱著陳耳，也跳上了木筏。

他們隨即將筏頂的塑膠布放下來，形成一圈帷幕。王腳手持長杆，恢復了當年手持長鞭站在車轅上驅馬前進的雄姿，威風不減當年。他腰桿子筆挺，可見確如姑姑所說，他的弓腰駝背，完全是裝出來的。而所謂的「父子絕交」，可見也是氣話，一到關鍵時刻，上陣還需父子兵。但不管怎麼說，我從心底裡還是祝福他們，希望他們能夠載著王膽，逃到他們想去的地方。當然，想到姑姑為了此事所付出的無數心機，我又感到些微的遺憾。

王腳的筏子浮力強大，載重又輕，很快就超越了我們。

兩岸的村莊裡，都有木筏和小船下水。當我們漂浮到那個曾經讓姑姑頭破血流的東風村時，數百個木筏，數十條木船，在河心匯集成一條長龍，順流而下。

我的目光一直在追隨著王家的木筏。它雖然超越了我們，但一直未從我的視野中消逝。王家的木筏毫無疑問是那天最驕傲的木筏，猶如一輛夾雜在平庸轎車隊伍中的「悍霸」。它不但驕傲而且神祕。看到過大河拐彎處那一幕的人，自然知道塑膠帷幕裡隱藏的祕密，沒見過這一幕的人，則不免側目而視，心生疑惑。因為無論從哪個角度看，這筏上載的都不是桃子。

現在，我回想起來，當姑姑的那艘計畫生育專用船開足了馬力從我們筏邊快速駛過時，我的心中，產生的是一種莫名的激動。這艘船已經不是一九七〇年代那艘土造的機器船，而是一艘乳白色的、流線型的快艇。半封閉的駕駛室前是透明的有機玻璃，駕駛著這艘新船的依然是那個秦河，但他的頭顱已經花白。姑姑和我的新婚妻子小獅子手扶著駕駛室後的欄杆站立著，風使她們的衣裳往後擺去。我看到了小獅子球一般的胸脯，心中一時百感交集。在她們身後，有四個男人對面坐在船舷兩側的座位上。他們的船激起的浪花濺到我們筏上，她們的船造成的水渦使我們的木筏上下顛簸。我相信船貼著我的木筏駛過時小獅子看到了我，但她連一個招呼也沒跟我打，剛剛與我結婚的小獅子彷彿是另外一個人。我心中浮起一種夢幻般的感覺，此前發生的一切，似乎都是夢中的情景。小獅子的冷漠使我的心迅速偏向了逃亡者，王膽，快逃啊！王腳，快撐啊！

姑姑的船從木筏隊中斜插過去，衝向在右前方單獨漂流的王家木筏。

姑姑的船並沒有超越王家的筏，而是與它並行。機船放慢了速度，幾乎聽不到馬達聲。船與筏之間隔著約有兩三米的距離。船繼續向筏靠近，顯然是想用這種方式將木筏逼向河堤。王腳操著木杆，撐著機船的船舷，他大概是想藉此擺脫險境，但木筏在反作用力下，漸漸地被逼出中流。

機船上一個男人，操起一根頂端安裝有鐵鉤的木杆，對準木筏頂上的塑膠布用力一拉。塑膠布應聲而裂。他又操杆劃了幾下子，筏上的一切便暴露無遺了。

王腳手持木杆，擂打著船上的人。船上的男人用手中的木杆招架著。而此時，王肝和陳鼻，每人手持一根木槳，坐在木筏兩側，奮力划槳。在他們中間，是那袖珍女人王膽，她左手攬著將臉藏在她腋窩裡的陳耳，右手捂著球狀肚腹，在木棍擊打聲中，浪潮澎湃聲中，間或響起她尖厲的叫聲：姑姑，您高抬貴手，放我們一條生路吧！

就在木筏漸漸脫離機船時，小獅子對著木筏的方向奮力一跳，噗通一聲，落在了河中。她不會鳧水，在水中沉浮。姑姑大叫救人。趁此機會，陳鼻和王肝奮力划水，使木筏又入中流。

搭救小獅子花了相當長的時間。船上的男人將木杆伸給她，將她拖至船舷時，她卻伸手抓住那人的腿，將他也拽入水中。這又是一個不善游泳的。船上的人，只好跳下水救人，而駕船的秦河，似乎也大失了水準。氣得姑姑在船上跳腳大罵。木筏和木船上的人，無人出手相助。但小獅子畢竟是我的妻子，我努力撐杆撥水，試圖將木筏向她靠近，但後邊一架木筏斜刺裡衝上來，幾乎將我的木筏撞翻。眼見著小獅子在水中露頭的時候越來越少，我沒再猶豫，捨棄木筏和桃子，縱身跳入激流，揮臂向前，去救我的妻子。

在小獅子跳入水中那一瞬間，我心中便畫了一個大大的問號。事後，小獅子報功似的對我說，她嗅到了血的味道，是那種產婦特有的聖潔的血的味道。她同時也看到了王膽腿上的血。她故意跳到水中——當然這行爲也可以做別的解釋——藉此拖延時間，她冒著被淹死的危險拖延時間，她說她對著河中的神靈祈禱著：王膽，你抓緊時間，快生啊，你快生啊，只要孩子出了「鍋門」，就是一條生命，就是中華人民共和國的一個公民，就會受到保護，孩子是祖國的花朵，孩子是祖國的未來。當然，她說，這點小聰明，根本瞞不了姑姑，我一撅尾巴，姑姑就知道我要拉什麼屎。

等我們把小獅子和另一名計畫生育幹部救上機船時，王家的木筏已划出起碼三里之遙。而此時，機動船又熄了火，秦河滿頭大汗，一遍遍地發動機器。姑姑暴跳如雷，小獅子和那名計生幹部趴在船邊，頭伸到舷外，哇哇地吐水。

姑姑跳了一陣，突然冷靜下來。她臉上浮現出一種悲涼的笑容。一線陽光從雲層中射出，照著姑姑的臉，也照著濁浪滾滾的河面，使姑姑像一個末路的英雄。她坐在船舷，低聲對秦河說：

別裝了，都別裝了。

秦河愣了一下，一下子就將機器發動起來。機船如離弦之箭，直衝著王家木筏而去。

我拍打著小獅子的脊背，偷眼看著姑姑，姑姑時而低眉垂眼，時而咧嘴一笑。她在想什麼呢？我猛然想到，姑姑已經四十七歲了，她的青春歲月早已結束，現在，她正在中年的路上行走，但她的飽經滄桑的臉上，已經顯出老者的淒涼。我想起母親生前不止一次地說過，女人生來是幹什麼的？女人歸根結柢是爲了生孩子而來。女人的地位是生孩子生出來的，女人的尊嚴也是生孩子生出來的，女人的幸福和榮耀也都是生孩子生出來的。一個女人不生孩子是最大的痛苦，一個女人不生孩子算不上一個完整的女人，而且，女人不生孩子，心就變硬了，女人不生孩子，老得格外快。母親的話是針對姑姑而說，但母親從來沒有當著姑姑的面說過。姑姑的老，是不是眞的與沒生孩子有關？姑姑已經四十七歲，如果抓緊時間結婚，是否還有生孩子的可能，但能夠成爲姑姑丈夫的那個男人，到底在哪裡呢？

姑姑的船很快就追上了王家的木筏。接近木筏時，秦河放慢了速度，小心翼翼地向前靠近。

王腳立在筏尾，手持長杆，金剛怒目，擺出了一副拚命的架式。

王肝抱著陳耳，坐在筏頭。

陳鼻在筏中，攬著王膽，哭著，笑著，喊叫著：王膽，你快生啊！快啊！生出來就是一條性命啊！生出來她們就不敢給咱捏死啊！萬心，小獅子，你們敗了！哈哈，你們敗了啊！

淚水沿著這個大鬍子男人的臉，一行行地滾下來。

於此同時，王膽發出一陣令人毛骨悚然的、撕肝裂膽般的哭叫聲。

機船與木筏緊挨著時，姑姑一探身，伸出了一隻手。

陳鼻摸出一把刀子，凶神惡煞般的：把你的魔爪縮回去！

姑姑平靜地說：這不是魔爪，這是一隻婦產科醫生的手。

我鼻子一酸，心中猛省，大聲喊：陳鼻，快把姑姑接上筏去！讓姑姑給王膽接生！

我用木杆勾住了筏子的立柱。姑姑移動著沉重的身體，登上了木筏。

小獅子提起藥箱，縱身跳到了筏上。

當她們用剪刀豁開王膽浸透鮮血的褲子時，我背過身去，但我的手在背後死死地拽住木杆，使木筏與機船難以分離。

我的腦海裡浮現著一瞬間看到的王膽形象：她躺在木筏上，下體浸在血水中。身體短小，肚子高隆，彷彿一條憤怒、驚恐的海豚。

大河滾滾，不舍晝夜。重雲開裂，日光如電。運桃的筏隊搖頭擺尾而行，我的筏子，在無人掌控的情況下竟然也順流而下。

我期盼著。我在王膽的哭叫聲中期盼著，在浪濤澎湃聲中期盼著，在岸上毛驢的高亢叫聲中期盼著。

筏上傳來了嬰兒喑啞的哭聲。

我猛然回過頭去，看到姑姑雙手托著這個早產的赤子，小獅子用一根紗布纏著嬰兒的腹部。

又是一個女孩，姑姑說。

陳鼻頹然垂首，彷彿洩了氣的輪胎。他雙拳輪番擊打著自己的腦袋，痛苦萬端地說：天絕我也……天絕我也……老陳家五世單傳，沒想到絕在我的手裡……

姑姑罵道：你這個畜牲！

儘管姑姑的船載著王膽和新生嬰兒疾馳返航，但終究也未能挽救王膽的生命。

據小獅子說，王膽死前回光返照，神志清醒了一會兒。她的血流光了，臉色像金紙一樣。她對著姑姑微笑著，嘴裡似乎嘟噥著什麼。姑姑將身體湊上去，側耳聽著她的話。小獅子說她沒聽清王膽對姑姑說了什麼，但姑姑肯定聽清了。王膽臉上的金色消褪，變成灰白的顏色。她的眼睛圓睜著，但已經放不出光芒了。她身體蜷縮著，像一隻倒乾了糧食的癟口袋，又像一隻鑽出了飛蛾的空繭殼。姑姑在王膽屍體旁坐著，深深地低著頭。良久，姑姑站起來，長長地歎了一口氣，既像問小獅子，又像自言自語：這算怎麼回事呢？

王膽不足月的女兒陳眉，在姑姑和小獅子的精心護理下，終於度過了危險期，活了下來。

第四部

親愛的杉谷先生：

我們退休後搬回高密居住，不覺已經三年。其間雖有一些小曲折，但最終卻有了大驚喜。您對我寄給您的有關姑姑的材料評價甚高，讓我誠惶誠恐。您說這些材料稍加整理即可當作小說發表，但我心存疑懼。一是怕出版社不願接受這種題材的小說，二是怕萬一發表之後，會惹姑姑生氣。儘管我已經在某些方面盡量地「爲長者諱」了，但還是將許多令她傷心的事情披露出來。至於我自己，確實是想用這種向您訴說的方式，懺悔自己犯下的罪，並希望能找到一種減輕罪過的方法。您的安慰和開導，使我心中豁亮了許多。既然寫作能贖罪，那我就不斷地寫下去。既然眞誠的寫作才能贖罪，那我在寫作時一定保持眞誠。

十幾年前我就說過，寫作時要觸及心中最痛的地方，要寫人生中最不堪回首的記憶。現在，我覺得還應該寫人生中最尷尬的事，寫人生中最狼狽的境地。要把自己放在解剖台上，放在聚光鏡下。

二十多年前，我曾經大言不慚地說過：我是爲自己寫作，爲贖罪而寫作當然可以算作爲自己寫作，但還不夠；我想，我還應該爲那些被我傷害過的人寫作，並且，也爲那些傷害過我的人寫作。我感激他們，因爲我每受一次傷害，就會想到那些被我傷害過的人。

先生，現在寄去我一年來斷斷續續寫出來的文字。有關姑姑的故事，我想到此就爲止了；接下來，我會盡快地完成那部以姑姑為劇中人物原型的話劇。

姑姑每次見到我都會提到您，她真誠地希望您再來。她甚至說，是不是杉谷先生買不起機票啊？你告訴他，我替他買機票。姑姑還說，她心中有許多話，不能對任何人說，但如果您來了，她會毫無保留地告訴您。她說，她知道一個有關令尊的重大祕密，從來沒對任何人說過。這件事一旦披露，會讓您驚愕萬分。先生，我基本上猜到了這個祕密，但還是等您來了讓她親口告訴您吧。

另外，儘管我在這次寄出的材料裡已經提及，但還是先在這裡告訴您：年近花甲的我，最近成為一個新生嬰兒的父親！先生，不管這嬰兒如何而來，不管今後圍繞著這嬰兒還將產生多少麻煩事，我還是要請您這個大貴人祝福他；如果可能，還請您賜他一個名字！

蝌蚪

二〇〇八年十月於高密

一

在我的印象中，姑姑膽大包天，這世界上似乎沒有她怕的人，更沒有她怕的事。但我和小獅子卻親眼看到她被一隻青蛙嚇得口吐白沫、昏厥倒地的情景。

那是四月裡的一個上午，我和小獅子應邀去袁腮和我小表弟金修聯合開辦的牛蛙養殖場做客。只幾年的工夫，原先偏僻落後的高密東北鄉就大變了面貌。大河兩岸新修了美麗堅固的白石護坡，岸邊綠化帶裡栽種著奇花異草。兩岸新建起十幾個居民社區，社區裡有板樓塔樓，也有歐式的別墅。此地已與縣城連成一片，距青島機場只有四十分鐘的車程，韓國和日本的客商，紛紛前來投資建廠，我們村的大部分土地，已經成爲大都會高爾夫球場的草地。儘管此地已更名爲「朝陽區」，但我們還是習慣地稱其爲「東北鄉」。

從我們居住的社區到牛蛙養殖場約有五里路，小表弟要開車來接，被我們婉拒。我們沿著河邊的人行道往下游走，不時與推著嬰兒車的少婦擦肩而過。她們一個個面皮滋潤，目光迷茫，身上散發著名貴香水的優雅氣味。車上的孩子口叼奶嘴，有的甜睡，有的睜著烏溜溜的眼睛，身上都散發出甜蜜的氣味。每遇到一輛嬰兒車，小獅子都要攔住人家，然後伏下肥胖的身體，伸出手，撫摸著嬰兒的胖嘟嘟的小手、粉嫩的臉蛋。她臉上的表情，說明了她對嬰兒發自內心的喜愛。在一個金髮碧眼的外國少婦推著的雙座嬰兒車前，面對著車上那兩個頭戴泡泡紗小帽、如同芭比娃娃一樣嬌美的混血嬰兒，她摸摸這個，又摸摸那個，嘴巴裡低聲嘟噥著，眼睛裡盈滿淚水。我看看那少婦禮貌地微笑著的臉，伸手拉拉小獅子的衣服，說：

「不要把哈喇子流到孩子臉上啊！」

她歎息著，說：

「從前怎麼就沒覺得孩子可愛呢？」

「這說明我們老了。」

「也不盡然是，」她說，「現在的人，生活水準高了，孩子的品質提高了，因之孩子可愛了。」

我們時不時與過去的熟人相遇，彼此握手寒暄，共同的感慨是「老了」，是「眞快，一轉眼幾十年過去了」。

我們看到河上有一艘裝修得大紅大綠的豪華遊船在緩緩行駛，如同一座移動的牌樓。悠揚的樂聲飄來，有古裝女子，如同畫中人物，在船艙裡撫琴吹簫。不時有一艘船頭高高翹起的快艇飛速馳過，浪花飛濺，驚起白色鷗鳥。

我們拉著手，看上去親密無間，但各想各的心事。孩子，那麼多可愛的孩子，這也許是小獅子所想的，而我腦海裡一幕幕閃現的，卻是二十多年前，在這大河之上，那場驚心動魄的追逐。

我們沿著那座剛竣工不久的斜拉鋼橋上的人行道越過大河。橋上來往的車輛中有很多「寶馬」、「奔馳」。大橋造型風流，宛如海鷗展翅。過橋後，右側是大都會高爾夫球場，左側便是遠近聞名的娘娘廟。

那天是農曆的四月初八，正逢廟會。娘娘廟周圍的空地上，停滿了車輛。從車牌上，我們知道這些車大多來自周邊縣市，其中還有幾輛來自外省。

此地原有一名爲「娘娘廟」的小村，村中有一座娘娘廟，村因廟而得名。我幼時曾隨母親到這小廟燒過香，雖事過多年，但印象猶存。那座小廟在「文革」初期即被夷爲平地。新建的娘娘廟，殿堂巍峨，紅牆黃瓦。廟前甬道兩側，擠滿賣香燭、泥娃娃的攤位，攤主高聲叫賣，招徠遊客：

「拴個娃娃吧！拴個娃娃吧！」

其中有個身披黃袍、頭剃禿瓢、看上去像個和尚的攤主。他敲著木魚兒，有板有眼地喊叫著：

拴個娃娃帶回家，全家高興笑哈哈。
今年拴回明年養，後年開口叫爹娘。
我的娃娃品質高，工藝大師親手造。
我的娃娃長相美，粉面桃腮櫻桃嘴。
我的娃娃最靈驗，遠銷一百單八縣。

拴一個，生龍胎；拴兩個，龍鳳胎。
拴三個，三星照；拴四個，四天官。
拴五個，五魁首；拴六個，我不給，怕你媳婦噘小嘴。

……

聲音十分熟悉，近前一看，果然是王肝。他正向幾個看上去像日本或韓國的女人推銷泥娃。我正猶豫著是否該拉著小獅子走開，以免故人相逢，生出感傷，令大家都不自在，但小獅子卻掙脫手，逕直奔王肝而去。

馬上我就知道她不是奔王肝而去，而是奔王肝攤上的泥娃娃而去。王肝沒有吹牛，他攤上賣的泥娃娃，果然與眾不同。旁邊那些攤上的泥娃娃一個個色彩豔麗，不論是男娃還是女娃，都是一個模樣。但王肝攤上的娃娃，色彩自然深沉，而且是一娃一模樣，一娃一神情，有的生動活潑，有的安然沉靜，有的頑皮滑稽，有的憨態可掬，有的生氣噘嘴，有的張口大笑。我一看也就明白，這的確像我們高密東北鄉泥塑大師郝大手的作品。——郝大手一九九九年與我姑姑結婚——他的泥娃娃，從來都是他自己用那種保持了幾十年的獨特方式銷售，怎麼可能交給王肝叫賣呢？——王肝吸吸旁邊攤位上那些泥娃娃，對那些女人們低聲介紹著：那些貨確實便宜，但那是用模子磕出來的，我的貨貴，卻是我們高密東北鄉的工藝大師、泥娃王秦河閉著眼捏出來的。什麼叫栩栩如生、吹彈可破？王肝拿起一個咕嘟著小嘴、彷彿生氣的小泥孩說，法國杜莎夫人的蠟像，與我們秦大師的作品比起來那就是一堆塑膠。萬物土中生，懂不懂？女媧摶土造人懂不懂？土是最有靈氣的。我們秦大師用的泥土是專門從膠河河底兩米深處挖上來的，這是三千年沉澱下來的淤泥，是文化的淤泥歷史的淤泥。挖上來這淤泥，放在太陽下曬乾，放在月光下晾透，讓它們接受了日精月華，然後放在石碾上碾碎，再用太陽冒紅時取來的河心水和月亮初升時取來的井中水和成泥巴，用手揉一個時辰，用棒槌敲一個時辰，一直將那泥巴團弄到麵團一般，這才能動手製作。——而且我要告訴你們，我們秦大師，每捏好一個泥孩，都會在它的頭頂用竹籤刺一個小孔，然後扎破自己的中指，滴一滴血進去。然後揉合小孔，將泥孩放置在陰涼處，七七四十九天之後，這才拿出調色上彩，開眉畫眼，這樣的泥孩，本身就是小精靈——我不瞞你們說，你們聽了也不要害怕——秦大師的泥娃娃，每當月圓之夜，都能聞笛起舞，一邊跳一邊拍巴掌一邊嘻笑，那聲音，就像從手機裡聽到的說話聲，雖然不大，但非常清晰，如若不信，您拴幾個回家看看，如若不靈，您拿回來摔在我的攤子前——我相信您捨不得摔，您會摔出他的血來，您會聽到他的哭聲——在他的一通忽悠下，那幾位女遊客各買了兩個泥娃娃。王肝從攤下拿出專用的包裝盒，為她們包裝好。女遊客高興而去，這時，王肝才來招呼我們。

我想他其實早就認出了我們，他即便認不出我，也不可能認不出苦苦追求了十幾年的小獅子啊。但他就像猛然發現我們似的驚叫著：

「啊呀！是你們兩位啊！」

「你好啊，老兄！」我說：「好多年不見了。」

小獅子對他微微一笑，嘴巴裡嗚嚕了一聲，沒聽清她說什麼。

我與他用力握手，然後放開，互相讓菸，我抽他一枝「八喜」，他抽我一枝「將軍」。

小獅子專注地觀賞著那些泥娃娃。

「早就聽說你們回來了，」他說，「看來眞是，走遍天涯海角，還是故鄉最好，啊！」

「正是，狐死首丘，葉落歸根嘛。」我說，「不過也幸虧碰上了好時代，退回去幾十年，想都不敢想。」

「過去，人都在籠子裡關著，不在籠裡關著，脖子上也有繩子牽著，」他說，「現在，都自由了，只要有錢，想幹什麼就可以幹什麼啦，只要不犯法就行。」

「一點也不假啊，」我說，哥們，你可眞能忽悠啊！我指指那些泥娃娃，說，「眞有那麼神嗎？」

「你以爲我是信口胡編？」他一本正經地說，「我說的都是實話，稍有誇張，那也是允許的，即便是國家媒體，不也允許合理誇張嗎？」

「反正我辯不過你，」我問，「眞是老秦捏的？」

「這能假得了？」王肝道，「我說這些泥孩子月圓之夜能聞笛起舞，那是誇張，但我說這些娃娃是老秦閉著眼捏出來的卻是千眞萬確的事實，如果你不相信，哪天得空，我帶你們去參觀。」

「老秦也在我們這邊落了戶嗎？」

「這年頭，什麼落戶不落戶，哪裡方便哪裡住唄，」他道，「你姑姑住在哪裡，秦河就會住到哪裡，這樣的鐵桿粉絲，天上難找，地下難尋呢！」

小獅子雙手捧起一個大眼睛高鼻梁看上去像個中歐混血的漂亮泥娃娃說：「我要這個孩子。」我端詳著這娃娃，心中模糊浮現出一個感覺，對，一點不錯，正是似曾相識之感。在哪裡見過她，她是誰？老天，她是王膽的女兒陳眉啊，是姑姑和小獅子撫養將近半年之後，又不得不還給她的父親陳鼻的陳眉啊。

我清楚地記得，當陳鼻到我們家來索要陳眉的那個傍晚，春節臨近的一個傍晚，辭灶日的傍晚，鞭炮齊鳴、硝煙滾滾的傍晚。小獅子已經辦好了隨軍手續，離開了公社衛生院。春節過後，我就要帶著她與燕燕坐上火車到北京去了。在北京的一個部隊大院裡，有一套兩居室的單元，那將是我們的新家。父親不跟我們走，也不願去投奔我的在縣城工作的大哥，他要堅守著這塊土地。好在我二哥在鄉鎮工作，可以隨時照顧。

王膽死後，陳鼻整日喝酒，喝醉了又哭又唱，滿大街亂竄。人們起初對他甚爲同情，但日久便生出厭煩。當初搜捕王膽時，公社用陳鼻的存款給村民們發工資，王膽死後，大多數人把錢還給了他。公社也沒向他收取羈押他時的生活費，所以，保守的估計，他當時手頭起碼還有三萬元，足夠他喝上幾年的。他似乎把被我姑姑和小獅子抱到衛生院救活的那個女嬰忘記了。他讓王膽冒著生命危險搶生二胎的根本目的，是要生一個爲他們陳家傳宗接代的男孩，所以當他看到費盡千辛萬苦、冒著千難萬險生出來的竟然又是個女嬰時，他就捶打著腦袋痛哭：天絕我也！

這女嬰的名字是姑姑起的。因她眉清目秀，有個姊姊叫陳耳，姑姑就說：就叫陳眉吧。小獅子拊掌讚歎：這個名字太美了。

姑姑和小獅子動過收養陳眉的念頭，但碰到了落戶口、辦理收養手續等許多困難。所以，直到陳鼻從小獅子懷裡把陳眉抱走時，她還沒有戶口。在中華人民共和國的合法人口中，沒有她這個人，她是「黑孩」，那時候有多少這樣的「黑孩子」，沒人統計過，但估計是一個相當驚人的數字。這批「黑孩子」的戶口問題，在一九九〇年第四次普查人口時終於得到了解決，爲此收取的超生罰款也是個天文數字，但這些錢到底有幾成進了國庫，也是無人能算清楚的糊塗帳。最近十幾年來，人民群眾又製造了多少這樣的「黑孩子」，估計又是一個驚人的數字了。現在的罰款額比二十年前高了十幾倍，等到下次普查人口，如果「黑孩子」的父母們能把罰款交齊……

在那些日子裡，小獅子母性大發，抱著陳眉，親不夠，看不夠，我懷疑她曾經試圖給陳眉餵過奶，因爲我發現了她乳頭的異樣——但她能否分泌乳汁就很難說了。這樣的奇蹟據說也曾發生過。我小時看過一齣戲，講一戶人家，突遭變故，父母雙亡，只餘下十八歲的姊姊與襁褓之中的弟弟，萬端無奈中，姊姊便將自己處女的乳頭塞到弟弟嘴裡，幾天之後，竟然有乳汁分泌出來了。這樣的事情，在現實生活中不大可能發生。姊姊十八歲了，弟弟還在吃奶？我母親說，過去，婆婆與兒媳同時坐月子的事很多。現在，現在又有可能了。我女兒的大學同學，最近又添了一個妹妹。她爸爸是煤礦主，錢多得用尺量，農民工在黑煤窯裡爲他們賣命，他們住在北京、上海、洛杉磯、三藩市、墨爾本、多倫多的豪華別墅裡與他們的「二奶」或是「三奶」們製造小孩。——我趕緊拉回思緒，像拉住一匹瘋馬的轡繩。我想起辭灶日那晚，當我剛剛把一箆簾餃子下到鍋中時，當我女兒燕燕拍著小手念著有關餃子的兒歌「從南來了一群鵝，踋啦踋啦下了河」

時，當小獅子抱著陳眉喃喃不休時，陳鼻穿著他那件磨得發亮的豬皮夾克，歪戴著一頂雙耳扇帽子，一路歪斜地進入我家。陳耳跟在後邊，牽著他的衣角。陳耳穿著一件小棉襖，袖子短了半截，露出凍得通紅的小手。她頭髮亂蓬蓬，如一窩雜草，不斷地吸鼻涕，大概是感冒了。

來得正好，我邊攪動著鍋裡的餃子邊說，坐下，吃餃子。

陳鼻坐在我家門檻上，灶膛裡的火映得他滿臉閃光，那個巨大的鼻子，像一塊結了冰的蘿蔔雕成。陳耳扶著他的肩頭站立，大眼睛裡閃爍著驚懼、好奇的光芒，一會兒瞅瞅鍋裡翻動的餃子，一會兒瞅瞅小獅子和她懷中的嬰孩，一會兒與燕燕交流目光。燕燕將手中的一塊巧克力遞給她。她歪頭看看陳鼻的臉，抬頭看看我們。

拿著吧，我說，妹妹給你你就拿著。

她畏畏縮縮地伸出小手。

陳鼻厲喝一聲：陳耳！

陳耳慌忙把小手縮了回去。

幹什麼你，我說，小孩子嘛！

陳耳哇地一聲哭了。

我進裡屋抓出一把巧克力，裝進陳耳的棉襖兜兜。

陳鼻站起來，對小獅子說：把孩子還給我。

小獅子瞪著眼說：你不是不要了嗎？

誰說我不要了？陳鼻怒沖沖地說，她是我親生的骨肉，怎能不要？

你不配！小獅子說，她生下來時像隻小病貓，是我把她養活了。

是你們一路追逼，才使王膽早產！陳鼻道，要不王膽也不會死！你們欠著我一條命！

你放屁！小獅子說，王膽那情況，根本就不應該懷孕，你只顧自己傳宗接代，不管王膽的死活！王膽死在你的手裡！

你說這個?!陳鼻大聲吼叫著，你說這個我讓你們家過不成年！

陳鼻從鍋台上抓起一個蒜臼子，瞄準我家的鍋口。

陳鼻，我說，你瘋了嗎？我們可是從小的朋友！

這年頭，哪裡還有什麼朋友?!陳鼻冷笑道，王膽藏在你岳父家，也是你向你姑姑透了信吧？

跟他無關！小獅子說，是肖上唇報的信。

我不管誰報的信，陳鼻道，反正你今天得把孩子還給我。

你做夢！小獅子說，我不能讓這個孩子死在你手裡，你不配做父親！

你這個臭娘們，你們都是生不出孩子的「二尾子」，你們自己不會生，所以才不讓別人生，你們自己生不出，才想把別人的孩子霸爲己有！

陳鼻！閉上你的臭嘴，我怒道，大辭灶的，你跑到我家來耍什麼橫？你砸吧，你有本事往鍋裡扔！

你以爲我不敢扔？

你扔！

你們不還給我孩子，我什麼都敢幹！殺人放火，我都敢！

一直躲在裡屋不吭氣的父親走出來，說：大侄子，看在我這把鬍子的分上，看在我與你爹多年相好的分上，你把蒜臼子放下吧！

那你讓她把孩子還給我。

是你的孩子，誰也奪不去。父親說，但你要好好跟她商量。畢竟，沒有她們，你這孩子早跟著她娘一路去了。

陳鼻將蒜臼子扔在地上，一屁股坐回門檻，嗚嗚地哭起來。

陳耳拍打著他的肩膀，哭著說：爹……別哭……

見此境況，我的鼻子一陣發酸，對小獅子說：我看……還是還給他吧……

你們休想！小獅子說，這孩子是我撿的！

你們太欺負人啦……太不講道理了……陳鼻哭著說。

叫你姑姑來吧，父親說。

不用叫，我早就來了！姑姑在門外說。

我像見到救星一樣迎出去。

陳鼻，你給我站起來！姑姑道，我就等著你把蒜臼子扔到鍋裡呢！

陳鼻乖乖地站了起來。

陳鼻，你知罪嗎？姑姑厲聲問。

我有什麼罪？

你犯了遺棄人口罪，姑姑道，陳眉是我們帶回去的，我們用小米粥，用奶粉，好不容易把她養活，半年多了，你陳鼻連個面也不露，這女兒是你的種不假，可你這個父親，盡到責任了嗎？

陳鼻嘟噥著：反正女兒是我的……

是你的？小獅子凶凶地道：你叫叫看，她答應不？她如果答應，你就把她抱走！

你不講理，我不跟你說話！陳鼻道，姑姑，過去是我錯了，現在我認錯，認罪，你把女兒還給我！

還給你可以，姑姑道，你先到公社去交齊罰款，然後給孩子落上戶口。

罰多少？陳鼻問。

五千八！姑姑說。

這麼多?!陳鼻道，我沒有那麼多錢！

沒錢？姑姑道，沒錢你就別想要孩子。

五千八啊！五千八！陳鼻道，要錢沒有，要命有一條！

你的命自己留著吧，姑姑說，你的錢也可以自己留著，留著喝酒、吃肉，還可以去路邊店嫖娼！

我沒有！陳鼻老羞成怒地吼叫著，我要去告你們！公社告不贏我去縣上告，縣上告不贏我去省上告，省上告不贏我去中央告！

中央要是也告不贏呢？姑姑冷笑著說，是不是還要到聯合國去告？

聯合國？陳鼻道，聯合國我也能去！

你太有本事啦！姑姑說，現在，你給我滾！等你告贏了，再來抱孩子。但是我告訴你，即便你告贏了，也得給我寫份保證，保證你能把這孩子撫養好，同時你還得付給我和小獅子每人五千元辛苦費！

辭灶日傍晚陳鼻沒能把陳眉抱走，但春節過後，元宵節次日，陳鼻拿著罰款收據，把陳眉抱走了。「辛苦費」是姑姑說的氣話，自然不必他交。小獅子哭得渾身亂顫，好像被人奪走了親生骨肉。姑姑斥她：哭什麼？喜歡孩子自己生嘛！

小獅子痛哭不止，姑姑撫著她的肩頭，用一種我從未聽到過的悲涼腔調說：姑姑這輩子，已經定了局了，而你們的好日子，才剛剛開始，去吧，工作是次要的，先生個孩子出來，抱回了給我看……

到北京後，我們一直想生孩子，但不幸被陳鼻言中。小獅子生不出來。她對我女兒不錯，但我知道，讓她魂繞夢牽的，還是陳眉。所以，她捧著那個鼻眼酷似陳眉的泥娃娃時那種表情，就是可以理解的了。她對王肝說其實是對我說：

我要這個孩子！

多少錢？我問王肝。

什麼意思，小跑？王肝惱怒地說，是瞧不起我嗎？

你千萬別誤會，我說，「拴孩子」要心懷誠意，不交錢如何體現誠意？

交了錢才沒有誠意呢，王肝壓低聲音道，能用錢買到的，只是一塊泥巴，而孩子，是買不到的。

那好吧，我說，我們住濱河社區九幢九〇二，歡迎你來。

我會去的，王肝說，祝你們早得貴子。

我苦笑著搖搖頭，與王肝告別，拉著小獅子，迎著人流，進入娘娘廟大殿。

大殿前的鑄鐵香爐中，香煙繚繞，散發著濃烈的香氣。香爐旁邊的燭台上，紅燭排列得密密麻麻，燭火搖曳，燭淚滾滾。許多女人，有的蒼老如朽木，有的光鮮如芙蓉，有的衣衫襤褸，有的懸金佩玉，形形色色，各個不同，但都滿臉虔誠，心懷希望，懷抱泥娃，在那兒焚香燃燭。

大殿高聳，有四十九級白石台階通向殿門。我抬頭仰望著飛檐之下的匾額，上題「德育群嬰」四個斗大金字，檐角上懸掛銅鈴，風吹動叮咚作響。

台階上上下下，基本上都是懷抱著泥娃娃的女人，我混在女人堆裡，竟有點旁觀者清的意味。生育繁衍，多麼莊嚴又多麼世俗，多麼嚴肅又多麼荒唐。我油然憶起，孩提時期，親眼目睹，縣一中的紅衛兵「破四舊」戰鬥隊，專程前來拆廟毀神的情景。他們，還有她們，把送子娘娘抬出來，扔到大河中，然後高呼口號：「計畫生育就是好，娘娘下河去洗澡！」那些白髮蒼蒼的老婆婆，在河堤上，齊刷刷地跪了一排，口中念念有詞。是祈求娘娘顯靈懲罰這些毛孩子？還是祈求娘娘恕人類冒犯之罪？不得而知。「三十年河東，三十年河西」，正應了這句話：娘娘廟舊址上，重建輝煌廟宇；娘娘廟殿堂裡，再塑燦爛金身。既是繼承傳統文化，又創造了新的風尙；既滿足了人民群眾的精神需要，又吸引了八方遊客；第三產業繁榮，經濟效益顯著。眞是建一座廠，不如修一座廟啊。我的鄉親們，我的舊友們，都在爲這座廟活著，都是靠這座廟活著啊。

我仰望著娘娘塑像。她面如圓月，髮如烏雲。細眉入鬢，慈目含情。身著一襲白衣，項配珠寶瓔珞。右手持長柄團扇，扇面斜扣肩頭；左手摸著一個騎魚童子的頭頂。在她的身體兩側，擁擠著十二個姿態各異的童子。這些童子面貌生動，童趣盎然，確實可愛極了。我想，高密東北鄉能夠塑出這樣孩子的，大概只有郝大手與秦河了。如果王肝所說屬實，那這組塑像，更似出自秦河之手。因爲，我罪過地聯想到：這白衣娘娘的體態面相，與我姑姑年輕時頗有幾分相似啊！娘娘塑像前的九個跪墊上，跪著九個女人。她們占著跪墊久久不起，或磕頭連連，或雙手合十、仰望著娘娘默默祈禱。跪墊後的大理石地面上，也跪滿了女人。無論是跪在跪墊上的女人，還是跪在地面上的女人，都把自己的泥娃娃放在膝前，讓它面對著娘娘。小獅子跪在地面上，磕頭眞誠，竟碰撞出「咚咚」之聲。她眼裡飽含著淚水，是因爲愛孩子愛得深沉。但我知道，她生孩子的夢想已無法實現。她一九五〇年生人，是年已五十五歲，雖乳房豐滿，但月事已絕。我在觀察別人時，肯定也有別人在觀察我。我隨著小獅子跪在娘娘面前。那些觀察我們的人，會以爲我們這對老夫妻，是在爲兒女往家拴娃娃吧？

跪拜完畢，女人們拿出錢，塞入娘娘座前的紅色木箱。拿錢少的匆匆塞入，拿錢多的則不無炫耀。奉獻完畢，立在木箱旁的尼姑便將一根紅繩套在泥娃娃的脖子上。立在兩側的兩位身穿灰色袈裟的尼姑，低眉垂眼，手敲木魚，口中念念有詞，看似目不斜視，但只要有奉獻百元以上者，她們手中的木魚便會發出格外響亮的聲音，似以這種方式提請娘娘注意。

我們原本沒想到這裡來，因此沒有帶錢。情急之中，小獅子退下手上的金戒指，投入奉獻箱。尼姑手中的木魚「啪啪啪」連響三聲，如同多年前我參加長跑比賽時的發令槍響。

大殿後邊的配殿裡，依次供奉著：天仙娘娘、眼光娘娘、子孫娘娘、斑疹娘娘、乳母娘娘、引蒙娘娘、培姑娘娘、催生娘娘、送生娘娘。每殿中都有人跪拜，奉獻，每殿中都有敲木魚的尼姑看守。我看看太陽，勸小獅子隔日再來。小獅子不情願地點了點頭。沿著殿外甬道外出時，甬道外側的小室中，不時有尼姑探出腦袋：

施主，請給您的孩子配一把長命鎖！

施主，請給您的娃娃披一件彩霞衣！

施主，請給您的娃娃蹬一雙青雲屐！

……

我們無錢，只好連連致歉，匆匆逃脫。

出娘娘廟後，日已正晌，小表弟打我手機催問。街市繁華，人如蟻集，物品繁多，觀者甚蕃。我們已顧不上閒逛，分撥著人群，匆匆前行，小表弟說他的車已在廟會東側、今日隆重開業的中美合資家寶婦嬰醫院前等我們。

我們趕到那裡時，典禮已過。只見遍地鞭炮屍骸，大門兩側鳳凰展翅般擺開了數十個花籃，空中飄著兩個巨大的氣球，氣球下拖著巨幅的標語。這是一座藍白二色的弧形建築，彷彿兩條伸出的雙臂形成的冷靜而高雅的懷抱，與西側金碧輝煌的娘娘廟形成鮮明對照。

在發現了西裝革履的小表弟的同時，我們也發現了姑姑。許多人在那裡，從花籃和花圈上拔取花朵。姑姑也混在其中。姑姑手裡已經有了十幾枝玫瑰，有白色的、紅色的、黃色的，都是含苞欲放的。我們是從背影認出姑姑的。即便姑姑混在一萬個人中，哪怕這些人都穿著同樣顏色、同樣款式的服裝，我們也能毫不費力地辨認出姑姑。

我們看到，有一個十幾歲的男孩子，將一個白紙包裹，遞到姑姑手裡。那男孩轉身就跑。姑姑剝開紙包，身體往上一聳，發出一聲怪叫，沉重身體，晃了幾晃，往後便倒。

我們看到，一隻黑瘦的青蛙，從姑姑身邊跳開。

二

牛蛙養殖場大門外站著一個裝模作樣的保安，對著小表弟的車敬了一個滑稽的軍禮。電動大門緩緩而開，小表弟的「帕薩特」緩緩而入。昔日的算命先生兼野大夫袁腮，今日的牛蛙養殖總公司袁總，已站在那尊黑黝黝的塑像前等待我們。

那是一尊牛蛙的塑像。

遠看像一輛裝甲運兵車。

在塑像基座的大理石貼面上，鐫刻著這樣的文字：牛蛙（Rana Catesbiana）兩棲綱，無尾目，蛙科，蛙屬，鳴聲嘹亮如牛叫，因而得名。

照相照相，袁腮張羅著，先照相，再參觀，然後吃飯。

我端詳著這隻巨蛙，心生敬畏。只見它脊背黝黑，嘴巴碧綠，眼圈金黃，身上布滿藻菜般的花紋和凸起的瘤點。那兩隻凸出的大眼睛，視線陰沉，似乎在向我傳達著遠古的資訊。

小畢！拿相機來！小表弟高喊。

一個身材苗條、戴一副紅邊眼鏡、穿一件彩條格子長裙的姑娘，提著一架沉重的相機跑過來。

小畢，齊東大學藝術系高材生，現在是我們公司的辦公室主任。小表弟對我們介紹。

不僅僅是美女！袁腮說，還是才女，唱歌跳舞、攝影、雕塑，樣樣通，喝酒還是海量！

袁總過獎了。小畢紅著臉說。

我這老同學也是了不起的人物，少時善跑，原以爲他能成爲世界冠軍，沒想到成了劇作家。袁腮對小畢介紹我：原名萬足，乳名小跑，現名蝌蚪。

蝌蚪是筆名，我說。

這是蝌蚪老師的夫人小獅子，小表弟指著小獅子道，婦科專家。

小獅子抱著泥娃娃，心不在焉地點了點頭。

早就聽袁總和金總說過你，小畢道。

天下第一蛙！袁腮道。這個雕塑就是小畢的作品。小表弟說。

我誇張地讚歎一聲。

請蝌蚪老師多批評。

我們圍著牛蛙雕塑轉了一圈。無論在它身體的哪個部分，我都感覺到，它那兩隻陰沉的大眼珠子都能瞅到我，都在瞅著我。

照相完畢，袁腮、小表弟、小畢陪同著我們，依次參觀了種蛙池、蝌蚪池、變態池、小蛙池以及飼料加工車間、蛙品加工車間。

後來經常在我夢境中再現的是種蛙池的景象。那是一個大約四十平米的池子，池中約有半米深的渾水，水面上，雄蛙鼓動著潔白的囊泡發出牛叫般的求偶聲，雌蛙舒展四肢浮在水面，緩緩地向雄蛙靠近。更多的蛙已抱對成雙。雌蛙馱著雄蛙，在水面游動，雄蛙前肢抱住雌蛙，後腿不停地蹬著雌蛙的肚腹。一攤攤透明的卵塊，從雌蛙的生殖孔中排出，同時，雄蛙透明的精液也射到水中——蛙類是體外受精——似乎是小表弟，也可能是袁腮在說——雌蛙每次能排出大約八千～一萬粒卵子——這可比人類能幹多了——蛙池中蛙鼓四起，池水被四月的太陽曬得暖洋洋的，散發著一股令人作嘔的腥氣。這裡是求偶配對的情場，也是繁育後代的生殖場。——爲了讓雌蛙多排卵，我們在飼料中添加了催卵素——蛙蛙蛙——哇哇哇——

在滿耳蛙聲，滿腦蛙形中，我們被帶到一間布置豪華的餐廳。

兩個身著粉衣的服務小姐爲我們端茶倒水，布菜斟酒。

我們今天吃全蛙宴，袁腮道。

我拿起桌上的菜譜，看到上邊依次寫著：椒鹽蛙腿，油炸蛙皮，青椒蛙塊，筍乾蛙片，醋溜蝌蚪，西米蛙卵湯……

對不起，我不吃青蛙。我說。

我也不吃。小獅子說。

爲什麼？袁腮驚訝地問，如此美味，爲何不吃？

我努力想忘掉牠們那凸出的眼睛，黏膩的皮膚，和從牠們身上散發出來腥冷的氣味，但總也忘不掉。我痛苦地搖搖頭。

韓國科學家最近從牛蛙皮膚中提煉出一種極其珍貴的縮氨酸，具有抗氧化作用，能消除人體內的自由基，是天然的抗衰老物質，小表弟金修詭祕地說，當然，它還有其他許多種神祕的功效，尤其是能使婦女生雙胞胎和多胞胎的機率大大提高。

要不要嚐一點？袁腮道，要大膽嘗試嘛！連蠍子、螞蟥、蚯蚓、毒蛇都敢吃，還不敢吃牛蛙？

你難道忘了？我的筆名叫蝌蚪啊！

對對對！袁腮吩咐那些小姐們：把桌上的全撤掉，告訴廚房，重新做一桌，凡跟蛙沾邊的一律不要！

新菜上桌，酒過三巡。

我問袁腮：你這傢伙，怎麼會想到養牛蛙？

要想賺大錢，就得想別人想不到的！袁腮吐著煙圈，得意洋洋地說。

你太有才了！我模仿著某小品演員的口吻，不無譏諷地說，你從小就跟別人不一樣。養牛蛙是好，但從牛胃裡取鐵釘，到集市上算卦看相，如此神技，丟了豈不可惜？

蝌蚪，你這傢伙，打人不打臉，罵人不揭短嗎。袁腮道。

小獅子冷冷地說：還有用鐵鉤子給婦女取環呢！

哎呦，嫂子啊，袁腮道，這事就更不能提了。那時候，咱一是覺悟低，二是心腸軟，架不住那些想生兒子想瘋了的老娘們纏磨，三是呢，爲窮所迫。

現在還敢幹嗎？我問。

幹什麼？袁腮瞪著眼問我。

取環啊！

看你說的，我就那麼沒記性？幾年勞改隊，早讓我脫胎換骨，袁腮道，現在，我是堂堂正正做人，正大光明賺錢，不違法的事啥都敢幹，違法的事，用槍逼著也不幹。我們是遵紀守法、照章納稅、熱心公益的市級優秀企業呢。小表弟道。

席間，小獅子一直用手攬著那個泥娃娃。

袁腮道：秦河這個雜種，才是眞正的天才！他不出手便罷，一出手就把郝大手給鎭壓了。

一直微笑不語的小畢插嘴道：秦老師的作品每一件都凝聚著他的感情。

捏泥娃娃也需要感情？袁腮問。

那當然了，小畢道，每件成功的作品，都是藝術家的孩子。

那這隻大牛蛙，袁腮指指院子裡的雕塑，也是你的孩子了！

小畢飛紅了臉，不再吱聲。

表嫂這麼喜歡泥娃娃？小表弟問。

你表嫂喜歡的不是泥娃娃，袁腮道，她喜歡的是眞娃娃。

那我們一起幹吧！小表弟興奮地說，表哥也可以入夥。

讓我們跟你們養牛蛙？我說，看見這些東西我身上就起雞皮疙瘩。

表哥，我們不僅僅養牛蛙，我們——

別嚇著你表哥，袁腮打斷小表弟的話，說，喝酒，老兄，還記得毛主席當年是怎麼教育那些「知青」的嗎？——農村是一個廣闊的天地，在那裡是可以大有作爲的！

三

正如王肝當年痛定思痛後所言：愛情是一場病。想想他迷戀小獅子那漫長的歲月裡的表現，眞不可想像他在小獅子嫁我之後，還能夠活得下去。以此類推，秦河對姑姑的癡戀也是一種病，他在姑姑嫁給郝大手後，既沒有投河也沒有上吊，而是將痛苦轉化爲藝術，一個卓越的民間藝術家由此產生，彷彿從泥巴裡跳出一個赤子。

王肝沒有回避我們，他甚至主動提起當年對小獅子的癡迷，談笑之間，彷彿是在說別人的故事。他的態度，讓我倍感欣慰。心中埋藏多年的歉疚被稀釋，對他生出若干的親近和敬意。

我說了你都不一定相信，王肝說，小獅子赤腳走過河灘，河灘上留下一行腳印，我像小狗一樣趴在河灘上，嗅著那些腳印的氣味，淚水啪嗒啪嗒滴下來。

你就胡亂編造吧，小獅子紅著臉說。

這是千眞萬確的事，王肝一本正經地說，如有一字謊言讓我頭髮梢上長疔！

聽聽吧，小獅子對我說，頭髮梢上長疔，還不如讓你的影子感冒。

這是很好的細節，我說，我可要把你寫進劇本裡去啊！

謝謝，王肝道，你一定要把那個名叫王肝的傻瓜做過的蠢事統統寫到劇本裡，我這裡素材多著呢。

你敢寫我就把你的稿子燒了。小獅子說。

你可以燒掉紙上的字，但燒不掉我心中的詩啊。

酸勁兒又上來了。小獅子道，王肝，我現在想，嫁給小跑，還不如當初嫁給你呢，起碼你還趴在我的腳印上哭過。

嫂夫人，您可千萬別開這種國際玩笑，您與小跑，是絕配。

確是絕配，小獅子道，連根孩子毛都沒生出來，不是絕配是什麼？

好了，別說我們了，說你，這麼多年了，你也沒找個人？

我病好之後，才發現自己其實不愛女人。

那你是同性戀？小獅子嘲道。

我什麼戀都不是，王肝道，我只戀我自己。我戀我的胳膊，戀我的腿，戀我的手，戀我的頭，戀我的五官，戀我的五臟六腑，甚至戀我的影子，我經常跟我的影子說話呢。

你大概又患上了另外一種病，小獅子道。

戀別人是要付出代價的，戀自己不要代價，我想怎麼愛我自己，就怎麼愛我自己。自己做自己的主……

王肝把我和小獅子帶到了他與秦河居住的地方。大門口的牆壁上掛著一塊木牌子，上寫著：

大師工作坊。

這裡是人民公社時期的飼養室，是我經常前來玩耍的地方。記得當年，這裡晝夜散發著牛和騾馬糞便的氣味，院子裡有一口大井，井旁一個大缸。每天早晨，飼養員老方把牲口一個個牽出來，牽到大缸旁飲水。飼養員小杜，站在井邊，不斷地將水提上來倒在缸裡。那飼養室寬大敞亮，裡邊一排溜兒安著二十幾隻石槽。最頭上的兩隻高大的石槽是騾馬使用的，裡邊的石槽低矮，是牛使用的。

一進院門，我看到院子裡那幾十根拴牛、拴騾馬的木樁猶在，我看到牆壁上當年的標語依稀可辨，甚至，連當年的氣味都沒有消散乾淨。

原本是要拆的，王肝道，但聽說上邊下來考察了，說要保留一個人民公社時期的村莊做旅遊點，所以就保存下來了。

那是不是還要養上一些牛馬？小獅子問。

估計不會養了吧？王肝大聲喊：老秦、秦老師，來貴客了！

屋子裡沒有聲響。我們跟隨王肝進屋，看到那些石槽和拴馬樁猶存。牆壁上，那些被騾馬踢出的坑猶存，牆壁上乾結的牛糞猶存。那口爲牛馬煮飼料的大鍋猶存，那鋪曾經擠滿了方家那六個兒子的大炕猶存。我曾經在這鋪大炕上睡過幾夜，那是寒冬臘月，滴水成冰。方家貧寒，沒有被子，老方只能不斷地往灶裡填草燒火以禦寒，那炕熱得如同煎餅鏊子。方家的兒子習慣了，各個睡得又香又甜，我卻翻來覆去難以入睡。現在，炕上有兩套鋪蓋，炕頭牆壁上，貼著幾張年畫，畫上是麒麟送子和狀元逛街。我們看到，在兩隻石槽上，架設著一塊厚厚的木板，木板上擺著泥巴和工具，木板後一條板凳上，坐著我們的老熟人秦河。他穿著一件藍布大褂，衣袖和胸襟上色彩斑駁。他滿頭白髮，依然中分，臉如馬駒，兩隻大眼，憂鬱而深沉。看我們進來，他抬頭看了我們一眼，嘴唇動了動，算是與我們打過了招呼。然後他就恢復了雙手托腮、目光盯著牆壁，彷彿冥思苦索的狀態。

我們不由得屏住了呼吸，不敢大聲說話，走路也小心翼翼，生怕出了聲音，影響大師的思維。

在王肝的引導下，我們參觀著大師的作品。大師捏出的半成品，都在牛槽裡晾著。晾乾後等待上色的作品，都擺在靠近北牆支架起的幾塊長木板上。那些形態各異的孩子，在牛槽裡向我們打著招呼，在上粉敷色之前他們已經栩栩如生。

王肝悄悄告訴我們，大師幾乎每天都這樣坐著發呆，有時夜裡也不上炕睡覺。但他會像機器一樣定時地揉合案板上的泥巴，使它們始終保持著均勻柔軟的狀態。大師有時候枯坐一天也捏不出一個孩子，但眞要捏起來，速度非常之快。我現在既是大師作品的經銷者又是大師的管家。王肝說，我終於找到了一件最適合我的工作，就像大師終於找到了他合適的工作一樣。

王肝說，大師對生活的要求很低，端到他面前什麼，他就吃什麼。當然，我會把最有營養、最有利於健康的食品買給大師吃。大師不僅僅是我們東北鄉的驕傲，也是我們全縣的驕傲。

王肝說，有一天半夜裡，突然發現炕上沒有了大師，慌忙開燈尋找，工作台前沒有，院子裡也沒有，大師哪裡去了呢？我嚇出了一身汗，大師眞要出了事，那可是我們東北鄉的巨大損失。縣長帶著文化局長、旅遊局長到這個院裡來過三次啊。你們知道縣長是誰嗎？就是咱們那位老縣委書記、在咱們高密東北鄉吃過苦頭、對我們姑姑有那麼一種說不清道不明關係的楊林的小兒子啊。這小伙子名叫楊雄，一表人才，雙眼如電，牙齒潔白，身上散發著一股高級香菸的氣味，據說是從德國留學回來的。他第一次來確定了這飼養棚不拆；第二次來請大師去縣裡參加宴會，大師抱著拴馬樁，像當年那些寧死不結紮的男人一樣拒絕前往；第三次縣長給大師送來了一塊牌子和民間工藝美術大師的證書。王肝從牛槽裡找出那塊鍍金的銅牌子和那本藍色絨面的證書給我們看。王肝說，當然，郝大手也有這樣一塊牌子和這樣一本證書，縣長也請過郝大手去縣裡赴宴，郝大手當然也不會去赴這種宴席，他如果去赴這種宴席他就不是郝大手了。——愈是這樣，愈讓小縣長對我們高密東北鄉這兩位高人刮目相看了。——王肝從口袋裡摸出了一疊名片，從中找出了三張，說，你們看，他每來一次就給我一張名片，他說，老王，高密東北鄉乃藏龍臥虎之地，你老王也是個人物呢！我說我半生落魄，劣跡斑斑，除了鬧了一場臭名昭著的戀愛，別的一無所成，現在，靠耍嘴皮子賣泥娃娃度日。你們猜他怎麼說？他說，能用半生精力鬧一場戀愛的人，本身就是傳奇人物。你們高密東北鄉已經出了不少奇人，怪人，我看你也是其中之一。這個傢伙，是絕對的新型官員，與我們往常見過的官員絕不一樣。下次他來了，我給你們引見一下。他分配給我的任務，就是照顧好大師的生活，保證大師的安全。所以，當我深更半夜裡發現大師沒了蹤影，頓時冷汗涔涔而下。大師要有個三長兩短，我如何向縣長交代？我呆坐鍋灶前，看到月光如水，漫進屋來。灶後的暗影裡，兩隻蟋蟀發出清晰的叫聲，透出幾絲淒涼之意。這時，我聽到從馬槽中發出一陣冷笑。我蹦起來，往馬槽裡一看，原來大師仰面朝天躺在裡面呢。馬槽太短，他的雙腿像練瑜伽神功一樣疊在一起，雙手疊放在胸前。他神態安詳，面帶笑容，細一看人在酣眠，那笑聲竟是他自夢中發出。你們也許知道，高密東北鄉這幾個天才人物，都患有嚴重的失眠症，王肝雖然只能算半個天才，但王肝也失眠！不知二位是否失眠？

我與小獅子相對一望，繼而搖頭。我們不失眠，我們的腦袋一挨到枕頭，鼾聲就會響起，所以我們不是天才。

失眠的未必全是天才，但天才幾乎都失眠。王肝道。姑姑的失眠症已經聞名鄉里，深夜時分，萬籟俱寂，曠野裡常常會響起沙啞的歌唱聲，那就是姑姑在歌唱。姑姑去夜遊，郝大手就捏他的泥娃娃。他們倆的失眠是週期性的，隨著月亮的盈虧而變化。月光愈亮時，他們失眠愈重，月亮退隱時，他們即可入眠。所以那位滿腹錦繡的小縣長給郝大手的泥娃娃命名為「月光娃娃」，他曾指派縣電視台的人來錄製過郝大手在明月皎皎之夜，藉著月光捏製泥娃娃的情景。你們沒看過這節目吧？沒有看到，不用遺憾，這是小縣長親自抓的一個系列欄目，名叫「高密東北鄉奇人」。這欄目的開場鑼鼓就是郝大師的「月光娃娃」，第二期就是「馬槽中的大師」，第三期就是「一個出口成章的奇人」，第四期是「蛙鼓聲中的歌唱者」，如果你們想看，我一個電話，電視台就會把光盤送來——尚未剪輯的原始碟——我還會向電視台提個建議，讓他們為你們夫妻做一期節目，題目我都想好了：迷途知返的遊子。

我與小獅子相視而笑，知道他的話已經進入藝術創作境界，不必揭穿他，何必揭穿他？且聽他說下去。

他說，失眠多年的大師終於在馬槽中睡著了，睡得深沉，猶如無憂無慮的嬰兒，就像多年前那個躺在木製馬槽裡順河漂來的赤子。我感動得雙眼盈滿淚水，只有失眠的人，才知道睡不著是多麼痛苦，也只有失眠過的人，才知道睡著了是多麼幸福。我小心地守護在馬槽邊，屏住呼吸，生怕發出響聲，把大師從睡夢中驚醒。漸漸地，我的淚眼矇矓了，我感到眼前出現了一條小路，路兩邊是茂密的荒草，野花盛開，五彩繽紛，異香撲鼻，蝴蝶起伏，蜜蜂嗡嗡，前邊有一個聲音在召喚我，是一個女人的聲音，鼻音很重，聽上去有些甕聲甕氣，但感覺非常親近。我被那聲音引導著往前走，我看不到她的上半身，只能看到她的下半身。豐腴得如同圓球的屁股，修長的小腿，鮮紅的腳後跟，鮮紅的腳後跟踩著潮濕的泥土留下一個個淺淺的腳印，那些腳印無比地清晰，反映出她腳底的紋路。就這樣，我跟著她走啊，走啊，小路彷彿永遠走不到盡頭……漸漸地，我感到和大師走在一起，大師何時從何地而來我不得而知。我們跟著那鮮紅的腳後跟，來到了一片沼澤地的邊緣，風從沼澤深處送來淤泥與腐草的氣味，腳下是一簇簇莎草，遠處是一片蘆葦和菖蒲，還有許多叫不出名字的奇花異草。從沼澤地深處，傳來了兒童的吵嚷歡笑聲，那只能看到下半截身體的女人用她富有磁性的聲音對著沼澤地喊叫：大怪小怪，金袍玉帶，有恩報恩，欠債討債。——她一聲未了，就看見一大群只穿著紅肚兜的光屁股娃娃，有的紮著一根沖天小獨辮，有的剃著小光頭，有的留著那種三片瓦式樣的娃娃頭，齊聲歡叫著，從沼澤中奔馳而來。他們的身體好像很有些重量，沼澤表面彷彿形成了一層富有彈性的膜，孩子們站在上邊奔跑，每一步都可以獲得很大的彈性，使他們的奔跑如同一群袋鼠在跳躍。他們，當然還有她們，把我與大師團團圍住；他們，當然還有她們，有的抱住我們的腿，有的跳上我們的肩膀，有的揪住我們的耳朵，有的拽我們的頭髮，有的對著我們的脖子哈氣，有的對著我們的眼睛吐唾沫；我們被他們，當然還有她們，掀翻在地；他們，當然還有她們，挖起一坨坨的泥巴，對著我們身上糊，當然，也往他們自己身上抹……後來，不知過了多久時間，他們，當然還有她們，突然都安靜下來，圍成一個半圈，在我們面前，有的趴著，有的坐著，有的跪著，有的雙手托腮，有的啃著手指，有的張開嘴巴……總之是生動活潑，姿態各異。天哪，這不是爲大師提供模特兒嗎？我看到大師早已開始工作，他眼睛盯住一個孩子，從地上挖起一坨泥，捏巴捏巴，那個孩子就活脫脫地被他捏出來。他捏完一個，又盯一個，從地上挖起一坨泥，捏巴捏巴，又把那孩子活脫脫地給捏出來了……

一聲雞叫，驚心動魄，我猛然醒來，發現自己竟然趴在馬槽邊上睡著了。我嘴巴裡流出的哈喇子把大師胸前的衣服都滴濕了。對失眠的人來說，只有通過對夢境的回憶，才能知道自己是否睡著過。適才的情景如在眼前，這說明我確實睡著了。失眠多年的王肝竟然趴在馬槽邊上睡著了，這眞是一件值得鳴鞭慶賀的喜事啊！當然，更大的喜事是大師睡著了。大師打了一個噴嚏，慢慢地睜開眼睛，然後，像突然想起了什麼大事似的，從馬槽中一躍而起。此時正是黎明時分，霞光透窗而入，大師撲到工作台前，揭開那用塑膠薄膜層層包裹著的泥巴，撕下一塊，揉巴揉巴，揉巴揉巴，捏巴捏巴，捏巴捏巴，一個穿著兜肚兒、頭頂一根沖天小辮兒的頑童便出現在他面前的案板上了。我心中突然充滿了感動，耳邊彷彿又響起那女人磁性的聲音，她是誰？她還能是誰？她就是那位大慈大悲的送子娘娘啊！

說到此處，王肝的眼睛眞的淚光點點，而且我還看到，小獅子的眼睛裡也放射出了異樣的光彩，她果眞被他給忽悠住了。

王肝繼續說，我躡手躡腳地取來相機，不敢用閃光燈，偷偷地拍下了大師入神創作的照片。其實，即使在他耳邊放槍也未必能把他驚醒啊。大師的臉上神色，不停地變幻著，時而嚴肅深沉，時而嬉皮笑臉，時而是搗鬼惡作劇，時而是寂寞加悲涼。——很快我就發現，大師臉上的表情與他手中正在塑造著的孩童臉上的表情有關——也就是說，大師捏那個孩子，他自身也就成爲了那個孩子，大師與他塑造的孩子息息相關，血肉相連。

大師面前的案板上，孩子在逐漸增多，一個一個又是一個。他們，當然還有她們，排列成一個半圓形，面對著大師，與我在夢境中看到的一模一樣！我眞是驚喜萬分啊！我眞是感慨萬千啊！原來，兩個人可以做一個同樣的夢，「心有靈犀一點通」，據說是古人用來描寫男女戀人的，但用在我與大師身上也完全適用。我們雖然不是戀人，但我們同病相憐啊！說到這裡，你們也該明白，爲什麼大師捏了那麼多孩子沒有一個是重複的，大師不僅僅從生活中擷取孩子的形象，大師還能從夢境中擷取孩子形象。我雖然沒有手上的技藝，但我的心，是一顆具有豐富想像力的心，我的眼睛，具有攝像機般的能力，我可以把一個孩子，幻化成十個孩子百個孩子千個孩子，同時又能把千個孩子百個孩子十個孩子濃縮成一個孩子。我通過夢境，把自己頭腦中儲備的孩子形象傳達給大師，然後通過大師的手，把這些孩子變成作品。所以我說，我與大師是天造地設的合作夥伴，所以也可以說，這些作品是我們的集體創作。我這樣說並不是要搶大師的功勞，我經過那場戀愛，早已看破了世情，功名利祿對我如同浮雲，我這樣說的目的，就是想說明這樣一個奇蹟，就是想說明夢與藝術創作之關係，就是想讓你們明白，失戀是一筆財富，尤其是對從事藝術創作的人說，沒有經過失戀的痛苦淬煉，是不可能進入藝術創作的最高境界的。

在王肝對著我們滔滔不絕的講述過程中，大師保持著他那雙手托腮的姿勢，幾乎一動未動，彷彿他自身，已成為了一尊泥塑。

四

王肝讓一個小男孩把「高密東北鄉奇人系列」DVD送給了我們。那男孩穿一條背帶式短褲，裸露著兩條皮諾丘般的長腿，腳上穿著兩隻看上去十分沉重的高腰皮靴。他的頭髮是亞麻色的，眉毛和睫毛接近白色，眼珠灰藍，一看就知道是個外國種。小獅子慌忙找來糖果。那男孩卻把雙手背在身後，用濃重的高密東北鄉方言腔調說：他說，你們至少會給我十元錢。

我們給了他二十元錢。那男孩給我們鞠了一個躬，吹著口哨，跑下樓去。我們趴在窗台上，看著他像卡通中的人物一樣，邁著大步，向社區對面的兒童遊樂場走去。那裡，有一輛過山車忽隱忽現。

幾天之後，我們在河邊散步時，又碰到了這個男孩。跟他在一起的，有一個推著嬰兒車的高個白種女人。男孩和一個女孩——顯然是他的妹妹——腳蹬旱冰鞋，頭戴硬塑彩色頭盔，膝蓋與臂彎處戴著防護墊，小心翼翼地滑行著。跟在白種女人身後的，是一個面目清秀的中年男人，他正在打手機，用一口悅耳的江浙普通話。他的身後，跟著一條肥胖的金毛大狗。我一眼就認出了此人乃北京某大學的著名教授，經常在電視上露面的社會名流。小獅子又把自己的胖臉伏到嬰兒車中那藍眼珠的洋娃娃身上去了。那女人微笑著，表現出極好的風度，但那教授，臉上明顯地顯出了鄙夷的神色。我慌忙拉著小獅子的胳膊將她從嬰兒車邊拉開。她的眼睛還盯著那嬰兒，根本沒看到教授的臉色。我對著教授抱歉地點點頭，教授微微頷首。我提醒小獅子，希望她見到漂亮嬰兒時，不要像狼外婆一樣。我說，現在的孩子，各個嬌貴，你只顧盯著孩子，沒看見孩子父母的臉色。小獅子很感委屈，先是罵了一通那些肆意超生的富人和那些與外國人結婚後便拚命生養的男人和女人，接著便自怨自艾，後悔當年跟著姑姑執行嚴酷的計畫生育政策，引流了那麼多嬰兒，傷了天理，導致老天報應，使自己不能生養。然後又希望我也去找一個洋妞結婚，生一堆混血小孩。她說：小跑，我真的不嫉妒，我一星半點兒嫉妒都沒有，你去找個洋女人結婚吧，你們放開了生，能生多少就生多少，生出來送給我，我幫你們養著。——講到此處，她的眼睛裡盈著淚水，呼吸變得急促，豐碩的胸脯微微起伏，一腔母愛，無處發洩。我一點都不懷疑，只要給她一個嬰兒，她的乳房便會噴出乳汁。

就是在這種情況下，我將王肝轉送來的碟片塞進了機器。

在外鄉人聽起來也許刺耳但我們聽起來眼淚汪汪的貓腔旋律聲中，姑姑與泥塑藝人郝大手的生活展現在我們面前。

我必須坦率地承認，姑姑嫁給郝大手，我雖然沒有公開表態，但內心深處反對。我的父親、我的哥嫂們與我的看法相同。我們感到，姑姑與郝大手不般配。我們從很小的時候就期待著姑姑嫁人，姑姑與王小倜的那段經歷曾給我們帶來了巨大的榮耀，但結局卻無比淒涼。後來她與楊林的事雖然不如與王小僩那樣符合我們的理想，但楊是高官，也算差強人意。即便她嫁給癡迷她的秦河，也比這郝大手……我們原本是做好了姑姑獨身到老的準備的，我們甚至討論過姑姑進入晚年後，由誰來為她養老送終的事，但姑姑突然之間，把自己嫁給了郝大手。那時我與小獅子身在北京，聽到這消息後，起初是感到吃驚，然後是感到荒唐，最終是感到淒涼。

這期題名為「月光娃娃」的節目，名義是講述泥塑藝人郝大手，但其實姑姑是主角。從迎接記者進院，到一一展示郝大手的工作間和他儲藏泥娃娃的倉庫，姑姑始終處在畫面的中央。姑姑手舞足蹈、繪聲繪色地講解，而那郝大手，靜靜地坐在工作台後，目光迷茫，面無表情，彷彿一匹夢境中的老馬。是不是所有的泥塑大師到達至高境界後，都會變得像一匹夢境中的老馬呢？郝大師的名聲如雷貫耳，但我回憶了一下，這輩子見過他的次數其實有限。我侄子象群「招飛」設宴那晚上，我在暗夜中見過他之後，許多年來這是第一次見他，而且是在螢屏上。他的鬚髮已經全白，但面色紅潤，氣定神閒，頗有幾分仙風道骨。在這個節目裡，我們意外地知道了姑姑為什麼要嫁給郝大手的原因。

姑姑點燃一枝菸，深深地吸了一口，然後，用一種近乎淒涼的腔調說，婚姻這事兒，是天定的。我對你們年輕人說這個並不是要對你們宣揚唯心論——我曾經是個徹底的唯物主義者——但是在婚姻這件事上，不信命是不行的。你去問問他——姑姑指指像泥神一樣端坐著的郝大手——他做夢能想到跟我結婚嗎？

一九九七年，我六十歲。姑姑說，上級讓我退休。我當然不想退休，但我已經比別人晚退了五年，沒有什麼可說的了。衛生院院長，你們都認識他，那個忘恩負義的小畜牲，河西村黃皮的兒子，大名黃軍，外號黃瓜的那個小子，想當年也是我把他從他娘的肚子裡拽出來的小王八羔子，上了兩天半衛校，聽診找不到心肺，打針找不到靜脈，診脈不知道寸、關、尺的半傻子，竟然也當上了院長！當年他上衛校時，還是我找衛生局沈局長說了情，可他「一朝權在手，翻臉不認人」。這小子什麼都不會，唯有兩項特長：一是請客送禮拍馬屁，二是誘姦大姑娘。

說到此，姑姑捶胸頓足——我眞是糊塗，我引狼入室，我助紂為虐！——醫院裡那些年輕姑娘，被他弄了一個遍。王家莊王小梅，剛剛十七歲，留著大辮子，白淨面皮瓜子臉，長睫毛忽閃忽閃，像蝴蝶翅子似的，兩隻大眼滴溜溜會說話兒，誰見了誰說這閨女要是被張藝謀發現了，肯定比鞏俐、章子怡還要紅，但沒等到張藝謀發現，卻被黃瓜這個色狼發現了。他跑到王家莊，搖著那條能把死人說活的大舌頭，硬把王小梅的爹娘說轉轉了，讓王小梅到衛生院來跟著我學婦科。說是跟著我學婦科，可那王小梅一天也沒在婦科待過。他被黃瓜這色狼給霸占了，天天陪著他，晚上幹那事不說，青天大白日也幹，好多人都看到過。幹夠了那事，就進縣城拿著公款擺宴席，請那些當官的，運動著想往縣城調，你們沒見過他那副死樣子吧？半米長一張驢臉，嘴唇烏青，牙縫滲血，滿嘴臭氣，一張口能將馬熏倒。就他這樣，竟然還想到縣衛生局當副局長。他拉著王小梅給他當三陪，少不了把王小梅當禮物送給那些人玩弄。造孽，眞是造孽啊！

姑姑說，有一天，那小子突然把我叫到他辦公室。醫院裡的女人都怕進他的辦公室。我自然不怕，我口袋裡裝著一把小刀，隨時都準備劁了這個雜種。他端茶倒水，滿臉堆笑，給我灌了半天米湯。我說黃大院長，有什麼話就直說吧，不用兜圈子了。他嘿嘿地乾笑著，道：大姨！——他娘的他竟敢叫我大姨——他說大姨我是您親手接下來的，也是您看著長大的，我跟您的親兒子沒有什麼區別。嘿嘿……我說，愧不敢當，您是堂堂一院之長，我是一個普通的婦科醫生，您做我的兒子，豈不是要把我折死嗎？有什麼話您就直說吧。他嘿嘿嘿，又是乾笑，然後，厚顏無恥地說：我犯了一個領導幹部經常犯的錯誤——一時沒把握好，將王小梅弄大了肚子。——恭喜啊！姑姑道，我說，王小梅懷了龍種，我們院後繼有人了！——大姨，您就別逗笑了，他說，我這幾天愁得吃不下飯睡不著覺呢。——這畜牲，他也有吃不下飯睡不著覺的時候！——她逼著我離婚，說我如不答應，就去縣紀委告我。——我說，為什麼呢？你們這些當官的，不都流行包「二奶」嗎？給她買棟別墅，把她養起來不就行了嗎？大姨，他說，您就別拿我開心了。包「二奶」包「三奶」，那是拿不到桌面上的事，再說了，我到哪裡弄錢去給她買別墅——那你就離婚唄，我說。他耷拉著驢臉說，大姨，您也不是不知道，我老丈人和我那幾個殺豬的小舅子，都是些活土匪，他們一旦知道這些事，非把我宰了不可——可您是院長啊，高級幹部啊！——行啦，大姨，他說，一個小小鄉鎮衛生院長，在您老眼裡，連個屁都算不上，您就別諷刺我了，幫我想想辦法吧。——我有什麼辦法可想？——王小梅崇拜您，他說，她跟我說過許多遍說她崇拜您。她誰的話都不會聽您的話也會聽。——要我做什麼？——您跟她說說，讓她把肚子裡的孩子拿掉——黃瓜，我惱恨地說，這種傷天害理的事兒，我再也不會做了！我這輩子，親手給人家流掉的孩子，已經有兩千多個了！這種事兒，我再也不幹了。您就等著當爹吧！我說，王小梅多漂亮啊，生出來的孩子肯定也漂亮，多好的事啊，你跟王小梅說去吧，等她足月後，我給她接生！

姑姑道，我拂袖而去，心中感到很痛快，但坐到辦公室後，喝了一杯水，心中又感到難過。黃瓜這壞種，斷子絕孫才好，王小梅那樣的身體，孕育著這樣的壞種，眞是可惜。我接生過這麼多孩子，總結出一條經驗，那就是，好人和壞人，一小半是後天教育的結果，一大半是遺傳決定的。你們可以批「血統論」，但我這是實踐出眞知。像黃瓜這樣的壞種後代，即使生出來放在廟裡，長大了也是個花和尙。儘管我心裡替王小梅難過，但我也不會去做她的思想工作，不能讓黃瓜這壞種輕鬆卸下包袱。哪怕世界上多一個花和尙。——但我最後，還是給王小梅做了人流。是王小梅自己求我的。姑姑說，她跪在我的面前，抱著我的腿，鼻涕眼淚，把我的褲子都弄髒了。她哭著說，姑姑啊，姑姑，我上了他的當，我被他騙了，即便他用八人大轎來娶我，我也不會嫁給這樣的畜牲。姑姑，你幫我做了吧，我不想要這個壞種……

就這樣——姑姑又點燃一枝菸，凶巴巴地抽著，濃煙籠罩著她的臉——我給她做了。王小梅原本是含苞待放的玫瑰，被他給蹧蹋成了殘花敗柳——姑姑抬起胳膊，沾沾臉上的淚。我發誓再也不做這樣的手術了，我已經受不了了，即使她的肚子裡懷著一隻長毛的猴子，我也不做了，我一聽到那負壓瓶發出的「咕唧咕唧」的聲響，就感到自己的心臟被一隻大手攥住了，越攥越緊，痛得我渾身冒汗，眼冒金花，手術做完了，我也癱倒在地上……

對啊，人老了，講話愛跑題，說了半天，還沒說到我爲什麼要嫁給郝大手。姑姑說，宣布我退休那天，是陰曆的七月十五，黃瓜那雜種還想留我，讓我退休不離崗，說每月給我八百元錢。

呸！我一口唾沫啐到他的臉上。小雜種，姑奶奶給你們賣命賣夠了，這些年來，衛生院裡的錢，十元裡有八元是我掙的。四鄉八縣，奔衛生院來看病的婦女兒童，都是衝著我來的。姑奶奶要想掙錢，哪一天還不掙個千兒八百的？你黃瓜想用每月八百元錢收買我？一個農民工也不止這個價啊！姑奶奶辛苦大半輩子，不幹了，想歇歇了，回高密東北鄉養老了。——就爲這，我把黃瓜這雜種得罪了，這兩年他變著法兒整我，整我？老姑奶奶什麼陣勢沒見過？老姑奶奶少年時連日本鬼子都不怕，七十多歲了反倒怕你個小雜種不成？——對對，說正題了。

要問我爲什麼嫁給老郝，那眞還要從蛙說起。宣布了我退休那晚上，幾個老同事在飯店裡擺了一桌酒宴。那晚上我喝醉了——其實我喝的並不多，是那酒不好。酒店裡那個小老闆，解百爪的兒子解小雀，六三年生那批地瓜小孩中的一個，拿出一瓶「五糧液」說要孝敬我，可他娘的那是瓶假酒，我只喝了半茶碗就頭暈眼花、天旋地轉了。同桌喝酒那些人，一個個東倒西歪，那解小雀兒自己也口吐白沫，翻了白眼兒。

姑姑說她搖搖晃晃地往回走，本來是想回醫院宿舍的，可不知不覺地竟走到了一片窪地裡。一條小路彎彎曲曲，兩邊是一人多高的蘆葦，一片片水，被月光照著，亮閃閃的，如同玻璃。蛤蟆、青蛙，呱呱地叫。這邊的停下來，那邊的叫起來，此起彼伏，好像拉歌一樣。有一陣子四面八方都叫起來，呱呱呱呱，叫聲連片，匯集起來，直沖到天上去。一會兒又突然停下來，四周寂靜，唯有蟲鳴。姑姑說她行醫幾十年，不知道走過多少夜路，從來沒感到怕過什麼，但這天晚上她體會到了恐懼的感覺。常言道蛙聲如鼓，但姑姑說，那天晚上的蛙聲如哭，彷彿是成千上萬的初生嬰兒在哭。姑姑說她原本是最愛聽初生兒哭聲的，對於一個婦產科醫生來說，初生嬰兒的哭聲是世上最動聽的音樂啊！可那天晚上的蛙叫聲裡，有一種怨恨，一種委屈，彷彿是無數受了傷害的嬰兒的精靈在發出控訴。姑姑說她喝下去的酒頃刻之間都變成冷汗冒了出來。你們可不要以爲我是酒後腦子裡出現了幻覺，酒隨汗出之後，除了頭有些痛之外，我的腦子非常清醒。姑姑沿著那條泥濘的小路，想逃離蛙聲的包圍。但哪裡能逃脫？無論她跑得有多快，那些哇——哇——哇——的淒涼而怨恨的哭叫聲都從四面八方糾纏著她。姑姑說她想跑，但跑不動，小路上的泥濘，像那種青年人嘴巴裡吐出來的口香糖一樣，牢牢地黏著她的鞋底，她每一抬一下腳，都要使出全身的力氣，她看到在鞋底和路面之間，牽拉著一道道銀色的絲線，她掙斷了這些絲線，但落腳之處，又有新的絲線產生。她拋掉了鞋子，赤腳走在泥路上，但赤腳之後，對地面泥濘的吸力感受更加親切，彷彿那些銀色的絲線都生出了吸盤，牢牢地附著腳底，非把她腳底的皮肉撕裂不可。姑姑說她跪在了地上，像一隻巨大的青蛙，往前爬行，這時，地上的泥濘吸附著她的膝蓋、小腿和手掌。她還是不顧一切地向前爬啊，向前爬。這時，姑姑說，從那些茂密蘆葦深處，從那些銀光閃閃的水浮蓮的葉片間，無數的青蛙跳躍出來。牠們有的渾身碧綠，有的通體金黃，有的大如電熨斗，有的小如棗核，有的生著兩隻金星般的眼睛，有的生著兩隻紅豆般的眼睛，牠們波浪般湧上來，牠們憤怒地鳴叫著從四面八方湧上來，把她團團圍住。姑姑說她感覺到了牠們堅硬的嘴巴在啄著她的肌膚，牠們似乎長著尖利指甲的爪子在抓著她的肌膚，牠們蹦到了她的背上，脖子上，頭上，使她的身體不堪重負，全身趴在了地上。姑姑說她感到最大的恐懼不是來自牠們咬啄和抓撓，而是來自牠們那冰涼黏膩的肚皮與自己肌膚接觸時那種令人難以忍受的噁心。牠們在我的身上不停地撒尿，也許射出的是精液。姑姑說她突然想起了當年聽大奶奶講過的青蛙戲人的傳說，說有一個大閨女夜晚在河堤上乘涼，不知不覺中睡著，夢中與一身著翠衣的青年男子交合，醒來後即懷孕，後來竟生出了一堆小青蛙。姑姑說，想到此她一躍而起，極大的恐懼使她爆發出神力。她看到那些伏在她身上的青蛙像泥巴一樣紛紛地落在地上。而還有很多的青蛙牢牢地抓住她的衣服、頭髮，有兩隻用嘴巴咬住她的耳垂，好像兩個可怕的耳飾。姑姑往前奔跑，地面的吸附力不知爲何突然消逝。姑姑說她一邊跑一邊抖動身體，同時還用雙手在身上撕扯著。每抓住一隻青蛙時她都會發出一聲尖叫，然後將牠們猛地摔出去。她說從耳朵上往下撕那兩隻青蛙時，幾乎把耳朵撕裂。牠們牢牢地叼住耳垂，像飢餓的娃娃叼著母親的乳頭。

姑姑一邊嚎叫一邊奔跑，但身後那些緊緊追逼的青蛙卻難以擺脫。姑姑在奔跑中回頭觀看，那景象令她魂飛魄散：千萬隻青蛙組成了一支浩浩蕩蕩的大軍，叫著，跳著，碰撞著，擁擠著，像一股濁流，快速地往前湧動。而且，路邊還不時有青蛙跳出，有的在姑姑面前排成陣勢，試圖攔截姑姑的去路，有的則從路邊的草叢中猛然地跳起來，對姑姑發起突然襲擊。姑姑說那天晚上她原本穿著一條肥大的黑色綢裙，但那裙子，被那些偷襲的青蛙一條一條地撕去了。姑姑說那些撕得了一長條綢裙的青蛙，便一口口吞食下去，直噎得舉前爪撓腮，打滾露出了白肚皮。

姑姑說她奔跑到河邊，看到那座在月光下閃爍著銀光的石頭小橋時，身上的裙子已經被青蛙們撕扯乾淨。姑姑幾乎是赤身裸體跑到了小橋上，與郝大手相逢。

我那時根本顧不上什麼羞恥，也根本意識不到自己幾乎是光著屁股，姑姑說，我看到一個披著大簑衣、戴著大斗笠的人坐在小橋中央，手裡團弄著一塊銀光閃閃的東西——後來才知道，他團弄的是一塊泥巴。製作月光娃娃，必用月光泥巴。——那時我根本沒看清他是誰，無論他是誰，只要他是個人，就是我的救命恩人。姑姑說她撲到那人懷裡，使勁地往他簑衣裡鑽，前胸感受到那人胸膛的溫度，背後是青蛙的那種腥臭逼人的濕涼，姑姑說她喊了一聲：大哥，救命，便昏了過去。

姑姑的長篇講述，讓我們感同身受，腦海裡浮動著那成群的青蛙，脊梁上泛起陣陣涼意。攝像機給了郝大手一個鏡頭，他還是那樣泥塑般靜坐不動，又穿插著出現了幾個泥娃娃的特寫，和那座河上小橋的遠景，鏡頭又對準了姑姑的臉，姑姑的嘴巴。姑姑說：

等我醒來時，已經躺在郝大手的炕上。身上穿著幾件男人的衣服。他雙手捧來一碗綠豆湯給我喝，綠豆的香氣使我恢復了理智。喝了一碗湯，我出了一身汗，身上許多地方灼熱痛疼，但那種冰冷黏膩讓人忍不住要嚎叫的感覺逐漸消失。我身上起了一層疱疹，又刺又癢又痛，隨即是發高燒，說胡話。我喝著郝大手的綠豆湯闖過了這一關，身上褪了一層皮，骨頭也隱隱作痛。我聽說過脫皮換骨的故事，知道自己已經被脫皮換骨了。病好之後，我對郝大手說：大哥，咱們結婚吧。

講到此處，姑姑已是滿臉淚水。

接下來，節目裡展示了姑姑與郝大手攜手製作泥娃娃的內容。姑姑閉著眼睛，對同樣閉著眼睛、手握一團泥巴的郝大手講述：這個娃娃，姓關名小熊，他的爹身高一米七九，長方臉，寬下巴，單眼皮，大耳朵，鼻頭肥，鼻梁塌；他的娘，身高一米七三，長脖頸，尖下巴，高顴骨，雙眼皮，大眼睛，鼻頭尖，鼻梁高。這孩子三分像爹，七分像娘……在姑姑的講述聲中，那個名叫關小熊的男孩從郝大手手中誕生了。鏡頭給了這孩子一個特寫。我看著這個面目清新、但帶著一種難以言傳的悲涼表情的孩子，不覺中淚如泉湧……

五

我陪著小獅子，去中美合資家寶婦嬰醫院參觀。小獅子一直想到這裡工作，但苦於找不到門路。

一進大堂，我感到這裡不太像醫院，倒像一座高級的會員俱樂部。雖是盛夏，但大堂裡冷氣颼颼，涼爽宜人。耳邊飄盪著優美輕柔的背景音樂，空氣中散發著新鮮花朵的清香。大堂迎面的牆壁上，鑲貼著這所醫院淺藍色的院徽和八個粉紅色的大字：一生承諾，滿懷信任。兩個身穿白色大褂、頭戴白色小帽的漂亮女子，正在那裡接待顧客。她們笑容可掬，聲調溫柔。

一個身穿白大褂、戴一副白邊眼鏡的中年女子，走到我們身邊，親切地問我們：先生，女士，有什麼要我幫忙的嗎？

我說：沒什麼，隨便看看。

那女子把我們引領到大堂右側的休閒區，那裡擺放著寬大的藤編座椅，椅旁的簡易書架上插滿了與婦嬰有關的豪華雜誌，桌前茶几上，擺放著印刷精美的醫院簡介圖冊。

那中年女子從飲水機裡爲我們接來兩杯冰水，便微笑著離開了。

我翻開資料，看到一位額頭明亮、雙眉修長、目光和藹、鼻架無邊眼鏡、牙齒潔白整齊、笑容慈祥的中年女醫生形象。她的胸前佩戴著印有照片的胸卡。她的左肩上印著：中美家寶婦嬰醫院是一座您理想中的新型婦嬰醫院，這裡不會有冰冷的感覺，這裡洋溢著溫暖、和睦、真誠、家庭的氛圍，您體驗到的將是一種真正的貴族化服務……她的右肩上印著：我們將嚴格遵守世界醫學協會一九四八年日內瓦宣言，我們憑良心和尊嚴行醫，我們首先考慮的是病人的健康，我們保守一切所知道的病人的祕密，我們將全力維護醫務界的榮譽和高尚的傳統……

我偷眼看了一眼小獅子，發現她一邊翻看醫院的畫冊，一邊緊緊地皺起了眉頭。

我翻開了下一頁，看到一個給人穩重可靠感覺的婦科醫生，正用一根皮尺，量著一個孕婦高高隆起看上去十分光滑的肚皮。那孕婦長睫毛高鼻梁，雙唇飽滿嬌豔，面色紅潤，無一絲孕婦的疲憊與憔悴。一行文字，越過醫生的手臂，鋪展在孕婦的肚皮上：我們對人的生命，從其孕育之始，就保持最高的尊重。

一個中等身材、頭髮稀疏、身穿名牌休閒服裝的男子，步履輕快地走進大堂，從他充滿了自信的臉部神情和他微微腆起的肚子上，我知道這是一個有身分的人，如果不是高官，那就一定是大款，當然，也可能既是高官又是大款。他的左手，輕輕地攬著一位年輕姑娘。那姑娘細高䠷兒身材，柔軟的腰肢在飄逸的鵝黃色綢裙裡搖擺。我的心微微一顫，認出了她是在袁腮和我小表弟的牛蛙公司當辦公室主任的小畢，那個多才多藝的小畢。我慌忙低下頭，用手中的畫冊遮住大半個臉。

翻開畫冊又一頁，在一個隆起的漂亮肚皮的右下角空白處，有五個光屁股的嬰兒並排而坐。他們都往左側著腦袋，彷彿有人在那個方向逗引著他們。他們的圓圓的額頭和腮部，構成一條令人喜愛的弧線。儘管看不到他們的面部表情，但這條弧線是一條天眞無邪地笑著的弧線。他們的頭髮，有三個比較稀疏，兩個比較濃密，有兩個是黑色的，有一個是金黃色的，有兩個是淡黃色的。他們的耳朵都很大。耳大有福。能把照片登在這畫冊上的，都是洪福齊天的驕子。他們大概有五個月的樣子，剛剛會坐，但坐不很好，腰都有些彎，都胖得像小豬崽兒，圓滾滾的，從胳膊的縫隙裡，可以看到鼓凸的小肚皮。他們的屁股都被擠平了，兩瓣屁股中間那條縫兒，十分地可愛。在他們左側的空白處，印著十幾行文字：以家庭爲中心的產科服務非常注重孕、產婦與高素質的醫療團隊的交流，並強調對孕、產婦的醫學教育。

那中年男子與小畢到前檯那兒與接待人員交談了一會兒，便在一個優雅女子的引領下到大堂左側就坐，那兒是貴賓等候區，擺著一套磚紅色的高背沙發，沙發前的茶几上，有一瓶紫紅的玫瑰。他們在那兒坐下來，那男子打了一個噴嚏，這一聲噴嚏，讓我幾乎跳起來。這怪聲怪氣、非常有個性的噴嚏如同一顆雷管爆炸，啓動了我的記憶。難道是他？

醫生會圍繞懷孕現階段之母體情況、胎兒情況、孕婦營養和運動等內容與孕婦及家屬進行詳細交流。

我很想把我的發現與小獅子交流，但她匆匆地翻動著畫冊，嘴裡嘟嘟噥噥：這哪裡是醫院……什麼人住得起這樣的醫院……她背對著小畢他們，完全沒有發現他們的到來。

似乎嫌那座位太過顯眼似的，他站起來，牽著小畢，向大廳深處的咖啡廳走去。那兒與大廳之間有一個簡易的隔斷，中央有幾盆葉子碧綠的龜背竹，還有一棵枝葉繁茂幾乎頂著天花板的盆栽榕樹。那裡的牆壁用紅磚紋壁紙鑲貼，牆上有一個壁爐。有一個吧台，吧台後的牆上，有好多格子，格子裡全是名酒。有一個紮著黑色蝴蝶結的英俊少年，在那兒煮咖啡。高級咖啡的香味兒，與鮮花的清香交融在一起飄過來，讓我們受到薰陶。

除此之外，醫院還設計了孕晚期的分娩預演，醫護人員將根據您的情況，與您共同制定分娩計畫、準媽媽課堂等一系列旨在加強溝通的細節，讓孕、產婦有充分表達自身需求、顧慮、疑問的機會……

他坐在那裡，捧著一杯咖啡，與小畢親切交談著。是的，果然是他，一個人可以改變說話的腔調，但他無法改變下意識地打出的噴嚏的聲音。一個人可以將他的單眼皮改成雙眼皮，但無論多麼高明的手術也無法改變他的眼神。在距離我二十米處，他悠閒自如地說著、笑著，完全想不到有一個少時的朋友在關注著他。於是，那個單眼皮的、心狠手辣的肖下唇，便漸漸地從這個貴人的形體裡脫出來。

沒戲了，小獅子將畫冊扔到茶几上，身體往後一仰，沮喪地說：什麼留美博士、留法碩士、醫科大學教授……全國頂尖的醫療團隊……我來這裡，大概只能到衛生間洗馬桶了……

雖是同鄉，雖是長期同住北京，但我從沒見過他。想當初他從大學畢業後，他父親在大街上喊叫：我兒子分配到國務院裡去了！後來聽說，他在國務院裡蹲了幾年辦公室，後來給一位部長做了祕書，後來聽說他到某地掛職當副書記去了，後來又聽說他下海當了大老闆，開發房地產，成了身價數十億的大富翁……

那個引領過他們的優雅女子找到了他們，引領著他們，向大堂後側走去。我闔上畫冊，看到封底上，一個醫生的手，與一個孕婦的手，親切地疊放在孕婦隆起的肚子上。圖案上方的文字是：我們把孕婦和嬰兒視爲自己的親人，把周到細緻的服務做到極致。在我們這裡，能夠讓您體驗到最溫馨的氛圍，感受到最體貼的呵護和最完善的照顧。

走出醫院後，小獅子情緒低落，不停地用充滿了政治色彩的陳舊觀點咒罵著新生事物。我心中有事，不想理她。但她的車軲轆話沒完沒了，實在令人難以忍受。我說：好了，夫人，別酸葡萄了！

她例外地沒有翻臉，只是苦笑一聲，說：像我這樣的土醫生，只能到袁腮的公司裡養牛蛙了。

我說：我們是回來養老休閒的，不是回來工作的。

她說：總要找點事兒做，要不我給人家當月嫂去？

行了，我說，你猜我剛才看到誰了？

誰？

肖下唇，我說，肖夏春，他雖然整了容，但我還是把他認了出來。

不可能吧？小獅子道，他那樣的大款，回來幹什麼？你是不是認錯人了？

我的眼睛能認錯人，但我的耳朵聽不錯人，我說，他那種噴嚏，全世界沒有第二個人能夠打出來，另外，還有他那眼神、他那笑聲，都無法改變。

他也許是回來投資開發的吧？小獅子道，聽說我們這地方很快就要劃歸青島，一旦劃歸青島，地價、房價豈不是都要大漲？

我說：你猜猜他跟誰在一起？

我怎麼能猜得出？小獅子道。

他跟小畢在一起。

誰？

小畢，袁腮那個牛蛙公司的小畢。

噢，小獅子道，我一眼就看出，那是個騷貨！她跟你那小表弟和袁腮也乾淨不了。

六

小獅子對牛蛙公司充滿了厭惡，對袁腮與我的小表弟也無絲毫好感，但我們參觀過中美合資家寶婦嬰醫院不久後的一天，她卻突然對我說：小跑，我要到牛蛙公司上班去了。

我吃了一驚，看著她那張洋溢著笑容的大臉。

眞的，我不是開玩笑，她收斂笑容，嚴肅地說。

那些玩意兒，我努力排斥著執拗地出現在腦海裡的牛蛙形象——看過姑姑那集電視節目後，我也幾乎得了蛙類恐懼症——你去養那些玩意兒？

其實，她說，蛙類並沒有什麼可怕的，人跟蛙是同一祖先，她說，蝌蚪和人的精子形狀相當，人的卵子與蛙的卵子也沒有什麼區別；還有，你看沒看過三個月內的嬰兒標本？拖著一條長長的尾巴，與變態期的蛙類幾乎是一模一樣啊。

我更加驚愕地看著她。

她像背誦似的說：爲什麼「蛙」與「娃」同音？爲什麼嬰兒剛出母腹時哭聲與蛙的叫聲十分相似？爲什麼我們東北鄉的泥娃娃塑像中，有許多懷抱著一隻蛙？爲什麼人類的始祖叫女媧？

「媧」與「蛙」同音，這說明人類的始祖是一隻大母蛙，這說明人類就是由蛙進化而來，那種人由猿進化而來的說法是完全錯誤的……

我從她的話語中，漸漸聽出了袁腮和我小表弟的言談風格，於是我知道她一定是被這兩個巧舌如簧的傢伙給煽暈了。

好吧，我說，你要是在家閒得無聊，當然可以到那裡去散散心，不過，我笑著說，我估計用不了一個星期，你就會不辭而別。

七

先生，雖然我口頭上對小獅子到牛蛙公司工作表示反對，但我心中暗暗高興。我其實是一個喜歡獨往獨來的人，我喜歡一個人在街上閒逛，一邊逛一邊回憶往事；如果無往事可憶，我便想入非非。陪著小獅子散步是我的職責，履行職責是痛苦的，但我必須僞裝出興高采烈的樣子。現在好了，她一大早就去牛蛙公司上班，騎著那輛據說是我小表弟爲她購買的電動自行車。我隔著窗戶，看到她端端正正地坐在電動自行車上，沿著河邊那條道路，無聲無息地、十分流暢地向前滑行。當她的背影消失之後，我也匆匆下樓。

我在幾個月的時間裡，逛遍了河北岸的幾個社區。樹林、花園、大小超市、盲人按摩院、公共健身場所、美容院、藥店、彩票出售點、商場、家具店、河邊的農產品貿易市場，都留下了我的足跡。每到一地兒，我都用數碼相機拍照，就像公狗每到一地都會翹起後腿撒尿一樣。我還穿越那些尚未開發的農田，去參觀了那些正在大興土木的工地。那些工地有的主體建築已成，顯示出標新立異的風貌；有的正在挖坑打樁，猜不出未來模樣。

河北岸基本逛遍後，我便往河南岸轉移。我可以從那座淩空展翅造型的斜拉橋上過去，也可以乘坐竹筏，順流而下，到達十幾里外的艾家碼頭。我一直走橋，怕竹筏不安全。有一天，橋上發生了一起車禍，交通堵塞，我決定乘一次竹筏，重溫一下當年的情景。

撐筏的是一個身穿對襟布釦上衣的年輕人，滿口鄉音，但吐出的全是時髦詞語。他的竹筏是用二十根碗口粗的毛竹製成，前頭翹起，安裝了一個木雕彩繪龍首。竹筏中央，固定著兩個紅色的塑膠小凳。他遞給我兩隻塑膠袋，讓我套到腳上，以防鞋襪被水濺濕。他笑著說，許多城裡人，都喜歡脫掉鞋襪。城裡女人的小腳，白得像銀魚兒，泡在水裡，呱唧呱唧踩著，好玩極了。我脫掉鞋襪，遞給他。他將我的鞋襪放在一隻鐵皮箱裡，半真半假地說：要收一塊錢保管費哦！我說，隨你吧。他扔給我一件磚紅色救生衣，說：大叔，這個您可一定要穿上。否則，我的老闆要扣我的獎金呢。

年輕人將筏子從河邊碼頭撐出時，那幾個蹲在岸邊的筏工喊叫著：扁頭，祝你好運，掉到河裡淹死！

年輕人麻利地撐著篙，說：那是不行的，我要淹死，你妹妹豈不是要守寡？筏入中流，疾馳而下。我掏出相機，拍了那座大橋，又拍兩岸風景。

大叔是從哪裡來的？

你說我是從哪裡來的？我用鄉音說。

您是本地人？

也許，你爹還是我的同學呢！我看著他那顆扁長的腦袋，想起了譚家村一個外號「扁頭」的同學。

可是，我不認識您啊，他說，您老是哪個村的？

好好撐筏，我說，你不認識我沒有關係，只要我認識你爹和你娘就行了。

年輕人熟練地揮舞著竹篙，不時地盯我一眼，顯然是想把我辨認出來。我掏出一枝菸，點燃。他翕著鼻子，說：大叔，如果我沒猜錯，您抽的是軟包「中華」。

我抽的確是軟包「中華」，這菸是小獅子帶給我的。小獅子說是袁腮讓她帶給我的。小獅子說，袁總說這菸是一個大人物送給他的，他只抽「八喜」，不換牌子。

我抽出一枝菸，探身向前，遞給他。他欠身接過，側著身子，避著河上的風，將菸點燃。抽著菸他喜笑顏開，臉上呈現出一種又醜又怪的美。他說：大叔，能抽得起這種菸的人，都不是尋常人物。

是朋友送的。我說。

我知道是送的，抽這種菸的人，哪有自己花錢買的？他笑嘻嘻地說，您老也是「四個基本」呢。

什麼「四個基本」？

菸酒基本靠送，工資基本不動，老婆基本不用——他說，還有一個「基本」我忘了。

夜裡基本上都做噩夢！我說。

您說的不對，他說，但我的確想不起那個「基本」是什麼啦。

那就不用去想了，我說。

如果您明天還來坐我的竹筏，我就會想起來的，他說，大叔，我已經知道您是誰了。

你知道我是誰？

您一定是肖夏春肖大叔，他怪模怪樣地笑著說，我爹說，您是他們那班同學裡最有本事的人，您不但是他們那班同學的驕傲，也是我們高密東北鄉的驕傲。

我說，他的確是最有本事的人，但我不是他。

大叔，您就別客氣了，他說，從您一坐上竹筏，我就知道您不是一般人物。

是嗎？我笑著說。

那當然，他說，您額頭發亮，頭上有光圈，一看就是大富大貴之人！

您是不是跟著袁腮學過相面啊？

您還認識袁大叔啊？他一拍額頭，說，我怎麼犯糊塗了，你們是一班同學，自然認識了。袁大叔雖然比不上您，但也是個有本事的人。

你爹也很有本事啊，我說，我記得他能倒立行走，繞著籃球場轉一圈兒。

那算什麼？他不屑地說，頭腦簡單，四肢發達！而您和袁大叔，是動腦子的，玩智慧的，「勞心者治人，勞力者治於人」嘛。

你的口才，跟王肝也有一拚啦！我笑著說。

王大叔也是天才，但他走的路跟你們不一樣。他擠著生動活潑的三角形小眼說，王大叔是大膽裝瘋，小心撈錢。

賣泥娃娃能賺多少錢？

王大叔賣的可不是泥娃娃，他賣的是藝術品。他說，大叔，黃金有價藝術品無價啊！當然啦，王肝大叔賺那幾個錢，跟您肖大叔比起來，那眞是拿水汪子比大海。袁大叔呢，比王大叔腦子活泛，但僅靠養牛蛙他也賺不到什麼錢。

牛蛙養殖場不靠牛蛙賺錢靠什麼賺錢？

大叔，您是眞不知道呢還是裝糊塗？

我眞不知道。

大叔在拿我取笑呢，他說，到了您這種級別的人物，哪個不是手眼通天？連我這等草民都聽說了的事情，您怎會不知道?!

我剛回來沒幾天，眞不知道。

他說：就當您不知道吧，反正大叔您也不是外人，愚侄我就給您嘮叨一下，權當給您解悶兒。

你說。

袁大叔是拿養牛蛙做幌子呢，他說，他眞正的生意，是幫人養娃娃。

我吃了一驚，但不動聲色。

說好聽的呢，叫「代孕中心」，說不好聽的呢，就是弄了一幫女人，幫那些想生孩子的人懷孕生孩子。

還有做這種生意的？我問，這不是破壞計畫生育嗎？

哎呦肖大叔，都什麼時代了，您還提什麼計畫生育的事？他說，現在是「有錢的罰著生」——像「破爛王」老賀，老婆生了第四胎，罰款六十萬，頭天來了罰款單，第二天他就用蛇皮袋子背了六十萬送到計生委去了。「沒錢的偷著生」——人民公社時期，農民被牢牢地控制住，起集都要請假，外出要開證明，現在，隨你去天南海北，無人過問。你到外地去彈棉花，修雨傘，補破鞋，販蔬菜，租間地下室，或者在大橋下搭個棚子，隨便生，想生幾個就生幾個。「當官的讓『二奶』生」——這就不用解釋了，只有那些既無錢又膽小的公職人員不敢生。

照你的說法，國家的計畫生育政策不是名存實亡了嗎？

沒有啊，他說，政策存在啊，要不以什麼做依據罰款呢？

既然這樣，人們自己去生就行了，何必找袁腮的「代孕公司」呢？

大叔，您可能是一心撲到事業上了，根本不瞭解世情。他笑著說，富翁儘管有錢，但像「破爛王」老賀那樣慷慨的是極少數，大多數是愈富愈摳，既想生兒子繼承萬貫家產，又怕被罰款。找人代孕，可以編造理由，避免罰款。再說，現在的富翁，貴人，多半是像您這年紀，男的還躍躍欲試，老婆多半不能用了。

那就包「二奶」嘛。

當然有很多包「二奶」甚至「三奶」、「四奶」的，但還有很多既怕老婆又怕麻煩的，他們就是袁大叔的客戶。

我的目光越過河堤，遠眺著牛蛙養殖場那棟粉紅色的小樓，還有娘娘廟那金黃色的殿閣，心中泛起一種不祥之感。我想起不久前一個凌晨，去衛生間小解回來，與小獅子那場別開生面的床戲。

大叔，您好像沒有兒子吧？扁頭的兒子問我。

我不回答。

大叔，他說，像您這樣的傑出人物，沒有兒子實在是太不應該了。知道不？您這是犯罪，孔夫子說：不孝有三，無後爲大……

……將憋了一夜的尿排空後，我渾身輕鬆，想再睡一會兒。小獅子卻膩上來。這可是許久沒有過的事情了……

大叔，您無論如何要生一個兒子，這不僅僅是您個人的事，也是我們東北鄉的事。袁大叔爲您提供了很多種選擇。最高檔的，是有性代孕，代孕者都是美女，身體健康，基因優良，未婚，有大學以上學歷。您可以跟她同居，直到她懷上您的孩子。這個費用嗎，比較高，最低二十萬元。當然，您如果想讓兒子優良些再優良些，可以爲她提供營養費，也可以額外再給她些獎賞。這個最大的危險是，同居期間，雙方有了感情，假戲成眞，影響了原先的婚姻。所以，我想，大嬸是不會同意的……

……她似乎很興奮，但身體卻很冷靜，而且一反常態地，不按照多年的習慣行事。你想怎麼著呢？黎明的晨曦中我看到她的眼睛在閃爍。她詭祕地笑著說：我要虐待你一次。她用一根黑布條蒙住我的眼睛。你想幹什麼？不許解開——你欺負了我半輩子，我要報一次仇——你是想給我結紮吧——她嘻嘻地笑著說，哪裡捨得呢！我要你好好享受一次……

前不久就有一個女的來大鬧過一次，將袁大叔的車都砸了，小扁頭說，她那老公，跟代孕女同居生情，結果呢，兒子生了，把她也甩了。所以我想，大嬸絕不會同意的……

……她還在折騰著我，使我興奮，迷狂。她似乎給我套上了什麼，你要幹什麼呢？有這個必要嗎？她不回答……

大叔，你如果只想生兒子，不想藉機會嚐一下採野花的滋味，那我告訴您一個最省錢的辦法。這可是祕密。袁大叔這裡，有幾個最便宜的代孕女子。她們相貌極爲可怕，但這可怕的相貌並不是天生的。她們原先都是非常漂亮的女孩子，也就是說，她們的基因都非常優秀。大叔，您一定聽說過東麗毛絨玩具廠那場大火。那場大火，燒死了我們東北鄉五個姑娘，還有三個，雖然沒死，但嚴重受傷，徹底毀容，生活極爲痛苦。袁大叔好心收容了她們，管她們吃喝，同時也爲她們謀一條生財之路，讓她們賺點養老錢。當然，與她們都是無性代孕，也就是說，取出您的小蝌蚪，注到她們的子宮裡。到時候，您來抱孩子就行了。她們便宜，生男孩五萬，生女孩三萬……

……她讓我吼叫了起來。我感到身體沉下深淵。她蓋好我，輕輕地離去……

大叔，我建議您……

你是爲袁腮拉皮條的吧？

大叔，您怎麼忍心使用這麼陳舊的名詞呢？小扁頭笑著說，我是袁大叔的業務員，感謝肖大叔您給我這個掙錢的機會，我這就跟袁大叔聯繫。他穩住竹筏，掏出手機。我說：對不起，我既不是你肖大叔，也沒有這個需要。

八

先生，前天因與小獅子吵架，情緒激動，破了鼻子，流了很多鼻血，連信紙都污染了。今天頭有點痛，但不妨礙寫信。寫劇本需要字斟句酌，但寫信沒那麼講究。只要認識幾百字，心裡有話要說，就可以寫信。我的前妻王仁美當年給我寫信時，許多字不會寫，就以圖畫代替。爲此她曾抱歉地說：小跑，我文化水準太低，只能畫畫兒。我說：你的文化水準很高，你畫畫兒表達心意，其實是在造字兒啊！她回答我：我給你造個兒子吧，小跑，我們合夥造個兒子吧……

先生，聽罷小扁頭筏工一席話，我膽戰心驚地做出了一個令我焦慮不安的判斷：小獅子，這個想孩子想癡了的娘兒們，取了我的小蝌蚪，注入到某個毀容姑娘的體內。我腦海裡浮現著成群「蝌蚪」包圍著一粒卵子的情景，就像童年的時代在村後即將乾涸的池塘裡所看到的成群蝌蚪爭啄一塊被水泡脹了的饅頭的情景。而這個替我孕子的毀容姑娘，不是別人，正是我的老同學陳鼻的女兒陳眉。她的子宮裡，正在孕育著我的嬰兒。

我匆忙奔向牛蛙養殖中心，路上似乎有好幾個人跟我打過招呼，但我記不起來他們是誰。透過電動伸縮門銀光閃閃的縫隙，我又一次看到了那座森嚴的牛蛙塑像。我感到一陣寒顫，彷彿感受到，其實是回憶起了它冷膩的、不懷好意的目光。在那棟白色小樓前的空地上，有六個身穿彩衣、手揮花環的女子在跳躍，旁邊一個男子，坐在椅子上，抱著一架手風琴，嗚嗚地演奏。她們彷彿在排練節目。太平歲月，日麗風和，什麼也沒有發生，也許這一切，都是我心造的幻景。我還是找個地方，坐下來，認眞地想想劇本的事。

「無事膽小如鼠，有事氣壯如虎」，「是福不是禍，是禍躲不過」，這都是我父親對我的教導。老人口中多箴言。想著父親的話，我感到肚子餓了。我已經五十五歲，儘管父兄在堂不敢言老，但確實已是日過正午，正以加速度向西山滑落。一個日落西山的人，一個提前退休回鄉購房休閒養老的人，其實沒有什麼事可以害怕了。想到此我感到更餓了。

我走進娘娘廟前廣場右側那家「堂吉訶德」小飯館。這是自打小獅子進牛蛙養殖場工作後，我經常光顧之地。我在靠窗戶那張桌子前就坐。飯館生意清冷，這裡幾乎成了我的專座。那個矮胖的堂倌迎上來。先生，每次坐在這張桌子前，看著桌子對面的空椅子，我心中就夢想著，有朝一日，您就坐在我的對面，與我討論這部難產的劇本——堂倌油光光的臉上笑容可掬，但我總是從他的笑臉背後看到一種古怪的表情。那也許就是《堂吉訶德》裡那個僕人桑丘的表情，有幾分惡作劇，有點兒小奸小壞，捉弄別人也被別人捉弄，不知道是可愛還是可恨。——桌子是用厚厚的椴木打造的，沒上任何油漆。桌面上木紋清晰，有一些用菸頭燙過的痕跡。我經常在這桌子上寫作。也許將來，等我的劇本大獲成功，這張桌子，會成爲一個文物，那時，坐在這桌子上喝酒，是要額外收錢的，如果您來與我對坐過，那就更牛了！對不起，文人總是喜歡用這種自大的幻想來刺激自己的寫作熱情——

先生，堂倌表達了彎腰的意思但腰並沒彎下來。他說，您好，歡迎光臨，偉大的騎士的忠實僕從熱誠爲您服務。他說著話將一本有十種文字的功能表遞過來。

謝謝，我說，老節目：一份瑪格麗特蔬菜沙拉，一罐安東尼小寡婦紅燜牛肉，一紮馬利克大叔黑啤酒。

他扭著肥鴨般的屁股走了。我坐著等菜，同時看室內那些裝飾與擺掛：牆上掛著鏽跡斑斑的盔甲與長矛，與情敵決鬥時戴過的破手套，標誌著赫赫戰功和不朽業績的證書與勳章，還有一隻栩栩如生的鹿頭標本，兩隻羽毛燦爛的野雉標本，還有一些泛黃的舊照片。雖然是僞造的歐洲古典風情，但看上去很有趣味。門口右側，立著一尊眞人大小的少婦銅像，兩隻乳房被人摸得金光閃閃——先生，我仔細觀察過，進這飯館來的人，不管男女，都要順手摸摸她的乳房——娘娘廟廣場上永遠是熙熙攘攘，王肝的叫賣聲總是最生動活潑。最近推出了一檔「麒麟送子」的節目，說是恢復傳統，其實是市文化館裡幾位文化工作者的編排創造——雖然不倫不類、不中不西，但解決了幾十個人的就業問題，所以是一樁好事，而且，先生，正如您所說，所謂傳統，其實都是當初的前衛藝術。我在電視上看到過許多類似的節目，基本上都是傳統、現代、旅遊、文化的大雜燴，熱火朝天，聲光化電，喜氣洋洋，和氣生財。正如您所憂慮的，某些地方砲火連天，屍橫遍野；某些地方載歌載舞，酒綠燈紅。這就是我們共同生活的世界。如果眞有一個巨人，他的身體與地球的比例是我們的身體與足球的比例，他坐在那裡，看到圍著他的身體不停旋轉的地球，一會兒是和平，一會兒是戰爭，一會兒是盛宴，一會兒是饑饉，一會兒是乾旱，一會兒是水災……不知道他會產生什麼想法——對不起先生，我又扯遠了。

僞桑丘給我送來一杯冰水，還有一小碟麵包，一塊黃油，還有一碟用純橄欖油和蒜末醬油調製的蘸料。這裡的麵包烤得非常好，凡吃過洋麵包的人都承認這裡的麵包烤得非常好。用麵包蘸著這調料吃，其實已經是美味，何況後邊的菜與湯樣樣精采——先生，您一定要來這裡吃一次啊，我保證您一定會喜歡這裡的一切——而且這飯館還有一個傳統——與其說是「傳統」還不如說是「規定」——那就是，每天晚上，營業即將結束時，他們會將當日所烤的所有麵包，長的，圓的，黑的，白的，粗的，細的，放在門口桌子上一隻柳條笸裡，任顧客們取走。並沒有什麼文字提示每人只許拿一隻，但每個人都自覺地取一隻。腋下夾著或是胸前抱著一隻長長的，或是方方的，柔軟的或是焦香的麵包，嗅著它散發出的香氣，麥子的氣味，亞麻籽的氣味，杏仁的氣味，酵母的氣味。抱著一個新鮮麵包，漫步在夜晚的娘娘廟廣場上，先生，我心中總是充溢著一種感動。當然，我也知道，這是一種奢侈的感情，因爲，我非常知道，天下還有許多人衣不蔽體、食不果腹，還有許多人在死亡線上掙扎。

瑪格麗特小姐的蔬菜沙拉裡有生菜、番茄、苣蕒菜，味道鮮美，是誰起了這樣一個令人遐想西歐的菜名？自然是我的小學同學、我的啓蒙老師的兒子李手。正如我從前的信中告訴過您的，李手是我們這撥同學裡最有才華的，應該搞文學的本應是他，但到頭來卻是我。他學成良醫，本來前途無量，但卻辭職還鄉，開了這樣一家不中不西、或者是中西合璧的餐館。從飯館的名字、菜餚的名字，我們都可以看出文學對我這老同學的影響。他在我們這土洋混雜之處開這樣一家「堂吉訶德」本身就是一種堂吉訶德的行爲。李手的身體已經發福，他本來個頭就矮，發福後顯得更矮。他經常會坐在飯館的另一個角落裡，與我遙遙相對，但彼此不打招呼。我有時會趴在桌上寫一些雜七拉八的印象記，而他總是左臂斜搭到椅背後，右掌托住右腮，以這樣雖然古怪但看似十分閒適的姿式，度過漫長的時光。

僞桑丘把我要的安東尼小寡婦罐燜牛肉和馬利克大叔黑啤酒端上來，我的菜齊了。喝一口黑啤酒，吃一塊燜牛肉，慢慢咀嚼慢慢品，目光穿透玻璃，看著那光天化日之下隆重搬演的神話故事。喧天鼓樂開道，旗羅傘扇隨後，五彩衣裳，非凡人物。那個坐在麒麟上的女子，面如銀盆，目若朗星，懷裡抱著一個粉嘟嘟的嬰兒——每次看到這送子娘娘，我總是願意把她與姑姑聯繫在一起，但現實中的姑姑，總是以身披寬大黑袍、頭蓬如雀巢、笑聲如鴟梟、目光茫然、言語顚倒的形象出現在我腦海，截斷我的美好幻想。

送子娘娘的儀仗在廣場上巡行一圈，停留在中央，排成陣勢。鼓樂停，一頭戴高冠、身披絳袍、懷抱笏板的官員——其身分讓人聯想到帝王戲中的太監——手持黃卷，高聲宣呼：皇天后土，滋生五穀。日月星辰，化育萬民。奉玉皇大帝之名，送子娘娘殿下攜一寧馨兒，下降高密東北鄉，特宣善男信女王良夫婦前來領子——那扮演王良夫婦的，總是來不及領到兒子，那寧馨兒——泥娃娃——就被廣場上的渴盼生子的女人搶走。

先生，儘管我用許多理由寬慰自己，但我到底還是一個膽小如鼠、憂慮重重的小男人，既然我已經意識到，那個名叫陳眉的姑娘的子宮裡已經孕育著我的嬰兒，一種沉重的犯罪感就如繩索般綑住了我。因爲陳眉是我的同學陳鼻的女兒，因爲她被我姑姑和小獅子收養過，在那些日子裡，我曾經親手往她的小嘴裡餵過奶粉。她比我的女兒還要小。而一旦，當陳鼻、李手、王肝，我這些舊日的朋友知道了事件的眞相，我只怕蒙著狗皮都無顏見人了。

我回憶著返鄉之後，兩次見到陳鼻的情景。

第一次見到他，是去年年底一個雪花飛舞的傍晚。那時，小獅子還沒去牛蛙公司上班，我們雪中漫步，看著雪花在廣場周圍那些金黃的燈光下飛舞。遠處不時響起鞭炮聲，年的味道，漸漸濃起來了。遠在西班牙的女兒，與我通話，說她正與她的夫婿，在賽凡提斯的故鄉一個小鎭漫步。我與小獅子，攜手走進堂吉訶德飯館。我將這個巧合報告女兒，手機裡傳來她爽朗的笑聲。

地球太小了，爸爸。

文化太大了，先生。

那時我們並不知道這家餐館的老闆是李手，但我們已感到了這飯館的老闆是個不平凡的人物。我們一進入飯館就立刻喜歡上了這環境。我最喜歡那些拙樸的桌椅，如果桌子上蒙上漿洗得潔白板整的檯布那這個飯館會很歐洲，但我同意李手後來的解釋：他說他考證過，堂吉訶德的時代，西班牙鄉下的飯館是沒有桌布的，他還很八卦地接著說，就像那個時代的歐洲女人不戴乳罩一樣。

先生，我向您坦白，一進門我看到那尊少婦銅像上那兩隻被人摸得金光閃閃的乳房時，手便不自主地伸過去。這的確暴露了我內心的骯髒，但也很坦蕩。小獅子用噓聲提醒我。我說：你噓什麼，這是藝術。小獅子嚴厲地說：許多文化流氓都這麼說。僞桑丘微笑著迎上來，表達了鞠躬的意思但並沒有鞠躬，他說：歡迎光臨，先生，夫人！

他接過我們脫下來的大衣、圍巾、帽子。然後把我們引領到廳堂正中的一張桌子上。桌子上擺著盛著水的玻璃圓盞，裡邊漂浮著白色的蠟燭。我們不喜歡這裡，我們選擇了靠近窗戶的桌子。這位置好，好在可以隔窗觀賞外邊燈影裡飛舞的雪花，好在可以觀看室內的全貌。我們看到，在最角落裡那張桌子前——也就是我後來常坐的位置——坐著一個煙霧騰騰的男人。

從他缺了無名指的右手認出了他。從他那個赤紅的大鼻子上認出了他。陳鼻，這個當年的英俊男子，如今頭頂光禿，腦後頭髮披散，幾乎就是賽凡提斯的髮型。他臉型乾瘦，兩腮凹癟，似乎是掉了後槽牙。如此，那個鼻子更顯誇張。他用右手的三個指頭捏著一個幾乎燃盡的菸頭，放到唇邊嘬著。空氣中瀰漫開燃燒菸頭過濾嘴的怪味。煙霧從他的大鼻孔裡噴出來。他目光迷茫，落魄的人都是這樣的目光。我有點不敢看他，卻忍不住要看他。我想起在北京大學校園裡看到過的賽凡提斯雕像，也就明白了陳鼻之所以坐在這裡的原因。他衣著古怪，非袍非褂，脖子下圍著一圈白色的泡泡紗之類的織物，我應該在他的身邊發現一把佩劍，果然就看到了斜靠在牆角上的那劍，然後便發現了那鐵手套，那盾牌，那豎在牆角的長矛。我想他的腳邊應該有一條又髒又瘦的狗，果然就發現了一條狗，髒，但並不太瘦。據說賽凡提斯的右手也缺了一根手指。但賽凡提斯是不會攜帶盾牌與長矛的，那他應該是堂吉訶德，但他的面貌又像賽凡提斯。但畢竟我們誰也沒有見到過眞正的賽凡提斯，更沒人見過本來就不存在的堂吉訶德。那麼，陳鼻扮演的人物，到底是賽凡提斯還是堂吉訶德，就隨你派定了。我爲這個老朋友的處境深感悲涼。此前，我已聽說過他的那一對美麗女兒的悲慘遭遇。陳耳和陳眉，曾經是我們高密東北鄉最美麗的姊妹花。陳鼻來路不明但肯定存在的外族血統，使她們的臉免除了扁平而突出飽滿，中國古典詩詞和小說中所有對美女的形容對她們都是不合適的。她們是羊群裡的駱駝，是雞群裡的仙鶴。如果她們生在富貴之家或富貴之地，如果她們儘管生在貧賤之家偏遠之地但如果機緣湊巧遇到了貴人，她們很可能一鳴驚人，平步青雲。她們姊妹結伴南下，去外面闖蕩，也是爲了尋找這種機會吧。我聽說她們去了東麗毛絨玩具廠，廠商是外國人，但是不是眞正的外國人那也不好說。姊妹倆那樣的姿色那樣的聰明，在那樣紙醉金迷的環境裡，如果想賺錢，想享受，其實只要豁出去身體就可以了。但她們在車間裡出賣勞動力，忍受著血汗勞動制度，忍受著血腥的剝削，最後，在那場震驚全國的大火中，一個被燒成焦炭，一個被燒毀面容，妹妹之所以死裡逃生是姊姊用身體掩護了她。可痛可悲可憐！這說明她們沒有墮落，是兩個冰清玉潔的好孩子。——對不起，先生，我又激動了。

陳鼻這一生，眞是無比的悲慘。我想，他在這堂吉訶德飯館裡，扮演著死去的名人或虛構的怪人，其處境，跟北京著名的「天堂」歌舞廳大門外那個侏儒門童，與廣州「水簾洞」洗浴中心那個巨人門童的處境沒有什麼區別。他們都是在出賣身體啊。侏儒出賣他的矮，巨人出賣他的高，陳鼻出賣他的大鼻子。他們的處境同樣悲慘。

先生，那天晚上，我一眼就認出了陳鼻，雖然將近二十年我沒見過他，但即便一百年沒見過，即便在異國他鄉，我也會認出他來。當然，我想，在我們認出了他的同時，他也認出了我們。童年時的朋友，其實根本不需要眼睛，僅憑著耳朵，從一聲歎息，一聲噴嚏，都可以判斷無疑。

是否上前與他相見？或者乾脆邀他來與我們共進晚餐……我和小獅子都在猶豫。我從他那故意漠視一切的神情裡，從他的直盯著牆上那隻鹿頭而不斜視的目光裡，知道他也在猶豫著是否上前與我們相認。那年的辭灶日的晚上，他帶著陳耳到我們家索要陳眉時的情景一一浮現。他那時體態魁梧，身穿僵硬的豬皮夾克，舉著蒜臼子要往我家餃子鍋裡投擲，他氣息粗重，暴躁煩惱，彷彿一頭被激怒了的大熊。從此之後我們再沒見過他。我想當我們回憶往事時他也在回憶往事，當我們感慨萬端時他也會感慨萬端。我們其實從來沒有恨過他，我們對他的不幸寄予深深的同情，我們之所以未能立即上前與他相認主要是一時找不到合適的姿態，因為，毫無疑問地，用我們這兒的習慣說法，我們混得比他好。混得好的人，如何面對混得很差的朋友，確實頗難把握分寸。

先生，我有抽菸的不良嗜好，此嗜好在歐洲、美洲，包括你們日本，已受到諸多限制，使吸菸者處處意識到自己的粗俗與沒教養，但在我們這地方，眼下還沒有這種限制。我拿出菸盒，抽出一枝，用火柴點燃。我喜歡火柴被點燃的瞬間散發出的淡淡的硝磺氣味。先生，我那天抽的是金閣牌香菸，是一種價格極為昂貴的地方名菸。據說每包菸要人民幣二百元，也就是說，每枝香菸需要十元。每斤小麥只賣八角錢，也就是說，要賣十二斤半小麥，才可以換一枝金閣牌香菸。十二斤半小麥可以烤成十五斤麵包，可以滿足一個人起碼十天的需要，但一根金閣牌香菸冒幾口煙便完了。這香菸的包裝眞是金碧輝煌，讓我聯想到貴國京都的金閣寺，不知道此菸設計者是否從金閣寺得到過靈感。我知道父親對我抽這種香菸深惡痛絕，但他只是淡淡地說了一句：造孽啊！我慌忙對他解釋，這菸不是我買的，是別人送的。我父親更淡地說：那更是造孽。我很後悔對父親講這菸的價錢，這說明了我的膚淺和虛榮。我在本質上，與那些炫名牌、誇新妻的暴發戶沒什麼區別啊。但這麼貴的菸，我也不能因爲我父親的一句批評而扔掉，如果扔掉，那豈不是孽上加孽嗎？這菸裡添加了一種特殊的香料，燃燒時散發出醉人的香氣。我看到陳鼻的身體穩不住了，接連打了幾個響亮的噴嚏，他的目光也從那鹿頭上，慢慢地往這邊轉移，先是猶豫的、羞怯的、動搖的，然後便是貪婪的、渴望的，甚至帶著幾分凶狠的，把混合著這諸多心情的目光投過來了。

先生，這個人，終於站起來，拖著他的劍，像拖著一根枴棍，一瘸一拐地走過來。飯館裡光線不夠明亮，但足以看清他的臉。他的五官和臉上的肌肉，合夥製造出一種難以用準確的語言形容的複雜表情。他的目光是直視著我還是直視著我嘴巴裡噴出的煙霧，我一時難做判斷。我慌忙站起來，椅子在身後發出噪聲。小獅子也站了起來。

他站在我們面前，我慌忙伸出手去，僞裝出彷彿突然發現的驚喜：陳鼻——但他沒接我的話茬，更沒與我握手，他保持著禮貌的距離，對我們深深地鞠了一躬。然後，他雙手拄著那柄鏽跡斑斑的劍，用一種話劇演員的腔調說：尊貴的夫人，尊貴的先生，我，來自西班牙拉·曼卻的騎士堂吉訶德，向你們表示深深的敬意，鄙人願爲您們竭誠服務。

別逗了，我說，陳鼻，你裝什麼洋蒜，我是萬足，她是小獅子……

尊敬的先生，高貴的夫人，對一個忠誠的騎士來說，沒有比用手中的劍來保衛和平、伸張正義更神聖的事業了……

老兄，別演戲了。

世界就是一個大舞台，每天都在上演著同樣的劇碼。先生，夫人，您如果能將手中的菸賞我一枝，我願意爲您表演精采絕倫的劍術。

我慌忙將一枝菸遞給他，並殷勤地幫他點燃。他深深地吸了一口，菸頭上的火明亮灼目快速燃燒。他眼睛瞇起，臉上的皺紋擠在一起，然後，緩緩地舒展，兩道濃煙從他的粗大鼻孔裡噴出來。看到一枝菸能讓一個人如此的放鬆和愜意，讓我震驚而感動。我雖然抽菸多年，但癮頭並不太大，因此也就無法體驗眼前這個人的感受。他又深吸了一口，菸絲就快燃盡，這種名貴香菸，狡猾地將過濾嘴做得很長，既減少了菸絲用量，又寬慰了那些既怕死又戒不掉香菸的富貴菸民們的心靈。他只用了三口，便將一枝香菸吸到了燃燒過濾嘴的程度。我索性將那盒菸遞給他。他膽怯地往兩側看看，然後，猛地搶過去，塞進袖子。他忘記了給我們表演精采劍術的承諾，拖著劍，拖著一條腿，身體一聳一聳的，向門口跑去。跑到門口時，還順手從那柳條筐裡，抓走了一根法式麵包。

「堂吉訶德」！你又向客人索要財物了！肥胖的僞桑丘端著兩杯冒著泡沫的黑啤酒，人朝著我們走來，聲音卻對著陳鼻喊去。我們透過玻璃，看到那可憐的人，拖著他的生鏽的劍、殘疾的腿，還拖著長長的搖曳的影子，穿過廣場，消失在黑暗中。那條看上去頗健壯的狗，緊緊地追隨著他。人似乎狼狽不堪，狗卻趾高氣昂。

這個討厭的傢伙！僞桑丘似乎是歉意地又似乎是炫耀地對我們說：總是背著我們幹一些讓我們丟臉的事。我代表我們家老闆向先生和夫人表示歉意，但是，我想，向一個落魄的騎士施捨幾枝香菸或者幾個硬幣，也許並沒有讓你們感到厭煩。

您這是，您這是說的哪裡的話呀……我感到很難適應這肥胖侍者說話的方式，這既不是演電影，也不是演話劇，哪裡還用得著這樣拿腔拿調呢。我說：他是你們雇傭來的嗎？

侍者道：先生，我實話對您說，初開張時，我們老闆可憐他，給他設計了這身打扮，讓他和我，站在飯館門口，招徠顧客。但是他，他的毛病太多了，他有酒癮、菸癮，一旦發作，那就什麼也幹不成了，何況他還帶著條寸步不離的癩皮狗。而且，他不注意衛生。像我，每天都要洗兩次澡，儘管我們的面貌不能賞心悅目，但我們的身體散發出的氣味會令人心曠神怡。這是一個高級堂倌的職業道德。但是那傢伙，除了被大雨淋濕過幾次，從來沒有洗過澡，他身上散發出的氣味，是令客人厭惡的。而且，他還一次又一次地違背我們老闆的禁令：向客人索要財物。對這樣一個無賴，如果我是老闆，早就將他亂棍打出，但我們老闆心地良善，給了他很多機會希望他能改好。這樣的人自然不能改，就像狗改不了吃屎。我們老闆給了他一筆錢，希望他不要再來，但他花完錢又來了。要我是老闆，早就報警了，但我們老闆是厚道人，寧願自己的生意受損也容忍他。胖侍者壓低了嗓門：後來我才聽說，他是我們老闆的同學，可即便是同學也用不著如此寬容啊。後來終於有人向老闆投訴，抱怨「堂吉訶德」身上的餿臭氣味和那條癩皮狗身上的跳蚤。我們老闆花錢雇人，強行將他弄到澡堂子裡，連同那條狗，徹底地漂洗。——這已經成了規矩，每月強行漂洗一次。這傢伙不但不領情，每次都破口大罵，泡在澡堂子裡破口大罵：李手，你這個混蛋，你毀掉了一個騎士的尊嚴！

先生，那天晚飯後，我與小獅子心情鬱鬱地沿著河邊，向我們的新家行進。與陳鼻的重逢讓我們心中感慨萬端。往事不堪回首。幾十年時間，已經山河巨變，許多當年做夢也夢不到的事物出現了，許多當年嚴肅得掉腦袋的事情變成了笑談。我們沒有交談，但心裡想的也許是相同的事吧。

先生，我第二次見到他，是在開發區醫院裡。與我們一起去的，有李手，有王肝。他被市公安局派出所的一輛警車撞傷。據開車的員警說，路邊的目擊者也爲員警作證——警車在路上正常行駛，陳鼻從路邊猛撲進來。——這根本就是尋死——那條狗也跟著撲進去。陳鼻被撞飛到路邊灌木叢中，狗被輾在車輪之下。陳鼻雙腿粉碎性骨折，胳膊、腰椎也有傷，但並無性命之憂。那條狗卻肝腦塗地，殉了他的主公。

是李手告訴了我們陳鼻受傷的消息。李手說，員警確實沒有責任，但鑑於陳鼻的情況再加上他找人通關節，公安局答應賠一萬元。這一萬元，對於這樣的重傷，顯然是不夠的。我明白，李手召集我們這幫老同學去醫院探望的根本目的，還是爲陳鼻籌集醫療費。

他住在一個有十二張病床的大病房裡，靠窗戶的那張病床，編號爲九，是他的床位。此時爲五月初，窗外一株紅玉蘭，盛開著，散發著濃郁的香氣。病房儘管床多，但衛生搞得很好。儘管這醫院的條件無法跟北京、上海的大醫院相比，但與二十年前的公社衛生院相比，已經有了巨大的進步。先生，當年我曾陪我母親在公社衛生院住過一星期院，病床上蝨子成堆，牆壁上全是血污，蒼蠅成群結隊。想想就不寒而慄。陳鼻雙腿打著石膏，右胳膊上也打著石膏，仰面躺著，只有左臂能動。

看到我們來了，他將臉偏向了一邊。

王肝用他的嬉笑怒罵打破尷尬場面：偉大的騎士，這是咋整的？跟風車作戰？還是跟情敵決鬥？

李手道：不想活跟我說，哪裡還用得著去撞警車呢？

他可眞能裝，裝騎士，不跟我們說話，小獅子道，都怨李手，把你弄得瘋瘋癲癲的。

李手道：他哪裡是瘋瘋癲癲啦？他是裝瘋的王子呢。

他突然嗚嗚地哭起來。那側歪著的臉更低下去，肩頭抽搐，那隻能動的左手抓撓著牆壁。

一個瘦高的護士快步進來，用冰冷的目光掃了我們一圈，然後拍拍鐵床頭，嚴厲地說：九號，別鬧了。

他立即停止了哭泣，側歪著的腦袋也正了過來，混濁的目光定定地望著我們。

瘦高護士指指我們放在床頭櫃上的花束，厭惡地抽抽鼻子，命令我們：醫院規定，花束不准帶進病房。

小獅子不滿地問：這是什麼規定？連北京的大醫院都沒有這規定。

瘦高護士顯然不屑於跟小獅子爭辯，她對著陳鼻說：快讓你的家屬來結帳，今天是最後一天。

我惱怒地說：你這是什麼態度？

護士撇撇嘴，道：工作態度。

你們還有沒有人道主義精神？王肝道。

護士道：我是個傳聲筒。你們有人道主義精神幫他將醫療費付了吧，我想，我們院長會贈送給你們每人一塊獎牌，上邊刻著四個大字：人道模範。

王肝還想爭執，李手止住了他。

護士悻悻地走了。

我們面面相覷，心中都在盤算。陳鼻受了這麼重的傷，醫療費一定是個驚人的數字了。

你們爲什麼要把我弄到這兒？陳鼻怨恨地說，我死我的，管你們什麼屁事？你們不弄我來，我早就死了，也不用躺在這裡活受罪。

不是我們救了你，王肝道，是那撞你的員警打電話叫了救護車。

不是你們把我弄到這裡？他冷冷地說，那你們來這裡幹什麼？你們來可憐我？來同情我？我用不著。你們趕快走，帶著你們噴了毒藥的花——它們熏得我頭痛——你們想幫我來付醫療費？根本用不著。我堂堂騎士，國王是我的密友，王后是我的相好，這點醫療費，自然會有國庫支付。即便國王與王后不爲我買單，我也用不著你們施捨。我的兩個女兒，貌比天仙，福如東海，不做國母，也做王妃，她們從指縫裡漏出來的錢，也能買下這座醫院！

先生，我們自然明白陳鼻這番狂言的意思。他的確是裝瘋，心裡卻如明鏡般清澈。裝瘋也有慣性，裝久了，也就有了三分瘋。而我們跟隨著李手來醫院探望，其實心裡也是惶惶不安。讓我們送幾束鮮花，送來幾句好話，甚至送來幾百塊錢，那是沒有問題的，但如果讓我們負擔巨額醫療費，確實有點……因爲，畢竟，陳鼻與我們無親無故，而且，他又是這麼一種狀況，如果他是一個正常的人……總之，先生，我們雖然不乏正義感，不乏同情心，但到底還是凡夫俗子，還沒高尚到爲一個社會畸零人慷慨解囊的程度。所以，陳鼻的瘋話，是爲我們提供了一個借坡下驢的坡兒。我們看看召集我們來的李手，李手撓著頭說：老堂，你安心養著吧，既然是警車撞了你，他們就該負責到底，實在不行，我們再想辦法……

滾，陳鼻道：如果我的手能舉起長矛，我將會敲打你們愚蠢的頭顱。

此時不走，更待何時呢？我們抱起那幾束噴灑了低劣香精的花束，正欲走而未走之時，那瘦高護士帶著一個穿白大褂的男人進來了。護士對我們介紹，說這男人是主管財務的副院長，護士也把我們介紹給副院長，說我們是九號的親戚。副院長開門見山地向我們出示了帳單，說陳鼻的搶救費、醫療費已累計到兩萬餘元，他一再強調，這還是按成本計算的。如果按慣例計算，那遠遠不止這個數目。在這個過程中，陳鼻一直暴躁地叫罵著：滾，你們這些放高利貸的奸商，你們這些吃死屍的蛆蟲，老子根本就不認識你們。他那隻能動的胳膊揮舞著，敲打著牆壁，摸索著，摸到床頭櫃上一隻瓶子投到了對面床上，打中了那個正在輸液的垂危老人。滾，這座醫院是我女兒開的，你們都是我女兒雇來打工的，老子說句話，就能打碎你們的飯碗……

正鬧得不可開交的當兒，先生，一個身穿黑裙、蒙黑紗的女人走進了病室。先生，我不說您也能猜到她是誰，是的，她就是陳鼻的小女兒，那個在玩具廠大火中死裡逃生、毀了面容的陳眉。

陳眉如同幽靈，飄進房間。她的黑裙黑紗，帶來了神祕，也似乎帶來了地獄裡的陰森。喧鬧立即中止，彷彿切斷了發出噪聲的機器的電源。連悶熱的空氣也冷了下來。窗外的玉蘭樹上，有一隻鳥兒，發出一陣柔情萬種的鳴叫。

我們看不清她的臉，也看不見她身上的任何一點皮膚。我們只看到她身材高䠷，四肢修長，是一個模特兒般的身軀。我們自然知道她是陳眉。我與小獅子自然又回憶起二十多年前那個襁褓中的小丫頭的形象。她對著我們點點頭，又對著那副院長說：我是他的女兒，他欠下的債，我來償還！

先生，我在北京有一個朋友，是三〇四醫院燒傷研究所的專家，院士級的水準，他告訴我，對於燒傷病人來說，精神上的痛苦也許比肉體上的痛苦更難忍受，當他們第一次在鏡子裡見到自己被毀壞的面容後，那種強烈的刺激和巨大的痛苦是難以承受的。這些人，需要極大的勇氣才能活下去。

先生，人是環境的產物，在某些特殊的環境下，儒夫可以成爲勇士，強盜可以幹出善行，即便是吝嗇得一毛不拔者，也可能一擲千金。陳眉的出現和她的勇敢擔當讓我們心中羞愧，而這羞愧又轉化成仗義。仗義之後就要疏財。先是李手，然後是我們，都對陳眉說：眉子，好侄女，你父親的帳，我們來分擔。

陳眉冷冷地說：謝謝你們的好心，但我們欠別人的帳太多了，欠不起了。

陳鼻大聲吼叫：你滾，你這蒙著黑紗的妖精，竟敢來冒充我的女兒。我的女兒，一個在西班牙留學，正與王子戀愛，即將談婚論嫁；一個在義大利，購買了一家歐洲最古老的酒廠，釀造出了最優良的美酒，裝滿一艘萬噸巨輪，正在向中國行駛……

九

先生，非常慚愧，您期待已久的那部話劇，依然沒有動筆。素材實在是太多了，我感到有點像「狗咬泰山——無處下嘴」。在構思過程中，現實生活中發生的與此題材有關的事件，又以其豐富的戲劇性，不斷地摧毀我的構思。另外，更讓我爲難的是，我身不由己地陷入一場巨大的麻煩中。我不知該如何脫身，或者說，我不知該如何扮演我在這事件中擔當的角色。

先生，我想您已經猜到了，我前面所說的，不是幻想，而是確鑿的事實。小獅子終於承認，她的確偷採了我的小蝌蚪，使陳眉懷上了我的嬰兒。我感到血沖頭頂，怒不可遏，狠狠地抽了她一個嘴巴。我承認打人不對，尤其是我這種戴著「劇作家」桂冠的人，更不應該有如此的野蠻行徑。但是先生，我當時的確是氣瘋了。

從小扁頭筱工那裡回來後，我就展開調查，但每次去牛蛙養殖中心都被保安攔截。我給袁腮和小表弟打電話，他們的手機都已換號。我逼問小獅子，她譏笑我神經病。我將網頁上有關牛蛙公司代人懷孕的內容列印下來，去市裡向計生委舉報。計生委的人留下材料，然後便沒了下文。我去公安局報案，公安局的接待人員說這事不歸他們管。我打市長熱線，接線員說一定向市長反應……先生，就這樣，幾個月過去了。當我終於從小獅子嘴裡逼出眞相時，那嬰兒，在陳眉肚子裡，已經六個月了。五十五歲的我，糊裡糊塗地又要給一個嬰兒做父親。除非採用冒險、殘酷的藥物引產終止她的妊娠，我這個父親是做定了。年輕時的我，曾經因此斷送了前妻王仁美的性命，這是我心中最痛的地方，是永難贖還的罪過。現在，即便我狠下心來，先生，我狠下心來也沒用，因爲，我根本進不了牛蛙養殖中心，即便能進去，也見不到陳眉的面。我猜想，牛蛙養殖中心裡，必有複雜的暗道機關，通向地下迷宮，而且，從小獅子的話語裡，我也感受到，袁腮和我的小表弟，本身就是黑道中人，他們急了眼，六親不認，什麼事情都可能幹出來。

小獅子挨了我一巴掌，倒退了幾步，一屁股坐在地板上。鼻子破了，血流如注。她好久才出聲，不是哭，而是冷笑。冷笑之後，她說：打得好！小跑，你這個強盜！你竟敢打我，你的良心被狗吃了。我這樣做，完全是爲你著想。你只有女兒，沒有兒子。沒有兒子，就是絕戶。我沒能爲你生兒子，是我的遺憾。我爲了彌補遺憾，找人爲你代孕。爲你生兒子，繼承你的血統，延續你的家族。你不感激我，反而打我，你太讓我傷心啦……

說到這裡，她哭了。眼淚和鼻血混在一起。我的心中大不忍。但一想到這麼大的事她竟敢瞞著我，氣又洶洶上升。

她哭著說：我知道你心痛那六萬元錢。這錢不用你出，我用自己的退休金。孩子生出來，也不用你撫養，我自己撫養，總之，與你沒關係了。我在報上看到，捐一次精子可得一百元報酬，我付你三百元，就算你捐了一次精子。你可以回北京去了，與我離婚也可以，不離也可以，總之與你沒關係了。但是，她抹了一把臉，如同一個壯烈的勇士，說，你如果想毀掉這個孩子，我就死給你看。

先生，從我寫給您的信裡，您也知道了小獅子的脾氣，她當年跟著我姑姑轉戰南北，與形形色色的人打交道，錘鍊出了一副英雄加流氓的性格，這娘們，被惹急了，什麼事都能幹出來。我只有安撫，曉之以情，動之以理，尋找一個最妥當的方式，解決這個難題。

儘管一想到引產，心裡就感到冰涼，就感到不祥，但還是幻想著能用這種方式解決難題。我想，陳眉之所以要替人代孕，說到底是爲了錢；那麼，用錢來解決這問題，也就順理成章。問題的關鍵是，我如何能見到陳眉。

自從在陳鼻的病房見過一次，再也沒有見過她。她黑裙遮體，黑紗蒙面，行蹤神祕，使我感覺到，這高密東北鄉，有一個我從未涉足的神祕世界。那世界裡生活著俠客、通靈者，還有一些蒙面人。想起不久前，爲了陳鼻的醫療費，我拿出五千元交給李手，請他轉交陳眉，但過了幾天，李手將錢退回，說陳眉拒不接受。——也許，陳眉爲人代孕，就是爲了替父付醫療費吧——想到此我心更亂，這簡直是——這個該死的小獅子——我只好去找李手了，在我們這撥同學中，只有他的頭腦還算正常。

昨天上午，在堂吉訶德餐廳那個角落裡，我與李手對面而坐。廣場上人流如蟻，「麒麟送子」的節目正在上演。僞桑丘給我們送上兩紮啤酒便知趣地躲開。他臉上的笑容相當曖昧，好像洞察了我的隱祕。當我吞吞吐吐地將事情對李手說罷，李手竟然沒心沒肺地笑起來。

你幸災樂禍！我不滿地說。

他端起杯子，碰響了我的杯子，喝了一大口，說：這算什麼災？這是大喜啊！祝賀老兄！老來得子，人生大喜！

你別拿我尋開心了。我憂慮重重地說，儘管我已退休，但畢竟還是公家的人，生出一個孩子，怎麼向組織交代？

李手說：老兄，什麼組織、單位，這都是自己給自己綑上的繩索，我們面臨的事實是，你的精子與一個卵子結合孕育成的一個新生命，即將呱呱落地。人生最大的快樂，莫過於看到一個攜帶著自己基因的生命誕生，他的誕生，是你的生命的延續。

問題的關鍵是，我打斷他的話，說，這個嬰兒出生後，我到哪裡去給他落下戶口？

這點小事還能難倒你？他說，現在不是過去了，現在，只要有錢，基本上沒有辦不成的事。再說了，即便落不下戶口，他做為一個人，已經存在於這個星球上，他終將享受到一個人的所有權利。

行了，老弟，我是來找你想辦法的，你淨給我講這些空話廢話——這次我回來，發現你們，不管是念過書的還是沒念過書的，怎麼都是一副話劇腔？都是跟誰學的呀！

他笑了，這就是文明社會啊！文明社會的人，各個都是話劇演員、電影演員、電視劇演員、戲曲演員、相聲演員、小品演員，人人都在演戲，社會不就是一個大舞台嗎？

別給我貧了，我說，快想辦法，你不會希望我見了陳鼻叫岳父吧？

見了陳鼻叫岳父又能怎麼樣呢？太陽就熄滅了嗎？地球就不運轉了嗎？我告訴你一個眞理：你不要以爲世界上的人都在關心你的事，你是不是以爲人人都在盯著你？其實，各人有各人的煩心事，沒人管你這檔事兒。你跟陳鼻的女兒生一個兒子，或者你跟另外一個女人生一個女兒，這都是你自己的事。即便有那些好管閒事的人議論幾句，那也是過眼雲煙，風過即散。關鍵是，孩子是自家的骨肉，生出來就大賺了一筆。

可我跟陳鼻……我說，這簡直像亂倫！

胡說八道！他說，你跟陳眉毫無血緣關係，亂的哪門子倫？至於年齡，更不是問題，八十歲老翁娶十八歲少女，不是成了美談被萬人傳誦嗎？關鍵是，你連陳眉的身體都沒見過，她就像一個工具，你只不過租來用了一下，如此而已。總之，老兄，他說，不必考慮那麼多，不必自尋煩惱，好好鍛鍊身體，準備撫養兒子。

別說這些沒用的了，我指指自己布滿燎泡的嘴唇，說，我可是心急火燎！看在老同學的面子上，我求你，捎個話給陳眉，讓她立即終止妊娠，原定的代孕費我照付，另外再加一萬元，補償她因引產帶給身體的損失。如果她嫌少，那就再加一萬元。

那你何必呢？既然這麼捨得花錢，等她生下來，花錢疏通疏通，落下戶口，堂堂正正當爹就是了。

我無法對組織交代。

你太把自己當成個人物了吧？李手譏道，老兄，組織沒那麼多閒心管你這事，你以爲你是誰？不就是寫過幾部沒人看的破話劇嗎？你以爲你是皇親國戚？生了兒子就要舉國同慶？

這時，幾個身背旅行包的遊客探頭探腦地進入飯館，僞桑丘像球一般滾出去，笑臉相迎。我壓低嗓門，說：我這輩子，只求你這一次。

他抱著膀子，搖搖頭，擺出一副愛莫能助的姿態。

他媽的，你這小子，就這樣眼睜睜地看著我往火坑裡跳？

你這是讓我幫著你殺人，他也低聲說：六個月的嬰兒，隔著肚皮都能喊爸爸啦！

你幫不幫？

你以爲我就能見到陳眉嗎？

那你一定能見到陳鼻，把我的話轉告陳鼻。讓陳鼻去找陳眉。

要見陳鼻很容易，李手說，他每天都在娘娘廟門前乞討，傍晚時，拿乞討來的錢到這裡買酒喝，順便拿走一個麵包。你可以坐在這裡等他，也可以到前邊去找他。但我希望你不必跟他說，說也是白費口舌。你如果心懷慈悲，就不要用這樣的事情折磨他了。這麼多年來，我總結了一條經驗，解決棘手問題的最上乘方法是：靜觀其變，順水推舟。

好吧，我說，那就順水推舟吧。

老兄，孩子滿月時，我來設宴，咱們好好慶賀一番。

十

走出酒館，我的心情的確輕鬆了許多。確實沒有什麼大不了的事兒，不就是一個孩子要出生嘛！陽光照舊燦爛，鳥兒依然歡唱，花照開，草照綠，風兒照舊輕輕吹。廣場上，送子娘娘的儀仗正雁翅般排開，喧天鼓樂中，許多盼子心切的女人紛紛向前擁擠，希望從娘娘手中搶到那個寶貴的嬰兒。人們都在用最大的熱情歌頌著生育，期盼著生育，慶賀著生育，我卻因為有人懷上了自己的孩子而痛苦、煩惱、焦慮不安。這只能說明：不是社會出現了問題，而是我自己出現了問題。

先生，我在娘娘廟大門右側那根粗大柱子後邊，發現了陳鼻和他的狗。這是一條周身生滿了黑色斑點的洋狗，比原先那條殉身車輪的本地土狗明顯高貴。這樣一條出身高貴的洋狗為什麼會與一個流浪漢結成伴侶？這似乎是個祕密，但想一想也不足為奇。在高密東北鄉這種新近開發之地，土洋混雜，泥沙俱下，美醜難分，是非莫辨。許多好趕時髦的暴發戶，初暴發時恨不得將老虎買回家當寵物，破產時又恨不得賣了老婆抵債。大街上許多流竄的野狗，不久前還是富家豢養的身價不菲的名種。就像上世紀初葉，俄羅斯爆發革命，許多白俄貴婦，流落到哈爾濱，不得不爲了麵包，放下身價，或者爲娼賣笑，或者嫁給賣苦力的下層百姓，使這地方生出了一些混血的後代，陳鼻的大鼻子深眼窩也許與這段歷史有關。斑點流浪狗與陳鼻的結合與此有點類似。我胡思亂想著，在距他與狗十幾米的側面，觀察著他們。他身邊放著雙枴，面前擺著一塊紅布，紅布上顯然寫著殘疾人乞求施捨的文字。不時有珠光寶氣的女人，俯下身去，將一張紙幣、或是幾枚硬幣，投放到他面前那個鐵碗裡。每當有人施捨，那條斑點狗就會仰起頭來，腔調溫柔、脈脈含情地嗚叫三聲。不多不少，每次都是三聲。施捨者內心感動，有的甚至二次解囊。其實我已經沒有了以重金收買他、讓他動員陳眉引產的想法。我向他走去，是好奇心被激發，想知道他面前那塊紅布上寫著什麼字——這是文人的惡習。

那塊紅布上寫著：

我本天上鐵拐仙，引領玉犬下塵凡。送子娘娘是我姑，派我到此來化緣。施我小錢換貴子，騎馬遊街中狀元……

我猜想，布上的詞兒乃王肝所編，布上的字係李手所書，他們都在用自己的方式，幫助這個落難的同學。他將肥大的褲管捋上去，裸露著那兩條猶如爛茄子一樣的腿。我油然想起了母親講過的故事：

鐵拐李成仙之後，家中做飯無燒柴，其妻問：燒啥？他說：燒腿。於是就將一條腿伸到灶下，引火點燃，灶中火焰熊熊，鍋裡蒸氣裊裊，飯就要熟了。此時，他的嫂子過來串門，一見此狀，驚呼：哎呦，兄弟，當心把腿燒瘸了！於是，他的腿眞的燒瘸了。

母親講完這故事後，提醒我們：面對神蹟，一定要保持沉默，千萬不要大驚小怪。

他上身穿著一件磚紅色的羽絨服，油漬斑駁，閃閃發光，如同鎧甲。正是農曆四月時節，薰風送暖。遙遠的麥田裡，小麥正在灌漿。遠處的池塘和近處的牛蛙養殖場裡，蛙類正在追逐交配並發出響亮的叫聲。年輕姑娘們，已經穿著輕薄的綢裙在展示身段，而這老兄，竟然還是這樣的打扮。看著他我都感到熱，但他卻團縮著身體發抖。他的臉是古銅的顏色，頭頂禿了的部分，似用砂紙打磨過一般閃閃發光。我不明白，他爲什麼要戴上一副骯髒的口罩，是爲了遮住那個引人注目的鼻子？他的目光，從深陷的眼窩裡射出，與我畏畏縮縮的目光相碰。我慌忙避開，去看他的狗。他的狗也在看我，也是那樣冷漠而茫然的目光。那狗的左邊前爪子，分明少了一截，似乎被利器斬斷。至此我明白了這狗與人，是眞正的同病相憐。至此我也明白，在他面前，沒有任何話可以說，唯一能做的就是：放下一點錢，迅速離開。我口袋裡只有一張百元面值的大票，那本是我爲自己準備的午飯和晚飯的錢，但我還是毫不猶豫地將錢放在他面前的鐵碗裡。他沒有任何反應，狗，例行公事般地叫了三聲。

我歎息著離開他們。走出十幾步後又忍不住回頭。我的潛意識裡想著：他如何處理這張大票子呢？那碗裡的錢多是些一元的紙幣和硬幣，紙幣和硬幣都骯髒不堪。我這張粉紅的大錢放在碗裡是多麼耀眼啊！我相信沒人會像我這樣慷慨地施捨給他。我不相信面對著一張百元新錢他會無動於衷。先生，我眞是以「小人之腹度君子之心」啊，我回頭看到了一副令我氣惱的景象：一個十幾歲的黑胖男孩，從柱子後衝出來，在那盛著錢幣的鐵碗前一彎腰，伸手將那張百元大票抓在手裡，然後斜刺裡竄了。他的行動快疾，等我反應過來，人已在十幾米外，沿著廟側的小巷，向中美合資家寶婦嬰醫院的方向狂奔。那小男孩生著兩隻鬥雞眼，好面熟，我一定在什麼地方見過他。想起來了，的確見過他。他就是我們初回來那年，在中美合資家寶婦嬰醫院開業那天，把一個用紙包裹著的黑瘦青蛙遞給姑姑、將姑姑嚇昏的小孩。

面對著這突然的變故，陳鼻竟然毫無反應。那條斑點狗對著男孩的身影低嗚了幾聲，抬頭看看主人，也就息聲，將腦袋放在面前的爪子上，一切歸於寧靜。

我心中大為不平，替陳鼻和他的狗，也為我自己。因為那是我的錢。我想對周圍的人訴說心中的憤慨，但人各有事，剛剛發生的事情猶如電光一閃，沒留下任何痕跡。我不能饒了他，這個敗壞我們高密東北鄉淳樸鄉風的小子。這是哪家繁殖的不良後代，欺負女人，打劫殘疾人，幹的全是喪盡天良的事。而且從他那極為熟練的身手上可以斷定，他從陳鼻的乞討鐵碗裡搶錢絕不是第一次。我快步疾行，朝著那男孩跑去的方向。他就在前邊，距我五十米左右。他已經不跑了。他蹦了一個高從路邊的垂柳上拽下一根生滿鵝黃嫩葉的枝條，隨手揮舞著，抽打著。他根本不回頭，他知道那被他搶劫的瘸人和瘸狗不會追他。小子，你等著，我追上來了。

他拐進沿河邊而建的農貿市場。市場頂棚用綠色的塑膠遮陽板覆蓋，裡面的光線都是綠的。人在裡邊活動，彷彿魚在水中游動。

市場裡物資豐盛，攤位成排，猶如曲折迴廊。在蔬菜果品攤位上，擺放著許多連我這個農民出身的人都不認識的奇異菜果，顏色五彩繽紛，果體奇形怪狀。想想三十年前那物資匱乏的時代，只有感歎。那小子輕車熟路，直奔魚市。我加快腳步追隨著他，同時，目光不斷地被兩側攤位上的魚鱉蝦蟹吸引。那一條條猶如豬崽般的、銀光閃閃的鮭魚，是從俄羅斯進口的。那展開螯足猶如巨大蜘蛛的毛蟹，是從日本北海道進口的。還有南美的龍蝦，澳洲的鮑魚，當然更多的是青、鯧、黃、鱖這些普通魚類。那些已被分割了的鮭魚，肉色橘紅，鮮明地躺在潔白的冰塊上。那些正在烘烤魚片的攤位上，散發著撲鼻的香氣。那小子在一家烤魷魚的攤前，掏出我那張大錢，買了一串，找回一把零錢。他仰起臉來，將插著魚片的鐵籤子遞向嘴巴，那姿式，彷彿在娘娘廟前廣場上表演吞劍的雜耍藝人。就在他靈巧地將一塊帶著細長腕足、滴著暗紅汁液的魷魚片吞到口中時，我一個箭步衝上去，從後邊，抓住了他的脖頸。我大聲喊叫：

哪裡跑，你這小賊！

那小賊身子一矮，脖子便從我手中脫去。我抓住他的手腕子，他揮舞著手中的串滿魚片、汁水淋漓的鐵籤子向我打來。我慌忙鬆手，他像泥鰍一樣溜走。我衝上前，抓住了他的肩膀。他猛然一掙，那件糟朽的T恤衫應聲破裂，披散下來，露出他黑鮁魚般油光光的身體。他哇哇地哭起來，沒有眼淚，如同狼嚎，同時凶狠地將手中串著魷魚的鐵籤子，對著我的肚子刺過來。我慌忙躲閃，躲閃不及，左臂上中了一籤，起初不痛，只是一陣熱辣辣的感受，然後便是劇痛，黑色的血湧出來。我用右手攥住傷口，大聲喊叫：

他是小偷，他偷了殘疾人的錢！

那小賊嚎叫著，像發瘋的豬一樣，向我衝來，他的目光真是可怕極了，先生，我心中感到極爲恐怖，連連倒退著，躲閃著，喊叫著，他一邊刺我，一邊哭叫：

你賠我的衣服！你賠我的衣服！

他的話裡還夾雜著許多無法寫出的髒話，先生，我眞是爲我們東北鄉繁衍了這樣的後代而羞愧。慌忙之中，我從魚攤上抓起一塊寫有魚品產地和價格的木板，權當盾牌，抵擋著那小賊的進攻。他一籤比一籤凶狠，籤籤都想置我死地。木板頻頻被鐵籤刺中，我的右手，又因躲避不及被刺破，鮮血淋漓。先生，我的腦子混亂，一點主意也沒有了，我只是靠著求生的本能倒退，躲閃，腳步踉蹌。有好幾次，我的腳後跟被魚簍或是木板之類的雜物所絆，幾乎仰面跌倒，如果我跌倒，先生，此時我也就不能給你寫信了。如果我跌倒，一是當場被那英猛的像豹子一樣的小孩刺死，二是被刺成重傷，送到醫院救治。先生，我不得不承認，那時候，我心中充滿了恐懼，我怯懦、軟弱的天性暴露無遺。我倉皇中往兩邊顧盼，希望那些魚販們能伸出援手，把我從危險中解救出來，但是，他們有的袖手旁觀，有的漠然無視，有的拍手喝采。先生，我眞是一塊廢物，貪生怕死，毫無鬥志，竟被一個十幾歲的孩子打得連連倒退，我聽到了帶著哭腔的哀求之聲從我嘴巴裡喊出來，斷斷續續的，像被打痛了的狗的叫聲：

救命……救命啊……

而那小孩，早已停止了哭嚎——他壓根兒就沒哭過——他那兩隻眼睛瞪得溜圓，那兩隻眼睛裡幾乎沒有眼白，宛若兩隻肥胖的蝌蚪。他咬著下唇，直視著我，停頓一下，猛地一躥。救命啊……我喊叫著舉起木牌……手上再次中籤，血流如注……他又是一躥……他就這樣發動著一次又一次的進攻，我就這樣喊叫著救命卑怯地後退，直退到燦爛的陽光裡……

我扔下牌子，轉身逃跑，邊跑邊喊救命。先生，我的醜態，實在羞於向您說，但不對您說，又找不到人訴說。我跑著，慌不擇路，聽到兩邊的人在喊叫，震耳欲聾。我跑到了那條小吃街上，街旁一家小餐館前，停著一輛銀灰色的轎車。我看到那餐館上懸掛著一塊黑色的招牌，招牌上寫著兩個古怪的紅字：「雌雉」。飯館門口坐著兩個女人，一個高大肥胖，另一個嬌小玲瓏。她們猛地站起來。我像見到了救星一樣向她們撲去——腳下一絆，摔倒在地，嘴唇破了，牙縫裡滲出血來。將我絆倒的是一根鐵鏈，連接鐵鏈的是兩根鐵樁。一根鐵樁倒地。那兩個女人撲上去，擰著我的胳膊，把我架起來。我感到臉上挨了她們很多耳光，沾滿了她們的唾沫。那個追趕我的小孩沒有跟來，我心中感到萬幸。先生，不幸的是我又被「雌雉」飯館這兩個女人纏住了。她們一口咬定，說我的腿碰倒了那根掛著鐵鏈的鐵柱，而鐵柱又倒在她的車上，砸壞了她的車。先生，那車的後尾上，的確有一個針尖大的白點，但絕不是那鐵柱砸的。她們拉著我不放我走，破口大罵，招來許多人圍觀。那小個子女人尤其凶惡，她的模樣，與那追殺我的男孩頗爲相似。她的手指一下下地戳著我，每一下都似乎要戳瞎我的眼睛。我的每一聲辯解，都淹沒在她們的數十句詈罵聲裡。先生，當時，我抱著頭蹲在了地上，感到空前的絕望。我與小獅子之所以選擇回鄉定居，是因爲我們在北京的護國寺大街上，遭遇過一件類似的事情。那家飯館在人民劇場對面，飯館的名字叫「野雉」。我們去看人民劇場的海報時，同樣絆倒了一個連接著鐵鏈、漆成了紅白兩色的鐵樁，鐵樁倒時分明離那輛白色的車尾很遠，但坐在「野雉」店前那個頭髮染成金黃色、小臉緊巴巴的、薄唇如刀刃的女孩，衝上來在車尾處發現了一個針鼻大的白點，非說是我們絆倒鐵椿所砸。她手舞足蹈地罵我們，用那種北京胡同裡流行的下流語言。她說老娘從小在這條街上長大，什麼人沒見過？你們這些外地土鱉，不在土窩裡趴著，跑到首都來幹什麼？來給中國人民丟臉嗎?!那個肥胖的女子，身上散發著濃烈的痔瘡膏的氣味，衝上來揮拳就打，一拳就將我的鼻子打破了。那些圍觀的光頭漢子，袒腹老者，也一齊幫腔，炫耀他們的老北京身分，威逼我們道歉，賠錢。先生，我軟弱地賠了錢，道了歉。先生，我們回家後抱頭痛哭，決定回東北鄉居住。原以爲這裡是我們的故土，沒人敢欺負我們。但沒想到，這兩個女人，其凶惡絲毫不遜於北京護國寺大街上那兩個女人。先生，我實在不明白，人，爲什麼會如此可怕？

先生，更大的危險正在逼近，我看到那個豹子般的男孩來了。那鐵籤子上的魷魚片已經吃光，扎起人來會更加銳利，而且，我突然明白了，這男孩，就是這小女人的兒子，而另外那個胖大的女人，必是那男孩的大姨。求生的本能使我掙扎著爬起來，我想跑，跑是我的長項，多年的優裕生活使我忘記了我曾經是多麼善跑。現在，當致命的危險來臨時，這善跑的技能，猛然地回來了。兩個女人還想拉住我，那個小男孩也大聲叫囂，我嚎叫著，像被逼到角落裡的狗。我渾身是血，齜牙咧嘴，估計也讓她們感到了幾分害怕，因爲我嚎叫的瞬間看到了她們臉上那種木呆呆的表情，我對臉上有這種表情的女人總是充滿深深的同情。趁著她們發呆的瞬間我從兩輛汽車的縫隙中一躍而過。跑吧，萬足，萬小跑，五十五歲的萬小跑又恢復了快速奔跑的能力。我沿著這條散發著炸雞味、魚腥味、烤羊肉串味以及許多種我不知道的氣味的小街狂奔。我感到腿輕得如草一樣，一腳下去，地面上似乎有巨大的彈性，使下一步獲得更大的動力，我是一頭鹿，一隻黃羊，一個登上了月球表面因而身輕如燕的超人。我感到我是一匹馬，一匹汗血寶馬，就是那匹能用蹄子踩住飛燕的馬，天馬行空，無牽無掛……

但事實上，這天馬行空般的感覺，僅僅是我短暫的幻覺。眞實的情況是，我氣喘吁吁，喉嚨裡噴火，心跳如鼓，胸膛膨脹，頭大如斗，眼前一陣陣發黑，彷彿血管隨時都要迸裂。求生的本能，支配著我氣力衰竭的身體，這是名副其實的垂死掙扎。我聽到周圍一片雷鳴般的喊打聲。迎面先是撲出一個留著大鬍子、身穿一套黑色中山裝的青年，他那兩隻碧綠的眼睛彷彿兩隻深夜山路上斜飛的螢火蟲。就在他的慘白的手指即將捉住我的瞬間，我張嘴噴出一股污血，使他那張慘白的臉，頓時改變了顏色。我聽到他發出了一聲慘叫，然後捂著臉蹲在了地上。先生，我的心中充滿了歉意，我知道他的攔截是正義的行爲，他攔截我說明他是個有道德的義士，而我噴出的污血，就像倉皇逃命的墨斗魚噴出的內臟，弄髒了他的臉，殺傷了他的眼睛，我感到由衷的歉疚。我如果是個高尙的人，哪怕背後有尖刀頂著，也應該停下腳步，向他道歉，請求他的原諒，但是我沒有，先生，我愧對了您的教導。後來，又有幾個道貌岸然的君子，站在路邊，口中喊打，身體並不靠前；肯定是被我口噴污血的絕技嚇破了膽；他們將喝了一半的可口可樂瓶子投擲到我的身上，那象徵著美國文化的醬色液體，冒著金黃色泡沫，被我甩在了身後……

先生，事情總會有個結局，無論多麼好的事情，無論多麼壞的事情，都會有結局。這場已經混淆了是非的追逐與逃亡，終於在我耗盡了最後一點力氣、癱倒在中美合資家寶婦嬰醫院門前時結束了。那時，正有一輛寶馬牌轎車，泛著藍寶石般的璀璨光芒，從醫院綠樹掩映、花香四溢的院子裡開出。我的立仆，肯定給車裡的人一種極爲不快的印象：因爲我渾身是血，像一隻從天而降的死狗。我先是令他們大吃一驚，然後是感到晦氣。我知道愈是富貴者愈是迷信，富貴的程度與迷信的程度成正比。我知道他們比窮人更相信命運，比窮人更愛惜生命。這是正常的。窮人是破罐子破摔，富人手捧著他們的富貴，像捧著一件價值連城的青花瓷器。我猛然倒在他們車前，嚇得那「寶馬」如同一匹馬駒，猛地揚起了前蹄，睜大了眼睛，並發出了驚恐的嘶鳴。對此我十二萬分的抱歉，對不起，眞是對不起。我身體抽搐著，想往前爬，爲「寶馬」讓開道路，但我的身體，彷彿一條被圖釘釘住了尾巴的蟲子，無法移動。我想起了自己童年時，甚至在成年之後還玩過的惡作劇：將那種青色的或者綠色的蟲子，用圖釘或者棘刺，將牠們的尾巴扎在地上或牆上，然後看牠們掙扎，看牠們想爬行逃命的意識與不聽指揮的身體如何搏鬥。當時我毫無憐憫之心，甚至感到愉快。與蟲子相比，我是強大的，強大到蟲子無法感知我的形貌。對蟲子來說，我就是製造一切災難的神祕力量。牠甚至都感受不到我那隻行兇作惡的手，牠只能感受到那枚圖釘，或者那根棘刺。現在，我體驗到了那些曾被我戕害過的小蟲所體驗的痛苦。小蟲們，對不起了，實在對不起，I am sorry！

我看到一個男人在車上拍打著方向盤，汽笛鳴叫，聲音溫柔。這說明開車的是個有教養有耐心的好人，這說明他不是個一般的暴發戶。如果是個一般的暴發戶，他會將汽笛按得如防空警報。如果是個一般的暴發戶，他會從車窗探出頭來，用滿嘴的髒話罵我。爲了這個好人，我更想盡快往前爬行，爲他躲開道路，但我的身體不聽指揮。

那個男人，終於忍無可忍地從車上下來了，他身穿杏黃色的休閒服，衣領和袖口上有橘紅色的格子，我恍惚憶起，在京城混事時，曾聽一個熟知天下名牌的人，說過這品牌的中文譯名，但是我忘了。我永遠記不住名牌的名字，其實是一種心理抵抗，是一種下等人對上等人的仇視、嫉妒心理的曲折表現。就像我用饅頭貶低麵包一樣，就像我用豆瓣醬貶低乳酪一樣。那男子下車後，沒罵我也沒踢我，他只是焦急地命令醫院門口的保安：快將他弄到一邊去。

他下完命令之後，突然瞇起眼睛仰起頭、尋找著陽光的刺激，然後打了一個響亮的噴嚏。往事歷歷湧上心頭。又是從這聲噴嚏裡我再次辨認出了他：肖下唇，肖夏春，我的當過高官如今又成了大款的小學同學。據說他是在「倒煤」的熱潮中下海「倒煤」淘到了第一桶金，然後利用從政時培育好的人際關係，四面出擊，八方進財，成了身價數十億的富豪。我看過一篇採訪他的文章，他竟然也談到了小時候吃煤的事情。其實，我記得很清楚，他並沒吃煤；他看著我們吃煤並研究著手中的煤。——先生，您看，到了這樣狼狽境地，我還在較眞，眞是不可救藥啊。

一個保安拖不動我，兩個保安，每人抓住我一條胳膊，基本上還算友好地將我拖到醫院大門東側那塊巨大的看板下。他們扶正了我，讓我背靠著牆坐下。我看到肖同學鑽進轎車。我看到轎車小心翼翼地越過了醫院大門口的減速墩，然後拐彎而去。與其說我看到了不如說我想像到了，在車的後座上，坐著面孔秀麗、黑髮披肩的小畢，她的懷裡，抱著一個粉紅的嬰兒。

那些追趕我的人們，聚攏上來。那兩個女人和那個男孩以及那個被我噴了一臉黑血的青年以及那用可口可樂瓶子投擲我的人，都探頭看我。在我面前，幾十張臉構成了一副曖昧的圖畫。那男孩還想用鐵籤子扎我，但被那個似乎年輕一點的女人攔住了。一個教授模樣的人伸出兩根細長的手指放到我的鼻前試探著，我知道他是試我還出不出氣。我屏住呼吸，這也是保護自己的一種方式。我童年時聽村裡一個闖關東回來的大爺說過，在山林中，如遇到老虎和狗熊，最好的方法就是躺在地上，屏住呼吸裝死；凡猛獸都有幾分英雄氣，英雄不打告饒者，猛獸不吃死屍。這一招非常有效，那教授愣了一下，一言不發，抽身便走。他的行動，等於向圍觀者宣告：此人已經死了！儘管在他們心目中，我是一個搶了人家錢物的賊，但我們國家的法律，並沒有賦予這些有正義感的公民在大街上七手八腳處死毛賊的權力。於是他們倉皇散去，多一事不如少一事。那兩個女人也拖著那男孩匆匆逃去了。我長長地舒出一口氣，體會到了死者的威嚴與尊貴。

一定是那兩位保安報了警，因爲當警車鳴笛馳來時，只有他們倆迎上去，對員警訴說著。三個員警走到我面前，向我詢問情況。他們的面孔都很年輕，黃色的牙齒說明他們都是高密東北鄉人。我鼻子一酸，眼淚奪眶而出。然後，我就像在外遭了欺負、見到家長的孩子一樣哭訴起來。三個員警，只有其中那個眉毛中間生了一個小瘤的比較認眞地聽我訴說，其他兩位，只顧仰著臉看那看板。等我訴說完畢，眉中小瘤道：我們怎麼能證明你所說的都是實話呢？我說：你們可以去問那陳鼻。另一位高個員警眼睛依舊盯著看板，嘴巴對我說：你感覺怎麼樣？要不要送你去醫院？我活動了一下腿腳，已經能動了，看了一下胳膊和手上的傷口，已經不流血了。眉中小瘤說：不怕麻煩，就跟我們到局裡去做個筆錄，如果怕麻煩，就回家去自己調養吧。我說：難道，你就這樣沒有是非了嗎？眉中小瘤說：老爺子，是非當然是有的，但是你要給我們證據，證人。你能讓那陳鼻，讓那些賣魚的作證嗎？你能擔保那兩個女人和那小孩不反咬你一口嗎？那小子是原東風村活土匪張拳的外甥，確實是個壞種，但他還是個孩子，你又能怎麼著他呢？——好吧，我說，那就算了吧，算我倒楣。——吃一塹長一智，這麼大年紀了，少出門管閒事，在家裡逗逗孫子，享享天倫之樂，多好！——謝謝你們，浪費了國家的汽油，磨損了國家的車輛，又給你們添了麻煩。——老爺子，諷刺我們？——哪裡，哪裡，我哪敢諷刺你們，我是眞誠的，十二萬分的眞誠！——眉中小瘤和高個員警轉身欲走，另一位方臉闊口的員警還定定地望著看板不肯移步。眉中小瘤說：汪哥，走啊！見了孩子就挪不動腿了！那闊口員警巴咂著嘴唇說：太可愛啦！太可愛啦！眉中小瘤道：那就趕快給嫂子下種啊！闊口員警道：她是鹽鹼地，我只播種，但她不發芽！高個員警道：你也別只管抱怨嫂子，自己也去查查，沒準你的種子是炒過的！闊口員警道：那怎麼可能……

他們吵吵鬧鬧地上了車，把我遺留在看板下。我心中感到鬱悶，但又感到無奈。即便我跟他們去公安局做了筆錄又能怎麼樣呢？那兩個女人，既然是張拳的三個女兒中的兩個，我姑姑就等於是她們的仇人。於是我也就明白了那男孩爲什麼要用青蛙把我姑姑嚇暈。他這樣做，多半是受了他母親或姨母的教唆，用這樣的方式，替他的姥姥復仇，儘管他姥姥的死並不能怪罪於我姑姑。與這種人，又有什麼道理好講？算了，算我倒楣。不，這是上帝在考驗我，忍了吧，能忍則安，我是胸有大志的人，我是正在創作一部話劇的作家，這些遭際和感受，都是上等的素材。大人物之所以能成爲大人物，就是能忍受常人不能忍受之苦難，之屈辱，比如能忍胯下之辱的韓信，比如能忍陳蔡之飢的孔夫子，比如能吞下自己糞便的孫臏……與這些聖人、先賢相比，我吃這點苦，受這點委屈算什麼？就這樣想著，先生，我感到心胸開闊了，呼吸順暢了，眼睛明亮了，力氣慢慢恢復了。蝌蚪，站起來，天將降大任於你，你要勇敢地承擔苦難，不要抱怨，不要恨任何人。

我站了起來，儘管傷口痛，肚子餓，腿發軟，眼發花，但我堅決不倒下。我起初還以爲會有許多人看我，但其實無人看我，連那兩個醫院門口的保安也不理睬我，這也印證了李手對我說過的話。想起李手我又想起了陳眉肚子裡孕育著的嬰兒，但此時我的感覺已經與上午大不一樣。上午我還千方百計地想扼殺這個嬰兒，但現在，我的想法變了。當我回頭看到看板時，我的想法已經非常明確：我要這個孩子！我迫切地需要這個孩子！這是老天爺賜給我的寶寶，我的苦難，都是爲他而受。

先生，我現在告訴你，那看板上，鑲貼著數百張放大了的嬰兒照片。他們有的笑，有的哭；有的閉著眼，有的瞇著眼；有的圓睜著雙眼，有的睜一隻眼閉一隻眼；有的往上仰視，有的往前平視；有的伸出雙手，彷彿要抓什麼東西；有的雙手攥成拳頭，彷彿很不高興；有的把一隻手塞進嘴裡啃著，有的將雙手放在雙耳邊；有的睜著眼笑，有的閉著眼笑；有的睜著眼哭，有的閉著眼哭；有的頭上無毛，有的滿頭黑髮；有的是柔軟的金毛，有的是絲絨般閃爍著光澤的亞麻色頭髮；有的滿臉皺紋，彷彿小老頭兒，有的肥頭大耳，好似小豬崽子；有的白得如煮熟的湯圓兒，有的黑得如煤球兒；有的噘著小嘴彷彿在生氣，有的咧著大嘴彷彿在喊叫；有的噘著嘴彷彿在尋找乳頭，有的閉著嘴歪著頭彷彿拒絕吃奶；有的伸出鮮紅的舌頭，有的只吐出一個粉紅舌尖；有的兩腮上各有一個酒窩，有的只有一邊腮上有酒窩；有的是雙眼皮兒，有的是單眼皮兒；有的是圓球般的小腦瓜兒，有的腦袋長長的像個冬瓜；有的眉頭緊鎖像個思想家，有的目光飛揚像個演員……總之，這數百個嬰兒面貌神情各異，生動無比，每一個都是那麼可愛。從廣告上的文字我得知這是醫院開業兩年來所接生的孩子的照片集合，是一次成果展示。這是眞正的偉大事業，高尙的事業，甜蜜的事業……先生，我深深地被感動了，我的眼睛裡盈滿了淚水，我聽到了一個最神聖的聲音的召喚，我感受到了人類世界最莊嚴的感情，那就是對生命的熱愛，與此相比較，別的愛都是庸俗的、低級的。先生，我感到自己的靈魂受到了一次莊嚴的洗禮，我感到我過去的罪惡，終於得到了一次救贖的機會，無論是什麼樣的前因，無論是什麼樣的後果，我都要張開雙臂，接住這個上天賜給我的赤子！

十一

先生，那天，在那鑲貼了數百張嬰兒照片的看板前，我的靈魂受到一次莊嚴的洗禮。我的猶豫、徬徨、被刺、被打、被辱罵、被追殺，都成爲必要的過程，就像唐三藏取經路上所經受的八十一難。不遭苦難，如何修成正果；不經苦難，如何頓悟人生。

回去以後，我自己用酒精棉球處理了一下傷口，用白酒沖服了專治跌打損傷的雲南白藥。雖然肉體上的痛苦一時難消，但精神頗爲健旺。小獅子回家之後，我擁抱了她，並用我的腮摩擦一下她的腮。我在她的身邊說：老婆，感謝你爲我創造了這個孩子，這個孩子雖然未經你的子宮孕育，但是用你的心孕育的，因此，他是我們親生的兒子！

她哭了。

先生，我坐在書桌前，一邊給你寫信，一邊考慮著如何撫養這個嬰兒的問題。我們都是奔六十歲的人了，體力精力都已衰減，按說應該請個有育兒經驗的保母，或者請一個正在哺乳期的奶媽，讓我們的孩子吃一點人的乳汁多一點人味兒。我母親說過，用牛奶或羊奶餵大的孩子，嗅上去沒有人味兒。儘管牛奶也能將嬰兒養大，但危險多多，那些喪盡天良的奸商在「空殼奶粉」

和「三氯氰胺奶粉」之後，會不會停止他們「化學」實驗?「大頭嬰兒」和「結石寶寶」之後，誰知道還會產生什麼嬰兒?現在他們都夾著尾巴，就跟挨了棍子的狗一樣，裝出一副可憐相，但用不了幾年，他們的尾巴又會高高地翹起來，又會想出更可惡的配方來害人。我知道，世間最寶貴的液體是母親的初乳，母親的初乳裡包含著許多神祕的物質，這些神祕的物質其實是物化了的母愛。我聽說，有一些找人代孕的人，交接了嬰兒後，還要用重金收買那代孕媽媽的初乳，有的甚至請代孕媽媽哺乳一月後，再將嬰兒接走，當然，這需要更多的費用。小獅子告訴我，代孕公司的人，堅決反對這樣做。他們說，一旦代孕媽媽爲嬰兒哺乳後，即會產生深厚的感情，由此帶來無窮的麻煩。小獅子眼睛放著光，對我說：

我就是他的媽媽，我會分泌乳汁的！

從前，我聽母親講過類似的事，但傳奇色彩濃厚，不可全信，也許，我想，有過生育史的年輕女性，那曾經分泌過乳汁的乳房，在嬰兒小嘴的刺激下，在巨大愛心的激勵下，會使泌乳的記憶甦醒，但像小獅子這樣的年近六旬、從沒懷過孕的女性，是不會產生這樣的奇蹟的。如果發生了，那就不是奇蹟，而是神蹟。

先生，我對您談這些事，絲毫不感到羞恥。您是用巨大的愛心把一個被醫院判爲必死無疑的嬰兒養大成人的父親，您在育子過程中有過許多類似神蹟的體驗。因此我想您一定能理解我的心情，也能理解我妻子的類似著魔的行爲。最近，她幾乎每晚都要我與她做愛。她由一個糠蘿蔔變成一個水蜜桃。這已經接近奇蹟，令我驚喜萬分。她每次都提醒我：蝌蚪，你要輕一點啊，不要魯莽啊，不要傷了我們的兒子啊。每次事後，她都會讓我將手放在她的腹部，說：你試試，他在踹我呢。她每天早晨，都會用溫水洗滌乳房，溫柔地往外牽拉那凹陷進去的乳頭。

我們向父親報告了小獅子身懷六甲的喜訊，年近九十的父親，頓時老淚縱橫，鬍鬚顫抖，感激地說：

蒼天有眼，祖宗顯靈，好人好報，阿彌陀佛！

先生，我們已經將嬰兒所用的物品置辦停當。一切都是最好的。日本產的嬰兒車，韓國產的嬰兒床，上海產的紙尿布，俄羅斯產的橡木洗浴盆……小獅子是堅決反對買奶瓶的，我勸她，萬一奶汁不夠吃呢？還是買一個預備著吧，於是我們買了法國生產的奶瓶和新西蘭（紐西蘭）進口的奶粉。我們對新西蘭進口的奶粉也缺少足夠的信任，因此我建議，最好買一頭奶山羊，放在父親那裡牧養著，我們可以搬到父親那裡去居住，每天用新擠的羊奶，餵養我們的嬌兒。小獅子手托著她碩大的乳房，不滿地說：

我堅信我的乳汁會像噴泉一樣！

遠在西班牙的女兒與我們通電話，問我們忙什麼，我說：燕燕，實在是慚愧，但確是喜訊，你媽媽懷孕了，你很快就要有一個弟弟啦！女兒在那邊愣了片刻，然後驚喜地問：爸爸，這是真的嗎？——當然是真的，我說。——可是，女兒說，媽媽多大歲數了呀！——我說，你上網搜搜看，最近，丹麥一個六十二歲的婦女，產下了一對健康的嬰兒。女兒在那邊歡呼起來：太好了，爸爸，向你們表示祝賀，熱烈的祝賀！你們需要什麼？我給你們寄過去。——我說，什麼都不需要，這邊應有盡有。女兒說，不管你們需要不需要，我還是要買，表示一下我這個老姊的心意。爸爸，祝賀你們，千年的鐵樹開了花，萬年的枯枝發了芽，你們創造了奇蹟！

先生，我對女兒，一直懷有深深的內疚，因爲她的生身母親之死，與我有直接的關係。我爲了自己的所謂的前程，斷送了王仁美的、也斷送了她腹中孩子的生命。那孩子，如果活著，現在是一個二十多歲的小伙子了。現在，不管怎麼說，又一個兒子要來了，我安慰自己，這個孩子其實就是那個孩子，他晚來了二十多年，但畢竟是來了。

先生，我非常慚愧地告訴您，那部話劇，只能以後再寫了。一個即將呱呱墜地的嬰兒，比一部話劇，肯定要重要得多。這也許是件好事，因爲我此前的構思片段，都是陰暗、血腥，只有毀滅沒有誕生，只有絕望沒有希望，這樣的作品寫出來，只會毒化人們的心靈，使我的罪過更加深重。請相信我，先生，這部話劇我肯定要寫。等那個孩子誕生後，我就會拿起筆來，爲新生命唱一首讚歌。先生，我不會讓您失望的。

在這段時間裡，我陪同小獅子去探望了姑姑。那天陽光非常好，姑姑家的院子裡那兩棵國槐樹上，有的槐花正盛開，有的槐花正脫落。姑姑端坐在國槐樹下，閉著眼睛，口中念念有詞。她的花白的、茂密如同蓬草的頭髮上落滿了槐花，有幾隻蜜蜂在她頭上飛舞。在窗前一塊支起的青石板前，低矮的小凳子上，坐著我們的姑父郝大手。這個被縣裡授與了民間工藝大師稱號的人，正在團弄著泥巴。他目光迷離、精神恍惚。姑姑說：

這個孩子，他的爹是圓臉，細長眼，鼻梁塌，厚嘴唇，兩扇肥耳朵；他的娘，瘦瓜子臉，杏核兒眼，雙眼皮，小嘴，挺鼻梁兒，兩隻薄耳朵，沒耳垂兒。這孩子，基本上隨他娘的模樣，但嘴比他娘要大一點兒，唇比他娘的唇要厚一點兒，耳朵比他娘的耳朵要大一點兒，鼻梁比他娘的鼻梁要矮一點兒……

我們看到，在姑姑的念叨聲中，一個泥孩子，在姑父的手中，慢慢地成了形。他用竹籤兒給泥孩子開了眉眼後，自己端詳一會兒，做了幾處修改，便用一塊木板托著，遞到姑姑面前。

姑姑捧起那個泥孩子，看了一眼，說：

眼睛再大一點，嘴唇再厚一點。

姑父接過泥孩子，做了一些修改，然後遞給姑姑。他的兩道灰白的濃眉下邊，目光如電。

姑姑捧著泥娃娃，先是遠看，後是近看，遠遠近近地看過，慈祥的表情在她臉上漾開。對，就是這個樣子，就是他。姑姑突然轉變了口氣，直接對著那泥娃娃說話：就是你，你這個小精靈鬼，你這個小討債鬼，姑奶奶毀掉的兩千八百個孩子裡，就缺你了，你來了，就齊了。

我將一瓶「五糧液」放在窗台上，小獅子將一盒糖果放在姑姑腳邊，我們齊聲說：姑姑，我們看你來了。

姑姑像生產違禁物品的人突然被人發現了似的，有些驚慌，有些手忙腳亂。她試圖用衣襟遮掩那泥娃娃，但遮掩不住，便停止了遮掩，說：我不想瞞你們。

我說：姑姑，我們看過王肝送給我們的紀錄片，我們理解你，知道你的心。

知道就好，姑姑起身，端著那個剛剛製作完畢的泥孩子，進入東廂房。她不回頭，沉悶地對我們說：跟我來。她龐大的身穿黑衣的身體在前邊，對我們造成一種神祕的壓力。我們早就聽父親說過，姑姑的神志有點不正常，因此回鄉後疏來探望。想想姑姑當年的煊赫，看到她凄涼的近境，我心中頓感悲涼。

東廂房裡光線很暗，一股陰涼潮濕的氣息撲鼻而來。姑姑拉了一下牆上的燈繩，一盞一百瓦的燈泡亮起，照耀得廂房裡纖毫畢現。這是三間廂房，所有的窗戶均用磚坯堵住。東、南、北三面牆壁上，全是同樣大小的木格子。每個格子裡，安放著一尊泥娃娃。

姑姑將手中的泥娃娃，放置在最後一個空格裡，然後，退後一步，在房間正中的一個小小的供桌前，點燃了三炷香，跪下，雙手合掌，口中念念有詞。

我們跟著姑姑慌忙下跪。我不知道該祝禱什麼，中美合資家寶婦嬰醫院大門外看板上那些姿態生動的嬰兒面孔，像拉洋片一樣，在我腦海裡次第滑過。我的心中充溢著感恩之情，愧疚之情，還有一絲絲恐怖。我明白，姑姑是將她引流過的那些嬰兒，通過姑父的手，一一再現出來。我猜測，姑姑是用這種方式來彌補她心中的歉疚，但這不能怨她啊。她不做這事情，也有別人來做。而且，那些違規懷胎的男女們，自身也有不可推卸的責任。而且，如果沒人來做這些事情，今日的中國，會是個什麼樣子，還眞是不好說。

姑姑上完香，站起來，喜笑顏開地說：小跑，獅子，你們來得正好，我的心願完成了。你們好好看看吧，這些孩子，各個都有姓名。我讓他們在這裡集合，在這裡享受我的供奉，等他們得了靈性，便會到他們該去的地方投胎降生。姑姑引領著我們逐格觀看，一一對我們講解著他們或她們的去處。

這個女娃，姑姑指著格子裡一個雙眼像杏核、咕嘟著小嘴的泥娃娃說，原本應該在一九七四年八月在譚家莊譚小六和董月娥家降生，但被姑姑毀了，現在好了，他的爹是個種菜大戶，他的娘是個巧手媳婦，他們家發明了用牛奶澆灌芹菜的方法，生產出來的芹菜鮮嫩無比，每公斤賣六十元呢。

這個男孩，姑姑指著格子裡一個瞇縫著小眼睛、咧著嘴傻笑的泥娃娃說，這個小子，原本應該於一九八三年二月在吳家橋吳軍寶和周愛花家降生，被姑姑毀了，現在好了，這小子洪福齊天，降生到青州府一個官宦之家，孩子的爹娘都是國家幹部，孩子的爺爺是省裡的高官，電視上經常露面。小子，姑奶奶對得起你了。

還有這兩個姊妹花，姑姑指著安放在一個格子裡的兩個泥娃娃說，原本應該生於一九九〇年，她們的爹娘是麻風病患者，雖然治癒了，但也是手如雞爪面如活鬼，生在這樣的人家，這兩個孩子等於跳進了苦海。姑姑毀了她們也救了她們，現在好了，二〇〇〇年元旦之夜，她們降生在膠州城人民醫院，是千年寶寶，父親是著名的茂腔演員，母親是時裝店老闆，去年的春節晚會，她們姊妹雙雙上了電視表演節目，唱茂腔名段《趙美蓉觀燈》，「茄子燈，紫生生，韭菜燈，亂蓬蓬，黃瓜燈，一身刺，蘿蔔燈，水靈靈，還有那打拳瞪眼蟹子燈，咯咯下蛋的母雞燈……」她們的爹娘專門打電話來讓我收看膠州台的電視節目，看得我啊，淚珠子噼哩啪啦往下掉……

還有這個，姑姑指著一個鬥雞眼泥娃娃說，原本應該降生在東風村張拳家，但是被毀了，雖說不能全怨姑姑，但姑姑有責任。這小子一九九五年七月降生在東風村張拳的二閨女張來娣家。張來娣來找我，她已經生了兩個女孩，再生就是超計畫生育，姑姑雖然當年被她爹打破過頭，說不盡的恩恩怨怨，但姑姑還是將這個本來應該由她娘生的孩子還給了她。他本來是她的弟弟，現在卻成了她的兒子。這祕密也只有姑姑知道，現在透露給你們，你們要守口如瓶。這小子是個壞種，知道姑姑怕青蛙，曾經用紙包著青蛙將姑姑嚇暈過去，但姑姑不恨他，花花世界，缺一不可，好人是人，壞種也是人……

最後，姑姑指著剛剛放進木格子裡那個泥娃娃，說：你們認識他嗎？

我眼含著淚說：姑姑，您別說了，我認識他……

小獅子說：姑姑，這個孩子，很快就要降生了，他的爹是一個劇作家，他的媽媽是個退休的護士……姑姑，謝謝您，我已經懷孕了……

先生，我對您寫這些，您會不會認爲我是癡人寫夢？我承認，姑姑的心理，確實發生了一些問題，我太太因爲盼子心切，神經也有些不太正常，但我希望您能諒解她們，理解她們。一個自認爲犯有罪過的人，總要想辦法寬慰自己，就像您熟知的魯迅小說《祝福》中那個捐門檻的祥林嫂，清醒的人，不要點破她的虛妄，給她一點希望，讓她能夠解脫，讓她夜裡不做噩夢，讓她能夠像個無罪感的人一樣活下去。我順從著她們，甚至也努力地去相信她們所相信的，應該是正確的選擇吧。儘管我知道那些有科學頭腦的人會嘲笑我，那些站在道德高地上的人會批評我，甚至會有個別有覺悟的人會向有關方面控告我，但我也不想改變，爲了這個孩子，爲了姑姑和小獅子這兩個從事過特殊工作的女人，我寧願就這樣愚昧下去。

那天，姑姑拿出聽診器，煞有介事地爲小獅子聽診。小獅子袒腹仰躺，滿面幸福；姑姑凝神細聽，神情嚴肅。聽診完畢，姑姑用她那隻被我母親多次讚譽過的手，撫摸著小獅子的腹部。姑姑說：有五個月了吧？挺好，胎音清晰，胎位正確。

六個多月了，小獅子滿面含羞地說。

起來吧，姑姑拍拍小獅子的肚子，說，雖然年齡大了些，但我建議你還是自然分娩吧。我是反對剖腹產的，一個沒經過產道分娩的母親，體會不到完整的母親感覺。

我有些擔心……小獅子說。

有我呢，擔心什麼？姑姑舉起雙手，說，你應該信任這雙接生過一萬名嬰兒的手。

小獅子把姑姑的一隻手抓住，貼在自己臉上，像一個撒嬌的女兒，說：

姑姑，我信任您……

十二

先生，大喜！

我的兒子，昨天凌晨誕生。

因爲我妻子小獅子是超高齡初產婦，所以，連中美合資家寶婦嬰醫院裡那些據說是留學英美歸來的博士們也不敢承接。這時候，我們自然想到了姑姑。薑還是老的辣。我妻子唯一信任的也就是我姑姑。她跟我姑姑接生過數不清的嬰兒，自然見過我姑姑遇到危急情況時的大將風度。

小獅子是在袁腮和小表弟的牛蛙養殖中心加夜班時開始發作的，按說到了這種時候，早就應該讓她在家休息，但她脾氣固執，不聽人勸。她挺著大肚子招搖過市，引起不少議論和羨慕。認識她的人大老遠跟她打招呼：大嫂子，都這樣了，還不在家歇著？蝌蚪大哥眞夠狠的。她說，這有什麼？生孩子是瓜熟蒂落的事，多少農村婦女，在棉花地裡，在河邊的小樹叢中，都能把孩子順利產下，愈嬌貴，反而愈出毛病。她的理論，跟許多老中醫的理論是一致的。聽者頻頻點頭，隨聲附和者居多，當場反駁者無有。

我聞訊趕到牛蛙養殖中心時，袁腮已經派小表弟去把姑姑接來。姑姑穿著白大褂，帶著大口罩，亂蓬蓬的頭髮塞進白帽子裡，目光熱烈而興奮，讓我想起那些伏櫪的老驥。姑姑在一個白衣小姐的引領下進入隱祕的產房，我坐在袁腮的辦公室裡喝茶。

辦公室正中安放著一張不小於乒乓球案子的辦公桌，顏色紫紅，桌後一張黑色高背眞皮轉椅。桌上擺著一摞厚厚的書，竟然還一本正經地插著一面鮮紅的小國旗。他看出了我的心思，嚴肅地說：夥計，即便是強盜，也有愛國的權利。

他非常熟練地給我斟著工夫茶，不無炫耀地說：這是武夷山的大紅袍，雖說不是金枝玉葉，但品質也是上乘的，縣長來時，我都沒捨得泡給他喝。但是我給你喝，這說明，本人還是有品格的吧！

看我心不在焉的樣子，袁腮道：放心吧，我辦事，你放心，平安順遂，萬無一失，我們輕易不驚動你姑姑，她老人家是我們高密東北鄉的守護神，只要她一到，結果只能是八個字：母子平安，皆大歡喜！

後來，我歪靠在那寬大舒適的皮沙發上睡著了。睡夢中看到母親和王仁美來了。母親穿著一身明晃晃的緞子衣裳，手拄一根龍頭枴杖；王仁美穿著一件大紅的棉襖，一條綠色的褲子，村俗無比但又有幾分可愛。她左臂挎著一個紅布包袱，包袱的縫隙裡露出了一件黃色的毛線衣。她們在走廊裡不停地走動，母親手中枴棍搗地的聲音不緊不忙，但卻令我無比的焦慮。我說：娘，您能不能坐下歇會兒？你們這樣來回轉，讓所有的人都不得安寧。母親在沙發上坐下，只坐了一會兒她便移到地上盤腿坐定。她說坐在沙發上無法呼吸。王仁美又是膽怯又是羞澀的樣子，像個小姑娘似的躲在母親背後。只要我把目光投到她的臉上，她就將頭扭到一邊。我看到她將那件黃色毛衣從包袱裡拿出來，展開。那毛衣好像只有成年人的一隻巴掌大，我說：這給洋娃娃穿還差不多。她紅著臉說：我是比量著肚裡的娃娃編織的，我這才發現，她的腹部隆起已經很明顯，她臉上的斑花皮膚也說明她正在妊娠。後來我說：肚裡的孩子也不會這麼小啊！她的眼睛頓時紅了，她說：小跑，你跟姑姑說說，就讓我生了吧。母親用枴棍敲打著地面說：你現在就生，我在這裡護著你。老太太的枴杖，上打昏君，下打奸臣，誰敢攔擋，我讓他不得好死。母親用手中枴杖戳了一下牆上的機關，立即就有一扇暗門緩緩打開。我看到室內燈光亮如白晝，一張蒙著潔白床單的手術床，兩邊站著四個身穿白大褂、臉蒙大口罩的人，姑姑站在床頭，也是全身穿戴整齊，手上還戴著塑膠手套。王仁美進去後，一見這陣勢，轉身就想跑，姑姑一伸手就抓住了她。她哭著，像無助的小女孩一樣，對我喊：小跑，看在我們多年夫妻的分上，救救我吧……我心中一陣酸楚，眼淚奪眶而出……姑姑做了一個手勢，那四個護士模樣的人一擁而上，將王仁美抬到了手術床上，三把兩把地就將她的衣服剝光。然後，我就看到，從她的雙腿之間，有一隻赤紅的小手伸出來，那小手拇指、小指和無名指蜷曲，用食指和中指，做出一個國際流行的「V」式，令姑姑她們大笑不止。姑姑笑夠了，說：別鬧了，出來吧！於是，一個嬰兒，慢慢地鑽出來。往外鑽時他探頭探腦，像一隻狡猾的小動物。姑姑瞅準時機，揪住了他的耳朵的同時抱住了他的腦袋，然後用力往外一拔：你給我出來吧！——隨即發出一聲爆米花般的響聲，一個滿身沾著血污和黏液的嬰兒，就托在姑姑的手中了……

我猛然驚醒，感到渾身發冷。小表弟和小獅子推門進來。小獅子懷抱一個襁褓，襁褓中傳出嬰兒喑啞的哭聲。小表弟壓低聲音說：熱烈祝賀表哥，你的兒子誕生了！

小表弟開車，將我們送到我父親居住的村莊。這個村莊已經是個城市中的村莊，如從前的信件中所說，這是我們的縣長——如今已升爲市長了——下令保留的文化標本——一個保留著「文革」期間建築風格的村莊，牆上的大字標語，村頭的革命標牌，村中的高音喇叭，生產隊的聚會場所……已是黎明時分，但街上沒有行人，只有早班的公共汽車拉著幾個鬼一般的乘客疾馳而過，只有幾個將臉面遮得只露兩個眼珠的環衛工人在人行道上揮舞著笤帚，掃起一股股煙塵。我很想看一看孩子的臉，但小獅子那副比產婦還莊嚴還疲憊還幸福的神情讓我止住了自己的想法。她頭上包著一條醬紅色的圍巾，嘴上爆裂了一層皮。她將那嬰兒緊緊地抱在懷裡，不時地俯下臉去，彷彿是觀看，又彷彿是吸著嬰兒身上散發的氣息。

我們早已把爲這個嬰兒所準備的一切轉移到父親居住的地方，因爲產奶的羊一時難覓，父親便爲我們向村中一杜姓的養牛人家訂購了一份牛奶。他們家養著兩頭奶牛，每天能產奶一百斤。父親跟他們反覆叮囑不要添加任何東西，那人道：大爺，您老如果連我都不相信，您自己親自來擠就是了。

小表弟將車停在我父親居住的院落外。我父親早就在路邊迎候了。陪同父親在那裡迎候的還有我二嫂與一些年輕的女性，大約都是本家的侄媳婦們。我二嫂一把搶過孩子，年輕女子們將小獅子從車內架下來，攙扶著進院，然後進入早就布置好了的「坐月子」的房間。

二嫂揭開襁褓一角，讓父親觀看這個遲來的孫子。父親熱淚盈眶，嘴裡連聲說好。我看到這個頭髮烏黑面色紅潤的嬰兒，心中百感交集，眼淚也奪眶而出。

先生，這個孩子，使我恢復了青春也給我帶來了靈感，他的孕育與出生，儘管比一般的孩子要艱難曲折，而且今後，圍繞著他的身分確認，很可能還會產生諸多棘手的問題，但正如我姑姑所說：只要出了「鍋門」，就是一條生命，他必將成爲這個國家的一個合法的公民，並享受這個國家給予兒童的一切福利和權利，如果有麻煩，那是歸我們這些讓他出世的人來承擔的，我們給予他的，除了愛，沒有別的。

先生，從明天開始，我將鋪開稿紙，用最快的速度，完成這部難產的話劇，我給您的下一封信，將是一部也許永遠也不可能上演的劇本：

《蛙》。

第五部

親愛的先生：

我終於完成了這個劇本。

現實生活中的許多事件，與我劇本中的故事糾纏在一起，使我寫作時，有時候分不清自己是在如實記錄還是在虛構創新。我僅僅用了五天的時間就寫完了它。我就像一個急於訴說的孩子，想把自己看到的和想到的告訴家長。五十多歲的人自比孩子，這很矯情，但確是眞實感受。

這個劇本，應該是我姑姑故事的一個有機構成部分，劇本中的故事有的儘管沒在現實生活中發生過，但在我的心裡發生了。因此，我認爲它是眞實的。

先生，我原本以爲，寫作可以成爲一種贖罪的方式，但劇本完成後，心中的罪感非但沒有減弱，反而變得更加沉重。王仁美和她腹中孩子——當然也是我的孩子——之死，儘管我可以用種種理由爲自己開脫，儘管我可以把責任推給姑姑、推給部隊、推給袁腮、甚至推給王仁美自己——幾十年來我也一直是這樣做的——但現在，我卻比任何時候都明白地意識到，我是唯一的罪魁禍首。是我爲了那所謂的「前途」，把王仁美娘倆送進了地獄。我把陳眉所生的孩子想像爲那個夭折嬰兒的投胎轉世，不過是自我安慰。這跟姑姑製作泥娃娃的想法是一樣的。每個孩子都是唯一的，都是不可替代的。沾到手上的血，是不是永遠也洗不淨呢？被罪感糾纏的靈魂，是不是永遠也得不到解脫呢？

先生，我期待著您的回答。

蝌蚪

二〇〇九年六月三日

《蛙》

九幕話劇

人物表：

姑姑——退休婦科醫生，七十餘歲

蝌蚪——劇作家，姑姑的侄子，五十餘歲

小獅子——曾是姑姑的助手，蝌蚪之妻，五十餘歲

陳眉——代孕者，二十餘歲。火災倖存，嚴重毀容

陳鼻——陳眉之父，蝌蚪小學同學。街頭流浪者，五十餘歲

袁腮——蝌蚪小學同學，牛蛙公司老闆，暗中經營「代孕公司」，五十餘歲

小表弟——名金修，蝌蚪的表弟，袁腮的部下，四十餘歲

李手——蝌蚪小學同學，飯館老闆，五十餘歲

派出所長——警官，四十餘歲

小魏——女警官，剛剛從警校畢業的學生，二十餘歲

郝大手——民間泥塑大師，姑姑丈夫

秦河——民間泥塑大師，姑姑的追隨者

劉貴芳——蝌蚪小學同學，縣政府招待所所長

高夢九——中華民國時期的高密縣長

衙役數人

醫院保安兩名

黑衣蒙面人兩名

電視台攝影、女記者等數人

第一幕

中美合資家寶婦嬰醫院。大門富麗堂皇，看上去像政府機關。門口左側的大理石貼面門垛子上，懸掛著醫院的牌子。

大門右側豎著一塊巨大的看板，上面鑲嵌著數百張姿態各異的嬰兒照片。

一個身穿灰制服的保安，筆挺地立在大門左側，對一輛輛開進開出醫院的豪華轎車敬禮、注目。他的動作因過分誇張而顯得滑稽可笑。

一輪巨大的月亮在天幕上熠熠生輝。幕後傳來鞭炮聲，不時有燦爛的禮花照亮天幕。

保安：（從衣兜裡摸出手機查看短信，忍不住笑出了聲）嘻……

保安領班從大門內側悄悄溜出來。

領班：（悄悄地站在保安身後，低聲厲喝）李甲台，你笑什麼?!（感到有什麼東西蹦到腳面上。）咦，什麼季節了，怎麼還有這麼多小青蛙?!你笑什麼?

保安：（突被驚嚇，手忙腳亂，慌忙立正）報告班長，地球變暖，溫室效應；沒笑什麼……

領班：沒笑什麼你笑什麼？（抖著蹦到腳上的小青蛙）這是怎麼回事？難道又要地震？我問你笑什麼？

保安：（看看四周無人，笑著說）班長，這段子太好玩了……

領班：我跟你們說過，上班時間不許發短信！

保安：報告班長，我沒發短信，我只是看了幾條短信。

領班：那不一樣嗎？這要是被劉處長撞見，你的飯碗就砸了。

保安：砸了就砸了唄，反正我也不想幹了，牛蛙養殖公司老闆是我表姨夫，我娘已經跟我表姨說了，讓我表姨跟我表姨夫說說，讓我表姨夫把我弄到他那裡去上班……

領班：（不耐煩地）好了好了，你表來表去，把我都表糊塗了。你有個表姨夫可投靠，自然不怕砸飯碗，但老子還要靠著這個飯碗吃飯呢！所以啊，上班期間，收發信息，接聽電話，概不允許！

保安：（挺胸立正）是！班長！

領班：小心著點！

保安：（挺胸立正）是，班長！（忍不住又笑起來）嘻……

領班：你小子喝了母狗尿了，還是做夢娶了個小富婆？說，到底笑什麼?!

保安：我沒笑什麼啊……

領班：（伸出右手）拿來！

保安：什麼？

領班：你說什麼？手機！

保安：班長，我保證不看了行麼？

領班：少囉嗦！你拿不拿？不拿我立刻向劉處報告。

保安：班長，我正在戀愛，沒有手機不行……

領班：你爹戀愛那會兒，連電話都沒有不是照樣把你娘弄到了手了嗎？——快點！

保安：（無奈地將手機遞給領班）不是我要笑，是這條短信太好笑了。

領班：（操作手機）我倒要看看，到底是條什麼消息讓你笑成這樣兒……為了培育優秀短跑運動員，國家體委下令讓男百米冠軍錢豹和女子長跑冠軍金鹿結婚。金鹿懷孕足月，到醫院生孩子。錢豹問醫生：我老婆生了個啥孩子？醫生說：沒看清，一生出來就跑沒影了——就這老掉牙的段子也值得你笑？看我給你念幾條（領班摸出自己的手機，欲讀，突然醒悟，將自己的手機連同保安的手機裝進自己的口袋）。今晚是中秋佳節，劉處說了，愈是節日愈要提高警惕！

保安：（伸手討要）我的手機！

領班：暫時沒收，下班後還你！

保安：（央求）班長，這大過節的，家家團圓，戶戶歡聚，吃月餅，放鞭炮，賞明月，談戀愛，可我，像根棍子一樣戳在這裡，連給女朋友發發短信這點樂子也被你剝奪了。

領班：別囉嗦，好好值班。要眼觀六路，耳聽八方，將一切可疑分子阻止在大門之外……

保安：行嘍，你別聽那劉大頭忽悠了，大過節的，誰到這裡來，強盜、小偷也要過節啊！

領班：嚴肅點！你以爲這是逗你玩嗎？（壓低聲音，神祕地）春節之夜，就有一夥恐怖分子，衝進（聲音含混）婦嬰醫院，搶走了八個嬰兒，做爲人質……

保安：（嚴肅起來）噢……

領班：（神祕地）你知道誰的「二奶」住在我們醫院等待分娩嗎？

保安：（側耳細聽）

領班：（低聲，神祕地）……你現在明白了嗎？記住，那輛黑色的「大奔」和那輛綠色的「寶馬」，都是他的座駕，要立正敬禮，注目追送，一絲一毫都馬虎不得！

保安：是，班長！（伸手）現在您可以把手機給我了吧？

領班：不行，絕對不行，今晚是好日子，不僅金老闆的太太有可能生，宋書記兒媳婦的預產期也是今晚，黑色奧迪A6車號○八八五八，你就給我把眼睛瞪起來吧！

保安：（不滿地）這些小兔崽子，眞會找時候出生！——我女朋友說，今晚的月亮，是五十年來最大最圓的（仰望月亮），明月幾時有，把酒問青天……

領班：（嘲諷地）別酸了！上學時好好背，還用得著當保安？（警惕地）那是什麼?!

陳眉穿一黑袍，臉蒙黑紗，手裡拿著一件紅色的小毛衣上場。

陳眉：（身體搖搖晃晃，如同醉酒）我的孩子……我的孩子……你在哪裡啊？娘來找你，你藏到哪裡去了……

保安：又是她，神經病。

領班：去把她轟走！

保安：（立正站好）我不能擅離崗位！

領班：我命令你把她轟走！

保安：我在站崗！

領班：大門兩側五十米都是你警戒的範圍！

保安：大門周圍如發生可疑情況，值班門衛應堅守崗位，嚴防可疑分子衝進大門，並立即向領班報告。（從腰間摘下報話機）報告班長，大門右側看板下發現一可疑分子，請火速增援！

領班：他媽的，你這小子！

燈光聚焦在看板前。

陳眉：（指點著看板上的嬰兒照片）孩子，我的孩子，娘在叫你，你聽到了嗎？你在跟娘藏貓貓，躲著不見娘？小淘氣，小寶貝，快出來，娘給你餵奶，你要不來，娘的奶就要被小狗搶去了……（指點著看板上的一個孩子）你要吃我的奶？不，不給你吃，你不是我的孩子。我的孩子是雙眼皮，大眼睛，你是個小瞇眼兒……你也想吃我的奶，可你也不是我的孩子啊，我的孩子臉蛋兒紅撲撲的，像個蘋果，可你是黃臉皮……你更不是了，我的孩子是個男的，大胖小子，可你分明是個小丫頭兒，丫頭片子不值錢……（清醒地）生男孩給五萬，生女孩只給三萬！你們這些雜種，重男輕女，封建主義，你們的娘不是女的？你們的奶奶不是女的？都生男孩，不生女孩，這世界不就完蛋了嗎？你們這些高官，大知識分子，有學問的大明白人，怎麼連這麼點簡單的道理都不明白呢？……怎麼，你說你是我孩子？小兔崽子，你是聞到我的奶味兒，被饞壞了吧？（抽動鼻孔）你想騙我，小兔崽子，做夢吧！我告訴你吧，即便你們用黑布蒙上我的眼睛，即便你們把我的孩子和一千個孩子混在一起，我用鼻子，也能把我的孩子找出來。你娘難道沒跟你說過？一個孩子有一個孩子的氣味！你想吃奶找你娘去，對，你們這些富貴人家的孩子，不叫娘，叫媽媽，吃奶不叫吃奶，叫吃媽媽……什麼？你媽媽沒有奶？沒有奶算什麼媽媽？你們天天說進步，我看你們是退化，退化得生孩子不用陰道，退化得乳房不分泌奶水。你們把自己該幹的活兒讓牛去做，讓羊去做。吃牛奶長大的孩子有牛腥味，吃羊奶長大的孩子有羊羶氣，只有吃人奶長大的孩子才有人味兒。你們想花錢買我的奶？休想，你們搬來一座金山我也不賣，我的奶，要留給我的孩子吃。……孩子，你快來啊……你不來，娘的奶就要被這些小孩搶去了，你看看，他們都饞啊，嘴巴都張開了；他們都餓了，他們的媽媽都把奶賣了，賣了換成了化妝品塗到臉上，賣了換成香水撒到身上了，她們都不是好媽媽，只顧自己臭美，不管孩子的健康……好孩子，快來啊……

領班：（立正，敬禮）女士，這裡是婦嬰醫院，產婦和嬰兒都需要安靜，因此，請你立即離開這裡，不要在這裡喧嘩吵鬧！

陳眉：你是誰？你在這裡幹什麼？

領班：我是保安！

陳眉：保安是幹什麼的？

領班：維持社會秩序，保衛機關，學校、企事業單位、郵局、銀行、商場、飯店、車站等等的安全！

陳眉：我認識你！（狂笑）我認識你，你是袁腮的保鏢，人家都管你們叫看門狗！

領班：不許你侮辱我們的人格！如果沒有我們，社會就要亂套！

陳眉：就是你，搶走了我的孩子！你脫了白大褂，摘了大口罩我也認識你！

領班：（驚恐地）女士，你說話要負責任，當心我告你誣陷罪！

陳眉：你以爲換上這套衣服我就不認識你了?!你以爲你穿上一套保安制服就成了好人?!你就是袁腮養的一條狗，萬心，那個老妖婆，把我的孩子接下來，只讓我看了一眼……（痛苦地）不……她一眼都沒讓我看……她們用白布蒙著我的臉，我想看看自己的孩子，只看一眼，可她們，一眼都不讓我看就把我的孩子搶走了……但我聽到了我孩子的哭聲，他哭著要找我，他也想見我，天下哪有不想見母親的孩子？可她們把他強行抱走了。我知道他餓了，他想吃奶，你們都知道，母親的初乳對孩子是多麼寶貴，你們以為我文化水準低，不懂這些事，但我懂，我什麼都懂。我把全身最精華的東西都輸送到乳房裡，連骨頭裡的鈣、骨髓裡的油、血裡的蛋白質、肉裡的維生素都擠到乳房裡，我的孩子吃了我的奶就能不感冒、不拉稀、不發燒，長得快，長得好，長得俊，但你們連一口奶都不讓他吃就把我的孩子抱走了。（上前撕擄領班）

領班：（慌亂地）女士，你認錯人啦，你一定是認錯人了，什麼袁（圓）腮，方臉的，我根本不認識……

陳眉：你當然不會說認識！你們這些賊，強盜，偷孩子，賣孩子的魔鬼。你們不認識我，可我認識你們。不是你們把我的孩子搶走之後，還給我服了兩片安眠藥讓我睡覺嗎？我醒了之後，你們不是騙我說我的孩子生下來就死了嗎？不是你們，弄來一隻剝了皮的死貓在我眼前晃了晃，說那就是我孩子的屍體嗎？你們這些強盜，搶走了我的孩子，還要賴掉我的勞務費，你們說好生了男孩給我五萬，可你們說我生了死胎，只給我一萬，你們抱走我的孩子，還想來搶我的初乳！你們拿著碗和奶瓶來擠我的初乳，說一毫升十元錢！畜牲，我的初乳是留給我的孩子的，十元錢？十萬元也不賣！

領班：女士，我再一次請你離開這裡，否則，我就報警了。

陳眉：報警？報警好啊！我正要找員警呢，人民警察愛人民，人民丟了孩子，員警管不管？

領班：一定會管，別說是丟了孩子，即便是丟了一條小狗，員警也會幫你找的。

陳眉：那好，我去找員警。

領班：對，趕快去。（指點方向，從這條街往前走，遇到紅綠燈右拐）在那家歌舞廳旁邊，就是濱河路公安派出所。

一輛轎車鳴著笛從醫院裡開出來。

陳眉：（愣怔片刻，突然驚醒似的）我的孩子，我們的孩子就是被他們抱到這輛車拉走了。（向轎車衝去）你們這些賊，還我們的孩子……

領班試圖阻攔，但陳眉突然煥發出巨大的力氣，將領班撞了一個趔趄。

領班：（氣急敗壞地）攔住她！

站在門口的保安也撲上來，將攔住車輛的陳眉拖住。陳眉拚命掙扎。領班上來，二人合力欲制伏陳眉。掙扎中，陳眉的蒙面黑紗脫落，顯出一副燒傷病人的猙獰可怖的面孔。兩位保安嚇得連連倒退。

保安：我的媽呀——！

領班：（看著地上被車輪輾碎和人腳踩死的小青蛙）媽的，從哪裡來了這麼多鬼東西！

——幕落

第二幕

在綠色燈光照耀下，整個舞台像一個幽暗的水底世界。舞台深處，有一個周圍生滿細草的山洞。從山洞中，不時傳出青蛙的叫聲與嬰兒的哭聲。有十幾個嬰兒，從舞台上方垂掛下來。他們四肢抽動，哭聲連成一片。

舞台前部，擺放著兩個製作泥娃娃的案板，郝大手和秦河盤腿坐在案後，聚精會神地團弄著泥巴。

姑姑從洞裡爬出來。她身穿一襲肥大的黑袍，頭髮蓬亂。

姑姑：（像背書一樣）俺叫萬心，今年七十三，當婦科醫生，整整五十年。即便是退休之後，也日夜不得閒。經俺的手接出來的孩子，統共是九千八百八十三……（仰起臉，看著那些空中懸掛的孩子）孩子們，你們哭得眞是好聽啊！聽到你們的哭聲，姑姑心裡就踏踏實實；聽不到你們的哭聲，姑姑心中就空空蕩蕩。你們的哭聲，是世界上最好聽的聲音；你們的哭聲，是姑姑的安魂曲。眞可惜早年沒有答錄機，沒能把你們出生時的哭聲錄下來。姑姑活著的時候，每天放你們的哭聲；姑姑死後，在葬禮上，也放你們的哭聲。九千八百八十三個孩子一齊哭，那該是多麼動聽的音樂……（無限神往地）讓你們的哭聲感天動地，讓你們的哭聲把姑姑送入天堂……

秦河：（陰沉沉地）當心他們的哭聲把你拽進地獄！

姑姑：（在那些懸掛的孩子之間，用輕盈的步伐來回穿行著，宛如一條魚在水中輕快地游動。她一邊穿行，一邊用巴掌拍打著那些嬰兒的屁股）哭啊，寶貝們，哭啊！你們不哭，說明你們有毛病，你們哭，說明你們很健康……

郝大手：神經病！

秦河：你說誰呢？

郝大手：說我呢！

秦河：說你當然可以，說我那是不行的。（自負地）因為我是高密東北鄉最著名的泥塑藝術家。儘管有些人不同意，但那是他們的事。在玩弄泥巴這個行當裡，老子就是天下第一。人，必須學會自己抬舉自己，如果自己都不把自己當成一個東西，那誰還會把你當成一個東西？俺捏出來的孩子，是真正的藝術品，一個值一百美金。

郝大手：都聽到了吧？什麼叫不要臉呢？我團弄泥巴那會兒，你還在地上爬著找雞屎吃呢。老子是縣長任命的民間工藝美術大師！你算什麼？

秦河：同志們，朋友們，都聽到了吧？郝大手，你不是不要臉，你是厚顏無恥，你是神經病，你是強迫症，你捏了一輩子泥孩子，至今還沒捏出一個成品，你總是捏一個毀一個，總是以爲下一個會比上一個好。你就是那個在玉米田裡掰棒子的笨狗熊。同志們，朋友們，你們看看他那兩隻手，什麼「郝大手」，那根本不是手，是青蛙的爪子，鴨子的腳，指頭縫裡生著蹼膜……

郝大手：（憤怒地將手中泥巴投向秦河）你放狗屁！你這個神經病，立刻從這裡滾走！

秦河：你憑什麼讓我滾走？

郝大手：因爲這是我的家。

秦河：誰能證明這裡是你的家？（指著姑姑與那些懸掛著的孩子）她能證明嗎？他們能證明嗎？

郝大手：（指姑姑）她當然能夠證明。

秦河：憑什麼她就能證明？

郝大手：她是我的老婆！

秦河：你憑什麼說她是你的老婆？

郝大手：因爲我和她結過婚。

秦河：誰能證明你和她結過婚？

郝大手：因爲我和她睡過覺！

秦河：（痛苦萬端，抱著頭）不——！你是個騙子！你騙了我，我爲你耗費了青春，你答應過我，你說你不會和任何人結婚，一輩子也不結婚！

姑姑：（怒斥郝大手）你招惹他幹什麼？我跟你可是有約在先的。

郝大手：我忘了。

姑姑：你忘了？我提醒。我當時跟你說，要我嫁給你可以，但你必須接受他，把他當我的弟弟，容他瘋，容他傻，容他胡言亂語；管他吃，管他住，還要管他穿衣服。

郝大手：我還要容他與你睡覺是不是？

姑姑：神經病，你們都是神經病！

秦河：（怒指郝大手）他才是神經病，我的神經很正常！

郝大手：叫嚣也沒有用，老羞成怒也沒用。哪怕你把拳頭舉得比樹還高，哪怕你眼睛裡蹦出鮮紅的櫻桃，哪怕你頭上生出羊角，哪怕你嘴巴裡飛出小鳥，哪怕你渾身長遍豬毛，也無法改變你是神經病！這個事實，用鋼鑿子，鐫刻在石頭上！

姑姑：（嘲諷地）這滿嘴的歪詞，是從蝌蚪的劇本上學來的吧？

郝大手：（指著秦河）你每隔兩個月，就要到馬耳山精神病院住三個月。在那裡，你穿緊身衣，吃鎮靜劑，實在不行還要坐電椅。你被他們折騰得皮包著骨頭，眼珠子發直，好像一個非洲的孤兒。你的小臉上沾滿了蒼蠅屎，好似一塊舊牆皮，你從那裡逃出來，又有兩個月了吧？明天，或者後天，你又該到那裡去了吧？（逼真地模仿救護車的警笛聲，秦河渾身顫慄，跪在地上）你這次進去，就不要出來了。你這樣的狂躁型精神病，放出來就會給這個和諧的社會增添不和諧的因素！

姑姑：夠了！

郝大手：如果我是醫生，我就把你永遠關在那裡，我要用電棍擊打你，讓你口吐白沫，渾身抽搐，讓你徹底休克，永遠不要醒來。即便是醒來，也要讓你徹底失去記憶。（秦河抱著頭，在地上打滾兒，嘴巴裡發出令人心悸的慘叫聲。）

郝大手：你這叫毛驢打滾兒，雕蟲小技。滾，繼續滾；看，你的臉變長了；自己摸摸，你的耳朵變大了；你馬上就會變成一頭毛驢；毛驢拉磨，在磨道裡轉圈子。（秦河四肢著地，高高地翹著屁股，模仿毛驢拉磨）對，就這樣，眞是一頭好驢！磨完這二升黑豆，再磨一斗高粱。好驢不用戴遮眼，好驢不會偷吃磨盤上的麵。好好幹，主人不會虧待你，我已經拌好草料，等你來享用。

姑姑上前欲拉起秦河，秦河咬了她的手。

姑姑：你這個不知好歹的。

郝大手：我說過，這裡沒有你的事，你就好好照顧那些孩子吧，別讓他們凍著，也別讓他們餓著。但也不能讓他們吃得太飽，也不能讓他們穿得太暖。就像你反覆說過的：嬰兒若要安，三分飢餓三分寒。（轉對秦河）你怎麼不拉啦？你這頭懶驢，非要用鞭子抽著你才肯幹活嗎？

姑姑：你不要折磨他了！他是個病人！

郝大手：他是病人？我看你才是病人！

秦河口吐白沫昏倒在舞台上。

郝大手：起來，不要裝死！這樣的把戲，你玩過不止一次了！這樣的把戲，我已經見過許多遍了。這樣的把戲，糞堆上的屎殼郎都會。你想用裝死來嚇唬我，呸！我根本就不怕！你死了才好呢！你馬上死，一分鐘也不要耽擱！

姑姑急忙上前，欲對秦河進行救治。郝大手起身攔住了她。

郝大手：（痛苦地）我的忍耐已經到了極點。我再也不允許，你用那種方式，去救治他……

姑姑往左邊移動，郝大手跟著往左移動；姑姑往右移動，郝大手跟著往右移動。

姑姑：他是病人！在我們醫生的心目中，世界上只有兩種人：一種是健康的人，一種是有病的人。哪怕他昨天打過我的父母，今天他突發了疾病，我也要忘記仇恨將他救治；哪怕他哥哥強姦我時突發癲癇，我也要將他推下去進行救治！

郝大手：（身體突然變得僵硬，痛苦地低語著）你到底承認了，你到底還是跟他們兄弟倆都有著說不清道不明的曖昧關係。

姑姑：這就是歷史，這就是幾千年的文明史，凡是承認歷史的，就是歷史的唯物主義者，凡是否認歷史的，就是歷史的唯心主義者！

姑姑：（坐在秦河身邊，將他攬進懷裡，像懷抱一個嬰兒一樣，搖晃著，低聲唱著一首含混不清的歌曲）想起你我心痛欲碎……想起你我欲哭無淚……想寫信找不到你的地址，想唱歌記不住你的歌詞……想親吻找不到你的嘴巴，想擁抱找不到你的身體……

一個身穿綠色小肚兜（肚兜上繡著一隻青蛙）、頭皮光溜溜猶如一塊西瓜皮的孩子，率領著一群坐著輪椅、拄著雙枴、前肢上纏著繃帶（由兒童扮演）的青蛙，從那個幽暗的洞裡鑽出來。綠孩子大聲喊叫著：討債！討債！「青蛙」們發出嘎嘎咕咕的叫聲。

姑姑一聲慘叫，扔下秦河，在舞台上躲閃著那個綠孩子和那群青蛙。

郝大手和清醒過來的秦河抵擋著綠孩子與青蛙們的攻擊，保護著姑姑下場。綠孩子與青蛙們追下。

——幕落

第三幕

公安派出所來訪接待室。室內只有一張長桌，桌上擺有一部電話。牆上掛著錦旗、獎狀之類。

女警官小魏端坐在桌子後，指指桌前的一把椅子，示意陳眉就坐。陳眉依然是那身裝束：黑袍遮體，黑紗蒙面。

小魏：（一本正經，學生腔調）來訪公民，請坐。

陳眉：（沒頭沒尾地）大堂前爲什麼不設上兩面大鼓？

小魏：什麼大鼓？

陳眉：過去都是有大鼓的，你們爲什麼不設？不設大鼓老百姓怎麼擊鼓鳴冤？

小魏：你說的那是封建社會的衙門！現在是社會主義，那些玩意兒早就廢除了。

陳眉：開封府就沒有廢除……

小魏：你是從電視連續劇裡看到的吧？包龍圖打坐在開封府——

陳眉：我要見包龍圖。

小魏：公民，這裡是濱河路公安派出所群眾來訪接待室，我是值班民警魏英，你有什麼問題請向我反應，我會將你反應的問題記錄在案，並向我的領導彙報。

陳眉：我的問題太大了，只有包龍圖才能解決。

小魏：公民，包龍圖今天不在，你先把問題告訴我，我負責將你的問題向包龍圖彙報，你看如何？

陳眉：你保證？

小魏：我保證！（指指對面的椅子）您請坐。

陳眉：民女不敢坐。

小魏：我讓你坐你就坐。

陳眉：民女謝座！

小魏：要不要喝水？

陳眉：民女不喝水。

小魏：我說女公民，咱們不演電視劇了吧？你叫什麼名字？

陳眉：民女原名陳眉，但陳眉死了，或者說陳眉一半死了，一半還活著，所以，民女也不知道自己的名字了。

小魏：女公民，您是逗我玩呢？還是想讓我逗您玩？這裡是公安局派出所，是個嚴肅的地方。

陳眉：原先我有兩條高密東北鄉最美的眉毛，所以我叫陳眉。現在，我的眉毛沒了……不但眉毛沒了（尖厲地）連睫毛也沒了，連頭髮也沒了！所以，我已經沒有資格叫陳眉了！

小魏：（醒悟）女公民，如果不介意的話，您能不能摘下面紗？

陳眉：不能！

小魏：如果我沒有猜錯，您是東麗玩具廠火災的受害者？

陳眉：你眞聰明。

小魏：我當時還在警校學習，從電視上看過這次火災的報導，那些資本家的心眞是黑透了，我發自內心地同情您的遭遇，如果您要反應火災後的賠償問題，最好還是去法院，或者，去找市委和市政府，或者去找新聞媒體。

陳眉：你不是認識包青天嗎？我的事只有他能做主。

小魏：（無奈地）那好，你說吧，我願盡我的力量，把你的問題往上反應。

陳眉：我要告他們，他們搶走了我的孩子。

小魏：誰搶走了你的孩子？您慢慢說，不要著急。我看您還是先喝杯水，潤潤喉嚨，您的喉嚨都嘶啞了。（倒一杯水遞給陳眉）

陳眉：我不喝。我知道你是想藉我喝水時看到我的臉。我討厭自己的臉，也討厭別人看到我的臉。

小魏：非常抱歉，我沒有那個意思。

陳眉：自從受傷之後，我只照過一次鏡子，從此之後我便恨鏡子，恨所有能照出人影的東西。我本來想還完欠我爹的債就自殺，但現在我不想自殺了，我自殺了，我的孩子就要餓死了。我自殺了，我的孩子就成孤兒了。我聽到我的孩子的哭聲了，你聽……他的喉嚨哭啞了，我要給他喝奶，我的乳房脹得像氣球一樣，馬上就要爆炸了。可是他們把我的孩子藏起來了……

小魏：他們是誰？

陳眉：（警覺地往門口看）他們是牛蛙，像鍋蓋那麼大的牛蛙，叫起來哞哞的，凶惡的牛蛙，吃小孩子的牛蛙……

小魏：（起身去關好門）大姊，你放心，這牆壁都是隔音的。

陳眉：他們手眼通天，和官府裡的人有勾結。

小魏：包青天不怕他們。

陳眉：（離座跪倒）包大人，民女之冤深如海洋，請大人為民女做主。

小魏：講來。

陳眉：大人容稟，民女陳眉，原高密東北鄉人氏。民女之父陳鼻，重男輕女思想嚴重，當年為生兒子，令民女之母超計畫懷孕，不幸事情敗露，先是東躲西藏，後來在大河之上被官府追捕。民女之母在木筏上生出民女後不幸身亡。民女之父見又生一女，大失所望，先是將民女棄之不顧，後又將民女接回。因民女是超生，父親被罰款五千八百元。父親從此日日酗酒，醉後即打罵民女姊妹。後來，民女隨姊姊陳耳南下廣東打工，一是想掙錢還父債，二是想尋一個光明前程。民女與姊姊陳耳是公認的美女，如果學壞，金錢就會滾滾而來，但民女與姊姊堅守貞操，要學荷花出淤泥而不染，不承想一場大火，奪去了姊姊生命，也毀了民女面容……

小魏用面巾紙沾淚。

陳眉：我姊姊是爲了救我才燒死的……姊姊……你救我幹什麼？如其這樣不人不鬼地活著，還不如死了好……

小魏：這些可惡的資本家！應該把他們抓起來，統統槍斃！

陳眉：他們還不錯，賠了我姊姊兩萬元，付了我住院期間全部的醫療費，又賠了我一萬五千元。這些錢，我全部給了父親，我對他說，爹，你超生我時罰的款，加上二十年的利息，我用這筆錢全部還上了，從今之後，我一點都不欠你的了！

小魏：你爹也不是個好東西。

陳眉：再壞他也是我爹，你沒有資格罵他。

小魏：他用這筆錢做了什麼？

陳眉：他能做什麼？吃，喝，抽，全部蹧光了！

小魏：這個墮落的男人，眞是豬狗不如。

陳眉：我說過了，不許你罵我爹。

小魏：（自嘲地）我也是瞎起勁。後來呢？

陳眉：後來，我到牛蛙公司去打工。

小魏：我知道這家公司，很有名的。聽說他們正在從牛蛙皮膚裡提煉一種高級護膚品，一旦成功，可報世界專利。

陳眉：我告的就是他們。

小魏：講來。

陳眉：他們養牛蛙只是個幌子，他們眞正幹的事是生娃娃。

小魏：生什麼娃娃？

陳眉：他們雇了一群女孩子，給需要孩子的富貴人生娃娃。

小魏：竟有這等事？

陳眉：他們公司裡有二十間密室，雇了二十個女人，有結過婚的，有未結過婚的；有醜的，有俊的；有有性懷孕的，有無性懷孕的……

小魏：什麼什麼？什麼叫有性懷孕？什麼叫無性懷孕？

陳眉：你裝什麼清純？這種事還不知道？你是處女嗎？

小魏：我眞不明白……

陳眉：有性懷孕，就是陪著那男人睡覺，像兩口子一樣，住在一起，直到懷孕爲止。無性懷孕，就是把那男人的精子，用試管，注到女人子宮裡！你是處女嗎？

小魏：你呢？

陳眉：我當然是。

小魏：可你剛才還說你生過孩子。

陳眉：我是生過孩子，但我是處女。他們，讓那個胖護士，把一管子精液注入我子宮，所以我儘管懷了孕，生了孩子，但我沒跟男人睡覺，我是純潔的，我是處女！

小魏：你說的他們到底是誰？

陳眉：這個我不能說，我說了他們會殺了我的孩子……

小魏：是牛蛙公司那個胖子嗎？叫什麼……對「圓腮」的？

陳眉：袁腮在哪裡？我正要找他！你這個畜牲，你騙我，你們合夥騙我！你們說我的孩子生下來就死了，你們用一隻剝了皮的死貓冒充我的孩子，你們上演了一場現代版「狸貓換太子」。你們用這種方式賴了我的錢，你們想用這種方式斷絕我尋找孩子的念頭，錢，我不要了，本小姐不愛錢，本小姐要是愛錢，當年在廣東時，一個台灣老闆要出一百萬包我三年。但本小姐要孩子，本小姐的孩子是世界上最優秀的孩子，包大人，您一定要爲民女做主啊……

小魏：他們讓你代孕時，跟你簽過什麼合同嗎？

陳眉：簽過啊，簽過合同後支付代孕費三分之一，等生完孩子、順利交接後再支付全額。

小魏：這可能是有點麻煩，不過，沒關係，包大人會把案子斷明白的，你接著往下說。

陳眉：他們對我說，那管精子，是一個大人物的。那個大人物基因優良，是個天才。他們說那個大人物為了生一個健康的寶寶，戒了菸、酒，每天吃一隻鮑魚，兩隻海參，保養了整整半年。

小魏：（嘲諷地）真夠下本錢的。

陳眉：培育優良後代，是百年大計，當然不惜血本。他們說大人物看過我毀容前的照片，認為我是混血美女。

小魏：你既然不愛錢，為什麼要為人代孕？

陳眉：我說過我不愛錢了嗎？

小魏：你剛才親口說的。

陳眉：（回憶）我想起來了，是因為我父親出車禍住進了醫院，我為人代孕是為了償還父親的住院費。

小魏：你真是個孝女，這樣的父親，死了也罷。

陳眉：我也這樣想過，但他畢竟是我父親。

小魏：所以我說你是個孝女。

陳眉：我知道我的孩子沒死，因為我聽到過他出生時的哭聲……你聽，他又哭了……我的孩子，從生下來就沒吃娘一口奶……我的可憐的孩子……

派出所長推門進來。

所長：哭哭鬧鬧的，有話好好說嘛！

陳眉：（跪下）包大人，您要爲民女做主啊……

所長：這是什麼呀？亂七八糟的。

小魏：（悄聲）所長，這很可能是一樁驚天大案！（將筆錄遞給所長，所長隨便翻看著）很可能涉及到組織婦女賣淫罪與拐賣兒童罪！

陳眉：包大人，救救我的孩子吧……

所長：好了，民女陳眉，你的狀子本官接了，本官一定會報告給包大人知道，你現在回去等候消息吧。

陳眉下。

小魏：所長！

所長：你剛來，不瞭解情況。這個女人，是東麗玩具廠火災的受害者，神志不清，許多年了。值得同情，但我們愛莫能助。

小魏：所長，我看到了……

所長：你看到什麼了？

小魏：（為難地）她的乳房在分泌乳汁！

所長：那是汗水吧?!小魏，你剛剛上崗，幹我們這一行的，既要保持警惕，又不能神經過敏！

——幕落

第四幕

場上設置同第二幕。

郝大手與秦河在各自案前捏著娃娃。

一個身穿一件綯綯巴巴的灰色西裝、脖子上紮著一條紅領帶、口袋裡插著鋼筆、腋下夾著一個公事包的中年人悄悄上場。

郝大手：（並不抬頭地）蝌蚪，你怎麼又來了?!

蝌蚪：（恭維地）郝大叔眞是神人，僅憑耳朵就知道是我。

郝大手：我不是用耳朵，我是用鼻子。

秦河：狗的嗅覺比人的嗅覺靈敏一萬倍。

郝大手：你敢罵我?!

秦河：我罵你了嗎？我只是說，狗的嗅覺比人的嗅覺靈敏一萬倍！

郝大手：你還罵?!（用手中的泥巴，迅速地捏出秦河的臉部形象，舉起來讓蝌蚪和秦河看後，猛地摔在地上）我摔扁你這不要臉的東西！

秦河：（毫不示弱地捏出了郝大手模樣，舉給蝌蚪看後，猛地摔在地上）我摔扁你這條老狗！

蝌蚪：郝大叔息怒，秦二叔息怒，二位大師息怒，你們方才捏出的，都堪稱藝術精品，摔扁了，實在是太可惜了！

郝大手：你少多嘴，當心我捏個你然後摔扁你！

蝌蚪：我求您捏個我，但別摔扁我。我的劇本出書後，我用它做封面照片。

郝大手：我早對你說過，你姑姑寧願去看螞蟻上樹，也不會看你的破劇本。

秦河：你不好好種地，寫什麼劇本？如果你能寫出劇本，我就把這團泥巴吃了。

蝌蚪：（謙卑地）郝大叔，秦二叔，姑姑上了年紀，眼力不好，不敢讓她老人家親自看，我朗讀給姑姑聽，同時也朗讀給你們聽。你們一定知道禹先生，老舍先生，他們都要到劇院去，給演員和導演們朗讀劇本。

郝大手：可你不是禹，你也不是老舍。

秦河：我們也不是演員，更不是導演。

蝌蚪：但你們是我劇本中的角色啊！我用了很多筆墨來美化你們，你們如果不聽，那就虧大了。如果聽了，有什麼不滿意的地方，我還可以修改；如果不聽，將來搬上舞台，出了書，那你們後悔就來不及了。（突然悲壯地）爲了寫這個劇本，我耗費了十年經歷，花光了所有家財，連房頂上那幾根木頭椽子，都被我抽下來賣了。（捂著胸口，痛苦地咳嗽幾聲）爲了寫這劇本，我抽著苦辣的旱菸葉子——沒有菸葉子就抽槐樹葉子——熬過了無數個不眠之夜，損害了健康，透支了生命，我爲了什麼？爲了名嗎？爲了利嗎？（尖厲地）都不是！是爲了對姑姑的愛，是爲了爲我們高密東北鄉的聖母樹碑立傳！今天，你們如果不聽我朗誦，我就死在你們面前！

郝大手：嚇唬誰呢？你想怎麼死？是上吊還是喝毒藥？

秦河：聽起來頗爲感人，我倒有點兒想聽啦。

郝大手：你要朗讀可以，但不能在我家裡朗讀。

蝌蚪：這裡首先是姑姑的家，然後才有可能是你的家。

姑姑從洞口爬出來。

姑姑：（懶洋洋地）誰在說我呢？

蝌蚪：姑姑，是我。

姑姑：我知道是你。你來幹什麼？

蝌蚪：（急忙打開公事包，掏出一疊稿子，匆匆念道）姑姑，是我，我是兩縣屯的蝌蚪（秦河與郝大手納悶地交流著目光）余培生是我的爹，孫伏霞是我的娘。我是那批「地瓜小孩」中的一個，也是您這輩子接生的第一個孩子。我的妻子譚魚兒，也是您接生的孩子，她的爹是譚進海，她的娘是黃月玲……

姑姑：別念了！當了劇作家就連姓也改了？出生年齡也改了？爹娘也改了？村莊也改了？老婆也改了？（姑姑在舞台上懸掛著的那十幾個孩子之間穿行著。她時而低頭沉思，時而頓足捶胸，後來，她在一個嬰孩的屁股上猛擊了一掌，那嬰孩哭啼起來。姑姑輪番擊打著那些嬰孩的屁股，所有的嬰孩都哭起來。在嬰兒哭聲中，姑姑開始滔滔不絕地訴說，嬰兒哭聲漸弱）你們這些「地瓜小孩」，好生給我聽著，是我親手把你們掏出來的！小子們，你們哪一個也沒讓我省力氣。姑姑幹這行幹了五十多年，直到現在也沒閒著。五十年來，姑姑沒吃過幾頓熱乎飯，沒睡過幾個囫圇覺，兩手血，一頭汗，半身屎，半身尿，你們以爲當個鄉村婦科醫生容易嗎？高密東北鄉十八處村莊，五千多戶人家，誰家的門檻我沒踩過？你們的娘、你們的老婆那些灰肚皮，哪個我沒見過？你們那些混蛋爹，都是我給他們結的紮！你們現在有的當官了，有的發財了，你們可以在縣長面前撒野，在市長面前犯狂，但你們在我面前，都得給我老老實實地待著。想當年，依著姑姑的想法，也該把你們這撥小公狗統統地劁了，省了你們的老婆受罪。你們不要嬉皮笑臉，嚴肅點！計畫生育關係到國計民生，是頭等大事。齜牙咧嘴，齜牙咧嘴也沒用，該流就得流，該劁就得劁。男人沒有一個好東西，這話是誰說的？你們不知道？你們不知道，我也不知道。我只知道男人沒有一個好東西。儘管不是好東西，但離開你們也不行。開天闢地時上帝就是這樣安排的，老虎野兔，鷂鷹麻雀，蒼蠅蚊子……少一種不成世界。聽說非洲原始森林中有一個部落，人都生活在大樹上。大樹上壘了許多窩，女人在窩裡下蛋。下了蛋，女人蹲在樹杈上吃野果子，男人披著大樹葉子，趴在窩裡孵蛋，孵七七四十九天，那些小孩子就頂破蛋殼，跳出來，一出來就會爬樹。你們信不信，你們不信，我信！姑姑我親手接生過的一個蛋，像足球那麼大，放在炕頭上孵了半個月，蹦出來一個胖娃娃，又白又胖，名叫蛋生。可惜這孩子生腦炎死了，要是活著，也有四十歲了。蛋生活著，肯定是個大文學家，他抓周時，第一把就將一隻毛筆撈在手裡。山中無老虎，猴子稱大王，蛋生死了，才輪得到你舞文弄墨……

蝌蚪：（無限欽佩地）姑姑，您真是出口成章，您不但是傑出的婦科專家，您還是一個傑出的劇作家！您這些隨口而出的話，都是精采的台詞！

姑姑：什麼叫「隨口而出的話」？姑姑嘴裡的話都是深思熟慮過的。（指著蝌蚪手中那摞稿紙）這就是你寫的劇本？

蝌蚪：（謙恭地）是。

姑姑：叫什麼題目來著？

蝌蚪：《蛙》。

姑姑：是娃娃的《娃》，還是青蛙的《蛙》？

蝌蚪：暫名青蛙的《蛙》，當然也可以改成娃娃的《娃》，當然還可以改成女媧的《媧》，女媧造人，蛙是多子的象徵，蛙是咱們高密東北鄉的圖騰，我們的泥塑、年畫裡，都有蛙崇拜的實例。

姑姑：你難道不知道姑姑害怕青蛙嗎？

蝌蚪：我這部劇本，就是要分析姑姑害怕青蛙的原因。姑姑讀完我的劇本，心裡的情結解開，也許就再也不怕青蛙了。

姑姑：（伸出手）那麼，就把你那劇本拿過來吧。

蝌蚪恭敬地將劇本遞給姑姑。

姑姑：（對秦河和郝大手）你們兩個，誰去把這些胡言亂語燒掉？

蝌蚪：姑姑，這是我十年的心血啊！

姑姑：（揚手一甩，稿紙散落滿台）我根本不用看，用鼻子嗅一嗅，就知道你放了些什麼屁！就憑你這點學問，還想分析出姑姑害怕青蛙的原因？

蝌蚪、秦河、郝大手三人滿台爭搶稿紙。

姑姑：（癡迷地追憶往事）你出生的那天上午，姑姑在河邊洗手，看到成群結隊的蝌蚪，在水中擁擠著。那年大旱，蝌蚪比水還多。這景象讓姑姑聯想到，這麼多蝌蚪，最終能成爲青蛙的，不過萬分之一，大部分蝌蚪將成爲淤泥。這與男人的精子多麼相似，成群結隊的精子，能與卵子結合成爲嬰兒的，恐怕只有千萬分之一。當時姑姑就想到，蝌蚪與人類的生育之間，有一種神祕的聯繫。當你娘讓我給你起名字時，我脫口而出：蝌蚪！你娘說：好名字，好名字！蝌蚪，賤名的孩子好養活。蝌蚪，你的名字主貴！

蝌蚪、秦河、郝大手每人捏著幾張稿紙靜聽著。

蝌蚪：謝謝姑姑！

姑姑：後來，《人民日報》介紹了「蝌蚪避孕法」，讓排卵期女人，在房事前，喝十四隻活蝌蚪，即可避孕。但結果沒有避孕，那些女人，都生出了青蛙！

郝大手：別說了，再說又要犯病了。

姑姑：你說誰犯病？我沒病，有病的是他們，那些吃過青蛙的人。他們讓一群女人，在河邊，用剪刀，剪下青蛙的頭，然後，像脫褲子一樣，把牠們的皮褪下來。牠們的大腿，跟女人的大腿一樣。我就是從那時才開始害怕青蛙的。牠們的大腿……像女人的大腿一樣……

秦河：那些吃青蛙的人，最後都得了報應，青蛙體內有一種寄生蟲，鑽到他們腦子裡，使他們成了白癡，最後，臉上的表情都與青蛙一樣。

蝌蚪：這是個重要的情節，那些吃過青蛙的人，最後都變成了青蛙。而姑姑，是保護青蛙的英雄。

姑姑：（痛苦地）不，姑姑手上，沾過青蛙的鮮血。姑姑在不知情的情況下，被他們矇騙，吃過青蛙肉剁成的丸子，就像你大爺爺跟我講過的，周文王在不知情的情況下，吃了自己的兒子的肉剁成的丸子。後來周文王逃出朝歌，一低頭，吐出了幾個丸子，那些丸子落地後就變成了兔子，兔子就是「吐子」啊！姑姑那天回來，感到肚子裡上下翻騰，似乎還有嘎嘎咕咕的聲音，那個難受，那個噁心，到了河邊，姑姑一低頭，嘔出了一些綠色的小東西，那些東西一落到水裡就變成了青蛙……

那個身穿綠兜肚的小孩子，率領著那群殘疾青蛙從那山洞裡爬出來。小孩子高喊著：討債！討債！青蛙們發出「嘎嘎咕咕」的憤怒叫聲。

姑姑驚叫一聲暈了過去。

郝大手攬住姑姑，掐她的「人中」。

秦河驅趕著小孩子和他率領的青蛙隊伍。

蝌蚪將稿紙一張張撿起來。

蝌蚪：（從懷裡掏出一張大紅請帖）姑姑，其實，我知道您害怕青蛙的根本原因。我還知道，這些年來，您用多種方式來彌補您自認爲的「罪過」，其實，您並沒有錯；那些破碎的青蛙，其實是您心造的幻影。姑姑，在您的幫助下，我的兒子降生了。爲此我擺了盛大的宴席，請姑姑，（轉向郝、秦）也請二位大駕光臨！

——幕落

第五幕

夜晚，燈光斜照，滿台金輝。

娘娘廟一角，粗大廊柱下，蜷縮著陳鼻和他的狗。狗可以由人扮演。他的面前擺著一個破鐵碗，鐵碗裡有幾張鈔票和幾枚硬幣。兩隻木枴放在身側。

陳眉身著黑袍，面蒙黑紗，幽靈般上場。

兩個身穿黑衣、面蒙黑紗的男人尾隨她上場。

陳眉：（哀嚎著）孩子……我的孩子……你在哪裡……我的孩子……你在哪裡……

兩個黑衣人向陳眉逼近。

陳眉：你們是誰？你們爲什麼也穿著黑衣，蒙著面孔？哦，我明白了，你們也是那場火災的受害者……

黑衣人甲：對，我們也是受害者。

陳眉：（清醒地）不對，那次火災受害者都是女工，可你們分明是男的。

黑衣人乙：我們是另一場火災的受害者。

陳眉：那你們很可憐……

黑衣人甲：是的，我們很可憐。

陳眉：你們很痛苦……

黑衣人乙：是的，我們很痛苦……

陳眉：你們植過皮嗎？

黑衣人甲：（不解地）植什麼皮？

陳眉：就是從你的屁股上，大腿上，從你沒被燒傷的地方，把好皮剝下來，貼到被燒傷的地方，你們難道沒植過？

黑衣人乙：植過，植過，我們屁股上的皮，都被醫生剝下來貼到了臉上……

陳眉：他們給你們植過眉毛嗎？

黑衣人甲：植過，植過。

陳眉：他們用的是你們的頭髮還是你們的陰毛？

黑衣人乙：什麼呀？陰毛也能變成眉毛？

陳眉：如果頭皮全部燒壞了，那就只有用陰毛，陰毛也比沒毛好啊，如果連陰毛也沒有了，那就只好光溜溜，像青蛙一樣了。

黑衣人甲：對對對，我們什麼毛都沒有了，我們光溜溜的像青蛙一樣。

陳眉：你們照過鏡子嗎？

黑衣人乙：我們從來不照鏡子。

陳眉：我們燒傷病人最怕的就是鏡子，最恨的也是鏡子。

黑衣人甲：對，我們見鏡子就砸。

陳眉：那沒有用的，砸了鏡子，但你砸不了商店的櫥窗，砸不了大理石的地面，砸不了能照出人影的水，更砸不了那些看我們的眼睛，他們看到我們就會驚叫，就會逃跑，小孩子甚至會被嚇哭，他們罵我們是鬼，是妖，他們的眼睛都是我們的鏡子，因此，鏡子是砸不完的，最好的辦法，就是把自己的臉藏起來。

黑衣人乙：對對對，所以我們用黑紗把臉蒙起來。

陳眉：你們想過自殺嗎？

黑衣人乙：我們……

陳眉：據我所知，我們那些受傷的姊妹們，已經有五個人自殺了。照過鏡子後自殺了……

黑衣人甲：都是鏡子害的！

黑衣人乙：所以我們見鏡子就砸。

陳眉：我原本想自殺，但後來我不想了……

黑衣人甲：活著好，好死不如賴活著嗎！

陳眉：自從我懷孕之後，自從我感覺到那個小生命在我肚子裡跳動之後我就不想死了。我感到自己是一個醜陋的繭，有一個美麗的生命在裡邊孕育，等他破繭而出，我就成了空殼。

黑衣人乙：說得眞好。

陳眉：等我把孩子生下來後，我並沒有成爲一張空殼自己死去，我發現我活得更歡實了，我不但沒乾巴，沒抽抽，反而更水靈了，我臉上緊綳的皮似乎滋潤了，我的乳房裡全是奶……生育給了我新的生命……可是，他們把我的孩子搶走了……

黑衣人甲：你跟我們走吧，我們知道你的孩子在哪裡。

陳眉：你們知道我的孩子在哪裡？

黑衣人乙：我們來找你就是幫你去見你的孩子的。

陳眉：（興奮地）謝天謝地，你們快帶我走，快帶我去見我的孩子……

黑衣人架著陳眉欲下。

陳鼻身邊的狗如離弦之箭撲上去，咬住了黑衣人甲的左腿。

陳鼻也跳起來，架著雙枴，蹦上前來，用單枴支撐著身體，用另一枝枴，搗向黑衣人乙。

黑衣人擺脫了狗和陳鼻，退到舞台一側，手中亮出匕首之類的凶器。陳鼻和狗站在一起。

陳眉站在前台，與他們形成一個三角。

陳鼻：（咆哮著）放開我的女兒！

黑衣人甲：你這老不死的，老酒鬼，老無賴，老叫化子，竟敢來冒認女兒。

黑衣人乙：你說她是你的女兒，你叫她一聲，看她答應不？

陳鼻：眉子……我可憐的女兒……

陳眉：（冷冷地）你認錯人了吧？你一定認錯人啦。

陳鼻：（沉痛地）眉子，我知道你恨爹，爹對不起你，對不起你姊姊，對不起你們的娘，爹害了你們，爹是罪人，爹是廢人，爹是一半死了一半活著的死活人……

黑衣人甲：這就叫懺悔吧？附近有沒有教堂？

黑衣人乙：沿河往東走二十里，有一座剛剛修復的天主教堂。

陳鼻：眉子，爹知道你上了他們的當，騙你的人是爹的老朋友，爹要幫你討回公道！

黑衣人甲：老東西，到一邊待著去。

黑衣人乙：姑娘，跟我們走吧，我們保證讓你見到你的孩子。

陳眉向黑衣人走去，陳鼻與狗上前阻攔。

陳眉：（憤怒地）你是誰？你憑什麼攔我？我要去找我的孩子你知不知道？我的孩子從生下來就沒吃過一口奶，再不餵他就要餓死了你知不知道？

陳鼻：眉子，你恨我，我理解；你不認我，我同意。但你不能跟他們走，他們把你的孩子賣了，你如果跟他們走，他們就會把你推到河裡淹死，然後僞造一個你跳河自殺的現場，這樣的事，他們幹過不止一次了……

黑衣人甲：老東西，我看你真是活夠了，有這樣污人清白的嗎？

黑衣人乙：你胡說什麼？我們這樣的社會裡，哪有你說的這些凶殺、暗殺的醜惡現象？

黑衣人甲：一定是去路邊店裡看錄影看多了。

黑衣人乙：腦子裡出現了幻覺。

黑衣人甲：把社會主義當成了資本主義。

黑衣人乙：把好人當成了壞人。

黑衣人甲：把好心當成了驢肝肺。

陳鼻：你們本來就是驢肝肺，牛雜碎，是貓、狗屙出來的髒東西，是社會渣滓下三濫……

黑衣人乙：他竟然還罵我們是社會渣滓下三濫？你這頭從垃圾堆裡找食吃的豬，知道我們是幹什麼的嗎？

陳鼻：我當然知道你們是幹什麼的。我不但知道你們是幹什麼的還知道你們幹過一些什麼。

黑衣人甲：我看，該把你請到河裡去洗個冷水澡了。

黑衣人乙：明天早晨，前來燒香拴娃娃的人就會發現，那個在廟門口乞討的老叫化子失蹤了，連他的那條瘸腿狗也失蹤了。

黑衣人甲：沒有人會關心這事。

黑衣人甲、乙與陳鼻和他的狗搏鬥，狗被打死，陳鼻被打倒。兩個黑衣人正欲刺死陳鼻時，陳眉撕開面紗，顯出猙獰恐怖的面孔，發出鬼一樣的尖叫聲，將兩個黑衣人嚇得扔下陳鼻逃走。

——幕落

第六幕

一張巨大的圓桌，擺放在一農家庭院當中。桌上杯盤羅列。舞台背景上有「金娃滿月盛宴」字樣。

蝌蚪穿著繡有「福」「壽」的明晃晃的綢緞唐裝，站在台口，歡迎前來賀喜的人。

蝌蚪的小學同學李手、袁腮以及小表弟等人依次上場，說著差不多的客套話與恭喜話。

姑姑身穿一襲醬紅色的長袍，在郝大手與秦河的護衛下隆重登場。

蝌蚪：（歡欣地）姑姑，你總算來了。

姑姑：萬氏門中添貴子，我能不來嗎？

蝌蚪：金娃落草萬氏門中，姑姑是第一功臣！

姑姑：不敢當不敢當。（環顧眾人，笑道）無一例外。（眾不解。姑姑指點郝大手與秦河）除了他們倆，你們這些貨色，都是我親手接生出來的。你們的娘肚皮上有幾個痞子我都知道。（眾笑）怎麼還不招呼大家入座？

蝌蚪：您不來，誰敢坐？

姑姑：你爹呢？讓他出來坐首席。

蝌蚪：我爹這兩天有點感冒，到我姊姊家躲清閒了，他說讓您坐首席。

姑姑：那我就當仁不讓了。

眾人：應該，應該，應該。

姑姑：蝌蚪，你跟小獅子年過半百，竟然生了個大胖小子，雖不能去申請——是吉尼斯吧——吉尼斯世界紀錄（金氏世界記錄），但在我五十多年的婦科生涯中，還是第一次碰到，因此應該算是大喜！

眾人隨聲附和，有說「大喜」的，有說「奇蹟」的。

蝌蚪：全憑著姑姑的靈丹妙藥！

姑姑：（感慨地）姑姑年輕時，是個徹底的唯物主義者，但到了晚年，卻愈來愈唯心了。

李手：哲學史上應該有唯心主義的地盤。

姑姑：聽聽，念過書的跟沒念過書的就是不一樣。

袁腮：我們都是粗人，不管什麼唯心唯物的。

姑姑：這世界上，鬼神不一定有，但報應還是有的。蝌蚪與小獅子五十多歲還能生出貴子，這說明老萬家前世積了大德。

小表弟：姑姑的藥也發揮了作用。

姑姑：心誠則靈！（對蝌蚪）你娘過日子一向摳門，到了你們這一輩，日子過好了，錢多了，又碰上這樣的大喜事，應該改改門風，慷慨一些！

蝌蚪：姑姑放心。雖無駝蹄熊掌，但雞鴨魚肉應有盡有。

姑姑：（看看桌上的菜餚）七個盤八個碗的，還像那麼回事。酒呢？喝什麼酒？

蝌蚪：（從桌底箱子裡提出兩瓶茅台）茅台。

姑姑：真的假的？

蝌蚪：從市府招待所所長劉貴芳那裡弄的，她說保證是真的。

李手：她是我們的老同學。

袁腮：騙的就是老同學。

姑姑：她呀，劉家莊劉保福的二女兒，也是我接下來的孩子。

蝌蚪：我特意對她說到了這一層關係，她鄭重其事地從保險櫃裡拿出來的酒。

姑姑：就是，諒她也不好意思拿假酒給我喝。

蝌蚪開酒，請姑姑品嚐鑑定。

姑姑：好酒，真酒百分百。大家都斟上，都斟上。

蝌蚪為眾人斟酒。

姑姑：既然我坐首席，那我就行令吧——這第一杯酒，感謝咱們共產黨領導得好，讓大家脫了貧，致了富，解放了思想，過上了好日子，沒有這一條，就沒有後邊的好事。大家評評，我說的對不對？

眾人齊聲附和。

姑姑：那就乾了這一杯！

眾乾杯。

姑姑：這第二杯酒呢，要感謝我們老萬家祖宗在天之靈，是他們一輩輩地積累起美德，然後才能使後代兒孫得到福報。

眾乾杯。

姑姑：這第三杯酒進入正題，祝蝌蚪和小獅子這對恩愛夫妻老年得子，大吉大利。

眾舉杯回應，喧嘩。

劉貴芳率兩服務員搬著幾個紙箱子上，其後跟隨著電視台女記者、攝影一干人。

劉貴芳：賀喜！賀喜！

蝌蚪：老同學，您怎麼來了？

劉貴芳：來討杯喜酒喝啊！不歡迎？（轉圈與桌上人握手、寒暄，跟姑姑握手）姑姑，您返老還童了。

姑姑說：還成個老妖精！

蝌蚪：請還請不來呢！來就來吧，還帶這麼多東西，讓你破費！

劉貴芳：我就是個做飯的，破費什麼？（指箱子）這是我親手炸的黃花魚，親手做的肉皮凍，親手蒸的大饅頭，讓各位品評一下我的手藝。姑姑，我給您帶來一瓶五十年茅台，專門孝敬您的。

姑姑：這五十年的茅台，還真是不一樣，去年春節，平南市一個領導讓他兒媳婦帶給我一瓶，一開塞子，香氣滿室哪！

蝌蚪：（小心地）老同學，這些人是怎麼回事？

劉貴芳：（拉過女記者）小高，我還忘了給大家介紹了，市電視台記者，「社會萬象」欄目主持人、製片人。小高，這就是蝌蚪伯伯，劇作家，老年得貴子，真是了不起。這位原（將女記者拉到姑姑面前）就是咱高密鄉聖母級的人物，姑姑，不分輩分了，老的小的都叫「姑姑」，我們這些人，包括下一輩又下一輩的，都是姑姑接到人間的。

姑姑：（拉著女記者的手）真是個俊俏孩子，看到你的模樣，我就能想像到你爹娘的模樣。過去給兒女找對象，主要是看門第，現在，我提倡：首先看基因，然後看門第。基因好，才能生出健康聰明的後代；基因不好，一切白搭。

女記者：（示意攝影機跟拍）姑姑眞是與時俱進。

姑姑：說不上與時俱進，只不過是接觸各行各業的人，聽來一些時髦名詞……

蝌蚪：（悄聲問劉貴芳）老同學，這事兒，不好張揚吧？

劉貴芳：（悄聲）小高是咱家即將過門的媳婦，電視台競爭激烈，搶信息，搶素材，搶構思，咱得幫她。

女記者：姑姑，您認爲，蝌蚪老師和他的夫人之所以能夠老年得子，是與他們優良的基因有關係嗎？

姑姑：那當然了，他們的基因都很好。

女記者：那您認爲，是蝌蚪老師基因好一些呢，還是蝌蚪老師的夫人基因更好一些？

姑姑：你要先弄明白了什麼是基因，然後再來問我。

女記者：那您能用簡潔的語言向我們的觀眾講解一下基因嗎？

姑姑：基因是什麼？基因就是命！就是命運！

女記者：命運？

姑姑：蒼蠅不叮沒縫的雞蛋，你明白不明白？

女記者：明白。

姑姑：基因不好的人，就等於一顆有縫的雞蛋，生下來就帶縫的雞蛋。明白了吧？

劉貴芳：小高，先讓姑姑喝杯酒，歇口氣，你先採訪蝌蚪伯伯，這是袁腮伯伯，這是李手叔叔，他們都是我的同學，都精通基因問題，你可以逐個採訪。（給姑姑斟酒）祝姑姑健康長壽，永遠守護著我們東北鄉的孩子們！

女記者：蝌蚪伯伯，我知道您生於一九五三年，今年已經五十五歲，這個年紀，在我們鄉下，已經是抱孫子的年齡了，而您剛剛生了兒子，請您談談老年得子的心情。

蝌蚪：上個月，齊東大學七十八歲的栗教授抱著他剛剛滿月的兒子，去醫院看望他一百零三歲的父親栗老教授的消息你沒有看到過？

女記者：看到過。

蝌蚪：對男人來說，五十多歲正當盛年，關鍵是女方。

女記者：我們可以採訪您的夫人嗎？

蝌蚪：她正在休息，待會兒會出來給大家敬酒。

女記者：（將話筒轉向袁腮）袁總，您看到蝌蚪老師得了兒子，是不是也躍躍欲試呢？

袁腮：聽聽這詞兒！躍躍欲試！我雖然躍躍，但已經不想試了。我的基因大概不咋樣，生了兩個兒子，一個比一個討債；再生一個，估計也好不到哪裡去。再說，我那老伴兒，土壤嚴重板結，栽上一棵小樹，三天就變成一根枴棍兒。

李手：可以讓「二奶」幫你生嘛！

袁腮：師弟，你也老大不小了，怎麼能說這種話呢？咱們都是品德高尚的正派人，怎麼能幹那種醜事呢？

李手：這是醜事嗎？這是時髦，是新潮，是改良基因，是扶貧濟弱，是拉動內需促發展。

袁腮：別說了，這要播出去，還不把你抓起來？

李手：你問問她們敢播出去嗎？

女記者：（笑而不答，轉問姑姑）姑姑，聽說您配製了一種回春丹，能讓絕經的婦女恢復青春？

姑姑：好多人還說吃了我的藥，肚子裡的嬰兒能改變性別，這你們也相信？

女記者：寧可信其有，不可信其無吧。

姑姑：信神有神在，不信是泥胎。人們都是這種心理。

蝌蚪：小高，你們電視台的幾位同志，還是入座喝酒吧，喝完了酒，再採訪，好不好？

女記者：你們喝，你們喝，權當我們不在場。

李手：你們明明在這裡轉來轉去嘛，怎說不在場。

女記者：你們——不要把我們當成人，當成——隨便吧！

袁腮：貴芳老同學，想當年，你可是我的偶像，我得狠狠地敬你一杯！

劉貴芳：（端杯與袁腮相碰）祝老同學的牛蛙事業發達，祝你的「嬌娃護膚素」早日問世。

袁腮：你別轉移話題，我得跟你講講當年我如何迷你的事兒。

劉貴芳：別裝瘋了，虛情假意地。誰不知道袁總的牛蛙公司裡美女成群啊！

女記者：（趁此空對話筒自白）各位觀眾，今天的「社會萬象」，向大家介紹一件發生在高密東北鄉的大喜事。退休後回鄉創作的著名劇作家蝌蚪、小獅子夫婦，在他們年過半百之後，竟然又喜珠暗結，於上月十五日產下一健康活潑的大胖小子……

姑姑：該把孩子抱出來給大家看看啦！

蝌蚪跑下場。

劉貴芳：（瞪袁腮一眼，低聲道）別胡說了，姑姑不高興了。

蝌蚪引領小獅子上。小獅子頭上包著一條毛巾，懷中抱著一個襁褓。

攝影師搶拍。

眾人拍掌慶祝。

蝌蚪：來，先讓姑奶奶看一看。

小獅子將孩子送到姑姑面前。姑姑掀起襁褓一角，觀看。

姑姑：（感慨地）好孩子，真是個好孩子啊，基因優良，相貌端正，這要生在封建社會，篤定了是個狀元！

李手：豈止是狀元，沒準是個皇帝。

姑姑：咱娘倆就比著吹吧！

女記者：（將話筒伸到姑姑面前）姑姑，這個孩子也是您接生的吧？

姑姑：（將一個紅包塞進襁褓，蝌蚪與小獅子拒絕，姑姑揮手）這是規矩，姑奶奶有錢。（對記者）承他們信任我。她是超高齡產婦，心理壓力很大。我建議她去醫院「切西瓜」，她不幹。姑姑支持她，一個女人，只有從產道裡生過孩子，才知道什麼是女人，才知道怎樣當母親！

在姑姑接受採訪時，小獅子與蝌蚪將孩子抱到每個人面前，讓他們觀看，他們也都將各自的紅包塞到襁褓裡。

女記者：姑姑，這會是您接生的最後一個孩子嗎？

姑姑：你說呢？

女記者：聽說不僅僅是我們東北鄉的婦女都崇拜您、信任您，連平度、膠州的許多產婦也來找您？

姑姑：姑姑生就了一個勞碌命。

女記者：聽說您的手上有一種神奇的力量，只要您將手放在產婦的肚皮上，她們的痛苦就會大大緩解，她們的焦慮和恐怖也會隨之消逝。

姑姑：神話就是這樣製造出來的。

女記者：姑姑，請您把雙手伸出來，我們要拍幾個特寫。

姑姑：（嘲諷地）人民群眾是需要一點神話的！（向眾人）知道這是誰的話嗎？

李手：聽口氣像是一位偉人。

姑姑：是我說的。

袁腮：姑姑差不多算是偉人啦！

劉貴芳：什麼差不多算是偉人？姑姑本來就是偉人！

女記者：（莊嚴地）就是這雙普普通通的手，將數千名嬰兒接到了人間——

姑姑：也是這雙普普通通的手，將數千名嬰兒送進了地獄！（乾一杯酒）姑姑的手上沾著兩種血，一種是芳香的，一種是腥臭的。

劉貴芳：姑姑，您是我們東北鄉的活菩薩，送子娘娘，娘娘廟裡的神像，愈看愈像您，我看，他們就是按照您的形象塑造的。

姑姑：（醉意朦朧）人民群眾是需要一點神話的……

女記者：（將話筒伸到小獅子面前）夫人，請您談一點感想。

小獅子：談什麼？

女記者：隨便談談，譬如，初次得知懷孕消息的感覺，在懷孕過程中的感受，爲什麼一定要找姑姑接生……

小獅子：初次得知懷了孕，那感覺如同做夢，一個五十多歲的女人，絕經都兩年了，怎麼突然懷了孕呢？至於懷孕的過程，那是五分欣喜，五分憂慮。欣喜的是，我終於要當媽媽了，我跟著姑姑當了十幾年婦產科醫生，幫著姑姑給人家接生過許多孩子，但一直沒有自己的孩子，沒有孩子的女人不是完整的女人，沒有孩子的女人在丈夫面前抬不起頭來，現在，這一切都結束了。

記者：五分憂慮呢？憂慮什麼？

小獅子：主要是年齡大了，怕生不出健康孩子，二是怕生不下來動刀切「瓜」。當然，生產時姑姑把她的手往我肚皮上一放，所有的憂慮都消失了。剩下來的事情，就是聽著姑姑的命令，完成分娩過程。

姑姑：（醉意朦朧地）用芳香的血洗掉腥臭的血……

陳鼻拄著雙柺悄悄上場。

陳鼻：外孫做滿月，不請外公喝酒，這有點不像話了吧？

眾愕然。

蝌蚪：（慌亂不安地）老兄，抱歉，實在抱歉，把你給忘了……

陳鼻：（狂笑）你叫我老兄？哈哈，（用柺杖指指小獅子懷中的嬰兒）從他這裡論，你該跪下給我磕三個頭，叫我一聲「老泰山」吧?!

袁腮：（上前拉扯陳鼻）老陳老陳，走走走，我帶你去「鮑翅皇」重開一桌。

陳鼻：你給我滾開，你這卑鄙無恥的小人，你想用那些臭魚爛蝦堵住我的嘴巴？休想。今天是我外孫大喜的日子，我哪裡都不去，就在這裡討杯喜酒喝！（一屁股坐下，看到姑姑）姑姑，你心裡像明鏡一樣，咱高密東北鄉生孩子的事都歸您管，誰家的種子不發芽，誰家的土地不長草，您都知道，您幫她們借種，您幫他們借地，您偷梁換柱，暗渡陳倉，瞞天過海，李代桃僵，欲擒故縱，借刀殺人……三十六計，全都施過……

姑姑：只有兩計讓你施了：聲東擊西，金蟬脫殼。當年，差點就讓你騙了。我手上這些腥臭的血，（放在鼻邊嗅著）有一半是你小子給我抹上的！

李手：（給陳鼻倒酒）老陳，老陳，喝酒，喝酒。

陳鼻：（將杯中酒一飲而盡）師弟，你是公道人。你給評評理——

李手：（打斷陳鼻的話，又給他倒上一大杯酒）公道不公道，只有天知道！來，老兄，換大杯！

陳鼻：你想灌醉我？你想用酒堵住我的嘴，你錯了。

李手：當然是我錯了，你是海量，千杯難醉。今天這酒，是正宗茅台，不喝白不喝是不？來，乾杯！

陳鼻：（仰面又乾完一大杯，喘息著，眼淚汪汪地）姑姑，蝌蚪，小獅子，袁腮，金修，我陳鼻混到這步田地，慘哪！這高密東北鄉，十八個村子，五萬多人口，有比我陳鼻更慘的嗎？你們說，有嗎？沒有，沒有啦，沒有比我更慘的了。可是你們，合夥欺負我一個殘疾人，你們欺負我也就罷了，因爲我從根本上說不是一個好人，你們欺負我是代表老天報應我！可你們不該欺負我的女兒！陳眉，你們看著長大的孩子，高密東北鄉最美麗的姑娘，還有她的姊姊，陳耳，她們本來應該嫁進皇宮王室，去當王后貴妃，可是……都怨我啊……報應啊……女兒爲你代孕（怒指蝌蚪），賺錢爲我償還住院費，可是你們，你們這些老同學，你們這些伯伯、叔叔，你們這些劇作家，你們這些大老闆，竟然編造謊言，說她的孩子生下來就死了。你們賴掉了她四萬元代孕費……頭上三尺有青天啊！天老爺，您怎麼就不睜開眼睛看看呢？看看這些橫行霸道的壞人……電視台的同志，你拍啊，把這些都拍下來，拍我，拍她，拍他們，向全體人民曝曝光……

劉貴芳：老陳，還吹你的海量呢，兩杯落肚就滿嘴胡言亂語了。

陳鼻：劉貴芳，你精明啊，招待所改制，你搖身一變，就成了大老闆，你現在是億萬家產啊。我求你幫我女兒安排個工作，哪怕在廚房裡燒火也行，可是你不開恩啊，你說公司正在裁員，善門難開，可是……

劉貴芳：老同學，都是我的不對，陳眉的事，包在我身上，不就是多一個人吃飯嗎？我養起她來，行了吧？

袁腮、金修等人試圖將陳鼻架走。

陳鼻：（掙扎著）我還沒看到我的外孫呢，（從懷裡掏出一個紅包）外孫，外公雖然窮，但禮數不能缺，外公也爲你準備了一個紅包兒……

袁腮、金修等人將陳鼻架走。於此同時，從舞台另一側，陳眉身穿黑袍、面蒙黑紗上場。眾人一見陳眉，驚愕萬分，一時靜場。

陳眉：（誇張地嗅著鼻子，先是低聲，漸漸高聲）孩子，寶貝兒，我聞到你的氣味了，香香的，甜甜的，腥腥的，（像盲人一樣摸索著向小獅子靠近，於此同時，襁褓中的孩子發出響亮的哭聲）孩子，好孩子……生下來就沒吃過一口奶，把俺的孩子餓壞了……（陳眉將孩子從小獅子懷中奪走，匆匆跑下場。眾人一時驚呆，手足無措。）

小獅子：（張著雙手，絕望地）我的孩子，我的小金娃……

小獅子率先追趕陳眉，蝌蚪等人在後邊跟隨著，滿場混亂。

——幕落

第七幕

舞台後部的螢幕上，不斷地變換背景。時而是繁華的街道，時而是人群擁擠的市場，時而是街心公園。有人打太極拳、有人遛鳥、有人拉二胡……背景變換標誌著她逃跑時路過的地方。

陳眉抱著孩子奔跑著。一邊奔跑一邊口中發出許多與孩子有關的顛三倒四的話。

陳眉：我的寶貝兒啊……媽終於找到你了……媽再也不放你啦……

小獅子、蝌蚪等人在後追趕。

小獅子：金娃……我的兒子啊……

場上，有時是陳眉一個人在奔跑，她一邊跑，一邊不時回頭觀看。有時還向路邊人喊叫：救救我，救救我的孩子。

有時，逃跑者和追趕者同時出現在舞台上。陳眉向路人求救：救救我們！小獅子等人則向前面的人喊叫：攔住她！攔住這個搶孩子的女賊！攔住這個瘋子……

陳眉摔倒。爬起來。再摔倒。再爬起來。

急促而尖銳的京胡演奏與孩子的哭聲交織在一起，自幕起至幕落。

——幕落

第八幕

電視戲劇片《高夢九》拍攝現場。

舞台布置成民國時期縣衙大堂模樣。雖有改革但基本上還是沿襲舊制。大堂正中高懸一塊匾，匾上有「正大光明」四個大字。匾額兩邊懸掛一副大字對聯。上聯：一陣風一陣雨一陣青天；下聯：半是文半是武半是野蠻。堂案上供著一隻碩大的鞋子。

高夢九身穿黑色中山裝，頭戴禮帽，胸前口袋裡露出懷錶的銀鏈子。舞台兩側站立著幾個衙役，手持水火棍，但服裝卻改穿黑色中山裝，看上去頗爲滑稽。

導演、攝影、錄音等電視劇工作人員在忙碌著。

導演：各就各位，預備——開始！

高夢九：（抓起鞋底，猛拍案桌）嗚呀呀呀……煩惱！（唱）高知縣坐大堂審理疑案~有張王二家人爭奪田產~張有理王有理家家有理~到底是誰有理還看本官！——本縣，姓高名夢九，原本是天津衛寶坻縣人氏，少年從軍，跟隨馮玉祥馮大帥轉戰南北，屢建奇功，被馮帥提拔爲警衛營長，某日，部下一兵戴墨鏡攜妓女招搖過市，恰被馮帥瞧見，馮帥責高某治軍不嚴。高某羞愧難當，深感辜負大帥栽培之恩，即辭職還鄉。民國十九年，當年袍澤鄉黨韓復榘兄主席山東，三顧茅廬請高某出山，高某難卻韓兄厚誼，赴魯上任，先任省參議員，後任平原、曲阜縣長，今春改任高密。此地民風刁頑，匪盜猖獗、賭博盛行、菸毒肆虐，社會治安相當糟糕。高某到任後，大刀闊斧，銳意改革，根絕匪患，提倡孝道，尤好微服私訪，善斷疑難案例（悄聲）當然也鬧出了一些笑話，人非聖賢，孰能無過？聖賢就沒過了嗎？鄉紳們送某一副對聯：一陣風一陣雨一陣青天，半是文半是武半是野蠻。寫得好！好！他們還送了高某一個外號：高二鞋底！其源蓋因高某好用鞋底打那些刁民潑婦的顏面也！（唱）亂世做官用重典～該野蠻時就野蠻～詭計誘殺眾土匪～鞋底打出個高青天～我說夥計們～

眾衙役：有——！

高夢九：準備妥當了沒有？

眾衙役：妥當了！

高夢九：傳原告被告兩家上堂！

衙役甲：傳原告被告兩家上堂囉——！

陳眉抱著孩子跌跌撞撞地跑上。

陳眉：包大人，您可要爲民女做主啊——

小獅子、蝌蚪等人陸續跟上。

原戲中扮演張、王兩家的演員也摻雜其中，混亂上場。

導演：（氣急敗壞地）停！停！這是怎麼回事？亂七八糟的！劇務，劇務！

陳眉：（撲跪到大堂前）包大人，包青天，您可要爲民女做主啊！

高夢九：本縣不姓包，姓高。

陳眉：（在孩子的哭聲中）包大人哪，民女有千古奇冤，您可要秉公審理啊！

袁腮和小表弟拉住導演，悄聲地說著什麼，導演連連點頭。只能依稀聽到袁腮說：我們公司贊助十萬！

導演走到高夢九身邊，附耳說了幾句。

導演對攝影等做了個繼續的手勢。

袁腮走到蝌蚪和小獅子身邊對他們低聲交代了幾句。

高夢九：（拿起鞋底，猛拍案桌）堂前民女聽著，本官今日法外開恩，加審一案，將你的姓氏、籍貫、所訴何事、所告何人，從實講來，若有半句虛謊，你可知道本官的規矩？

陳眉：民女不知。

眾衙役：（齊聲）嗚喂——！

高夢九：（抓起鞋底，猛拍案桌）若有半句謊言，本官就要用鞋底抽你的臉！

陳眉：民女知道！

陳眉：大人容稟。民女陳眉，係高密東北鄉人氏。民女自幼喪母，跟隨姊姊長大成人，後隨姊去玩具廠打工，一場大火，燒死了民女的姊姊，又燒毀了民女的面容……

高夢九：我說陳眉，你摘下面紗，讓本縣看看你的面容。

陳眉：包大人，不能摘啊——

高夢九：爲什麼不能摘？

陳眉：戴著面紗，民女是個人；摘下面紗，民女就成鬼了。

高夢九：我說陳眉，本官判案，是講法律程序的。你戴著面紗，我知道你是誰啊？

陳眉：大人，你讓他們都捂著眼睛。

高夢九：都捂上眼睛。

陳眉：大人，您可看好了。大人啊，民女命苦啊～（放下孩子）摘下面紗，又用雙手遮臉。

高夢九對堂前示意，小獅子猛撲上去將孩子抱到懷裡。

小獅子：（哭腔）寶寶，金娃，小金娃兒，快讓媽媽看看……蝌蚪，你看，金娃這是怎麼啦……這個狠心的瘋子，把孩子摔死了啊！

陳眉：（一邊喊叫著，一邊瘋狂地向小獅子撲去）我的孩子……大老爺啊，她搶了我的孩子……

眾衙役將陳眉制住。

姑姑緩緩上場。

蝌蚪：姑姑來了！

小獅子：姑姑，你看看金娃是怎麼啦？

姑姑在孩子的某幾個部位掐摸了幾下，孩子哭了起來。蝌蚪將一隻奶瓶遞給小獅子，小獅子將奶瓶餵到孩子嘴裡，哭聲停止。

陳眉：大老爺啊，不要讓她給我的孩子餵牛奶啊，牛奶裡有毒，大老爺，我自己有奶啊……不信，我擠給您看哪，大老爺……

陳鼻、李手上。

陳鼻：（用枴杖搗著地）天地良心啊！天地良心啊……

高夢九：（悲惻地）我說陳眉，你還是把臉蒙起來吧！

陳眉：（惶恐地摸到黑紗蒙上臉）大老爺，我嚇著您了吧……對不起大老爺……

高夢九：陳眉，你的案子既然落在本官手裡，本官一定要問個明白。

陳眉：謝大老爺。

蝌蚪、袁腮簇擁著小獅子欲走。

高夢九：（鞋底拍案桌）不許走！本官尚未審理判決，哪個敢走！衙役們，把他們看住！

導演對高夢九打手勢、使眼色，高佯裝不見。

高夢九：民女陳眉，你口口聲聲說這個孩子是你的，那麼我問你，孩子的父親是誰？

陳眉：他是個大官，大款，大貴人。

高夢九：無論他多大的官，多大的款，多大的貴人，也應該有個名字吧？

陳眉：民女不知道他的名字。

高夢九：你跟他何時結婚？

陳眉：民女沒結過婚。

高夢九：噢，非婚生子女。那你何時跟他……行過房事？

陳眉：大老爺，民女不懂。

高夢九：嗨，你何時跟他睡過覺，怎麼說呢？做愛，你明白？

陳眉：大老爺啊，民女沒跟什麼男人睡覺，民女是處女。

高夢九：嗨，愈講愈不清楚了。沒跟男人睡覺，如何能懷孕，生孩子？你難道連這點生理常識都不懂嗎？

陳眉：大老爺，民女句句是實，（指小獅子等）他們用玻璃管子給我……

高夢九：試管嬰兒。

陳眉：不是試管嬰兒。

高夢九：我明白了，就像畜牧站人工授精一樣。

陳眉：大老爺（跪下）求您開恩明斷。民女本來想生出這個孩子，賺到代孕費替父還了醫療費就去跳河的，但民女自從懷上他，自從感覺到他在民女肚子裡活動之後，民女就不想死了。同時與民女懷孕的還有好幾個人呢，她們不愛肚子裡的孩子，但民女愛。民女的臉上有傷，身上也有傷，每到陰天下雨，傷口就奇癢奇痛，天氣乾燥時，還會迸裂出血。大老爺啊，民女懷胎十月，不容易啊。大老爺，民女忍受著說不盡的痛苦，小心翼翼，總算把孩子生出來了，可他們騙我說孩子死了……我知道孩子沒死……我找啊找啊，終於找到了……我不要代孕費，給我一百萬一千萬我都不要，我只要孩子，大老爺，求您開恩把孩子斷給我……

高夢九：（對蝌蚪、小獅子）你們兩位，是合法夫妻嗎？

蝌蚪：結婚三十多年了。

高夢九：結婚三十多年一直沒生孩子？

小獅子：（不滿地）這不剛生了嗎？

高夢九：看您這歲數，五十好幾了吧？

小獅子：我知道你要這樣問，（指姑姑）這是我們高密東北鄉的婦科醫生，接生過幾千個孩子，治療過無數例不孕症，沒準連您都是她接生的吧？您可以問問姑姑，我從懷孕到分娩的整個過程，姑姑都可以作證。

高夢九：本官早就聽說過姑姑的大名，您也算個鄉賢了，德高望重，一言九鼎！

姑姑：這個孩子確實是我接生的。

高夢九：（問陳眉）是她爲你接的生嗎？

陳眉：大老爺，進產房前他們就給我蒙上了眼睛。

高夢九：這案子，本官看來是斷不清楚了！你們去做ＤＮＡ吧。

導演上去附耳對高夢九說話。高夢九與之低聲爭辯。

高夢九：（長歎一聲，唱）奇案奇案眞奇案——讓俺老高犯了難——孩子到底判給誰——一條妙計上心間——（下堂）我說各位聽著，既然你們訴到本官堂下，本官就假戲眞做，把這案子給斷了！衙役們——！

眾衙役：有！

高夢九：如有不聽本官號令者，用鞋底子掌臉！

眾衙役：是！

高夢九：陳眉、小獅子，你們兩個各執一詞，聽上去似乎都合情合理。本官一時難以判斷，因此，請小獅子將孩子先交到本官手裡。

小獅子：我不……

高夢九：衙役們！

眾衙役：（齊聲）嗚喂……

導演附耳對蝌蚪說，蝌蚪戳了一下小獅子，示意她將孩子交給高夢九。

高夢九：（低頭看看懷中的孩子）果眞是個好孩子，怪不得兩家來搶。陳眉，小獅子，你們聽著，本官無法判斷孩子歸誰，只能讓你們從本官手中搶，誰搶到就是誰的，糊塗案咱就糊塗了吧！（將孩子舉起來）開始！

陳眉和小獅子都向孩子撲去，兩人拉扯著孩子，孩子哭起來。陳眉一把將孩子搶到懷裡。

高夢九：眾衙役！給我將陳眉拿下，將孩子奪回來。

眾衙役將孩子奪回，交給高夢九。

高夢九：大膽陳眉，你謊稱是孩子的母親，但在搶奪孩子時毫無痛惜之心，分明是假冒人母。小獅子在爭奪時，聽到孩子痛哭，愛子情深，生怕孩子受到傷害，故而放手，此種案例，當年開封府包大人即用此法判決：放手者爲親母！因此，援例將孩子判歸小獅子。陳眉搶人之子，編造謊言，本該抽你二十鞋底，但本官念你是殘疾之人，故不加懲罰，下堂去吧！

高夢九將孩子交給小獅子。

陳眉掙扎喊叫，但被衙役們制住。

陳鼻：高夢九，你這個昏官！

李手：（戳戳陳鼻）老兄，就這樣吧，我已經跟袁腮、蝌蚪說好了，讓他們補償陳眉十萬元。

——幕落

第九幕

姑姑家院子場景如前。

郝大手和秦河還在捏著泥娃。

蝌蚪手捏一摞稿紙，站在一側，高聲朗誦。

蝌蚪：如果有人問我，高密東北鄉的主色彩是什麼，我會不假思索地回答：綠！

郝大手：（不滿地嘟噥著）那麼紅呢？紅高粱、紅蘿蔔、紅太陽、紅棉襖、紅辣椒、紅蘋果……

秦河：黃土、黃大糞、黃牙、黃鼠狼，就是沒有黃金……

蝌蚪：如果有人問我，高密東北鄉的主要聲音是什麼，我會驕傲地告訴他：蛙鳴！

郝大手：這有什麼好驕傲的？

秦河：娃娃的哭聲值得驕傲。

蝌蚪：那像沉悶的小牛叫聲的蛙鳴，那像憂傷的小羊叫聲的蛙鳴，那像母雞叫蛋一樣清脆的蛙鳴，那像初生嬰兒一樣響亮和悲傷的蛙鳴啊……

郝大手：那麼狗叫呢？貓叫呢？驢叫呢？

蝌蚪：（惱怒地）你們這是跟我抬槓！

秦河：我看這話劇，本質上就是抬槓。

姑姑：（冷冷地）你方才念的這些話，是我說的嗎？

蝌蚪：是劇中的人物「姑姑」說的。

姑姑：劇中的人物「姑姑」是我呢，還是不是我？

蝌蚪：既是您，又不是您。

姑姑：這話怎麼說呢？

蝌蚪：這是藝術創作的一條普遍規律，就像他們捏的這些泥娃娃，既是從現實生活中取來的形象，又加上了他們自己的想像和創造。

姑姑：這戲真要搬上了舞台，你不怕帶來麻煩？你用的可全都是真名真姓。

蝌蚪：這是草稿，姑姑，定稿時我會把人名全部換成外國人名，姑姑換成瑪麗婭大嬸，郝大手換成亨利，秦河換成阿連德，陳眉換成冬妮婭，陳鼻換成費加羅……連高密東北鄉，也要換成馬孔多小鎮。

郝大手：亨利？這名字有趣。

秦河：你最好把我換成羅丹，或是米開朗基羅，他們的工作性質與我沾邊。

姑姑：蝌蚪，演戲歸演戲，現實歸現實，我總覺得，你們——當然也少不了我——我們虧對了陳眉。最近，我的失眠症又犯了，那個討債小鬼帶著那群殘疾青蛙每天夜裡都來吵我，我不但能感覺到他們涼森森的肚皮，還能嗅到他們身上那股子又腥又冷的氣味……

郝大手：你這是神經衰弱導致的幻覺，全是幻覺。

蝌蚪：姑姑，我理解您的心情，這件事如此處理，我心中也感到愧疚，但不這樣處理又能如何處理呢？不管怎麼說，陳眉是瘋子，而且是個嚴重毀容、面貌猙獰的瘋子，我們將孩子交給她撫養，是對孩子的不負責任！而且，儘管我是不自願的，但從生物學的意義上，我是孩子的父親。當孩子母親神志失常、自己的生活都不能料理的情況下，孩子由父親撫養是天經地義的事，即便是到了最高人民法院，也會這樣裁判。您說是不是？

姑姑：也許我們把孩子還給她，她就好了呢？母親和孩子之間，那是可以產生奇蹟的……

蝌蚪：我們不能拿著孩子去做這種冒險的實驗，神經病人，什麼事都能幹出來的。

姑姑：神經病人也是愛孩子的。

蝌蚪：但她的愛很可能給孩子帶來傷害。姑姑，您千萬不要爲這事內疚。我們已經做到了仁至義盡。給了她雙倍的補償，還送她進醫院治療，包括陳鼻，我們也沒虧待他。等到將來，她的病徹底好了，孩子大了，我們會找個恰當的時機告訴孩子眞相——儘管告訴他眞相只能給他帶來痛苦。

姑姑：實話告訴你們，最近，我經常想到死——

蝌蚪：姑姑，您千萬別胡思亂想，您剛剛七十多歲，說您是正午十二點鐘的太陽那是誇張了點，但說您是下午兩三點鐘的太陽絕不是恭維您，下午兩三點鐘，離天黑還早著呢！再說，高密東北鄉人民也離不開您啊！

姑姑：我當然不想死，人要是無病無災，能吃能睡，誰願意死？但我睡不著啊！半夜三更，所有的人都睡覺了，只有我和樹上那隻貓頭鷹醒著。貓頭鷹醒著是爲了捉耗子，我醒著幹什麼？

蝌蚪：您可以吃片安眠藥，許多大人物都有失眠的問題，他們都吃安眠藥。

姑姑：安眠藥對我不起作用了。

蝌蚪：吃點中藥……

姑姑：我是醫生！我告訴你，這不是病，是報應的時辰到了，那些討債鬼們，到了他們跟我算總帳的時候了。每當夜深人靜時，那隻貓頭鷹在樹上哇哇叫的時候，他們就來了。他們渾身是血，哇哇嚎哭著，跟那些缺腿少爪的青蛙混在一起。他們的哭聲與青蛙的叫聲也混成一片，分不清彼此。他們追得我滿院子逃跑。我不是怕他們咬我，我就是怕他們涼森森的肚皮，和他們身上那股腥冷的氣味。你們說，姑姑這輩子怕過什麼？老虎，豹子，狼，狐狸，對這些常人害怕的東西姑姑是一點不怕，但姑姑被這些蛙鬼們魘怕了。

蝌蚪：（對郝大手）要不要請個道士來禳解一下？

郝大手：她說的也是台詞兒。

姑姑：睡不著的時候，我就想，想自己的一生。從接生第一個孩子想起，一直想到接生最後一個孩子，一幕一幕，像演電影一樣。按說我這輩子也沒做什麼惡事……那些事兒……算不算惡事？

蝌蚪：姑姑，那些事算不算「惡事」，現在還很難定論，即便是定論爲「惡事」，也不能由您來承擔責任。姑姑，您不要自責，不要內疚，您是功臣，不是罪人。

姑姑：我眞的不是罪人？

蝌蚪：讓東北鄉人民投票選舉一個好人，得票最高的一定是您。

姑姑：我這兩隻手是乾淨的？

蝌蚪：不但是乾淨的，而且是神聖的。

姑姑：我睡不著的時候，會想到張拳老婆的死，王仁美的死，還有王膽的死……

蝌蚪：都不能怨您！絕對不能。

姑姑：張拳老婆臨死時說了一句話你知道嗎？

蝌蚪：我不知道。

姑姑：她說，「萬心，你不得好死！」

蝌蚪：這臭娘們，實在是不像話。

姑姑：王仁美臨死時說了一句話你知道嗎？

蝌蚪：她說什麼了？

姑姑：她說，「姑姑，我好冷……」

蝌蚪：（痛苦地）仁美，我也感到冷啊……

姑姑：王膽臨死時對我說了一句話你知道嗎？

蝌蚪：我不知道。

姑姑：你想知道嗎？

蝌蚪：當然……不過……

姑姑：（神采飛揚地）她說，「姑姑，謝謝您救了我的孩子」。你說，是我救了她的孩子嗎？

蝌蚪：當然是您救了她的孩子。

姑姑：那麼，我可以安心地去死了。

蝌蚪：姑姑，您說錯了，您應該說可以安心地去睡，好好地活著。

姑姑：一個有罪的人不能也沒有權利去死，她必須活著，經受折磨，煎熬，像煎魚一樣翻來覆去地煎，像熬藥一樣咕嘟咕嘟地熬，用這樣的方式來贖自己的罪，罪贖完了，才能一身輕鬆地去死。

從舞台上垂下一個巨大的黑繩套，姑姑上前將頸子套進去，踢翻腳下的凳子。

郝大手和秦河只顧捏自己的泥娃娃。

蝌蚪抄起一把刀，扶起凳子，跳上去，砍斷繩子。姑姑落到地上。

蝌蚪：（扶起姑姑）姑姑！姑姑！

姑姑：我死過了嗎？

蝌蚪：可以這樣理解，但像您這樣的人是不死的。

姑姑：這麼說我再生了。

蝌蚪：是的，可以這麼說。

姑姑：你們都好嗎？

蝌蚪：都好！

姑姑：金娃好嗎？

蝌蚪：非常好。

姑姑：小獅子分泌奶水了嗎？

蝌蚪：分泌了。

姑姑：奶水多嗎？

蝌蚪：非常旺盛。

姑姑：旺盛成啥樣兒？

蝌蚪：猶如噴泉。

——幕落

（全劇終）

國家圖書館出版品預行編目資料

蛙 / 莫言作. -- 初版. -- 臺北市 : 麥田出版 : 家庭傳媒城邦分公司發行, 2009.12
面； 公分. -- (莫言作品集 ; 6)

ISBN 978-986-173-590-0(平裝)

857.7　　98022378

莫言作品集 6

蛙

作　　者　莫　言
協力編輯　郭惠櫻　吳惠貞
責任編輯　林秀梅　莊文松

副總編輯　林秀梅
總 經 理　陳蕙慧
發 行 人　凃玉雲
出　　版　麥田出版
104台北市中山區民生東路二段141號5樓
電話：(886)2-2500-7696　傳真：(886)2-2500-1966
E-mail：bwps.service@cite.com.tw
發　　行　英屬蓋曼群島商家庭傳媒股份有限公司城邦分公司
104台北市中山區民生東路二段141號2樓
書虫客服服務專線：(886)2-2500-7718；2500-7719
24小時傳真專線：(886)2-2500-1990；2500-1991
服務時間：週一至週五上午09:30-12:00；下午13:30-17:00
劃撥帳號：19863813；戶名：書虫股份有限公司
讀者服務信箱：service@readingclub.com.tw
歡迎光臨城邦讀書花園　網址：www.cite.com.tw

香港發行所　城邦（香港）出版集團有限公司
香港灣仔駱克道193號東超商業中心1樓
電話：(852)25086231　傳真：(852)25789337
E-mail：hkcite@biznetvigator.com

馬新發行所　城邦（馬新）出版集團【Cite (M) Sdn. Bhd. (458372U)】
11, Jalan 30D / 146, Desa Tasik, Sungai Besi,
57000 Kuala Lumpur, Malaysia.
電話：(60)3-9056-3833　傳真：(60)3-9056-2833

封面設計　蔡南昇
印　　刷　前進彩藝有限公司

2009年12月初版一刷　Printed in Taiwan
2010年2月初版三刷

售價：NT$380

ISBN：978-986-173-590-0

第一部

敬的杉谷義人先生：

分别數月，但與您在我的故鄉高
景，歷歷如在眼前。您不顧年邁體
弱，到這（偏僻）荒涼的地方來与我們
文學（愛好者）暢談文學，讓我們深受感
二月上午，在縣招待所禮堂，您
題為《文学与生命》的
篇講話，已经根據錄音整理成文
，我們想在縣文聯（內部）刊物《蛙鳴》上
些未能聽您演講的人，也能領略您
并從中得到教益。（當過五十多
大年初一上午，我陪同您去拜訪
[illegible]

之路。[illegible]

作題材的小說。我不願去碰撞

姑姑的事蹟了解得遠比他要多，但我還

給他去寫吧。 流生，我想寫一部以

話劇。初二日晚上在我家床頭上映

總畫冊 法國薩特的話劇的錄像和

片，〈閉門獨劇〉使我如醍醐灌頂

寫出像《蒼蠅》和《髒手》那樣的劇

作家的目標奮進。我遵循着您的教

誨去走。像青蛙穩坐蓮葉等待昆

蟲；想好下筆，像青蛙躍起捕蟲

在去機場，送您上飛機之前，以

採用寫信的方式，把姑姑的好事遺

姑姑的一生，雖然還沒結束，但已

是「滴水涸」、「跌宕起伏」來形容

[illegible]，我不得不[illegible]

槃，歷歷如在眼前。您不顧年邁體
國，到這偏僻荒涼的地方來與我們
學愛好者暢談文學，讓我們深受感
二日上午，在縣招待所禮堂，您作題為《文學與生命》的
講話，已經根據錄音整理成文
我們想在縣文聯內部刊物《蛙鳴》上
些未能聽您演講的人，也能領略您
並從中得到教益。（嘗過五十多
大年初一上午，我陪同您去拜訪
。雖然因為她的語速太快和鄉音濃
沒完全聽明白她的話，但相信她一
深刻的印象。您在初二日上午向

既然允許，我仍手謄稿，寫到哪兒就寫多長吧。在電腦時代，用手寫是一種奢侈，當然也是一種樂趣。你研究時，也能感受到一種古舊的氣[illegible]訴您，我父親來電話說：正月里他家院子里那棵因樹形奇特而被您[illegible]的老梅，綻放了一樹繁盛的紅色花[illegible]人都到我家來賞梅，我姑姑也去[illegible]那天下着毛茸茸的大雪，梅花的花香，嗅之令人心醉。

您的學生：蝌蚪

二○○二年三月二十日 於北京